IMPÉRIO DOS LOBOS

KAYLA OLSON

IMPÉRIO DOS LOBOS

tradução
Lavínia Fávero

PLATAFORMA21

TÍTULO ORIGINAL *The Sandcastle Empire*

Plataforma21 é o selo jovem da V&R Editoras

EDIÇÃO Fabrício Valério e Flavia Lago
EDITORA-ASSISTENTE Thaíse Costa Macêdo
PREPARAÇÃO Carla Bitelli
REVISÃO Fabiane Zorn e Flávia Yacubian
DIREÇÃO DE ARTE Ana Solt
CAPA Ana Solt
DIAGRAMAÇÃO Ana Solt e Juliana Pellegrini
IMAGEM DE CAPA Zamurovic Photography/Shutterstock.com
eva_mask/Shutterstock.com

Dados Internacionais de Catalogação na Publicação (CIP)
(Câmara Brasileira do Livro, SP, Brasil)

Olson, Kayla

Império dos Lobos / Kayla Olson ; tradução Lavínia Fávero. -
São Paulo : Plataforma21, 2018.

Título original: The Sandcastle Empire

ISBN 978-85-92783-53-2

1. Ficção juvenil I. Título.

18-12465 CDD-028.5

Índices para catálogo sistemático:
1. Ficção : Literatura juvenil 028.5

VERGARA & RIBA EDITORAS S.A.
Rua Cel. Lisboa, 989 | Vila Mariana
CEP 04020-041 | São Paulo | SP
Tel.| Fax: (+55 11) 4612-2866
plataforma21.com.br | plataforma21@vreditoras.com.br

Para aqueles que herdarão a terra – especialmente para James –
e para Andrew, porque sem ele este livro não existiria.

UM

NÃO VOU SENTIR falta destas manhãs.

Não vou sentir falta da areia, do mar, do ar salgado. Da madeira cheia de farpas do velho e gasto calçadão penetrando minha pele. Não vou sentir falta do Sol, alto e ofuscante, um holofote sobre mim enquanto espero e observo. Não vou sentir falta do silêncio.

Não, não vou sentir nenhuma falta destas manhãs.

Dia após dia, vou até o calçadão quando ainda está escuro. Eu me esforcei muito para parecer apenas uma garota que adora o nascer do Sol, uma garota que jamais se rebelaria. Pelo menos, uma dessas duas coisas é verdade. Os Lobos que guardam esta praia mal piscam para mim a esta altura, uma rara demonstração de indiferença causada pela minha persistência, pela minha paciência. Dois *anos* de persistência e de paciência, todas as manhãs, desde que nos arrancaram das vidas que amávamos e nos atiraram em campos de trabalho forçado. Sento aqui onde os guardas podem me ver – onde *eu* posso *vê-los* –, onde posso ver tudo. Observo a água, observo as ondas. Observo mais do que água, mais do que ondas. Procuro falhas.

Não tem havido falhas. A rotina dos guardas tem sido rígida, impenetrável, o único motivo pelo qual ainda não tentei fugir. Mas vou tentar. Sou um pássaro determinado a voar, apesar das asas cortadas e dos pés feridos. Esta ilha-gaiola não pode me prender para sempre.

Um dia, quando a guerra terminar, vou tomar sorvete de novo. Vou correr de pés descalços pela praia sem medo de pisar em uma mina. Vou entrar em uma livraria ou em um café ou em qualquer um das centenas de lugares que atualmente são ocupados pelos Lobos. E vou ficar sentada lá por horas e horas, simplesmente porque posso. Vou fazer todas essas coisas e muito mais. Se eu sobreviver.

Estou sempre pronta para escapar, sempre procurando uma saída. Carrego meu passado onde quer que ele caiba: preso nas costas, pendurado no pescoço, enfiado no bolso. Um livro amarelado em frangalhos. Um anel pesado em uma corrente pesada. Um tubo com sangue e dentes. Minhas mãos vazias são minha vantagem: não tenho além da minha própria pele para enterrar as unhas, ninguém a quem me apegar, sou livre para reconquistar este mundo manchado pela guerra. Isso, se tudo sair conforme o planejado, quero dizer.

Pode não ser tão óbvio para os outros, mas as coisas estão mudando. Vejo sinais sutis por todos os lados, para melhor e para pior, tudo ao mesmo tempo. Antes, só ficavam dois guardas nesta guarita da praia, agora são quatro. Antes, os guardas pisavam despreocupados em certos trechos da areia – fizeram questão de nos avisar que havia minas enterradas ali –, agora pisam com muito cuidado, em fila indiana, quando chegam a sair da guarita. Até a semana passada, o posto era equipado com uma lancha vermelho-sangue. Agora, trocaram a elegância pela simplicidade: um veleiro verde sem frescura foi posto no lugar, com o objetivo de prejudicar qualquer um que tente usá-lo para fugir. Até parece que qualquer um de nós conseguiria chegar lá sem voar pelos ares, aos pedaços.

Essa mudança silenciosa na rotina me garante que os boatos são verdadeiros.

Alguém fugiu semana passada, dizem. Outro planeja tentar. Hoje, amanhã, semana que vem, mês que vem. Ouvi tudo isso. Os boatos não falam de mim – jamais me deixariam sentar aqui agora, observando como sempre, se houvesse boatos sobre mim. E tudo funcionou exatamente como eu esperava: o fato de eu ficar perto da praia dispara a suposição de que não estou aprontando nada, de que não há nada fora do normal. Mudar minha rotina levantaria suspeitas.

Agora espero apenas os guardas me darem as costas, como fazem de vez em quando, quando vão buscar mais café, dentro da guarita velha e dilapidada. Estão à vontade demais com o fato de eu parecer tão à vontade. Confiantes demais, supondo que vou me comportar. Mantêm os olhos fixos no quebra-mar, naqueles que demonstraram um interesse súbito no nascer do Sol.

O calçadão ficou vazio por quase dois anos, mas agora não está mais. Não estava ontem nem no dia anterior. Sabe-se lá se os demais estão tramando uma fuga ou simplesmente torcendo para vislumbrar uma. Aqui, sem dúvida, é o melhor lugar para essas duas coisas. Eu me dei conta disso na semana passada. Em qualquer outro lado desta ilha, a água leva direto para a parte continental do Texas. Melhor enfrentar o mar aberto do que isso.

Esses rostos novos que aparecem ao longo do quebra-mar e distraem os guardas são uma coisa boa para mim, mas nem tanto. Qualquer um poderia tentar fugir, a qualquer momento. Os Lobos vão redobrar suas medidas de segurança quando isso acontecer, sem dúvida, soltando uma chuva de balas e bombas por todo o campo. Não posso estar por perto quando isso acontecer. Preciso chegar ao barco hoje, esta manhã, *agora*, ou jamais terei chance de fugir.

Preciso ser a primeira.

Raia o Sol, com centenas de milhares de tons, tão vivos que o céu mal pode contê-los.

Dois guardas entram no posto, e um terceiro se vira – é agora, é agora, é agora –, mas, então, há algo diferente no ar. Começa com uma gaivota, alertando com suas asas ao voar direto para o mar, como se quisesse ir para muito, muito longe. Os dois guardas trocam olhares. Escuto um rumor de passos que não vem da praia, e sim de lá longe, além do quebra-mar atrás de mim, na direção dos barracões, do café da manhã e do laboratório de seda que deixei para trás.

Uma explosão distante faz a ilha inteira tremer. Mais duas vêm em seguida, depois mais cinco. Tiros, como uma tempestade – tantas balas que perco a conta –, gritos, caos. O barulho fica mais alto a cada segundo. Mais alto e *mais perto.*

Congelo; todos os músculos do meu corpo enrijecem. Estou atrasada, uma fração de segundo atrasada... Alguém deve ter tentado fugir pelo lado errado da ilha.

Pelo jeito, não sou a única que queria ser a primeira.

Todos os quatro guardas saíram do posto e andam no seu padrão de zigue-zague pela areia, em direção ao barulho, tomando cuidado para não se explodirem. Não olham na minha direção quando passam por mim.

Eu deveria ter tentado na calada da noite, não deveria ter esperado o momento perfeito: não existe perfeição. Essas balas e bombas são as consequências, tenho certeza, medidas de segurança infladas. Perdi minha oportunidade.

Ou talvez não.

O veleiro verde está lá parado, balançando, no final do cais. Não ficou ninguém para vigiá-lo.

Então me movimento, prestes a correr até o barco. Mas aí aquela gaivota desgraçada pousa na areia, no lugar errado, e dispara uma mina. A explosão de romper os tímpanos é tão perto de mim que me assusto. Fumaça e penas apagam as pegadas dos guardas na areia, desfazendo a única noção que eu tinha do caminho seguro a trilhar. Antes da semana passada, quando plantaram centenas de minas novas, mesmo dormindo eu poderia ter corrido por ali. Agora não mais.

Pessoas chegam, se esparramando pelo quebra-mar: cinco, depois dez, depois 15, mais e mais a cada segundo. Se estão desesperadas ao ponto de correr nessa direção, direto para a areia e para as minas, não quero nem saber *do quê* estão correndo. Vou devagar até a beira do calçadão. Há uma abertura embaixo dele, onde o vento soprou a areia para longe das estacas e das tábuas. Vou esperar isso passar e tentar de novo... ou morrer. É bem apertado. Caibo direitinho dentro dele, mas mal sobra espaço para respirar. De qualquer modo, minha respiração é rasa – rasa e rápida. A areia fica grudada no suor do meu pescoço e rosto, cobrindo todo o meu lado direito. Os grãos estão por tudo: dentro do meu nariz, entre meus dentes, por trás das minhas pálpebras. Mas respiro. Nunca me senti tão viva quanto neste momento em que estou tão perto da morte.

Não há como escapar do barulho, do som desesperado que as pessoas fazem ao correr da morte em direção à destruição. Passos pesados no calçadão, fazendo-o tremer. Se a madeira ceder, ficarei coberta de estilhaços, esmagada embaixo dela.

A areia se espalha sob o primeiro par de pés corajosos, não muito longe de mim. Então vêm mais dois pares, depois mais dez. Depois mais 20.

As minas fazem areia e pele voar pelos ares. Por toda a praia, disparam explosões, como fogos de artifício. E, mesmo assim, os pés continuam vindo, atravessando colunas de fumaça até que – *bum!* – são obrigados a parar.

Não é nada bonito de se ver. É uma confusão nauseabunda e revoltante.

Algo pesado bate no calçadão bem em cima de mim. As tábuas crepitam, cedendo tanto que tocam meus ombros. A pressão logo diminui. Mas então aparecem dedos, longos, morenos e delicados, curvando-se em volta da borda da tábua, a três centímetros do meu rosto. Quase deixo escapar um ruído, mas consigo segurar.

Som de tiros, de madeira partindo, ensurdecedor e muito perto. Não sinto nada – será que levar um tiro queima como fogo ou é como um estouro, um choque paralisante? Os dedos apertam mais a tábua, dá para ver que os nós dos dedos ficam brancos mesmo nessas sombras, então somem. Eu me movo, o máximo que consigo neste espaço apertado, e vejo três círculos perfeitos de luz do Sol atravessando a madeira logo diante da minha cabeça.

Mais um tiro. Então, de uma hora pra outra, a escuridão toma conta da luz – ouço um *pam!* em cima de mim, ainda mais pesado do que o primeiro, e vejo um braço inerte pendurado na beira do calçadão. Um braço coberto por um tecido bege imaculado que se confundiria com a areia, não fosse pelo sangue.

Um guarda. Um guarda foi atingido, e eles vão encontrá-lo. E, se eu não sair daqui, ficarei coberta pelo seu sangue, que escorre pelas frestas da madeira.

Eu poderia fugir agora. Poderia seguir os passos dos mortos, pisar apenas nos lugares onde a areia foi testada. Poderia chegar até o barco, se for esperta. Se for esperta e rápida. Poderia, finalmente – finalmente – velejar até Refúgio.

Aos poucos, saio do meu esconderijo, tomando o cuidado de continuar abaixada. Um inimigo de um guarda só pode ser meu amigo, mas isso não significa que estou fora de perigo – ainda preciso tomar muito cuidado e fazer o máximo de silêncio. Uma lufada de brisa do mar me atinge e parece gelada em comparação com meu suor úmido.

– Espere.

Congelo, apesar de ser óbvio que já me viram.

– Os guardas estão fazendo a ronda – diz a voz. Suave, com um tom de urgência. – Não estão perto, mas vão me ver se você correr.

Viro a cabeça, bem de leve, só o suficiente para vê-la. É baixinha, asiática. Não a reconheço. Seus dedos longos e morenos vasculham os bolsos do guarda caído. Será que essa menina pode mesmo tê-lo matado, como Davi matou Golias?

– Tome – ela fala, atirando para mim um cordão cheio de chaves. Muito esperta: uma tentativa de dividir a culpa se alguém nos vir. Que outra razão ela teria para me entregar essa liberdade? Não que eu esteja reclamando: não está nos meus planos ficar aqui por muito tempo, para que me atribuam a culpa. A garota enfia as placas de identificação do guarda no bolso e a arma dele na parte de trás dos shorts. – Vou com você.

A arma me deixa tensa, mas pelo menos não está apontada para mim.

– Você nem sabe para onde estou indo.

Ela inclina a cabeça na direção da praia, daquela visão nauseante de sangue e de ossos diante de nossos olhos.

– Sei que você não vai ficar aqui – diz ela. – É tudo o que preciso saber.

– O caminho já está livre?

Ainda encolhida na parte baixa do calçadão, só consigo ver a garota e o guarda aos seus pés. Até esse tanto de sangue revira meu estômago, mas mantenho o controle. Preciso manter.

– Livre o suficiente para nos dar uma vantagem. Estão evitando vir para esta praia agora...

Então ela volta os olhos para aquele amontoado de morte sobre a areia. A maré não subiu o suficiente para limpar o sangue. Não conseguimos ficar olhando por mais do que alguns segundos. É só uma questão de tempo até matarem todos. Os guardas não vão continuar distraídos por muito tempo.

– Ok – respondo. – Ok. Acho que conseguimos.

– *Temos* que conseguir. O que mais nos resta?

Ela tem razão. Afinal, não há ninguém que me prenda aqui. Não mais. Respiro fundo e digo:

– Siga...

– Droga, eles estão no quebra-mar. Estão nos vendo. Estão nos vendo! Vai!

Levanto rápido e saio correndo. A fumaça já se dissipou, senão por completo, o suficiente. Não olho para trás para ver a menina. Não olho para o que pode ter restado de todas as pessoas com quem eu poderia ter tomado café da manhã hoje. Só olho para a frente, para a areia revolvida, ziguezagueando rápido como os guardas fizeram quando notaram que havia algo diferente no ar.

Balas perfuram a areia, os corpos já mortos, o séquito de pessoas que vêm atrás de nós. Tantas balas disparadas apenas – arrisco olhar de relance – por dois guardas. Desvio dos tiros, continuo correndo até a areia ficar lisinha à minha frente, por não ter sido testada. Paro de sopetão, sem saber direito como continuar, e a garota do calçadão esbarra em mim. Isso é tudo o que posso fazer para não perder o equilíbrio, para não dar um único passo em falso que poderia ser o fim de tudo.

Daqueles que nos seguiram, só dois param. Os outros passam pela gente, com os olhos fixos no veleiro. Entre seus passos e a rajada de balas que os segue, em uma questão de segundos a areia fica toda remexida – e eles caem mortos.

Respiro pela boca. Engasgo com a areia e a fumaça, mas me obrigo a continuar andando. A menina do calçadão me segue, junto com as outras duas que pararam conosco. Reconheço o rosto delas, de vê-las no quebra-mar, espiando, hoje, ontem e no dia anterior.

Vou na frente o mais rápido que posso. O barco dos guardas não está muito longe. Se nos apressarmos, é bem capaz de conseguirmos. Mais tiros. Só que desta vez são disparados pela menina do calçadão, na direção do guarda que costuma ficar vigiando o barco – balas e sangue, ele cai no chão antes de conseguir voltar para o cais – e depois para os outros guardas que estão atrás de nós, nos perseguindo, e suas armas silenciam. Essa menina atira muito bem. Tão bem que chega a ser perturbador. Continua apertando o gatilho mesmo bem depois de as balas terem acabado.

Ninguém mais atira em nós.

Ninguém mais nos segue.

Mas continuo correndo. Não consigo parar. Passamos o campo de minas, entramos na ala dos guardas – onde eles ficariam, se não estivessem mortos ou caçando – e percorremos o cais interminável onde o barco deles está atracado.

Subo pelo lado da embarcação e pulo dentro. Fico caída lá dentro só pelo tempo suficiente para recuperar o fôlego. Mal percebo que as três outras meninas estão comigo. Uma delas, loira, começa a desamarrar a corda, a única âncora que nos prende ao cais. O céu começa a balançar à medida que a maré nos leva. Respirar dói, pensar dói. Tudo dói.

Vale a pena.

DOIS

NÃO CONSIGO DISTINGUIR minhas próprias lágrimas do suor.

Poderia passar horas deitada, inerte, neste convés, parecendo morta. Porém, depois de algumas respirações, eu me obrigo a levantar. Eu me obrigo a emergir.

– Alguma de vocês duas sabe velejar? – pergunta a menina do calçadão para as outras duas que nos seguiram até ali.

– Eu sei – respondo antes que as outras tenham chance de assumir o controle. Quando sonhava com este momento, jamais considerei os planos de outra pessoa a não ser os meus.

– Manda ver, então.

A menina do calçadão vira de costas para nós e vai até o outro lado do barco, que não fica muito longe. Mas parece ser distância suficiente para que possamos cochichar sobre ela sem que nos ouça.

Não cochichamos. Ainda.

Uma das garotas, a loira, levanta a sobrancelha para mim.

– Quer ajuda? Eu velejava com a minha família, antes…

Tantas frases terminam assim neste nosso mundo pós-paz. “Antes”, elipse. Ninguém precisa dizer mais nada. Preenchemos as lacunas com nossas próprias lembranças impronunciáveis.

– Sim. – A sensação da retranca na minha mão é conhecida, como se eu jamais tivesse parado de velejar. – Sim, por favor.

Ela vem me ajudar, e a outra menina – que tem cabelos ondulados da cor acobreada de uma moeda de cinco centavos, sardas escuras nas bochechas e no nariz, olhos de um cinza prateado – lança um olhar interessado.

"Antes", elipse: dias ensolarados de verão que, todos pensávamos, durariam para sempre, quando sorríamos o tempo todo porque era fácil. Velejei todos os dias naquele verão, às vezes com meu pai, às vezes com Emma, mas quase sempre com Birch. Birch: sal, areia e beijos sob as estrelas, refrescantes como uma chuva de primavera – simplesmente minha parte favorita de todos os dias.

Como as coisas mudaram drasticamente.

– Aliás, me chamo Esperança – diz a menina loira.

Sua simpatia me pega desprevenida. Não é algo que se vê todo dia. Sério, é algo que não se vê mais.

Olho para sua mão esquerda, por força do hábito. E lá está, tatuado no seu dedo mindinho, com letras finas e largas: E-S-P-E-R-A-N-Ç-A. Com tinta vermelha. Ao contrário da minha, que é verde. Nossos barracões ficam em lados opostos do campo de trabalho forçado de Nova Port Isabel. Não fico surpresa. Nenhuma dessas meninas me parece familiar, a não ser por tê-las visto nos últimos dias, perto do quebra-mar.

– E o seu? – indaga, já que eu não falei nada.

– Éden. – "Como o jardim do Éden", completo mentalmente, como sempre costumava dizer. Faz tanto tempo que ninguém pergunta meu nome, nem se dá ao trabalho de usá-lo, que eu tinha quase esquecido da sensação dele na minha língua.

É uma sensação de liberdade.

– Você está nos levando na direção errada.

Olho para trás. A menina do calçadão está parada ao lado da ruiva de sardas, de braços cruzados. A-L-E-X-A, está escrito no seu dedinho. As letras são roxas. Eu nunca tinha visto ninguém com letras roxas. Nem sabia que existia essa opção.

– Acho que qualquer direção que nos leve para longe dos barracões é a direção certa – falo sem fazer nenhum movimento para ajustar as velas.

– Eles virão atrás de nós – diz Alexa, sem perder tempo. – Precisamos de um barco mais rápido.

– E como vamos arrumar um barco mais rápido? – Agora é a ruiva de sardas que está falando. Eu já estava começando a achar que ela tinha ficado muda de choque, mas de muda essa menina não tem nada. – Entramos com barco e tudo no QG e pedimos para eles?

Alexa a fuzila com o olhar.

– Sim. Este é um dos barcos deles, então acho que poderíamos dar um jeito.

– E depois vamos fazer o quê? – continua a garota. F-I-N-N-L-E-Y. Em letras vermelhas como as de Esperança. – A gente desvia das balas quando eles se derem conta de que não estamos usando uniforme? Mesmo que a gente consiga roubar uma das lanchas, o que vamos fazer, tentar ser mais rápidas do que eles? O que você pretende fazer quando acabarmos com todo combustível do barco? Acho que poderíamos nadar até nossos braços não aguentarem mais, mas...

– Já entendi – dispara Alexa. – Você sabe mais do que todas nós. Tem uma ideia melhor, com certeza.

O maxilar de Finnley se repuxa. Ela olha bem nos olhos de Alexa, desafiando-a.

– Matamoros.

Seguro o riso. Mesmo que a Alcateia não tivesse espalhado suas garras pelo México, coisa da qual duvido muito, todo mundo diz que o lugar é o reino dos cartéis desde que me conheço por gente.

– Que foi? – pergunta Finnley, voltando para mim seus olhos frios de determinação. – Poderia dar certo. Sei exatamente a rota...

– *Jamais* daria certo – retruca Alexa. – Você só pode estar delirando.

– Éden? – Esperança me chama baixo, mas sua voz tem a mesma força da de Alexa. – Matamoros?

Seus pensamentos estão estampados na sua cara: ela e eu somos as únicas que sabem velejar. Poderíamos derrotar Alexa, se quiséssemos. Se *eu* quisesse.

Tento, tento mesmo, parecer que estou considerando essa possibilidade de verdade.

– Conseguiríamos chegar até a praia – respondo. – Eles nos atingiriam com seringas de heroína em vez de balas, nos vestiriam só para depois nos despir, e aí ficaríamos presas em um pesadelo real até que se cansassem de se aproveitar de nós. É isso que eu acho.

Esperança sabe que é verdade, dá para perceber, e Finnley também. Muita expectativa, pouco planejamento.

– Eu estava pensando... – falo, me preparando para receber o mesmo nível de desconfiança que a proposta de Matamoros recebeu. – ... que a gente podia ir até Refúgio.

O olhar delas é mais ardente do que o Sol, principalmente o de Alexa. Que põe a mão no quadril e inclina a cabeça para o lado.

– Você *tem consciência* de que Refúgio não passa de um mito, não tem?

Todo mundo conhece os boatos. Eu sei a verdade.

– Você não tem como ter certeza – respondo. Então ajusto a vela, principalmente para evitar olhar para ela.

– E você tem? – retruca Alexa.

– Mesmo que Refúgio seja um mito, aonde mais podemos ir? – pergunta Finnley. – Pelo jeito, não para Matamoros. E com certeza não podemos voltar para os barracões. Acho que Éden tem razão. Não podemos descartar a possibilidade de a ilha da anistia existir. Por que se dariam ao trabalho de enterrar tantas minas na praia, se não estivessem tentando evitar que as pessoas fugissem para essa ilha?

– Talvez porque sejam sádicos? – sugere Alexa. – Ou porque não tem ninguém mais que ponha qualquer coisa que valha a pena em uma ilha?

– Não é um mito – insisto. Mas não estou a fim de revelar os detalhes de como tenho tanta certeza.

Não conto que meu pai me puxou para o lado em segredo, logo antes de a Alcateia levá-lo. Que me contou que tinha sido levado para prestar esclarecimentos pelo chefe do nosso campo de trabalho forçado, que fora interrogado por horas e horas a respeito de sua experiência com engenharia e com velejar. Isso acontecia com frequência. *Antes,* porque ele era o principal inovador do projeto que causou o escândalo da Ambientech – o projeto que causou a *guerra mundial.* Ele tinha passado por tantos interrogatórios que perdi a conta. Aquele não havia sido igual aos demais.

Não conto que seus olhos brilharam quando ele disse que preferia morrer a ajudar a Alcateia, mesmo com a proposta que lhe fizeram, que parecia trazer esperança. Queriam que desenvolvesse uma ilha que fosse um território neutro, um lugar isolado, onde as negociações de paz pudessem ser realizadas. Seria um local para a Alcateia mostrar que não estava violando nossos direitos humanos básicos – que eram capazes de ter compaixão, até de anistia, pelo menos para alguns dos prisioneiros. Um espetáculo açucarado para o resto do mundo, em outras palavras. Um espetáculo do qual eu tinha esperança de fazer parte.

E, com certeza, não contei que meu pai jamais voltou para casa – que dois guardas apareceram na porta do meu barracão com sua aliança, seu guia de sobrevivência de bolso e um tubo de ensaio com seu sangue e seus dentes.

Revelar esses detalhes em particular seria como ir direto para Matamoros, porque quem acreditaria em mim, se soubesse a verdade? Que o trabalho do meu pai praticamente causou esta guerra e tudo o que sofremos nas mãos dos Lobos? Que Refúgio pode muito bem significar nossa morte, não uma vida melhor?

Eu, com certeza, não acreditaria em mim.

Alexa se movimenta e fica em uma posição que me impede de evitá-la.

– Mesmo que a ilha realmente exista e que o mar não a tenha engolido, você acredita mesmo que possa existir liberdade?

A aliança que eu uso no pescoço, pendurada em uma corrente, o tubo de morte no meu bolso: eles dizem que não.

Mas as informações que encontrei no guia de sobrevivência, escritas com a letra perfeita e característica do meu pai, dizem o contrário: tenho certeza de que ele mudou de ideia, estou convencida de que acreditava que uma liberdade duradoura podia realmente ser encontrada na ilha – e que ele deu a própria vida para estabelecê-la. Que estava tentando me guiar até lá, desde que eu encontrasse uma maneira de sair do campo.

E eu encontrei.

– Tenho que acreditar em alguma coisa – respondi. Ousei olhá-la nos olhos. – E acho que você também. Ninguém foge com tanta convicção a menos que saiba para onde ir.

– Você está enganada – diz ela, me encarando. – Eu estava só fugindo e pronto.

TRÊS

A PÁGINA 47 de *Sobrevivência: um guia de bolso* está coberta, de ponta a ponta, com anotações a lápis, letras cursivas e estreitas, finas e espichadas, bem inclinadas para a direita, sem nenhum respeito ao texto impresso original. Não restaram páginas em branco nem margens no livro: ele usou cada milímetro de espaço e mais. Já li as anotações do meu pai tantas vezes que quase as decorei, mas me serve de conforto segurar as páginas físicas que suas mãos tocaram, passar meus dedos nos pontos manchados de marrom pela terra e pelo suor.

"Ilha Refúgio", está escrito bem no alto, sublinhado duas vezes. O resto da página tem um único parágrafo, mas meus olhos vão parar imediatamente nas passagens que sempre me fascinaram.

"Território neutro. Zona livre de armas."

"Templos escondidos entre samambaias, estruturas formadas por pedras e segredos."

"Monges que dão imunidade aos refugiados dos dois lados da guerra, abrigando-os em seus monastérios. Tatuagens holográficas feitas em todos que se aproximam em paz, sem nenhum sinal de hostilidade." Tudo isso está à nossa espera, de acordo com as anotações do meu pai.

Mas ninguém sabe ao certo.

Ajusto as velas de acordo com o mapa desenhado à mão na contracapa do guia, usando o Sol que se põe como referência direcional. Sinto os olhos das outras meninas em mim, mas ninguém faz nenhuma objeção, o que encaro como uma permissão para escolher a direção que desejo seguir.

– Alexa? – pergunto. – Por acaso tinha uma bússola naquele banco?

Um pouco antes, abrimos cada centímetro do barco – as chaves do guarda abatido ajudaram a abrir apenas metade do que conseguimos explorar – e encontramos um estoque respeitável de ração de emergência, junto com uma única garrafa Refugiágua. O cartucho está quase vazio, mas deve garantir pelo menos mais alguns dias de água potável e dessalinizada, se racionarmos bem. Alexa também descobriu uma pilha de equipamentos de navegação – cartas náuticas e manuais de instrução, na sua maioria –, além de dois coletes salva-vidas laranja-neon debaixo de um dos bancos.

Ela tira uma bússola de um dos bolsos da calça e a atira para mim.

– Divirta-se.

– Você poderia me ajudar, sabia?

– Sim – responde ela. – Poderia.

Mas não me ajuda. Vai para o outro lado do barco, onde ficou quase o tempo todo, a não ser por meia hora durante nosso primeiro dia em alto-mar. Eu a ouço rasgar a embalagem de uma ração de emergência.

– Provavelmente é melhor assim – comenta Esperança. Sua voz é tão suave que ela nem precisa falar baixo. – Alexa me deixa nervosa.

– Por causa da arma? – pergunto. – Está descarregada.

– Nem tanto pela arma, mas pelo jeito como ela atirou – responde Esperança. – É só... tudo. O *jeito* dela.

Esperança é gentil demais para ficar dando detalhes, mas não sou cega. O jeito como Alexa nos dá atenção apenas quando é absolutamente necessário – como se não desse a mínima, a menos que seu próprio conforto esteja diretamente ameaçado.

– Eu entendo – digo. – Ela também me deixa nervosa.

Vou pegar o guia do meu pai de cima do banco, onde o deixei há um tempo, mas o livro não está lá. Entro em pânico bem rápido, pronta para virar o barco de cabeça para baixo para encontrá-lo, se necessário. Passo os olhos pelo convés de madeira e pelos bancos e finalmente o vejo: sua capa amarelo-mostarda pisca para mim entre os dedos de Finnley. Algo dentro de mim surta ao vê-la segurando o volume. Não que ela seja como Alexa – Finnley é estourada e cabeça-dura, sim, mas Esperança a conhecia antes de as duas correrem para este veleiro. Esperança confia nela. O problema não é Finnley, é que o guia é um objeto pessoal.

É só um livro, lembro. É só um livro sobre insetos e plantas, sobre como construir abrigos, fazer fogueiras e purificar água, com as anotações pessoais do meu pai espalhadas pelas páginas. E aí tem os verbetes dele sobre a ilha Refúgio, seus gráficos e mapas e alguns desenhos que me fazem lembrar do ano em que ele ganhou um prêmio no trabalho por suas plantas arquitetônicas. Meu pai me levou para comer filés de 300 dólares com o dinheiro que lhe deram.

O mapa da ilha se tornou de conhecimento público assim que tirei o livro do meu bolso, mas as perguntas que as meninas vão fazer, inevitavelmente, sobre as outras coisas... Ainda não estou preparada para respondê-las.

– Que foi? – pergunta Finnley, levantando os olhos do guia. – Quer seu livro de volta?

Minha vontade é de dizer "Não se pega as coisas dos outros sem pedir". Minha vontade é de dizer "Isso é tudo o que me restou dele". Mas o que sai da minha boca é:

– Não, tudo bem.

Não preciso deixar que isso me chateie. Ela não teve nenhuma má intenção.

– Onde você arrumou esse troço? – indaga Finnley, folheando o livro. – Deve ter dado muito trabalho para escondê-lo dos Lobos.

Ela não faz ideia.

O guia ter vindo parar nas minhas mãos só pode ter sido um engano.

Jamais teriam me entregado o livro se tivessem se dado ao trabalho de abri-lo. Com certeza o leram. Por que não o leriam?

Mas me entregaram naquele dia e não se arrependeram. Desde então, tomei todo o cuidado com ele.

– Eu, ãhn...

Minhas bochechas esquentam. O guia é tão intimamente ligado ao meu pai que fica difícil pensar em algo, qualquer coisa, para dizer sobre ele. Qualquer resposta que eu der só vai levar a novas perguntas.

– Sério, onde? – insiste ela, dobrando o canto de uma das páginas. Eu me encolho toda, apesar de já ter dobrado a ponta de tantas páginas que o livro bem que poderia ser um origami desconstruído.

– Chega, Finn, é algo particular. – Esperança tira o livro dela e o fecha. – Éden obviamente não quer falar sobre o assunto. Desculpe – diz ela, me entregando o guia. – Os outros nos tiram tanta coisa. Todos nós deveríamos poder ter pelo menos um objeto pessoal.

Finnley não toca mais no assunto, mas tenho certeza de que quer tocar. Talvez tenha suas próprias coisas que gostaria de manter em segredo – todos nós temos segredos, acho. Mando mil agradecimentos silenciosos para Esperança.

– Então, meninas... – Aponto para a tatuagem no dedinho de Finnley, desesperada para mudar de assunto. – Vocês duas são vermelho. De onde eles trouxeram vocês?

A cor da tinta varia de acordo com o local onde cada uma de nós foi processada, de acordo com o que os Lobos tinham à mão. A maioria do Texas acabou com verde.

– Santa Mônica – responde Esperança.

Matamoros, de repente, faz muito mais sentido. Ela e Finnley tinham esperança de atravessar o México, aposto, e subir até a Califórnia – tinham esperança de *voltar* para casa.

Se ao menos... Se ao menos existisse casa ou família para voltar. Se ao menos os Lobos não tivessem sacudido o mundo com tanta força, se ao menos as coisas não estivessem tão estilhaçadas e danificadas. Não tem como voltar.

– E onde colocaram vocês para trabalhar? – pergunto.

– Metalurgia – respondem Esperança e Finnley, desanimadas, em uníssono.

Nenhuma de nós, originalmente, foi designada para as oficinas de trabalho, não no começo – preferiam fingir que sequer existíamos. Baratas. Foi só quando as Forças Aliadas intervieram e os Lobos aumentaram seu esforço de guerra que fomos levadas para as oficinas. Eles nos transformaram em formigas e nos fizeram carregar cinco mil vezes o nosso próprio peso.

Finnley começa a falar o quanto os cadinhos eram escaldantes nas forjas. Levanta as mãos e diz:

– Está vendo todas essas cicatrizes de queimadura? – Linhas enrugadas e salientes cruzam suas mãos e seus braços. Uma cicatriz larga e retorcida marca a ponta do seu indicador esquerdo.

– E olha que essas nem são queimaduras tão graves, perto de algumas que eu vi – completa Esperança. – Como a daquele cara que derrubou o cadinho de propósito, só para demonstrar seu argumento.

Ela não desenvolve a história. Provavelmente é melhor assim.

– Aprendemos a tomar cuidado – conta Finnley. – Além disso, os Lobos ameaçavam jogar ferro fundido nos nossos pés quando tinha muita gente afastada por causa de ferimentos. Era bem motivador – debocha.

Minha estação de trabalho no viveiro de bichos-da-seda parecia um verdadeiro oásis em comparação a isso. Eu cuidava das larvas, dava folhas de amoreira para elas três vezes ao dia, como se fossem meus bichos de estimação, e recolhia os casulos, que eram enviados para os laboratórios de seda. Era um trabalho sufocante e suarento, mas não era nenhuma metalurgia. Mesmo assim, tive minha cota de queimaduras. Uma das minhas tarefas era ferver os casulos no final de cada ciclo, com as mariposas ainda vivas lá dentro. Eu odiava. Parecia que eu estava me matando toda vez que mergulhava dentro da tina aquelas criaturas que não podiam voar e eram mantidas vivas só para trabalhar e então morrer. A tecnologia da seda é impressionante, fez coisas incríveis pelo mundo, mas nasce diretamente de muitas mortes.

– Você acha que as cicatrizes são ruins? – pergunta Finnley. E só então me dou conta de que estou olhando fixamente para elas. – O motivo pelo qual as temos é ainda pior.

– É mesmo? – pergunto, olhando para cima.

– A gente trabalhava em uma fábrica de munição.

Não sei o que é mais atroz: se o fato de essas meninas terem cicatrizes por fazerem armas para as pessoas que as escravizavam ou se o fato de a Alcateia precisar de uma fábrica de munição. Eles saquearam todas as lojas até a última prateleira. Todas as fábricas. Todos os porões abandonados. Todas as bases militares, até, graças a milhares de Lobos bem relacionados e a uma abundância de estratégia e de sorte. E pensar que já exauriram o estoque de todas essas balas... Ou, se ainda não exauriram o estoque, planejam fazê-lo.

Acredito que sim. Queria não acreditar.

– Então... – digo mais para mudar de assunto, para falar de algo menos horrendo. – Vocês obviamente não se conheceram hoje.

Esperança e Finnley ficam em silêncio por um bom tempo.

– Nós nos conhecemos desde o Zero – responde Finnley, por fim.

E lá se vai a conversa menos horrenda.

Zero: o dia em que os Lobos tomaram o poder – o dia em que tomaram tudo. Eu estava na fila da cantina, era a primeira semana do meu segundo ano no Veritas. Tinha optado por salada em vez de pizza e batata frita, principalmente para minha saia roxa, que já estava apertada, não ficar ridiculamente apertada durante a aula de biologia no laboratório. Tinha acabado de pôr um tomatinho-cereja entre os dentes quando as portas foram escancaradas. Eles entraram aos montes: dez, 20, 50 guardas. Em uma cantina de escola.

– Tipo, desde a fila? – pergunto. – Ou desde o acampamento?

– Um pouco antes – responde Esperança. – Eu já tinha visto Finnley na escola, mas nunca nos falamos. Acabamos indo parar no mesmo grupo quando nos levaram embora.

– Um dos guardas bateu nela – conta Finnley. – Bateu com tanta força que ela caiu no estacionamento e ralou os joelhos no asfalto. Fiquei para trás, para ajudá-la.

– Ele bateu em você? – indago. Olhando para Esperança, simplesmente não consigo imaginar. Não consigo imaginar por que alguém, até mesmo um guarda, pudesse querer levantar a voz para ela, muito menos bater nela com força suficiente para derrubá-la. – Por quê?

Esperança ficou com os olhos cheios de lágrimas.

– Eu disse "não". "Não, vocês não podem me levar."

Com essa única palavrinha, tudo faz sentido. Ninguém diz *não*. Observei Birch dar seus últimos dois passos depois de ele ter dito "não".

– Como...

– Consegui sair viva?

Ela se apoia no mastro e fica olhando para o horizonte interminável.

– O guarda era meu irmão mais velho.

QUATRO

O INIMIGO USOU pele de cordeiro por muitos anos antes de mostrar as presas e arrancar sangue.

Pais ou irmãos. O barista que fazia seu *cappuccino* todos os dias, o cara que ficava atrás do balcão da peixaria do supermercado, a menina da Sephora que ensinava a passar delineador. Todos aparentemente sem conexão uns com os outros, até que um dia viraram um pelotão.

Depois do Zero, tudo fez sentido: os *flyers* neon pregados nos postes telefônicos; a *hashtag* #alcateia, que todo mundo achava ser algum tipo de *fandom*; os pingentes que todo mundo desprezava como uma modinha passageira. Os sinais estavam por todo lado, mas estávamos concentrados demais nas nossas próprias vidas para questioná-los de verdade.

O que, acho eu, era o objetivo deles. No fundo, era um bom objetivo, apesar de amargo – alegavam que havia muitas pessoas desconectadas da realidade, se aproveitando do trabalho duro de outras que estavam se matando só para sobreviver. Havia muita gente que se achava merecedora de tudo, era ingrata demais. Acostumada demais a ver tudo o que tocava virar ouro.

Eles não estavam de todo errados.

Essas questões eram tão antigas quanto a própria humanidade – pessoas que têm e pessoas que querem ter. Mas aí vieram as inundações. "Queremos uma vida melhor" porque "queremos ter uma vida, ponto final".

A sociedade implodiu.

Começou com as ilhas Kiribati. A água do mar subiu e gradualmente, durante décadas, foi engolindo 17 das 33 ilhas. Mas então – de uma hora para outra, pareceu – todas as ilhas ficaram submersas. Primeiro, houve o tufão. Em seguida, o *tsunami*. É apavorante pensar nisso, de verdade, que essa cadeia de acontecimentos que deu início a uma guerra mundial começou com o próprio mundo – com o oceano, mais especificamente –, devastando um povo que estava quieto, na sua, no meio do Pacífico. Qualquer coisa pode acontecer com qualquer um, merecendo ou não.

Como sempre, porém, ninguém do lado de cá se importou, até nossas praias começarem a ficar debaixo d'água. Até nossos desastres começarem a se acumular: São Francisco, a costa da Carolina e Nova York. Nossos turistas morrendo em *resorts* à beira de penhascos que desabaram, nossas tropas de escoteiras despencando do píer de pesca de Kure Beach quando as estacas cederam.

As inundações não eram grandes, não eram uma notícia de alcance nacional, mas continuavam ultrapassando os limites – em alguns lugares, ocorreram até 30 vezes só em 2049. Cada vez mais, prejuízos, ruína e morte chegavam com a maré. Feridas ainda não cicatrizadas eram abertas repetidamente.

As equipes de emergência não conseguiram acompanhar os desastres. Água contaminada, esgoto correndo pelas ruas, doenças se espalhando entre os teimosos que se recusavam a ir embora. A AGEM, Agência de Gestão de Emergências, distribuiu garrafas Refugiágua: um cartucho para dividir entre milhares que não tinham como pagar por elas, um cartucho para cada família rica que podia pagar. Assim que começaram as evacuações obrigatórias, assim que a economia ruiu e o dólar perdeu suas asas...

Foi *aí* que as pessoas entraram em pânico.

Queriam um mundo seguro. Um mundo que durasse para sempre. Que não fosse arrancado delas, onde não precisassem ter medo que seus filhos passassem fome, que seus filhos ficassem mergulhados até o pescoço em água salgada contaminada sem jamais poder bebê-la.

O levante começou em Kiribati e foi selado com uma promessa: a Ambientech ia salvá-los. A Ambientech, pioneira das garrafas Refugiágua, da tecnologia da seda e de toda espécie de soluções ecológicas. Foi aí que meu pai começou a perder o sono, que o papel de parede que minha mãe escolhera antes de morrer ficou tomado de projetos, pesquisas sobre barreiras de coral de calcário artificial e cidades biossintéticas criadas a partir de protocélulas. Naquele ano, a Ambientech lhe concedeu o prêmio que nos deu dinheiro para comprar os mais incríveis dos bifes e um carro novinho em folha.

E esse dinheiro também comprou uma guerra.

A Ambientech planejava desenvolver o Projeto Atlas: um hábitat no meio do oceano, de última geração, o qual meu pai foi encarregado de dirigir. Mas então vazou a notícia de que ali haveria um número extremamente limitado de moradias, que seriam vendidas para quem desse a maior oferta. Aberto ao público, aberto à vida: se você for rico. E essa parte não deveria ser de conhecimento geral, ainda não, mas só foi preciso alguém de dentro da Ambientech que estivesse amargurado – um colega de trabalho que meu pai conhecia, não muito bem, do departamento financeiro – para dar início a uma inundação de segredos.

Misturar medo com amargura nunca acaba bem. Misturar medo com poder? Acaba com mundos e mais mundos.

O que começou como um grão de areia foi se acumulando, foi ganhando força, até se tornar uma bola de demolição, só esperando o instante perfeito de colidir. E esse momento chegou quando a Suprema Corte manteve o direito da Ambientech de estabelecer os próprios preços, em nome do comércio, do capitalismo e de sonhos centenários. Sem dúvida, os honoráveis juízes, assim como todo mundo, queriam envelhecer com seus netos. A diferença é que eles podiam pagar por isso.

A bola de demolição da Alcateia se revelou ágil e terrivelmente destrutiva, com mão de obra suficiente para esmigalhar o país inteiro. Até hoje, ainda posso ouvi-los gritando nos meus pesadelos com o Dia Zero: "Prisão para os privilegiados! Fim da Ambientech! Chegou nossa hora!". Chegou nossa hora, chegou nossa hora: tatuado em seus rostos e braços; em suas costas, como asas de anjos; na minha memória, para sempre.

No começo, durante as primeiras semanas no campo, depois que fomos agrupados e carimbados, alguns dos guardas – nós os chamávamos de Lobos, apesar de serem inegavelmente humanos até o último fio de cabelo – nos cumprimentavam e não levantavam a voz. Esses, que tinham mais medo do que amargura, quase pediam desculpas pelo fato de não poderem nos deixar entrar nas áreas bacanas que tomaram e instituíram como território dos Lobos. Um deles jogou fora seu sorvete pela metade bem na minha frente e disse que não havia nenhuma lei que nos impedisse de comer lixo. Pode parecer cruel, mas ele teve a intenção de ser gentil, e foi assim que eu encarei.

Mas nem todas as facções nasceram iguais. Algumas eram mais militantes, com guardas que agiam como verdadeiros psicopatas. E não apenas conosco – com o resto do mundo também, quando tentavam intervir nos esforços dos Lobos para virar o *status quo* de cabeça para baixo. Todas as tentativas de contato por parte da Aliança Global de Territórios e Domínios foram respondidas com silêncio mortal, depois com hostilidade, de acordo com os boatos que corriam pelo campo. A Alcateia já tinha tomado para si a vida que tanto desejava: tinha invadido todos os sistemas bancários, enfiado os antigos privilegiados em barracões com tábuas no lugar de camas. Tudo isso para que pudessem comer, beber, viver, amar, dormir, ser como nós, Antes. Duvido que uma guerra mundial fizesse parte da propaganda ideológica de qualquer um. Mas, bem... As pessoas defendem o que amam. O resto do mundo amava a justiça – os direitos humanos.

Os Lobos *pensam* que amam a justiça, pensam que criaram igualdade ao inverter os pratos da balança.

Eu acho que os Lobos amam apenas a si mesmos.

Já faz dois anos que comi sorvete tirado do lixo e quase o mesmo tempo que o tubo com sangue e dentes do meu pai fez do meu bolso sua morada.

Dois anos podem eclipsar uma vida inteira, ao que parece.

CINCO

UMA INFINIDADE DE estrelas salpica o céu negro, como a neve que fica presa nas paredes de um globo de vidro. Faz frio para essa época do ano, aquele frio que parece uma lixa e te atinge por mais que você tente se virar para escapar. Queria estar usando mais do que o casaquinho amarelo que vesti para ir ao calçadão hoje de manhã. Queria estar com Birch.

Finnley e Esperança estão abraçadas a bombordo, e eu estou espichada no banco a estibordo. As duas passaram quase o dia inteiro cochichando. Finnley passou o dia tagarelando, aliás – na maior parte do tempo, Esperança ficou ouvindo, com a maior paciência que já vi. Até ficaria com medo que as duas estivessem tramando um motim, uma mudança de curso para Matamoros, apesar de ser a pior das péssimas ideias. Mas Esperança não sabe velejar tão bem quanto eu. Seja lá o que estiver rolando entre as duas, não é isso.

Nesse meio-tempo, Alexa ficou isolada, não disse uma palavra durante horas e horas. Suspeito que esteja tão sem sono quanto nós.

O oceano faz *shhhh* e nos embala, uma canção de ninar. Mas não é uma mãe em que se possa confiar. Amanhã, pode nos sacudir até o barco ruir. Pode nos arremessar, nos inundar, nos devorar.

Um rumor baixinho de passos surge no convés de madeira. Alexa.

– Dizem que os tubarões aparecem à noite – ela fala, sentando no meio de tudo. Se Alexa resolver se esticar e dormir ali, Esperança e eu teremos que passar por cima dela quando precisarmos ajustar as velas. – Eles têm sede de sangue e um estoque interminável de dentes afiados como facas.

Suas palavras serpenteiam e se preparam para dar o bote. Estamos paradas e em silêncio, como se pudéssemos evitar que os tubarões nos mordessem fingindo que eles não estão ali.

– Temos mais chances de morrer afogadas do que de sermos comidas por tubarões – diz Finnley. As ondas silenciam suas palavras quase no mesmo instante em que são pronunciadas.

Esperança se mexe.

– Como você acha que é? – ela pergunta em voz baixa.

– Morrer afogada? – diz Alexa, com tom leve demais. – Ou os tubarões?

– A ilha. Refúgio.

Será que as pedras do templo serão arenosas e cinzentas, limpas e impecáveis ou estarão tomadas pelo limo e caindo aos pedaços de tão antigas? Como serão os monges? Eu os imagino usando robes drapeados vermelhos, com a cabeça raspada brilhando ao Sol, entoando cantos monótonos alto o suficiente para chamar baleias e espantar fantasmas.

– Se existir, o que eu duvido, acho que deve ser uma selva – responde Alexa. – Com jiboias que vão nos estrangular enquanto dormimos e milhares de tipos de insetos só esperando para mastigar nossa carne até chegar ao coração.

Eu me obrigo a tirar a imagem da jiboia da cabeça – consigo lidar com tubarões, mas não com cobras. As cobras povoavam meus primeiros pesadelos, muito antes de tantas outras atrocidades dolorosas aparecerem e se juntarem a elas.

O veleiro crepita e balança, as ondas batem nos seus lados. Uma única onda mais forte poderia nos engolir.

É só quando Esperança fala que me dou conta de que estamos em silêncio há muitos minutos.

– Acho que vamos comer muitos peixes – diz ela. – E acho que vai ser um lugar tranquilo. Com areia, água, gaivotas e conchas. Um pôr do Sol com céu tão cor-de-rosa e alaranjado que não vai dar nem para se lembrar de quando era azul.

Por muito tempo, achei que eu era a única que ainda romantizava o pôr do Sol. A maioria das pessoas não se dá ao trabalho de observá-lo: é muito deprimente, dizem, faz lembrar as coisas que perdemos e jamais vamos recuperar. As coisas que nos foram roubadas.

Talvez seja comum no lado de Nova Port Isabel em que Esperança vivia as pessoas serem tão... bem... esperançosas. Mas então Finnley diz:

– Tenho pensado nisso. Vocês viram o vídeo, não viram? Aquele que mostra a Alcateia aniquilando cidades portuárias nos últimos meses, chegando até Hong Kong? Pelo jeito, estão sendo muito hostis nas suas conquistas. Guardas e armas, acho que é isso que vamos encontrar.

Então encontro minha resposta: Finnley é o pragmatismo e Esperança, o idealismo.

O tal vídeo é algo que tento esquecer. Todas as noites, depois do jantar e antes de ir para a cama, era inescapável: em telas gigantes, onde antes havia *outdoors* de casas para alugar na praia, há propaganda de guerra projetada nas paredes de todos os cantos dos nossos barracões, anúncios só de áudio que ecoam pelos estacionamentos rachados e tomados pelo mato. Esse noticiário noturno é feito para os Lobos, não para nós. Mesmo assim, está por todos os lados.

Tem gente que vive para vê-lo, gente que deveria se sentir enojada, como eu. É sua fuga, essa forma doentia de *reality show*. Não importa que tivéssemos autorização para perambular por Nova Port Isabel quando não estávamos em nossos postos de trabalho – éramos tão prisioneiras quanto as pessoas que apareciam nas reportagens. A diferença é que ainda estávamos vivas para ouvir as histórias de seus vilarejos sendo queimados, intoxicados, dos contra-ataques. Esquecem que ainda estamos vivos só porque ainda não nos mataram.

O fato de existir gente que prefere assistir aos vídeos a um pôr do Sol – e considera o pôr do Sol mais deprimente – é talvez a coisa mais trágica que resultou dessa guerra.

Alexa senta-se e pergunta:

– O que você acha? Está muito quieta.

Na minha cabeça, nunca estou quieta. Por isso nem sempre me dou conta de que não falo muito.

– Eu... O que *eu* acho? Acho que deve ser lindo. – Até aí, eu acredito. – E existem muitas ilhas no mundo. Ainda creio que uma delas possa ser um refúgio.

Se não for, meu pai desistiu de tudo por nada.

Pela primeira vez, Alexa não diz palavra alguma. Seus olhos refletem a luz das estrelas, que bruxuleia a cada mergulho do barco. Ela me observa.

É um jeito perturbador de pegar no sono.

SEIS

ACORDO ENGASGANDO NO meu próprio vômito e ponho para fora tudo o que eu já comi, debruçando-me na beirada do barco. As ondas picam tudo e levam embora, afiadas como facas e tão cinzas quanto.

– Desculpe! – O vento sopra o pedido de desculpas de Esperança na minha direção, depois o atira no mar. – Estou tentando... Eu...

Nossa vela está tão agitada quanto as ondas, fazendo um barulho tão alto quanto o de um helicóptero. Esperança tenta domar a retranca enquanto Finnley tira baldes e mais baldes d'água do convés. Até Alexa está ajudando.

– Por que vocês não me acordaram?

Dou um nó no cabelo e tomo o lugar de Esperança na retranca.

– Achamos que você precisava descansar para aguentar o próximo turno – responde ela.

Uma onda pula por cima da borda do veleiro, a estibordo, desfazendo todo o trabalho de Finnley.

– Talvez nem *haja* um próximo turno – disparo.

A retranca é teimosa. Apoio todo o meu peso contra ela, afundando os calcanhares no chão, até a retranca me obedecer. A vela se acalma, vai de ebulição a banho-maria. Mais um empurrão e ela para de hiperventilar e respira fundo o ar salgado. Apesar de as ondas ainda estarem fortes, não estão mais raivosas, querendo triturar tudo.

Alexa se joga contra o mastro e vai escorregando até sentar-se, como se todo o trabalho que eu fiz a tivesse extenuado. Pela primeira vez, vejo uma aberração em meio à sua atitude agressiva, uma delicadeza que não estava lá antes. Ou, pelo menos, que estava escondida. É como se a garota tivesse acabado de descobrir que não é invencível, que essa vida pode acabar com um único mergulho profundo demais do barco.

Como é que alguém pode viver essa guerra e não conhecer intimamente essa verdade?

Solto um longo suspiro.

– Por quanto tempo ficamos sem controle?

Esperança está com as bochechas vermelhas de tanto esforço e, provavelmente, de uma boa dose de vergonha.

– Não muito. Você acordou no primeiro mergulho.

– Ainda estávamos no curso certo antes?

Ela olha para Finnley, que assente.

– Foi tudo muito tranquilo quase a noite inteira, até que uma rajada de vento nos pegou desprevenidas.

Fico olhando para Esperança, tento ver se há sinceridade em seu olhar.

– Você *jura* que ainda estamos no curso certo? Para Refúgio, não para Matamoros.

– A menos que eu tenha lido a bússola errado – gagueja Esperança, com uma expressão de surpresa. – Não sei navegar tão bem para chegar a Matamoros daqui, mesmo que eu quisesse.

Isso não me tranquiliza como deveria, já que o barco ficou no controle dela a noite inteira, mas tenho quase certeza de que não está mentindo. Pelo jeito, nem passou pela sua cabeça mudar o curso.

– Matamoros foi uma ideia imbecil – diz Finnley, que está perto da proa do barco. – Já desistimos.

O tom da sua voz me deixa incomodada, pétalas de rosa cheias de espinhos. Resolvo acreditar na sua palavra e não na provocação: a última coisa da qual precisamos é uma briga.

– Obrigada pelo trabalho aí – acabo dizendo. – Está muito melhor.

Ela fez um ótimo serviço, tirando a água do barco. Só uma fina camada continua no convés, muito rasa para que possamos fazer algo a respeito e não profunda demais ao ponto de ser um problema.

Um lampejo amarelo chama minha atenção na frente do barco, perto dos pés de Finnley.

"Não."

– Tentei segurá-lo – ouço Esperança dizer enquanto corro até ele. – Caiu quando eu estava tentando ajustar a vela.

O guia do meu pai flutua, com a capa para baixo, naquele pouquinho de água que restou. Fico de joelhos para examiná-lo. Apesar de não estar todo inchado ou encharcado, a capa desgastada murcha quando a toco. "Vai dar tudo certo", tento me convencer. "Antes do meio-dia já vai estar seco e igualzinho ao que era, desde que o Sol apareça."

– Desculpe – diz Esperança. – Éden? Desculpe. Desculpe mesmo...

– Tudo bem – disparo. Ela estava tentando ajudar, ela só estava tentando ajudar.

Isso é uma coisa com a qual não estou mais acostumada: ajuda.

A água se enrosca em volta dos meus joelhos, entre os meus dedos. Abro o livro com cuidado e fico feliz de ver que foi bem encadernado, ao ponto de sobreviver. Suas páginas estão pesadas; apesar de saturadas de água, mal se enrolam. E, apesar de haver água pingando dos traços de cada "t" e cada "k", e haver poças na curva de cada letra, o texto impresso não derreteu, como uma menina que sai do mar e vai para areia.

As palavras escritas em tinta pelo meu pai estão manchadas, parece que criaram mofo, mas a maior parte ainda está legível. Só as anotações nas margens é que ficaram borradas. O mapa continua intacto – por enquanto, isso é tudo de que precisamos. Ainda bem que as partes mais prejudicadas não são essenciais.

Volto para perto das meninas e reparo que elas estão com cara de mortas. Esperança está pálida de exaustão, suas bochechas não estão mais rosadas. O cabelo de Finnley parece ao mesmo tempo liso e bagunçado; alguns fios rebeldes tentam voar, e os outros parecem cansados de tanto tentar; seu rosto é encoberto por sombras.

– Vocês duas deviam dormir um pouco – digo, mesmo que isso signifique ficar de guarda com Alexa, que ainda está enrolada na base do mastro. Sou forte o suficiente para velejar sem a ajuda dela, mas nenhuma de nós tem força suficiente para continuar acordada e alerta por tempo indeterminado.

Finnley lança um olhar sugestivo para Alexa, que fica só encarando o outro lado do barco.

– Tem certeza? Acho que consigo aguentar mais uma ou duas horas.

– Vocês já ficaram acordadas a noite inteira. A gente dá um jeito. – Se Alexa pôde sentir nosso olhar sobre ela, não demonstrou. – Entregue a bússola para Alexa. Vai dar tudo certo.

Finnley tira a bússola do bolso e a oferece.

– Você sabe ler uma bússola, não sabe, Alexa?

Alexa se vira, mas não o suficiente para olhá-la nos olhos.

– É claro que sei ler uma bússola. Não sou uma imbecil. – Ela estende a mão e fica esperando, como uma criança mimada pedindo doce.

Finnley não traduz sua expressão em palavras. Ponto para ela. Põe a bússola na mão de Alexa e vai para bombordo, onde Esperança já se acomodou para dormir, usando um dos coletes salva-vidas laranja como travesseiro.

– Pode nos acordar se precisar – diz Finnley, apoiando a cabeça nos braços.

As duas pegam no sono em menos de um minuto.

Navegamos tranquilamente por um bom tempo. Alexa e eu ficamos em silêncio, na maior parte do tempo, escondidas nas nossas próprias mentes. Penso em Birch, no meu pai. Em como queria estar confinada neste barco com pessoas que amo e em quem confio. Em como daria qualquer coisa para que eles estivessem aqui para me ajudar a navegar pelas águas e tudo o mais.

Umas duas horas depois, Alexa vira pra mim, sentada no banco, e diz:

– Hmmm… A flecha fica pulando assim mesmo? – A bússola está aberta na palma da sua mão.

Eu me inclino para dar uma olhada. A agulha da bússola está frenética, oscilando entre o NO e o NE, com um desvio ocasional para o S.

– Isso… não é normal – respondo. A agulha pula de oeste para leste no tempo em que meu olhar leva para perceber a tinta roxa no dedo mindinho de Alexa. A tinta roxa que, ontem mesmo, estampava A-L-E-X-A claramente.

Hoje, falta metade do "X", e o "E" sumiu.

SETE

ALEXA INCLINA A BÚSSOLA, fica observando a agulha.

– O que isso quer dizer?

Quero fazer a mesma pergunta para ela.

Não consigo parar de olhar para o dedo dela, conferindo várias vezes para me certificar de que não foi um truque da luz – não foi –, mas resolvo conter minha curiosidade até lidarmos com o problema mais urgente: bússola defeituosa. Afinal de contas, estamos presas no mesmo barco até chegarmos a Refúgio. Temos muito tempo.

– Tem alguma coisa interferindo. Você não está usando nada magnético, está?

Ela revira os olhos.

– Fiquei no barco esse tempo todo. Será que não teria dado defeito antes, se o problema fosse eu?

É um bom argumento.

– Nesse caso, o seu palpite é tão bom quanto o meu. – O que não é totalmente verdade, mas não tenho certeza dos meus pensamentos para apresentá-los como resposta viável. – Será que poderia ser uma anomalia geomagnética? – pergunto. E deixo por isso mesmo.

Porém, quando digo "poderia", tenho quase certeza de que estou dizendo "é".

– Hmmm – ela fala, virando a bússola na mão sem parar.

Pelo que me lembro das anotações do meu pai no guia, não existe referência ao Triângulo pelo nome. Mas, no seu mapa desenhado à mão, a ilha Refúgio fica dentro de um enorme escaleno, três lados desiguais, feitos com pontos e traços de tinta azul. Suas anotações não são muito explícitas a respeito das experiências estranhas que teve, mas são permeadas com evidências sobre elas.

Com todo o cuidado, descolo as páginas, que já estão quase secas, e encontro a que não para de me vir à mente. Em negrito, no canto superior esquerdo dela, o título é COMO NAVEGAR SEM BÚSSOLA.

É a página com mais orelhas do livro inteiro. Na margem, meu pai fez uma coluna de horários, com uma segunda coluna de anotações à direita. Um dos parágrafos impressos tem um asterisco azul caprichado do lado. Corro os olhos pela página e descubro que está cheia de informações úteis.

Essa página me tranquiliza e me apavora ao mesmo tempo. Tranquiliza porque é bem provável que não vamos ficar perdidas no mar – pelo menos não por causa de uma bússola defeituosa. Tranquiliza porque parte da equipe do meu pai cruzou o lado mais a oeste do Triângulo e voltou inteira, bem ao ponto de me entregar seus restos mortais.

Seus restos mortais: é aí que o pavor começa.

Nunca encasquetei muito a respeito do que pode ter reduzido meu pai a um tubo de ensaio cheio de sangue e dentes, e os guardas que o entregaram para mim nessa forma não se prontificaram a me passar a informação. Com isso, não quero dizer que nunca chafurdei na fossa de pensamentos trágicos na vida – só quero dizer que sempre saí dela antes de me afogar.

Não tenho muito a que me apegar, não mesmo, mas acredito que meu pai está morto. Não foi tanto o tubo que me convenceu, por mais assustador que seja – foi a aliança. Se existia algo que ele amava mais do que eu, *alguém*, era minha mãe. Tenho mil por cento de certeza de que meu pai jamais se separaria da aliança de casamento a não ser que alguém a tenha arrancado de sua mão gelada e sem vida.

Então, crio teorias.

Talvez ele tenha caído do barco durante uma tempestade na volta para casa, ou talvez tenha sido engolido pelo mar faminto, como Kiribati, ou talvez as pessoas que estavam com ele usaram uma rede para tirar seu corpo inchado do mar. Ou, quem sabe, ele tenha simplesmente morrido de fome na ilha Refúgio, e seu corpo era um peso morto que não valia a pena trazer de volta. E o que eu ia querer com um corpo, de todo modo?

Eu me apego a essas teorias quando me sinto lógica. Esperançosa.

Mas há dias em que, depois de ser levada de volta para o barracão com alguém segurando meu braço com muita força, penso com minhas entranhas em vez de com a cabeça.

E é aí que me perco nas coisas estranhas, nas coisas extremas.

Talvez ele tenha sido levado por algo misterioso, por exemplo. Algo inesperado que sua equipe encontrou durante a missão de dominar a ilha, algo que o fez verter sangue e alma.

Ou talvez seu desaparecimento não seja nenhum mistério. Talvez meu pai tenha deixado de ser útil à Alcateia, e eles – *puf* – o destilaram até sobrar só sangue e ossos. Depois do que deve ter sido, com certeza, uma morte sinistra e cruel. Talvez ele tenha dito "sim", "sim", "sim", até que um dia disse "não" e foi baleado, rápida e irremediavelmente, igualzinho a Birch no Dia Zero.

Então, como sempre, volto à única coisa que sei, com certeza, que é verdade: meu pai não era mentiroso. Seu desaparecimento não muda esse fato. Seja lá o que estiver à nossa espera na ilha, se houver a mais remota possibilidade de encontrarmos a liberdade a respeito da qual meu pai escreveu, tem que ser melhor do que as gaiolas e as asas cortadas que deixamos para trás.

Seguindo as instruções do guia, Alexa e eu fazemos uma bússola improvisada com esferográficas e corda, usando o Sol, as sombras e os ponteiros do relógio dela para nos guiar. Na verdade, são partes combinadas de duas técnicas diferentes, já que não temos todo o material necessário para aplicar nenhuma das duas completamente como manda o livro.

Quando voltamos ao curso e a velejar com tranquilidade, pego a garrafa Refugiágua e uma ração de emergência que estava em um dos bancos que arrombamos. Dá trabalho abrir a embalagem sem fazer barulho; Alexa não tem tanto cuidado. O farfalhar do plástico quase acorda Esperança lá do outro lado do barco, mas ela simplesmente se mexe e vira de lado. Devoramos nossas rações como se fosse um maná caído dos céus.

Alexa fica olhando o mar. Senta-se no banco, encolhida, com os cotovelos apoiados nos joelhos, girando a garrafa Refugiágua nas mãos. O ar salgado remexe seu cabelo preto. Ela o deixa voar, não tem a menor pressa de arrumá-lo.

Prendo meu cabelo em uma longa e bagunçada trança espinha-de-peixe. Há pelo menos 20 tons de areia na minha trança: do mais claro, descolorido pelo Sol, até a cor da beira da praia quando a maré se recolhe para dormir. Enrolo uma mecha fina de cabelo na ponta da trança para prendê-la.

Agora seria o momento perfeito para perguntar sobre as letras que sumiram da mão de Alexa. Mas, quanto mais ficamos ali, sentadas em silêncio, mais difícil fica imaginar como quebrá-lo, especialmente com uma pergunta tão agressiva.

– Por que você não correu? – pergunta ela, tirando os olhos do mar e olhando para mim. São de um tom de café forte, de chocolate amargo: amargo, contudo, cheio de substância. – Lá na praia. Você estava escondida. Por que não correu?

Para mim, parece óbvio. Mas, afinal, não era eu que estava de pé perto de um guarda morto quando nos conhecemos. Eu não tinha acesso a uma arma como ela.

– Você matou aquele guarda? – pergunto.

E lá se vai minha tentativa de não ser agressiva.

Alexa se mantém firme diante de uma pergunta tão direta. Ponto para ela. Fervendo firmemente, através dos olhos espremidos. Mas, ainda assim, firme.

Sou eu quem respondo primeiro:

– Eu me escondi porque achei que pudesse esperar tudo aquilo passar antes de correr até o barco – respondo. – E porque estive naquele calçadão vezes suficientes para saber que a areia era explosiva.

– Esperar tudo aquilo passar – repete ela. Não é uma pergunta, só uma afirmação. Um julgamento, talvez.

– Eu... – Mordo o lábio. – Me pareceu sensato aprender com os erros dos outros.

– Deixar os outros pisarem nas minas primeiro, você quer dizer.

É óbvio que é exatamente isso que quero dizer. Quando Alexa coloca a questão desse jeito, parece muito pior do que eu pretendia que fosse. Alguma coisa obscura ferve dentro de mim, uma nuvem de tinta de polvo que obscurece minha bússola moral. Até parece que é culpa minha as minas estarem lá, e até parece que eu não pisar em uma delas poderia ter salvado alguém. Mesmo que eu tivesse saído do esconderijo e bravamente avisado o estouro da manada para não pisar na areia, eu teria sido pisoteada ou levado um tiro.

Ainda assim... Pessoas morreram, e eu estou aqui neste barco, bem viva, porque pisei com todo o cuidado em volta dos braços e das pernas despedaçadas e sem vida.

– Então tivemos a mesma abordagem – diz Alexa. – Em essência.

Não entendo, e minha expressão deve demonstrar claramente que não entendo, porque ela dá um sorriso malicioso, como se estivesse satisfeita de ter feito uma piada interna consigo mesma. Então despeja na boca a água da garrafa, que está pela metade, e bebe, bebe, bebe até esvaziá-la.

– Nós duas usamos os outros para disparar as minas, para que não precisássemos fazer isso – fala, por fim. – Para que conseguíssemos fugir. Certo?

Isso não é nenhuma novidade. Assinto, como se dissesse "óbvio".

– A diferença entre nós é que você fez seu plano quando já era tarde demais para salvar os outros – completa. – E eu provoquei as explosões na fábrica que obrigaram todo mundo a sair correndo.

OITO

ERA UMA VEZ um mundo cheio de sonhos – apesar da mágoa – e de amor – apesar de suas feridas.

Era uma vez um mundo repleto de cores: o amarelo-gema-de-ovo das listas da estrada, emolduradas pelo asfalto preto, um arco-íris borrado de flores do campo.

Agora, o mundo está sendo engolido pelo mar, e o que sobrou está engasgado pelo verde, ervas daninhas de inveja e poder. E, às vezes, por um amor pela justiça levado a extremos dolorosos.

Está ficando difícil distinguir as ervas daninhas das flores.

NOVE

ALEXA É UM dente-de-leão. Esconde bem seus segredos, como se fossem pétalas prestes a se dissolver e virar flocos minúsculos. Mesmo sua confissão – essa confissão enorme, resplandecente, tão sincera que dói – só levanta mais questões.

Tento formar frases. Fracasso.

– Não conte para as meninas – ela pede. – As coisas vão ficar meio estranhas.

Esperança e Finnley têm direito de saber. E, afinal, as coisas *já estão* estranhas, agora que ela compartilhou seu segredo.

– Por que você me contou?

Alexa ficou me observando nos últimos minutos, mas o jeito que me olha mudou. Seus olhos ainda estão afiados, tão afiados que me cortam, mas é como olhar para a faca do *chef* e perceber que foi feita para cortar tomates, não corações humanos. Seu fio não se destina a mim – não mais.

– Porque você sabe que eu matei aquele guarda e não tem medo de mim.

Minha vontade é de dizer que ela está enganada. Eu *tenho* medo: estou apavorada, não por causa do seu passado, mas por causa da sua habilidade de falar dele tão diretamente. Dos outros segredos que dobrou e guardou, bem direitinho, fora do alcance dos olhos e da mente. Do que a inspirou a cometer esses atos.

Talvez seja isso que Alexa enxerga: o quanto quero escarafunchar sua pele, procurar seus segredos até entendê-los. Talvez a compaixão seja maior que o medo.

Eu deveria fazer minhas perguntas agora, aproveitar enquanto ela está me ouvindo. Mas terei que confrontá-la a respeito da tatuagem aos poucos. Derrubar suas barreiras primeiro.

– Você se arrepende?

– Me arrependo do quê? – Alexa rói as unhas, distraída. – De ter matado o guarda ou de ter contado para você?

Fico esperando, porque não deveria precisar especificar.

Ela não responde. Acho que *essa* é minha resposta.

– Eu ia fugir – digo. – E teria conseguido. Achava mesmo que conseguiria.

Sem as explosões.

Sem as mortes.

– Eu teria morrido em um piscar de olhos – ela fala. Seus olhos se voltam na direção dos meus, só por um instante, e tornam a olhar o mar. – Todos nós fazemos o que precisa ser feito, certo?

E é aí que percebo: Alexa é tão sozinha quanto eu. Não tem ninguém no campo – nem poderia ter, se provocou mesmo todas aquelas explosões. Haveria cinco pessoas neste barco, e não quatro, se ela quisesse que alguém sobrevivesse.

Se Finnley e Esperança estavam tentando voltar para Santa Mônica, para sua casa, talvez Alexa também estivesse tentando voltar para alguém.

– Quem é essa pessoa? – pergunto. – De quem você sente falta?

Simples assim: suas barreiras se levantam de novo.

– Não importa. Ele se foi.

Alexa põe uma carga de dez mil volts na palavra “foi”, e não quero tocar no assunto.

Em vez disso, hasteio a bandeira branca.

– Sei exatamente como você se sente...

Alexa levanta a mão de repente, me fazendo calar a boca. Olha sobre meus ombros, para as outras meninas.

Viro-me para trás. Tanto Finnley quanto Esperança estão acordadas, olhando algo no mar. Não parecem ter ouvido minha conversa com Alexa. O que será que chamou a atenção das duas? Percorro o mar com os olhos, mas só vejo a luz do Sol brilhando na água. Interminável, em todas as direções.

– Éden? – chama Finnley. – É ela?

Alexa e eu trocamos olhares. Pelo menos não sou a única que está confusa.

– É... ela... o quê?

Pode ser que minha visão perfeita não seja tão perfeita quanto penso – que tenha se transformado em cegueira de velhinha desde minha última visita ao oftalmologista, seis meses antes do Dia Zero –, mas cada linha que eu vejo é nítida; cada cor, vívida. Não tem nada além de água e céu para ver.

– O desenho do seu livro, da ilha – responde Finnley. – É bem parecido, você não acha?

Ela só pode estar falando de um livro e de um único desenho que parece uma ilha. Folheio as páginas que – até onde sei – continham um tesouro de informações sobre como pescar. Mas meu pai apagou completamente todo o texto impresso com um desenho feito em tinta azul, linhas de várias larguras sombreadas com hachuras e pontinhos. Uma praia que se estende de costa a costa: atrás dela, um extenso matagal de árvores e, na frente, ondas rebentando, cheias de espuma. Então, à esquerda, há um desenho intrincado de um totem grande e inconfundível que se ergue na direção do céu, onde a areia encontra as árvores. A tinta nas bordas da página está borrada, porque o livro nadou pelo convés encharcado hoje de manhã. Mesmo assim, é um retrato claro do que estamos procurando.

O que poderia até ser útil, se houvesse algo para ver além de água.

– Posso dar mais uma olhada? – Finnley estica a mão para mim, mas seu olhar está inegavelmente fixo em algo. – No desenho, quero dizer.

Vou até o outro lado do barco com o guia na mão.

Mas o livro cai no chão antes de eu conseguir entregá-lo para Finnley. Quase caio junto com ele. Depois de dar apenas três passos, sem nem apertar os olhos, o horizonte assume uma nova forma.

– Alexa – digo. – Você tem que ver isso.

DEZ

MEU PAI ERA um homem meticuloso: sua gramática era impecável; seu rosto estava sempre lisinho como o de um bebê e cheirava a menta, e ele não suportava ficar com sujeira debaixo da unha. Seu olhar para a especificidade, para a perfeição, se estendia por todas as facetas de sua vida. Vejo isso em cada ponto, em cada linha, em cada curva do desenho – que são idênticos a cada ponto, linha e curva da ilha à nossa frente.

E é por isso que não faz nenhum sentido termos chegado tão cedo, seguindo suas instruções meticulosamente escritas de como encontrá-la.

Sem falar que ele foi negligente ao não escrever uma única palavra sobre esse truque frustrante da natureza. Como é possível que uma ilha inteira seja vista de um lado do barco enquanto permanece escondida do outro?

Mas é inquestionável: esta é a ilha Refúgio. Sou um cata-vento, oscilando entre alegria e medo por tudo o que isso significa – tudo o que isso prova. A ilha Refúgio existe! Se vamos encontrar refúgio nela é outro mistério, completamente diferente. Agora, pelo menos, sei que é *possível.*

Esperança e eu ajustamos as velas, virando o barco até conseguirmos ver a ilha de todos os ângulos do convés. Quando fica claro que atravessamos a barreira que a tornou ilusória para nós, navegamos na sua direção.

No começo, a ilha parece estar perto, como se fosse levar menos de uma hora para chegar à beira da praia. E parece pequena: em uma hora, percorreríamos todo o perímetro. Pequena demais para servir de abrigo a refugiados.

Entretanto, apesar de cortarmos a água em um ritmo bem respeitável, levamos o resto da tarde para chegar à areia. Quando chegamos, é óbvio que a ilha é muito mais vasta do que parecia.

Ao atracar na água rasa, que é límpida, de um azul cristalino, nos sentimos anãs por causa de nossas imediações. Ali há árvores com quatro vezes a altura da nossa vela, uma força intimidadora atrás da praia deserta. Mais para a frente, na faixa de areia, nove enormes blocos de pedra formam o totem, e suas muitas facetas têm rostos exagerados, sombreados, entalhados na pedra. A única coisa que parece pequena aqui é o céu, uma faixa estreita de azul quase escondida pelas folhas verdes que balançam no topo das árvores. A brisa permite que estilhaços de luz do Sol cortem a impenetrável copa da vegetação.

Saio pela lateral do barco enquanto Esperança abaixa as velas. A água convidativa, tranquila e fria, toca minhas panturrilhas. Finnley se junta a mim. Juntas, puxamos o barco até a areia.

O ritmo de nosso progresso diminui, e encontramos resistência; sem o mar para nos ajudar a carregar o barco, ele se torna um animal pesado. Alexa e Esperança descem dele e caem na corrente, que bate nas canelas. Com um empurrão forte, começamos a nos mover de novo, um centímetro por vez, até que o barco fica levemente fora do alcance da água.

Alexa é a primeira a nos abandonar. Seus pés fazem pegadas perfeitas na areia úmida e lisa, o único sinal de vida nesta ilha além da torre de pedra.

– Já está bom – grita ela sem olhar para trás. – Se ficar aqui, o mar não leva.

Não sei se concordo. Na verdade, tenho quase certeza que *discordo*, mas arrastar o barco, mesmo por esta curta distância, deixou meu corpo inteiro dolorido. Sinto olhares sobre mim: Esperança e Finnley ainda estão com as mãos no barco, como se estivessem preparadas para empurrar por mais uma hora, se eu desse a ordem. Esperança está com o rosto vermelho, e seus braços são tão finos que até me surpreendo por não terem quebrado. Finnley é um pouco mais cheinha, mas não muito.

– Mesmo que o mar o leve – diz Finnley –, não temos outro lugar para ir.

Ela tem razão. Não que sirva de muito conforto.

– Vamos voltar para o barco – falo. – Por enquanto está bem assim. Peguem a garrafa Refugiágua e o máximo de rações de emergência que conseguirem, só por garantia.

Os olhos de Esperança têm uma expressão de alívio, mas ela não faz nenhum comentário. Enchemos os braços com provisões e seguimos as pegadas de Alexa até a areia ficar poeirenta e grudar nos nossos pés. As pegadas se enveredam na direção do totem de pedra; nós nos enveredamos na direção delas. Alexa fica observando a torre, parecendo pequena perto dela, perto da selva que cresce ao fundo. Nós nos juntamos a ela na sombra.

– Isso... não é o templo, é? – pergunta Esperança.

– Não combina com a descrição feita no guia – respondo. Passo os dedos nos sulcos entalhados e nos contornos arredondados de uma das faces do totem. – O guia indica que o templo está em algum lugar lá no fundo – completo, inclinando a cabeça na direção da selva.

Fitamos o totem. Que nos fita.

– OOOOOK – diz Alexa. – Divirtam-se olhando as pedras. Eu cansei. Para mim, chega. – Então ela joga o cabelo sobre o ombro e volta para a arrebentação.

Uma brisa remexe as folhas, ondas quebram na praia. É um lugar tranquilo, sereno. Nem um pouco parecido com o lugar de onde viemos, onde a areia era entrelaçada com explosivos e sangue. Aqui não há nenhum guarda vigiando, nada de balas e facas.

Ainda assim, pensar que estamos presas nesta ilha – “mesmo que o mar o leve, não temos outro lugar para ir” – faz um arrepio insensato percorrer meus ombros, um arrepio que parte da minha espinha e vai para as costelas e permanece ali por mais tempo do que deveria.

Nunca ninguém me preparou para o fato de a esperança estar tão emaranhada ao medo.

ONZE

– **E EU QUE** pensei que haveria um comitê de boas-vindas – diz Alexa enquanto Finnley e eu passamos carregando os últimos suprimentos do barco. Alexa se vira e tapa os olhos com o braço. Seu tronco está coberto de areia.

Esperança dispõe nosso estoque de rações de emergência em uma pirâmide caprichada, ao lado da árvore que escolhemos para ser nossa habitação temporária, perto do totem, mas não tão perto ao ponto de ele ficar nos encarando. Tem uma clareira, logo quando a selva acaba, grande o bastante para nós quatro nos espicharmos lado a lado. Alexa ficou na horizontal desde o instante em que a descobrimos.

– Não me surpreende ser assim – comenta Finnley, apesar de ter sido bastante insistente quando disse que esperava ser recebida por armas e guardas. Não deve ser fácil para ela admitir que estava errada. – Faz sentido o templo ser o mais longe possível da praia, e que as pessoas que buscam refúgio tenham certo trabalho para encontrá-lo.

Então ela joga um monte de coisas aleatórias dentro do buraco que eu acabei de cavar.

Pela primeira vez, concordo com Alexa:

– Mas será que as pessoas que buscam refúgio não chegariam cansadas, *morrendo* até? Não me parece justo obrigar gente exausta a ter trabalho em busca da paz.

– Se alguém está tão desesperado para ter paz, ter trabalho para encontrá-la não vai impedi-lo de procurar.

Nós três nos viramos para Esperança. Ela não fala muito, mas, quando fala, os outros escutam. Será que sempre foi assim? Quanto dela é produto da guerra e quanto é devido a genes privilegiados, à boa educação?

– Mas o que eu quero saber mesmo... – continua Esperança – ... é da segurança. Por que *não tem* ninguém de guarda?

– Talvez tenha. Talvez só não estejamos enxergando.

Seja lá o que fez de Esperança o que ela é, deve ter pulado a vez de Alexa.

Olho para trás, convencida de repente de que ela tem razão. Talvez, a teoria original de Finnley não fosse tão disparatada assim. Só vejo árvores, um pelotão ameaçador delas, de todos os tons de verde, até que as sombras as tingem de preto. E os olhos duros e mortos dos entalhes do totem.

– Deixe que olhem. – Finnley fica remexendo no nosso buraco de coisas. – Sim – comemora, tirando um canivete da pilha, junto com uma caixinha. – A gente estaria ferrada sem uma faca. E, ah! Fósforos à prova d'água. Excelente.

Finnley e eu tomamos a dianteira e começamos a montar o acampamento, principalmente porque Esperança gosta de ir atrás dos outros e Alexa está mais interessada em se bronzear. Nosso plano é primeiro estabelecer um acampamento-base, depois partir em busca do templo. A ilha é grande e a selva parece densa. Dependendo de quão bem o templo estiver escondido, pode levar a tarde inteira para encontrá-lo. Ou pode levar uma semana ou mais. Até porque não tem um comitê de boas-vindas para nos guiar.

Folheio o guia do meu pai.

– Abrigo, fogo, comida e água – digo. – Acho que essas são as coisas mais importantes, em que temos que nos concentrar. Como está indo a Refugiágua?

Esperança olha para o medidor da garrafa.

– Deve dar para encher mais umas quatro vezes.

– Ok. Então precisamos nos concentrar em conseguir fogo antes de comida e água – digo –, já que vamos precisar cozinhar ou ferver tudo o que pretendemos consumir.

Finnley concorda, o que me tranquiliza. Estou começando a perceber que ela vê o mundo em preto e branco, através de um quadrante lógico. Apostar na fé não é seu ponto forte. Mas é só pôr um pé diante do outro que a menina vira um tesouro. É empoderador saber que ela acha que minhas ideias são boas.

– Éden, você e Alexa deveriam pegar mais dessas folhas compridas e finas e começar a tecer esteiras – diz Finnley. – Ontem à noite você disse que trabalhava em uma fábrica de seda, não?

Não foi exatamente isso que eu disse, mas não a corrijo. Os casulos que eu recolhia eram usados em tecnologia, não para fazer tecido – a única semelhança é que ambos têm origem na saliva de bichos-da-seda. Mesmo assim, sei os princípios básicos da tecelagem. Conheci uma menina na estufa de seda que roubou um casulo e o guardou no bolso quando não tinha ninguém olhando além de mim. Ela o abriu no meio da noite e tediosamente teceu o delicado fio, fazendo um tecido macio e escorregadio. Era do tamanho de um marcador de páginas quando a pegaram atrás da fábrica de seda, tingindo-o de um vermelho cor de amora – pecados demais. Foi a última vez que a vi. Eles me mandaram queimar aquele belo símbolo de rebelião, a única coisa que ajudava a garota a enfrentar o dia a dia.

Em vez de queimá-lo, escondi o pano no guia.

Finnley sacode a caixa de fósforos e a atira para Esperança.

– Vamos pegar gravetos para fazer fogo.

– E para usar como armas – completa Esperança. Essa palavra soa errada saindo da sua boca. – Podemos afiar as pontas e transformá-los em lanças, usá-los para matar peixes. Ou animais pequenos – ela fica em silêncio alguns instantes e conclui: – Ou... animais grandes.

– Ou seres humanos. – Alexa finalmente parece interessada na conversa e levanta, apoiada em um dos cotovelos. – Que foi? – diz, encolhendo os ombros. – Talvez a gente tenha que se defender.

A confissão que fez no barco – "eu provoquei as explosões na fábrica que obrigaram todo mundo a sair correndo" – não sai da minha cabeça. Não sei se devo ficar horrorizada ou impressionada com ela, se aterrorizada ou maravilhada.

Tecer esteiras não me parece tão desagradável comparado com a tarefa bem mais complicada que tenho diante de mim: arrancar respostas de Alexa.

A única coisa que convence Alexa a sair do seu lugar confortável é a promessa de *mais* conforto.

– Você quer mesmo ficar com areia... ãhn... por tudo?

É Esperança que faz a pergunta, no contexto de uma discussão sobre termos que lavar as roupas de vez em quando, inclusive a calcinha, e como vamos querer ter esteiras para sentar enquanto as roupas estiverem secando. É o que basta.

– Tudo bem. *Tudo bem.* – Alexa levanta e sacode a areia do corpo. – Vamos lá.

Apesar de não conseguirmos ver o Sol direito daqui, centenas de variações de cor-de-rosa e laranja resplandecem no céu.

– Nos encontramos de novo antes de escurecer? – pergunto.

Finnley assente e sai com Esperança na direção das árvores. Em segredo, fico contente que nossa tarefa ainda não exija entrar na selva. Alexa e eu podemos encontrar tudo de que precisamos só margeando-a.

Plantas de folhas estreitas, perfeitas para tecer, ondulam na brisa como leques para refrescar reis durante o verão. Arrancamos todas as folhas que conseguimos e formamos um fardo, amarrando tudo com as mangas do meu casaquinho amarelo. Não vou usá-lo tão cedo, não com este calor.

– Desembucha – diz Alexa, arrancando com um puxão firme um punhado de folhas. – Você está estranha.

Tento invocar o jeito direto que ela aperfeiçoou durante toda a sua vida. O problema é que não sei com qual pergunta começar. Acabo decidindo por:

– Me conte como você fez aquilo.

Corto um monte de folhas com o canivete, e os tocos de caule saltam.

– Já temos folhas suficientes para começar a tecer? – ela pergunta.

Temos sim, mas não confirmo. Fico me remexendo, na esperança de que o silêncio arranque a verdade dela.

Alexa tira cinco folhas de uma planta já destruída, uma por vez, e as enfia no fardo feito com meu casaco. Como continuo em silêncio, ela revira os olhos e diz:

– Como eu fiz o quê, exatamente? Como eu fiz as bombas? Ou como as mantive em segredo dos guardas da Alcateia? – Suas palavras parecem uma inundação descontrolada que se ergue entre nós, e minha habilidade de responder é levada pela maré.

– Ou... – continua ela, mantendo os dentes cerrados e as palavras concisas – ... como fiz isso sozinha? Como posso viver com a consciência de ter tanto sangue nas mãos?

Seus olhos estão cheios de lágrimas que não escorrem. Fico tentada a me sentir culpada por tê-la pressionado tanto, até lembrar que foi a própria Alexa quem despejou seus segredos em cima de mim. E que segredos não foram a única coisa que ela despejou.

– Guarde esse canivete – diz ela.

Sigo seu olhar até minha mão: os nós dos meus dedos estão brancos em volta do cabo do canivete. Não tinha percebido que estava apertando tanto. Não tinha nem percebido que estava segurando a arma.

Com cuidado, fecho o canivete e guardo no bolso da minha calça, onde ele entra justinho ao lado do tubo de ensaio com meu pai.

– Já contei, quando nos conhecemos, que eu não estava fugindo *para* algum lugar. Estava só fugindo. E isso é verdade.

Com um movimento ágil, ela solta a fivela da pulseira de couro do relógio. Ao contrário da maioria das pessoas, Alexa o usa virado para baixo, com os ponteiros para dentro. Então, sem pensar duas vezes, deixa o relógio cair na areia e levanta a mão, como se fosse acenar para alguém.

Seu pulso é branco como porcelana, com exceção de uma pequena tatuagem, logo abaixo da palma da mão: uma cara de lobo.

A cara de lobo.

DOZE

– VOCÊ ERA *uma deles?*

Sua expressão, repleta de sol e de sombras, muda com a brisa. Sua dureza me deixa imediatamente na defensiva – não consigo olhar para Alexa sem ver todas as pessoas que a Alcateia arrancou de mim.

– Não me olhe assim.

Então ela arranca mais um punhado de folhas da planta mais próxima.

Viro o rosto, olho para o mar. Tudo o que quero dizer, perguntar, está emaranhado na boca do meu estômago.

Alexa enfia as folhas dentro do meu casaco com tanta força que de repente o fardo se desfaz inteiro em cima da areia.

– Isso foi um erro – murmura, já voltando para a clareira que nos servirá de lar.

Não protesto.

Eu me abaixo para recolher as folhas caídas e vejo o fecho do seu relógio brilhando ao Sol. Alexa não deveria ter sido tão descuidada – será que não se dá conta de que será forçada a revelar seu segredo sem ele? Eu poderia chamá-la, mas não faço isso. As meninas têm direito de saber. Não vou contar nada, não vou facilitar as coisas para Alexa – ela merece olhá-las nos olhos quando descobrirem. Ver sua raiva. Sua dor.

Vou até a praia, planto os pés onde a maré fica repuxando meus dedos. Faz anos que tive a liberdade de ficar tão perto da água, graças aos Lobos

– graças *a Alexa*. Lembranças doloridas me repuxam a cada onda: minha família minúscula, só meu pai e eu, por tantos anos, no píer. Fogueiras de acampamento à luz da Lua com Birch, *marshmallows* tostados até ficarem enegrecidos, cheios de bolhas. Conchas, estrelas-do-mar e castelos de areia. A revoada de gaivotas que roubou o pão do nosso piquenique.

Todas as coisas às quais não dei o devido valor.

Uma brisa fria sopra, levantando todos os pelos do meu braço. Tiro as folhas do meu casaco e visto suas mangas tão amadas. Por ora, enquanto ainda tem Sol, vai ser suficiente. Espero que a vegetação da nossa clareira seja uma barreira melhor quando chegar a hora de dormir.

Transformo as folhas em uma esteira, tecendo por cima e por baixo em um padrão que tranquiliza minha mente. Quando termino de tecer três esteiras pequenas, o céu está de um cinza sem Sol típico do crepúsculo, e meus dedos estão em carne viva. Minha pilha de folhas diminuiu drasticamente – não tenho o suficiente para uma quarta esteira.

Um par de pés descalços aparece do meu lado: Esperança.

– Posso sentar?

– Boa sorte – digo, espalhando o que resta da minha pilha de folhas. – A praia fica bem lotada nesta época do ano.

– *Turistas.* – Esperança afunda na areia e estica suas longas pernas bronzeadas. Então sacode a cabeça e completa: – Você imaginava que sentiria falta dos turistas, entre tantas coisas?

– Nunca pensei que fosse sentir falta de um monte de coisas.

Nunca pensei que *perderia* tantas coisas.

– Minha irmã sempre reclamava, dizia que os turistas eram um saco. Ela era garçonete daquele restaurante de frutos do mar no píer de Santa Mônica.

– Sua irmã veio para o Texas com você?

Depois do Zero, as pessoas foram mandadas para campos de trabalho forçado por todo o país, a maioria em áreas litorâneas vulneráveis, para acabar com o máximo de relações duradouras possível. Eu fui uma das poucas que ficou no mesmo lugar. Um avô de cada lado, dois tios perdidos... Com exceção do meu pai, não faço ideia de onde o resto da minha família foi parar, nem sei se ainda estão vivos.

Esperança não responde, e tiro os olhos do mar pela primeira vez desde que ela se sentou. Ela encolhe os joelhos perto do corpo, abraça-os, apoia o queixo nos braços.

– Nem tive a chance de me despedir.

Não me lembro de ter conhecido alguém que *teve* a chance de se despedir.

– Eu também não. Não me despedi da minha mãe nem dos meus avós. Só que minha mãe se foi muito antes da guerra.

– Você não tem irmãos? – ela pergunta.

– Sou filha única.

Birch era praticamente da família; se tivéssemos chegado aos 20 anos juntos, ele provavelmente teria se tornado parte da minha família *de verdade*.

– Às vezes – comenta Esperança –, penso que deve ser melhor assim. Mais fácil, quer dizer. Não necessariamente melhor.

Apesar de não ter perdido irmãos, sei exatamente o que Esperança quer dizer. Pensei a mesma coisa, centenas de vezes: quando pedaços do seu coração são arrancados, é fácil desejar nunca ter tido a sensação de ter um coração por inteiro. Mas ninguém pode negar que um coração por inteiro bate melhor do que um coração partido.

Ela enterra os dedos dos pés na areia.

– Está tão escuro lá fora. Foi tão rápido.

Não fosse pela fatia de Lua pendurada no horizonte, nós duas estaríamos apagadas pela noite. Deveríamos voltar para a clareira logo – o vento aumentou, e o frio que ele traz incomoda. Uma fogueira ajudaria muito.

– Queria que a gente pudesse passar a noite aqui, perto da água – digo.

Não quero estar perto de Alexa de jeito nenhum neste momento. Mesmo que tenha dado as costas para sua vida na Alcateia, ela é parte do motivo pelo qual nosso mundo está tão despedaçado, de um modo tão funesto. Não que eu não respeite a ousadia de sua fuga, pois respeito.

É só que Lobos são predadores e nos condicionaram a ter medo deles.

Uma confusão na clareira despedaça este momento tranquilo: vozes altas, tons duros. Primeiro Finnley, depois Alexa. Pânico. Uma fogueira bruxuleia perto da base da árvore frondosa – fica difícil saber se está queimando dentro dos limites ou se o vento fez as chamas fugirem do controle.

Esperança já está de pé, quase na metade do caminho até a clareira. Não tenho muita vontade de ajudar. Em todas as noites sem dormir que passei olhando para o teto, sonhando com Refúgio, nunca incluí uma ex-Lobo na equação. Mas agora este é meu lar também... *nosso* lar. Gostando ou não, esta é a família que vou ter daqui para a frente.

Por isso, pego as três esteiras que teci e corro.

– Ela é uma *Lobo*! – Finnley explode quando chego. O fogo queima, comportado, dentro de um círculo de pedras brancas e lisas. – Quando você ia nos contar, Alexa? Ou será que queria simplesmente nos matar hoje à noite, durante o sono? Você achou que íamos ignorar para sempre o revólver enfiado nos seus shorts?

Alexa está bem perto do rosto de Finnley, seus olhos parecem afiados como cristais negros.

– Se eu quisesse matar vocês, sequer teriam entrado no barco.

Por mais que eu esteja inclinada a odiá-la por sua história, essa parte é verdade: Alexa me protegeu no calçadão quando tentei sair. Avisou para eu não me mexer. Poderia ter disparado aquela arma, sem misericórdia.

– Talvez você tenha só nos usado para chegar até a ilha – responde Finnley, sem retroceder. – Talvez estivesse espionando Éden durante meses, talvez acreditasse em Refúgio esse tempo todo e precisasse dela para encontrá-lo.

O maxilar de Alexa fica tenso.

– Se é que você consegue se lembrar de ontem – diz ela, entredentes –, fui contra vir para cá.

– Então, se você não estava vindo para cá, para onde, exatamente, esperava ir?

Alexa vira para mim, e fico surpresa ao ver seus olhos cheios de lágrimas.

– Quantas vezes vou ter que dizer? Eu estava apenas tentando fugir.

Do mesmo modo que tive certeza de que Alexa disse a verdade quando falou que não queria nos matar, há alguma coisa no jeito como sua voz falha, no jeito como ela se controla, como se estivesse engolindo um colapso nervoso. Pode até não ser mentira, mas tenho quase certeza de que não é completamente verdade.

– Espera aí, o que você *quer dizer* com "quantas vezes eu tenho que dizer"? – Finnley olha para nós duas, com os olhos parecendo lâminas de aço. – Você sabia disso, Éden? E não falou nada?

– Eu acabei de descobrir...

– E o quê? Achou que tudo bem ficar guardando um segredo desses?

– Não, eu...

– Talvez você também seja um deles.

Então Finnley arranca dos meus braços as esteiras que fiz e puxa meu pulso para cima, para inspecioná-lo.

Puxo de volta. Cerro os dentes para só sair fumaça, olho feio, por mais que meus olhos se encham de lágrimas. Traidoras.

– Você acha que eu tenho cara... – digo, do modo mais claro que consigo, com o maxilar ainda tenso – ... de quem abriria mão da vida inteira só para apagar incêndio dos outros?

Esperança fica no meio de nós duas e fala:

– Acho que ela não quis dizer...

– Você acha que eu não quis dizer *o quê*? – As palavras de Finnley calam a boca de Esperança. – Quem vê cara não vê coração, Éden. Só porque você tem cara de quem era uma menina privilegiada que vivia em uma mansão de cinco milhões de dólares, não quer dizer que era mesmo.

Fico abismada de ver que meu Antes continua presente em mim ao ponto de ela reconhecer, mesmo depois de tudo o que os Lobos fizeram para arrancá-lo. Afinal, talvez isso não devesse me surpreender. Dez entre dez vezes, nós, oprimidos, temos um passado de privilégio. Mesmo assim, nem todo mundo tinha um privilégio tão extremo quanto o meu – boa parte da classe média acabou nos barracões junto com o restante de nós.

– Acertei, não foi? Bom, que *sorte* você tem – fala Finnley. Finalmente sua voz perde o tom inflamado. Murcha, como brasas que se transformam em cinzas. – Pelo menos, você tinha suas doces lembranças para ajudá-la a enfrentar os dias terríveis, alimentando bichos-da-seda.

Alexa faz careta pelas costas de Finnley. Eu mordo a língua.

– Finnley... – Esperança fala baixo. Ninguém a faz calar a boca desta vez. – Ninguém aqui quer brigar. Somos... tipo, tudo o que temos neste momento.

Finnley atira um punhado de gravetos na fogueira; as chamas os devoram, em um surto de faíscas.

– Você não faz ideia... – diz ela, quase em um suspiro – ... do que é ser esquecida. – Suas lágrimas chiam ao cair, rápidas e ríspidas, nas pedras ardentes. – Como é ser negligenciada e deixada para trás, quando todos os seus amigos fazem parte da Alcateia, e você sequer é convidada. Como é querer ser um deles, porque *merece* ser, porque nunca foi privilegiada, nunca foi rica. – Ela engole em seco e continua: – E odiar a si mesma por sequer ter pensado nisso. Odiar a si mesma por ter sido amiga do tipo de pessoa que gosta tanto do sangue dos outros.

Não sei o que eu estava esperando, mas não era isso. Olho para Alexa, me preparo para um abalo sísmico reflexo, em resposta ao último comentário de Finnley, mas parece que sua cabeça está a quilômetros de distância.

– Eu sei como é... – fala Esperança, olhando para a fogueira – ... odiá-los, mas amar um deles. Questionar se você realmente conhece essa pessoa, como pôde não ter notado todos os problemas, se vivia no quarto ao lado. Seu irmão, sem dúvida.

A fogueira estala, crepita. A guerra é assim: incontrolável, faminta, devora tudo até não ter mais nada para roubar, até só restarem cinzas.

– Nunca gostei de sangue. – É Alexa. Ainda a quilômetros de distância. – Só fiz o que achava que precisava fazer para sobreviver.

TREZE

SOBREVIVER:

Não é tão fácil quanto inspirar e expirar.

Não é tão fácil quanto morder, mastigar, engolir.

Não é fácil.

Nem todos os Lobos começaram tendo gosto por sangue. Acredito nisso. Nem todos os Lobos queriam ter uma vida à custa de outras vidas. Os Lobos queriam ter uma vida – mas não à custa de *suas* próprias vidas.

Então o gosto por sangue venceu. Presas e garras, o desejo de sobreviver a qualquer custo. Os mais fracos permitiram que isso acontecesse, para que não fossem pegos pela matança.

Morder. Mastigar. Engolir.

Sobreviver nasce tanto do medo quanto da coragem.

QUATORZE

FICAMOS PISANDO EM ovos umas com as outras. Ninguém disparou mais nenhuma mina emocional. Mas, até aí, mal falamos durante duas horas.

– Vou ficar com eles. – Finnley pega os dois coletes salva-vidas da pilha sem pensar duas vezes.

– Quem disse que você vai ficar com os travesseiros? – dispara Alexa.

– Pode ficar com o meu – intervém Esperança. – Não tem problema. – Ela arranca um dos coletes de Finnley e atira no lugar que Alexa escolheu, perto da fogueira. Alexa se plantou ali há uma hora, o mais perto que conseguiu sem chamuscar sua esteira ou seu cabelo.

Esperança e Finnley se acomodaram um pouco mais para dentro da selva. Uma espessa barreira de vegetação e uma distância de vários corpos separam suas esteiras da nossa clareira.

Escolhi ficar debaixo de uma grande árvore, não muito perto nem muito longe. A areia é áspera e gelada, apesar da fogueira, e meu casaquinho virou um travesseiro bem ruim. Optei por ficar sem esteira – melhor isso do que alguém se ressentir de mim por não ter feito mais uma. Vai ser uma noite longa: pouco conforto, muitos insetos.

– Não vou ficar alimentando a fogueira a noite toda, só pra vocês saberem – fala Alexa depois de mais um longo período em silêncio.

Ninguém se prontifica. Ninguém diz uma palavra sequer.

Com Finnley mantendo distância de Alexa – e Esperança tentando manter a distância entre Finnley e uma nova explosão –, a tarefa recai sobre mim, suponho.

– Eu cuido disso – respondo. Não me importo. Não vou mesmo conseguir dormir tão cedo.

E acho que não sou a única – a quietude é rígida, não tranquilizante. Alexa finge dormir, mas seus músculos parecem muito tensos à luz da fogueira. De quando em quando, acho que escuto Finnley e Esperança se mexendo atrás do arbusto, mas o farfalhar das folhas é muito cuidadoso, muito controlado.

Nas últimas duas horas, fiquei tentando ligar os pontos para entender como Finnley acabou do lado errado da linha divisória dos Lobos. Quantos mais iguais a ela estão lá, pessoas sobre as quais jamais fiquei sabendo? Penso nas linhas que nos dividem, em como poderíamos traçá-las interminavelmente, para sempre, até que todo mundo acabe sozinho dentro de sua própria área pontiaguda. Em como algumas linhas são mais fáceis de cruzar do que outras.

Linhas traçadas na areia são notoriamente frágeis. Para apagá-las, basta uma onda rápida, um repuxo forte da maré. Mas as linhas traçadas pelos Lobos são traçadas em sangue, brutais, baseadas em instintos e suposições. Se parecêssemos ricos, se os implantes feitos com tecnologia da seda nas pontas dos dedos não apresentassem cicatrizes – um procedimento sem suturas custa milhares de dólares, era fácil distinguir quem não conseguiu pagar por um – virávamos alvo. Se frequentássemos determinada escola particular ou vivêssemos em determinado código postal ou tivéssemos determinados carros de luxo ou nossos próprios cartuchos de Refugiágua – *qualquer uma* dessas coisas nos colocavam do lado errado da linha. Era uma ciência baseada em emoção, não em exatidão. E era surpreendentemente exata.

A ponta do dedo esquerdo de Finnley é cheia de cicatrizes. A maioria das cicatrizes de implantes fica no dedo direito, já que as pessoas usam a mão dominante para fazer pagamentos. O seu indicador direito sem suturas, lisinho, deve ter dado a impressão errada para os Lobos. Ela não era rica, apenas canhota.

A tecnologia da seda tinha seu próprio modo de traçar linhas divisórias. Como as linhas invisíveis que cruzam o globo: fronteiras do terceiro mundo se transformando em poderes de primeiro mundo, poderes de primeiro mundo caindo em desgraça.

Os esforços humanitários no terceiro mundo causaram um impacto drástico na saúde e no bem-estar social. Primeiro, foram as garrafas Refugiágua: seis mil foram enviadas para o outro lado do planeta. Então, quando a Ambientech descobriu que poderia moldar proteínas da seda para usar de todas as formas que os engenheiros pudessem sonhar, vieram os medicamentos comestíveis, que não precisavam de refrigeração, na forma de cartões de plástico. Novas famílias, novas *cidades*, começaram a prosperar. As regiões da África e da Ásia sem saída para o mar estão muito diferentes do que eram há 30 anos. Os bichos-da-seda transformaram a paisagem dos poderes do mundo em algo que ninguém poderia ter previsto.

A tecnologia da seda foi algo bom para essas populações. Aqui, praticamente só causou problemas, só estratificou ainda mais as pessoas que estavam apenas tentando sobreviver. Aqui, nada foi de graça – a situação não era tão ruim para que isso se justificasse, até que acabamos sendo generosos demais, até que outras partes do mundo entraram em ascensão e caímos aos poucos em declínio. Só havia aqueles que tinham dinheiro e aqueles que não tinham. Aqueles com água potável, com os melhores remédios e aqueles sem nada. Aqueles com pele lisinha e aqueles com cicatrizes.

Todos nós fomos cortados, não sobrou ninguém.

Só que algumas das nossas cicatrizes são menos óbvias do que outras.

Abro os olhos de repente, ao ouvir um galho se partindo. A fatia de Lua está diretamente sobre nossa clareira, e a fogueira se reduziu a algumas brasas: devo ter caído no sono, e por um bom tempo. As ondas quebram na praia, fazendo mais barulho do que antes, por causa da maré alta.

Jogo alguns galhos na fogueira, garantindo que a última chama restante acenda pelo menos um. Nosso buraco de suprimentos está ao meu alcance; remexo lá dentro e encontro a lanterna que havia guardado.

Outro galho se quebra. Pelo menos, acho que é um galho, e não apenas o remexer dos suprimentos.

– Olá? – sussurro.

Nada.

– Alexa?

Acendo a lanterna na direção da sua esteira, na esperança de que ela simplesmente tenha levantado para fazer xixi. Não tenho sorte: Alexa está encolhida como uma criança, dormindo, serena. Nem sequer se mexe quando a chamo.

Sinto um arrepio na nuca. Tento ignorar, mas isso me deixa ainda mais nervosa.

– Esperança? – chamo.

Vou, com cuidado e cautela, na direção da vegetação que nos separa.

– Finnley?

O feixe da lanterna é forte, mas não o suficiente para alcançar suas esteiras. Dou mais alguns passos e vejo que elas também estão em um sono profundo.

A fogueira estala e crepita, devorando seu combustível fresquinho. Dirijo o feixe da lanterna para a areia, em todas as direções. Nada ainda, ninguém. Ainda não vimos uma alma viva nesta ilha, mas isso não significa que estejamos sozinhas aqui. De acordo com as anotações no guia do meu pai, nem sequer *esperamos* estar sozinhas – mas também jamais esperamos que nosso primeiro encontro com quem quer que more aqui fosse na calada da noite.

Volto com cautela para a árvore debaixo da qual dormi, prestando atenção nos ruídos, em busca de qualquer sinal de que as coisas não estão como deveriam estar.

Folhas farfalham no fundo da selva. Um macaco, penso – uma brisa mais forte.

Mas alguns galhos estalam, não tão alto quanto antes. Sento ao pé da árvore, levo a cabeça para trás. Fico tão quieta quanto possível, caso o que quer que esteja lá se revele pouco amigável. Fico ouvindo os ruídos pelo que parecem horas, mas nada aparece. Por fim, os barulhos começam a se acumular, com tanta frequência que me convenço de que é só a selva, cheia de vida, e nada mais.

A última coisa que vejo antes de sucumbir ao sono é o céu de um rosa--arroxeado, antes da aurora.

A primeira coisa que vejo, quando acordo sendo sacudida, é Esperança.

– A Finnley – diz ela sem sua costumeira expressão de serenidade. – Ela sumiu.

QUINZE

– **ELA FALOU ALGUMA** coisa, disse que pretendia andar por aí? – pergunto.

Alexa finge desinteresse e tira o papel de uma das poucas rações de emergência que nos restaram – logo vamos ter que aprender a pescar com lanças, percebo –, mas volta os olhos para nós quando pensa que não estamos notando.

Será que foi Alexa que sumiu com Finnley? Por mais que isso pareça uma ótima explicação, não parece plausível. Alexa dormiu a noite inteira, nem sequer se mexeu quando botei mais lenha na fogueira. E foi Finnley quem insistiu em manter distância dela, não o contrário.

Esperança anda para lá e para cá na clareira. Está fazendo isso há tanto tempo que a areia começou a afundar debaixo dos seus pés.

– Ela me disse que queria procurar o templo, mas pensei que faria isso depois que todas nós acordássemos, não ao raiar do dia.

– Nunca fizemos planos concretos, acho – respondo. – Pensei que todas tínhamos a mesma opinião, que iríamos juntas. Em plena luz do dia.

É só isso, tento me convencer. Ela acordou cedo, dormira apesar de todos os barulhos que me deixaram arrepiada, queria andar sozinha, sem Alexa, sem mim. Eu, sem dúvida, não ia querer explorar a floresta sozinha, quase na escuridão, mas Finnley estava claramente chateada conosco ontem à noite. Comigo e com Alexa, pelo menos. Não falei nada sobre os barulhos para as meninas – não posso mudar o fato de não ter falado nada assim que o primeiro galho estalou. O que as duas achariam de mim se soubessem que eu poderia ter evitado... o que quer que tenha acontecido?

Não aconteceu nada. Nada, nada.

Mas aqueles barulhos que me deixaram nervosa: não consigo tirá-los da cabeça.

Vi muitas coisas desde que a guerra começou, houve muitas coisas que preferia esquecer, o suficiente para saber quando tem alguma coisa errada.

A menina do banheiro comunitário, por exemplo. Eu a via todas as manhãs, todas as noites. Nunca nos falamos, só escovávamos os dentes com escovas duras e sem pasta – até que, certa manhã, ela não apareceu mais. Perguntei pela garota, mas ninguém me deu respostas. Foi como se tivesse sumido do campo.

E aquele senhor que servia mingau de aveia na fila, todos os dias: mergulhava religiosamente a concha no caldeirão preto fervente apesar de suas mãos estarem vermelhas, em carne viva, descamando e cheias de bolhas. Os Lobos o fritavam com um bastão de choque, daqueles de tocar gado, sempre que a fila andava muito devagar. O senhor não durou seis meses.

Então teve o pastor que não mudava sua mensagem. Cuja congregação clandestina apareceu certa manhã de domingo e o encontrou crucificado como seu Salvador.

Eu tinha esperança de que tivéssemos escapado dos seres que rastejam durante a noite, que amam roubar, matar e destruir.

Agora não sei mais.

Combinamos de ficar na clareira só até eu conseguir transformar três galhos grossos em lanças afiadas. Até Alexa parece ansiosa para procurar

Finnley, o que me surpreende – a garota não me parece do tipo que se importa com os outros –, mas resolvo não fazer nenhum comentário. Ela sai procurando pela praia, sem se afastar demais ao ponto de não conseguirmos vê-la, mas acaba voltando para a clareira. Sozinha.

Esperança folheia o guia enquanto eu faço as lanças. Concluímos que, se Finnley foi *mesmo* procurar o templo, deve ter se baseado nas informações do livro. Com certeza, passou um bom tempo dentro do barco estudando o guia, tempo suficiente para memorizar os detalhes que meu pai incluiu. Desde que não fizesse perguntas, eu lhe disse, podia ler o guia o quanto quisesse, para aprimorar suas habilidades de sobrevivência na selva. Agora me arrependo de não ter guardado o livro bem perto de mim, como era meu plano original.

– Não vejo nada aqui além do que já sabemos – diz Esperança. – "Templos escondidos entre samambaias, estruturas formadas por pedras e segredos." Seria legal se quem escreveu isso tivesse feito um mapa.

Talvez meu pai não tenha vivido tempo suficiente para ser tão meticuloso. Esse pensamento enterra suas unhas no meu cérebro, e faço o melhor que posso para afugentá-lo. Eu já tinha dito para Esperança que não havia mais detalhes para revelar, mas ela quis procurar de todo jeito. Ver se conseguia encontrar alguma pista escondida, à espera de uma pessoa que a soubesse decifrar.

– Finnley acha que pode ser um código – comenta Esperança. Isso me faz olhar para ela na mesma hora, e quase corto minha própria mão com a faca.

– Quê? Que tipo de código?

Se existe alguém que devia ter decifrado o código, esse alguém sou eu. Devotei anos e anos ao estudo daquele livro. Ao estudo do meu pai.

Esperança morde o lábio e diz:

– Eu me esforcei muito para prestar atenção, mas sempre caía no sono enquanto ela falava, ontem à noite. Para ser sincera, Finnley ficava sussurrando, o que não ajudou nem um pouco. Lembro que disse alguma coisa sobre os traços – completa ela, soltando um suspiro. – Desculpe, sei que não estou ajudando. Tecnicamente, tudo o que está escrito aí poderia ser considerado um traço.

Os traços. Que traços?

Estendo a mão, e Esperança me entrega o livro sem dizer mais nada. Os únicos traços que me vêm à mente são os que meu pai fez para contabilizar quantos peixes eles comeram. Mas será que isso era simbólico? Folheio as páginas... Sim, definitivamente, há duas listas – peixes pescados, peixes comidos –, 32 traços em cada coluna. Qualquer simbolismo que eu tente impor parece simplesmente ridículo. Às vezes, um peixe é só um peixe.

– Fiquei me perguntando se talvez isso aqui... – Esperança estica a mão, e eu lhe devolvo o livro. Ela mostra o desenho que meu pai fez da ilha – ... poderia ser código Morse? – Ela aponta para o mar, para as ondas sombreadas com linhas e pontos, que cobrem metade da página.

Ah. *Ah.* Agora que ela disse, não consigo mais desver. Como nunca notei algo tão óbvio escondido debaixo do meu nariz? Além do mais, está por todo o livro, em todos os lugares onde aparecem os desenhos do meu pai.

Alexa paira atrás de nós, examinando a página.

– Alguma de vocês duas sabe decifrar código Morse?

– Eu só sei o S.O.S. – respondo. – E tem muito mais escrito aqui do que isso.

– E eu não sei nem *isso* – diz Esperança.

Alexa dá uma risadinha.

– Se existe algo que um guia de sobrevivência deveria ter, acho que é uma tabela de código Morse.

Meu coração afunda no peito. Se houvesse uma mensagem para mim, com certeza meu pai teria garantido que eu estivesse equipada para decifrá-la. Certo? Talvez eu esteja deixando passar alguma coisa. E, se Finnley souber decifrá-la, pode saber de coisas a respeito do meu pai que nem eu mesma sei.

Pode saber de coisas a respeito do meu pai que eu não *quero* que ela saiba.

Alexa vai até nosso buraco de suprimentos, fica remexendo meio sem vontade até encontrar o que está procurando. É um bloquinho preto, do tamanho da sua mão, um pouco mais grosso do que um palito de fósforo.

– De onde saiu isso? – pergunto.

Ela encolhe os ombros e responde:

– Encontrei no barco. Quem sabe tem alguma coisa útil aqui?

Se eu tivesse encontrado o bloco, teria mostrado para todas elas na mesma hora. E também já o teria decorado. Alexa e eu não somos nem um pouco parecidas.

Quando ela abre o bloco, fica claro que se trata de uma agenda.

– Achei que valia a pena dar uma olhada – diz ela. – Alguém aí quer um souvenir para se lembrar do ano de 2055?

Do verão de 55, talvez. De setembro: nem tanto. Fico surpresa com o fato de a agenda não recomeçar depois do Dia Zero. Que os números continuam impressos em preto e negrito – não em vermelho-sangue-de-Birch –, como se o mundo tivesse continuado a girar normalmente.

Na verdade, parece mais que o mundo implodiu.

DEZESSEIS

NOSSO PLANO É o seguinte: combinamos de procurar o templo, já que, pelo que conseguimos imaginar, é o lugar mais lógico aonde Finnley pode ter ido. Ao longo do caminho, vamos ficar de olhos atentos a pegadas, galhos quebrados e trilhas por onde ela pode ter sido arrastada.

Meus motivos não são pura e simplesmente encontrar Finnley, para ser sincera. Se ela conseguiu decifrar o código Morse, quero descobrir. *Preciso* saber mais sobre o meu pai, mais sobre a ilha. Talvez Finnley tenha lido alguma coisa sobre a localização do templo; talvez saiba de algo que nós não sabemos. Talvez tenha saído para andar sozinha por uma *razão.*

Ou talvez seu sangue esteja sendo usado para escrever uma nova agenda.

Tento me livrar desse pensamento.

– Só para vocês saberem, conseguimos encher a garrafa Refugiágua apenas mais duas vezes – diz Alexa.

– Que ótimo – respondo. – Vamos adicionar água à lista de coisas que estamos procurando. Você pode amarrar os cantis no meu casaco?

Encontramos dois deles no veleiro, cheios de água e bem fechados, mas estávamos guardando-os como último recurso, em caso de emergência – o filtro da Refugiágua só ter mais duas recargas definitivamente se qualifica como uma quase emergência. Poderíamos encher a garrafa até quatro vezes, dependendo da nossa coragem, mas é arriscado.

Pela primeira vez desde que nos conhecemos, Alexa não retruca ou – pior – me ignora completamente. Passo as lanças que fiz, uma para cada.

Esperança fica girando a sua entre as mãos e pergunta:

– Mais alguma coisa antes de partirmos?

– Algo para marcar nosso caminho? – sugiro. – Alguma coisa que dê para cortar e amarrar no tronco das árvores?

– Que tal os coletes salva-vidas? – sugere Alexa.

– São chamativos demais – respondo. – Precisamos de algo que não atraia tanta atenção. Se alguém *pegou* Finnley, não me parece uma boa ideia deixar um rastro de migalhas para essa pessoa seguir.

– Mas será que já não teriam nos pegado, se realmente quisessem? – questiona Esperança. – E quem falou que eles existem, afinal? Não vimos uma alma na ilha.

– Só porque ainda não nos pegaram – fala Alexa – não significa que *não vão* nos pegar. Talvez seja um joguinho psicológico. Talvez sejamos ratos de laboratório em algum experimento social sádico; talvez estejam esperando para ver quanto vai demorar para a gente matar umas às outras. Isso pouparia o trabalho deles.

As palavras de Alexa me pegam desprevenida. Não que sejam ilógicas – é uma teoria assustadoramente plausível. É só que sua teoria está muito distante de tudo o que eu esperava que esta ilha fosse, baseada nas anotações que meu pai fez no guia. Muito distante de tudo o que ainda *tenho esperança* que seja.

Só que essa é a maior demonstração de emoção que já vi em Alexa até agora. Por isso, não jogo um balde de água fria nela.

– Pode até ser – digo –, mas acho bem mais provável que Finnley tenha simplesmente saído para caminhar sem a gente. – É nisso que resolvi acreditar, no fim das contas. É a teoria mais lógica, ainda mais à luz do desentendimento que tivemos ontem à noite, e à luz da possibilidade de ela ter decifrado o código Morse. – Seja como for, estamos perdendo tempo. Prefiro não usar nada para marcar nosso caminho do que usar esses coletes salva-vidas superóbvios. Só por precaução.

– Podemos cortar minha calça – sugere Esperança.

Mas ela tem muito menos carne em cima dos ossos do que eu, e não me sentiria bem tirando sua roupa, até porque a temperatura despenca à noite. Olho para Alexa, mas ela não tem nada a oferecer: seus shorts mal cobrem o essencial do jeito que está.

– Vamos usar a minha. Estava mesmo pensando em transformá-la em shorts – minto. Vou ter que fazer um cobertor para combinar com as nossas esteiras.

– Tem certeza? – pergunta Esperança. – Eu não ligo mesmo.

– Não, tudo bem – me pego dizendo, apesar de não ter certeza de que realmente está tudo bem. Mas já abri a boca, e Esperança parece aliviada, então destroço minha calça.

Saímos à procura do templo, tateando às cegas, marcando árvores pelo caminho. A selva é exuberante, verde e cheia de vida, com folhas tão grossas que só sabemos que o chão arenoso está debaixo delas porque não caímos direto até o centro da Terra.

Os galhos arranham e fazem cócegas nas minhas pernas descobertas. Tantos dias, lá nos barracões, ansiei exatamente por isto: um lugar intocado, um lugar onde a vida crescesse sem nenhuma interferência. Um lugar completamente diferente do que o nosso mundo se tornou, todo de concreto rachado e ervas daninhas em guerra entre si.

Agora que estou aqui, não é como eu imaginava. Pensei que a liberdade traria consigo uma sensação de paz. Quietude. Silêncio e descanso.

Não trouxe.

Quando está silencioso, fico me perguntando *por quê.*

Cipós milenares se enroscam uns nos outros, pendurados em troncos de árvore mais largos do que nós três juntas. Imagino jiboias entrelaçadas nelas, prontas para atacar, como tantas que apareciam nos meus pesadelos de infância. Quanto mais avançamos, mas fechada fica a mata. A paranoia aparece lentamente: não consigo parar de pensar no que pode estar escondido debaixo desse verde que oblitera a areia. Mesmo a ilusão de uma cobra basta para me dar vontade de sair correndo e me esconder na praia. Mas e aí? Não vim até aqui só para ficar me escondendo.

Vou golpeando o mato com a lança, testando o caminho à medida que adentro na selva. Não há cobras – nem mesmo um ou outro lagarto de vez em quando. Não há rastros, nem trilhas, nem coisas partidas, não há sinais improvisados marcando o caminho – nada que dê uma pista de aonde Finnley pode ter ido. Nada além de areia.

Talvez ela *não queira* que nós a encontremos. Talvez não tenha planos de voltar.

Mas, afinal, deve haver uma centena de caminhos que ela pode ter tomado. A esta altura, parece mais promissor nos concentrarmos no templo – o destino final, não importa o caminho trilhado para encontrá-lo.

Depois de pelo menos uma hora, talvez duas, nossa única medida de progresso é que entramos fundo na mata e precisamos começar a racionar os retalhos para marcar o caminho. Não vimos nenhum sinal de Finnley, nenhum sinal de nada nem remotamente parecido com um templo. Me incomoda o fato de as instruções do meu pai serem tão claras a respeito de como encontrar a ilha, mas ele não ter deixado quase nada para nos guiar até o templo.

Me incomoda muito.

Chegamos a uma pequena clareira, onde os galhos perto de nossos pés finalmente começam a afinar. Grandes rochas cheias de limo se inclinam para trás, parecendo exploradores cansados que desistiram e sucumbiram ao processo de petrificação. Em três direções, a partir da clareira, os arcos das copas das árvores bem acima de nós parecem uma série de túneis formados naturalmente. Como tudo nesta ilha, se esparramam e têm muito mato.

– A gente deveria estar fazendo um mapa – comenta Esperança. Hesitante, passa os dedos sobre uma das pedras cheias de limo. – Parece fácil se perder por aqui.

"Parece fácil Finnley se perder por aqui", ouço nas entrelinhas das suas palavras.

Alexa revira os olhos e se estica em cima de uma das rochas maiores, que é longa e plana, parecendo uma cama.

– Estamos marcando o caminho. Vai dar tudo certo.

Tenho um lápis quase sem ponta – outro achado-surpresa de Alexa –, mas não há espaço para escrever no guia. As páginas estão completamente cobertas com a letra caprichada do meu pai, em tinta azul.

– Vamos ficar sem tecido logo, logo – respondo, folheando o livro para me certificar de que não tem nenhum canto vazio. – É uma boa ideia. – Em vez de escrever no livro, arranco o mês de setembro da agenda de bolso que Alexa encontrou no veleiro. Consigo fazer um pequeno mapa na parte de trás, talvez dê até para algumas anotações.

Esperança, que está carregando meu casaco cheio de suprimentos, tira a tampa da garrafa Refugiágua e bebe um fio d'água. Fica andando para lá e para cá pela clareira.

Sento e começo a anotar descrições dos pontos importantes que passamos até agora.

– Quer sentar, Esperança? Posso ir mais para lá.

Ela olha para o limo e faz careta.

– Estou bem. Obrigada.

O limo debaixo das minhas coxas é escorregadio, melado e gelado. Não sei como Alexa consegue relaxar desse jeito, esparramada com tanto de sua pele em contato direto com ele. Escrevo o mais rápido possível, só para poder levantar de novo, apesar de meus músculos estarem gostando do descanso. Passamos a manhã inteira caminhando por uma subida pouco inclinada.

Pelo canto do olho, vejo Esperança apertar a ponta do nariz, fechar os olhos. Ela está um pouco pálida. O gole d'água que toma é tão minúsculo que eu ficaria surpresa se a garota realmente tivesse sentido ele descer.

– Tem certeza de que está bem? – pergunto. – Você não está com a cara muito boa.

– Fiquei meio tonta por um segundo, mas a água está ajudando. – Ela dá mais um gole minúsculo. – Tenho tentado não beber mais do que minha cota, mas... Acho que estou ficando um pouco desidratada, quem sabe...

Tenho uma vaga lembrança de isso acontecer com minha mãe certa vez, quando eu era bem pequena: passamos o dia inteiro no Sol, velejando, e ela gastou toda a sua energia cuidando de mim em vez de cuidar de si mesma. Acabamos passando a noite no pronto-socorro, esperando enquanto um emaranhado de tubos repunha o que ela havia perdido.

– Beba o quanto precisar – respondo. – Só temos que encontrar mais.

Mas isso é um problema. Continuamos dando prioridade a Finnley? Ou nos focamos em procurar água por enquanto, para *conseguirmos* continuar procurando Finnley?

Eu sei qual das duas opções prefiro.

Apresento as alternativas.

– Eu voto na água – Alexa vai logo dizendo. Nenhuma surpresa, sério.

– Esperança? – pergunto.

Ela fica em silêncio por um minuto, mas por fim me olha nos olhos. Suas pálpebras parecem pesadas.

– Eu também voto na água – responde. – Não *quero*, mas esse é o meu voto. – Ela sabe o que Alexa e eu sabemos: podemos andar pela selva o resto do dia e, mesmo assim, não encontrar Finnley.

– Não estamos abandonando Finnley, ok? – digo. – Estamos só... nos fortalecendo para poder procurar *mais*.

Esperança engole em seco e assente.

– É. É, ok. – Ela já parece bem melhor agora que tomou um pouco mais de água e abriu uma ração de emergência. Estende a mão para ajudar Alexa a levantar de sua cama de pedra e pergunta: – Pronta?

Alexa solta um suspiro exagerado e abana para afastar a mão de Esperança.

– Vão sem mim – fala. – Voltem e me avisem quando encontrarem água.

Mordo minha bochecha, com força, antes que algo do qual eu possa me arrepender saia pela minha boca. Tarde demais, vejo nos olhos de Esperança uma ferocidade que nenhuma de nós viu nela antes.

– Você não é uma *princesa*, Alexa. E nós não somos suas escravas.

Alexa levanta de um pulo, abismada. Esperança ainda não terminou de falar.

– Éden e eu tivemos muita paciência com você, desde que tivemos o azar de acabar naquele veleiro juntas. E você? Não foi nada além de ingrata, não ajudou em nada. – Os olhos de Esperança brilham, suas bochechas estão vermelhas. – Eu *defendi* você para Finnley ontem à noite, sabia? Tenho muita tolerância com gente que eu não entendo. Sempre tem algo a mais que posso não saber, então tento dar uma chance. Mas simplesmente *cansei* de você ficar sentada enquanto a gente faz todo o trabalho. Está tão ilhada aqui quanto nós e vai carregar seu próprio peso daqui para a frente, porque para mim *já deu.*

Por um segundo eterno, o farfalhar das folhas nas árvores fica tão silencioso quanto estas velhas pedras.

Então o silêncio é rompido pelos passos de Esperança, por sua respiração profunda, trêmula. Ela vai devagar até um dos túneis nas copas das árvores e segue pela trilha sem olhar para trás uma vez sequer.

Antes de seguir Esperança, lanço um olhar sugestivo para Alexa e a fito por um tempo. Seus olhos estão vazios, indecifráveis, mas não demora muito para seus passos acompanharem os meus.

DEZESSETE

QUANDO ALEXA E EU alcançamos Esperança, pego o guia e abro na página 14.

– Como encontrar água – leio. Tento correr os olhos pela página, tento distinguir o texto impresso das anotações do meu pai. – Tem várias pistas que podemos procurar, de acordo com o livro: pegadas de animais, enxames de insetos, rotas de voo de pássaros... Coisas assim.

Fico imaginando se meu pai usou este exato capítulo do livro quando estava aqui: ele também andou por horas e horas com a equipe, procurando uma fonte de água. Se é que chegaram a encontrar uma.

Uma ideia me ocorre:

– Sabe, procurar água pode nos *ajudar* a encontrar Finnley. Seja lá onde o templo estiver, provavelmente deve ter sido construído perto de uma fonte d'água, certo? Então, se conseguimos encontrar água, *quando* encontrarmos – corrijo – podemos ficar perto das margens, segui-las enquanto procuramos pelo templo.

Esperança se endireita, tudo nela fica um pouco mais animado. Não diz nada, mas tenho certeza de que se sente culpada por estar desidratada – talvez pensando que, se seu corpo aguentasse, não precisaríamos parar de procurar Finnley.

– Se encontrarmos lama, pode ser que haja água subterrânea. – Alexa parece quase envergonhada por ter falado isso. – É um truque que minha vó me ensinou durante as inundações, quando toda a água encanada estava contaminada e não tínhamos acesso à Refugiágua. Se tiver lama, dá para cavar um buraco com cerca de 30 centímetros de profundidade e ver se há água. Dá para filtrar a lama com tecido.

– Alexa, isso é... brilhante – falo. – Obrigada.

– Mesmo assim, é bom usar a Refugiágua – diz ela, sem rodeios. – Nunca se sabe se o que a gente encontra ao cavar causa alguma doença.

O jeito como ela fala isso faz parecer que tem alguma experiência pessoal, mais do que gostaria. Penso no campo de trabalho forçado, em como Alexa era tão sozinha quanto eu.

– Foi isso que aconteceu com sua avó?

Alexa não responde, e eu olho para ela. Ela não me olha, só fica remexendo, distraída, em um monte de folhas com a lança, procurando pegadas inexistentes de animais.

– A Alcateia prometeu o mundo para minha avó, disse que teria um lugar esperando por ela depois do golpe, se quisesse se mudar para o continente – conta. – Só que ela não durou até isso acontecer. A infecção acabou com ela rapidinho.

– Por que *você* não se mudou para o continente?

Todos nós nos barracões nos perguntávamos isso: por que alguns Lobos escolhiam ficar de guarda em vez de se mudar para as nossas mansões recém-abandonadas, com nossas piscinas reluzentes e nossos gramados impecáveis? Era óbvio que, para a maioria dos guardas do acampamento, guardas para os quais a definição de "uma vida melhor" significava "mais poder", era por causa de um desejo sádico de nos ver sofrer com seus próprios olhos.

Alexa não era um deles.

Assim como aconteceu no barco, quando eu perguntei de quem ela sentia falta, suas barreiras se levantaram. Sente falta da avó, tenho certeza. Mas, se sua avó já morreu – e ela teve uma chance de se mudar para o continente, mas não se mudou –, essa pedra no seu sapato tem a ver com outra coisa. Com outra *pessoa*.

– Achei que poderia ajudar. – É tudo o que diz.

Depois disso, ficamos em silêncio por muito tempo, todas nós perdidas nos próprios pensamentos. Paro por um instante para tomar nota sempre que passamos por algo diferente – uma árvore com um buraco no tronco preto como asfalto, um trecho de areia com uma espessa cobertura de vegetação, algumas flores de um azul muito vivo, diferente de tudo o que já vi na vida. A certa altura, confundo um punhado de cipós especialmente enrolados com serpentes, e Esperança tem que me acalmar para eu não ter um enfarte.

Só que, a essa altura, eu já deveria saber. Não vimos nenhuma cobra. Nenhuma pegada, nenhum enxame, nenhuma revoada. Não vimos *nada* promissor – não encontramos absolutamente nenhum sinal de vida. Estamos fazendo tudo certo, tudo o que o guia manda, mas isso não resultou nem na mais pálida esperança.

– Tudo bem, Éden? – pergunta Esperança, e eu pisco. Olho para cima. Seguro o guia com um pouco menos de força.

Que lugar é *este*? Que lugar é este onde uma menina pode desaparecer no meio da noite sem deixar rastros? Onde podemos atravessar a selva por horas e horas e não encontrar nada do que deveríamos encontrar – nada que indique a vida, a liberdade, a paz sobre as quais meu pai escreveu? Que lugar é este onde não vimos sequer um pássaro? Sequer um *inseto*?

Isso... não é bom.

– Tudo – respondo, para o meu próprio bem e para o bem delas. Por acaso aqui, no meio da selva, algo de bom pode resultar se deixarmos a frustração tomar conta? – Vamos continuar andando.

Seguimos em frente, nos arrastando um pouco depois de um dia tão longo, parando de vez em quando para comer, nos hidratarmos e apontar o lápis com o canivete. Eu tinha acabado de começar uma nova leva de anotações na parte de trás do mês de novembro de 2055 arrancado da agenda quando Esperança pega de leve no meu cotovelo.

– Vocês estão ouvindo isso, meninas? – Ela fala baixo, como se estivesse com medo de assustar seja lá o que tenha ouvido.

Enfio minhas anotações dentro do guia e fecho os olhos. Presto atenção no ruído. A paisagem sonora não está mais tomada apenas por folhas farfalhantes, galhos de árvores que crepitam na brisa: depois de tanto procurar – finalmente – ouvimos.

– Água?

Esperança dá um sorriso.

– Não são apenas ondas do mar – responde. – E parece perto também.

Fico tão aliviada que seria capaz de chorar. É exatamente o incentivo de que precisamos depois de um dia tão desanimador. "Som de água (nordeste)", escrevo ao lado da minha anotação mais recente sobre um marco no caminho.

Alexa tira nosso último cantil cheio do fardo de suprimentos feito com meu casaco e abre a tampa. Seca um quarto dele, mais do que qualquer uma de nós teve coragem de beber de uma vez só.

– Que foi? – diz ela quando percebe que Esperança e eu estamos olhando. – Vamos encontrar mais logo, logo, certo?

– Isso não é desculpa para ser descuidada – falo. E, *uau*, é um soco inesperado no meu estômago: falei igualzinho ao meu pai.

Alexa fecha a tampa, mas, em vez de guardar o cantil dentro do casaco, onde é o seu devido lugar, oferece-o para mim.

– Quer? Anda, você sabe que está com sede.

Estou mesmo, mas ainda me parece errado não racionar a água adequadamente. Depois de um momento de hesitação, aceito e bebo um pouco mais do que deveria. É uma atitude de fé, um compromisso determinado: *vamos* encontrar água e precisamos encontrar logo.

– Vamos lá – digo. Partimos com entusiasmo e energia renovados, e o som da água fica mais perto a cada passo. Até que chegamos a um pedaço especialmente denso da vegetação e o barulho fica tão abafado que temos que nos esforçar para ouvi-lo.

Esperança se separa de nós, sai correndo na frente.

– Meninas! – diz ela, se abaixando. – Olhem! – Com seus dedos delicados, segura a ponta de uma embalagem de ração de emergência. – Será que Finnley passou por aqui?

Sinto uma onda de adrenalina e fico esperançosa por dois segundos gloriosos – até que noto um monte de cipós conhecidos, os mesmos cipós que pareciam serpentes e quase me deram um ataque do coração. Aí me lembro, claramente, de ter comido uma ração de emergência naquele momento. Quase engasguei.

– Meninas, já passamos por aqui – falo, completamente derrotada.

DEZOITO

PROCURAR ÁGUA É como andar em direção a uma miragem no deserto, como tentar encontrar a raiz de um arco-íris, como ficar na ponta dos pés na esperança de arrancar a Lua do céu. O constante borbulhar de um riacho está sempre ao alcance dos ouvidos, mas, quando voltamos pela trilha onde o som é mais alto, não vemos nada além de mais selva. Caminhamos até que a luz da tarde se torna tênue, sem avistar uma gota sequer.

E também acabamos com quase toda a nossa água. Tínhamos tanta certeza de que encontraríamos mais que não tomamos o mesmo cuidado de antes. Ao menos não estamos com sede.

Mato um mosquito, e uma gotinha de sangue surge no meu braço grudento de suor. Um mosquito! Não vimos nenhum outro inseto – talvez isso, finalmente, seja um sinal de que a água está perto, só não a encontramos ainda. A coceira começa logo em seguida, e a vermelhidão. Mas aí sinto uma queimação, algo que nunca senti com uma picada de mosquito, e me dou conta: não é a picada que está doendo. É a palma da minha mão direita, é a parte de trás das minhas duas coxas. Parece que estou comendo uma pimenta-malagueta crua, do jeito que pica, depois arde, depois faz você pegar fogo por dentro.

– Aaaaaaaaaaaaaai!

O grito de Alexa ecoa no ar.

Esperança e eu nos viramos bem na hora em que Alexa dobra o corpo, seu cabelo se solta e cai sobre o rosto. Quando ela se endireita – se é que pode se chamar seu movimento de se endireitar –, conseguimos ver melhor: cada centímetro dos seus braços e das suas pernas parece ter sido mergulhado em um caldeirão de luz do Sol derretida. Não tem bolhas, só uma pele de lagosta lisinha em vez de seu tom normal de *cappuccino*.

– Que foi? Que aconteceu? – pergunta Esperança, já do lado de Alexa antes que eu consiga dar dois passos.

Alexa olha feio através do cabelo que cobre seus olhos.

– E como é que *eu* vou saber? Você está nessa selva pelo mesmo tanto de tempo, não sou nenhuma *expert*.

Esperança revira os olhos, inclina a cabeça como quem diz que sua paciência está por um fio, assim como o filtro de Alexa. A minha não está muito melhor.

– Acho que Esperança quis perguntar... – falo, com cuidado para não parecer ríspida – ... se, tipo, você pisou em alguma coisa ou tocou em alguma coisa?

Minhas coxas ainda estão pegando fogo, mas não consigo pensar em nada além do mosquito que pode ter causado isso. E olha que não fiquei deitada na praia como Alexa, convidando os raios ultravioleta a me estuporar.

– Você está de brincadeira? Vocês duas me matariam se eu diminuísse o precioso ritmo de vocês – responde Alexa, quase cuspindo. – Eu *literalmente* pisei em tudo o que vocês pisaram. Não sento há horas, desde aquelas pedras.

– Dá para se acalmar? – pede Esperança, à beira de precisar seguir seu próprio conselho. – Não estamos acusando você de nada.

Dói muito quando me contorço, tentando olhar melhor para a parte de trás das minhas pernas.

– Esperança, você não chegou a se sentar nas pedras, chegou? Você as tocou?

Sua pele parece tão clara quanto antes, com exceção de um leve rubor nas bochechas.

– Só o suficiente para ter certeza de que não queria sentar. Não gosto de limo.

Antes de ela terminar de falar, tenho certeza de que só pode ser isso. Esperança levanta as duas mãos, as pontas dos dedos da mão direita estão manchadas de rosa. E também vejo três picadas de mosquito no seu braço.

– Meninas, acho que foi o limo. Talvez, quanto mais ficamos em contato com ele, pior o efeito. Talvez seja algum tipo de hera venenosa.

– Que ótimo – responde Alexa com ironia. – E como se resolve *isso*?

– Com água e sabão? Funciona com hera venenosa, pelo menos – respondo. – Não sei se vai funcionar com a gente.

– Temos sabão? – pergunta Esperança.

– Bom... não. Será que só água basta?

Alexa dá uma bufada.

– Então passamos por tudo isso só para chegar a uma ilha deserta onde meninas simplesmente desaparecem no meio da noite sem deixar rastros. E escutamos um barulho d'água, mas não podemos vê-la. E agora o lugar tem limo venenoso. *Excelente.* – Ela passa por nós e se encolhe toda quando uma folha longa e fina toca de leve na sua panturrilha. – Parabéns – diz, sem se dar ao trabalho de olhar para trás. – Estou oficialmente motivada a encontrar água.

Como se uma garrafa Refugiágua vazia não fosse motivação suficiente.

Desta vez, é Esperança que demora para ir atrás.

– Que foi? – pergunto, tentando desesperadamente ignorar a queimação na parte de trás das minhas pernas. Pela primeira vez, Alexa está cheia de disposição – e eu também, pelos mesmos motivos –, mas Esperança nem se mexe.

– É estranho, não é? – É tão raro Esperança falar que sua voz soa penetrante. – Ela teria voltado para nos procurar, eu acho.

Finnley.

Ela é uma força invisível entre nós, um motivo para termos nos aventurado no meio da selva. Mesmo assim, é uma serpente nas árvores, uma viúva-negra no meio das folhas: uma verdade que relutamos a encarar.

Não sei como responder.

Esperança já sabe que há muito mais nesta ilha do que o que podemos ver. Sabe que Finnley poderia ter tomado os mais diversos caminhos, pelos mais diversos motivos. Que, mesmo que tivesse voltado para nos procurar, a verdade é que era muito pouco provável que a gente se encontrasse antes do cair da noite.

E acho que ela sabe, de certo modo – porque conhece Finnley melhor do que o restante de nós –, que a amiga jamais teria saído sozinha.

Isso é apenas algo em que fingimos acreditar para nos sentirmos melhor.

Mato outro mosquito, atiro-o no chão da selva e tento não pensar em como a vida pode acabar rápido quando alguém um pouco maior e um pouco mais forte simplesmente quer ter um pouco mais de conforto.

– Sim – admito, mais para mim mesma do que para as meninas. Nada no guia me preparou para isso. – É estranho.

DEZENOVE

NÃO SEI SE restou alguma alma viva na face da Terra que conseguiria me identificar no meio de outras pessoas parecidas. Seja lá o que tenha acontecido com Finnley, pelo menos ela tem isto: alguém que a conhece. Alguém que a conhece bem.

O dia antes do Zero foi repleto de coisas das quais eu não sabia que sentiria falta.

Tuitar ao vivo com Emma a maratona de filmes de Kiera Holloway, minha melhor amiga desde o jardim da infância – como ficamos frustradas por nossos aplicativos não pararem de travar por causa de falhas no sistema. Nos empanturramos de *s'mores* que meu pai havia feito: o *marshmallow* quente escorria como lava quando mordíamos o biscoito.

Depois que a maratona terminou, encontrei Birch para ficar vendo os surfistas nas ondas. Estava muito frio para um domingo de setembro, ainda mais depois que o Sol se pôs no horizonte, atrás de nós. Ele tirou uma das suas camadas de roupa para eu poder me aquecer. Se me esforçar, ainda consigo sentir a maciez das mangas de sua camisa de flanela na minha pele; o calor do tecido, igual ao dele; seu cheiro de sabonete de menta e do café que compramos no caminho.

São dessas pequenas coisas que sinto falta, de verdade.

Como Emma: mesmo antes de vê-la no colégio na manhã seguinte, eu sabia que ela estaria com a mesma trança que Kiera usou no filme, uma trança espinha-de-peixe deliberadamente bagunçada, com um fio dourado brilhante entrelaçado.

E meu pai: quando nos trouxe chocolate quente para tomar com os *s'mores*, encheu nossas canecas preferidas de *marshmallows* e até se lembrou de polvilhar canela, pimenta-caiena e sal marinho dentro da caneca de Emma. Era assim que ela gostava desde que tínhamos 6 anos.

Sinto falta de tudo em Birch. Mas, quando tento me lembrar dele, não vejo seu rosto, nem os dez tons de azul dos seus olhos, nem os calos que ele tinha nas mãos de tanto tocar a guitarra detonada. Em vez disso, vejo as bordas gastas do seus chinelos, fios soltos e pontos desfeitos. Vejo o aromatizador de abacaxi pendurado no espelho retrovisor de seu carro, sinto o cheiro doce de fruta artificial misturado com poeira das saídas do seu ar-condicionado. Me lembro daquela camisa de flanela, do único botão azul que ele pregou quando perdeu um dos vermelhos, o jeito como sempre dobrava as mangas, qualquer que fosse a estação do ano. De como ele tinha dinheiro mais do que suficiente para comprar coisas novas, mas amava o conforto e a previsibilidade de passar a vida com as coisas que conhecia. Talvez fosse por isso que passava tanto tempo comigo.

Essas são as coisas insubstituíveis.

Mesmo que consigamos nossos filmes de volta, nossos cordões dourados, nossas estrelas de cinema, roteiros e capas de revista – mesmo que consigamos nossos *marshmallows*, nossos chocolates quentes e nossas canecas com alças de arco-íris e nuvens –, mesmo que consigamos nossas pranchas de surfe, nossos castelos de areia, nossas noites suaves de verão...

Não é a mesma coisa do que conhecer alguém tão bem quanto a si mesmo.

Não é a mesma coisa do que alguém conhecer você.

VINTE

NA TERCEIRA VEZ em que passamos pelo mesmo grupo de árvores, contornamos a beira da trilha principal e até nos aventuramos a entrar um pouco no mato selvagem – agora temos relativa certeza de que nem presas afiadas, nem línguas bifurcadas estão à nossa espreita. Mesmo assim, tomamos o cuidado de afastar as folhas com nossas lanças, mais para evitar o contato com as plantas. A dor ardida do limo venenoso ainda não diminuiu; não estamos nem um pouco a fim de encostar em outras coisas do gênero.

– Meninas! – grita Alexa de uma área na sombra do outro lado da trilha. – Acho que encontrei algo! – Ela se abaixa e desaparece atrás de uma moita. Quando levanta, mostra sua lança: a ponta está suja de lama. – Tem uma tonelada disso aqui. E fica mais molhado ali...

Alexa interrompe a própria frase, olha para nós rapidamente e começa a correr. Dispara para dentro da selva, afastando-se da trilha. Esperança e eu corremos atrás, tomando cuidado para não pisarmos na lama e ficarmos presas.

Mas, de repente, Alexa desaparece.

Um grito ecoa no ar, obviamente de Alexa. Olho para a copa da árvore – será que ela caiu em alguma espécie de armadilha? Me lembro de um dos filmes de Kiera Holloway, dos favoritos de Emma, no qual uma rede prendeu os desavisados em um amontoado precário e deixou-os pendurados em uma árvore. Só que não há nada parecido aqui. Nada além de copas de árvore até onde minha vista alcança.

Esperança vai, com todo o cuidado, até o ponto onde Alexa desapareceu. Vou atrás, parando de repente quando ouvimos Alexa de novo, nos chamando.

– Olhem *para baixo* – grita ela.

Esperança e eu trocamos olhares. Olhar pra baixo, como assim? Não há nada além de lama e plantas debaixo de nossos pés.

– Só tentem não cair – alerta Alexa.

Com todo o cuidado, vou para a frente bem devagar, me inclino na direção de sua voz, então entendo tudo. É uma ilusão, como naquele momento em que só conseguíamos ver a ilha de certas partes do veleiro. Entendo o *que* quer dizer, mas não o como. Nem o porquê.

Levanto Esperança para que ela também consiga enxergar.

– Uau – diz ela.

O chão acaba a poucos metros, à nossa frente. Do outro lado do abismo, que é estreito e bem profundo, a selva parece tão densa quanto nas últimas horas. Seria muito, muito fácil cair direto no precipício sem querer, principalmente se estivéssemos correndo tão rápido quanto Alexa.

Espio por cima da beirada do abismo e finalmente a vejo. Alexa está de pé em uma saliência de rocha, a cerca de três metros de profundidade – a parede do desfiladeiro é formada por uma porção de saliências, o que é melhor do que uma queda livre, mas não muito. Bem lá embaixo, um riacho se estende nas duas direções até onde minha vista alcança. É por isso que ouvimos barulho d'água esse tempo todo. Um pensamento perturbador me atinge: e se houver mais dessas ilusões? E se Finnley ainda estiver perto da praia e simplesmente não conseguimos vê-la?

Guardo esse pensamento por ora. Só imagino o quanto "talvez esse dia horrível tenha sido inútil" pode ser um balde de água fria para todas nós.

– Você está bem? – pergunta Esperança. – Quebrou alguma coisa?

Não vejo sangue na saliência, e Alexa está bem ao ponto de conseguir ficar de pé. Parecem sinais promissores.

– Caí com força no chão – responde ela. – Posso ter torcido o tornozelo... Espero que não. Nada *muito* dolorido. Consigo ficar de pé... e caminhar... ai. Só que as minhas pernas continuam queimando loucamente. Vai ser um inferno descer até a água.

Sei do que ela está falando. Parece que tenho agulhas fincadas em cada centímetro do meu corpo, agulhas afiadas que se mexem a cada mínimo movimento. Meus nervos estão pegando fogo. Descer a parede de um precipício já seria difícil em um dia normal, graças ao meu severo desgosto por altura; junte a isso a queimação na parte de trás das minhas pernas, e quase prefiro pular e rezar para criar asas durante a queda livre.

Mesmo assim, parece que a parte mais difícil vai ser chegar até a primeira saliência, onde Alexa está – a partir dali, os degraus na rocha são próximos. Nem todos são tão largos, e alguns parecem que estão se esfacelando, mas podemos fazê-los de escada pela maior parte do caminho.

Elaboramos um plano: como sou mais alta que Esperança, pular até a primeira saliência não vai ser tão drástico. Seguramos o pulso uma da outra enquanto ela desce até Alexa, que a vê. Resolvemos fazer algo parecido para depois sair do buraco: subiremos uma em cima da outra até conseguirmos chegar à saliência mais alta. Se necessário, quem estiver em cima pode fazer uma corda de cipós para ajudar as outras a subir.

Esperança consegue descer tranquilamente, e eu aterrisso sem grandes problemas. Meus tornozelos ardem por causa do impacto, mas, como tudo está pegando fogo, a dor só se mistura a essa sensação. Descemos pela face rochosa do precipício com cuidado, pois nossa vida está por um fio. Nossos sapatos derrapam em pedregulhos soltos, fazendo-os voar pelos ares. É uma descida longa e íngreme.

Passo a maior parte da descida olhando para o alto – para as nuvens, para as árvores, para tudo o que se ergue acima de nós e me faz sentir mais perto do chão do que realmente estou –, para não encarar a altura de que cairemos, se as saliências cederem.

Mas as saliências não cedem, e nós também não, e, assim que o céu claro se transforma em crepúsculo, mergulhamos no córrego. Que é gelado e cristalino, mais fundo do que parece. As meninas ficam perto da margem, mas eu tenho altura suficiente para ir até o ponto mais fundo, onde a água bate nos meus ombros. A água alivia a dor nas minhas pernas quase que imediatamente. Depois desse dia tão longo e massacrante, saboreio nossa vitória suada.

– Isso... – fala Alexa, mergulhando a cabeça, e, quando volta à superfície, seu cabelo preto cai no rosto como se fosse uma seda recém-passada – ... valeu a pena.

– Está se sentindo melhor, então? – pergunta Esperança, a única de nós que está tentando se limpar: senta na margem de seixos, esfregando e raspando as camadas de terra que se amontoaram nos seus pés.

– Você não faz ideia – responde Alexa.

A brisa nas folhas, água fria... é quase *tranquilo*.

– Ãhn... meninas? – diz Esperança, olhando para a dobra do cotovelo e esfregando com vigor. – Isso parece estranho para vocês?

Vou nadando até perto dela, que entra na água e me encontra.

– Parece com as suas outras picadas de mosquito – respondo ao ver mais de perto. – Coça? Não fique esfregando, aumenta o risco de infecção.

Ela encolhe os ombros e torce o braço para comparar com o outro, que tem uma constelação de picadas.

– Parece quase... uma marca de agulha?

– Acho que você teria percebido se alguém tivesse enfiado um objeto pontiagudo no seu braço – diz Alexa. Ela mergulha de novo, sacode o cabelo.

– Parece mesmo com as outras marcas – falo. – Será que você foi picada por outra coisa?

Esperança aperta as têmporas, sacode a cabeça.

– Credo! Estou tão *paranoica, caramba*! – sua voz falha, ecoando pelas paredes da ravina. – Eu estava dormindo a *60 centímetros* dela. – Duas lágrimas formam ondas gêmeas no seu reflexo.

– O que aconteceu com Finnley não é culpa sua, Esperança.

Eu sou o padre, eu rezo a missa.

Esperança não foi a única que ouviu barulhos estranhos na noite anterior.

Ficamos dentro da água até as estrelas começarem a preencher a estreita faixa de céu diretamente acima de nós. Quando enfim saímos, parece que entramos em um freezer: a ravina poderia ser um legítimo túnel de vento, e, ainda por cima, não temos nada com que nos secar. E não temos fogueira. Nem nossa caixa de fósforos. Nem cobertores nem meias. Nem nada que possa trazer um pouco de calor.

Só temos umas às outras.

Então, gostando ou não, nos abraçamos, ficando o mais perto que conseguimos da parede da ravina. Provavelmente, deveríamos estar com medo de tudo o que não conhecemos – e de tudo o que *conhecemos* – e do risco de dormir à margem de um rio que pode transbordar com facilidade, se uma tempestade cair durante a noite –, mas estamos com muito frio, muito cansadas e exaustas.

– Tenho saudade dos cobertores – diz Esperança baixinho, quase em um sussurro. – Tenho saudade do meu gato.

– Eu também tinha um gato – conta Alexa depois de um tempo. – Que me odiava. Mas, mesmo assim, tenho saudade. – Ela fica em silêncio por um instante e completa: – Tenho saudade do piano da minha vó. Das aulas que ela dava.

Tenho saudade de muita coisa, de coisas demais. Mais do que estou preparada para admitir em voz alta.

– Tenho saudade de chocolate – falo.

É uma verdade superficial, uma planta com raízes profundas. Na verdade, tenho saudade do meu pai fazendo chocolate quente. Tenho saudade de tomar isso com Emma. Com Birch.

Esperança se mexe, treme. Tiro meu casaco e o ofereço. Ela o estica até que nós duas conseguimos ficar debaixo dele. Alexa também chega mais perto.

– Espero que Finnley esteja bem – diz Esperança.

Nossos sussurros se transformam em silêncio debaixo do mar infinito de estrelas. Sou a última a pegar no sono, acho.

É o sono mais profundo que tenho não sei nem há quanto tempo.

VINTE E UM

ESQUECER É O mais difícil: aqueles momentos silenciosos, parados, logo depois de acordar, a paz feliz de uma menina que nunca perdeu tudo o que amou na vida.

Esquecer é o mais difícil, porque como eu poderia esquecer?

O peso que me atinge, religiosamente, todas as manhãs – bom, na maioria das manhãs; as manhãs em que não sinto paz nenhuma – se tornou mais pacífico do que a paz. Tipo, significa que eu *me lembro.* Tipo, não sou a pior filha do mundo, a pior namorada do mundo, por me sentir bem quando deveria estar mal, calma quando deveria estar nervosa, com calor quando deveria sentir o gelado de sua ausência.

Deveria.

Esquecer é o mais difícil. Lembrar também.

VINTE E DOIS

ANTES, EU QUASE nunca acordava ao raiar do Sol, a menos que fosse um sábado em que eu passaria dentro d'água. Para velejar até nossa ilha preferida e fazer um piquenique na hora do almoço, tínhamos que sair de casa às oito. Acordávamos cedo – às vezes tão cedo que a minúscula Lua crescente ainda estava bem branquinha – para colocar frutas, biscoitos em formato de peixinho e sanduíches de manteiga de amendoim com mel dentro de saquinhos com lacre. Meu pai sempre colocava, na sua cafeteira chique, na noite anterior, grãos suficientes para nós dois enchermos as canecas térmicas até a borda.

A menina que eu era Antes não reconheceria a menina que me tornei.

Os louva-a-deus, por exemplo. Comi seis hoje de manhã – para uma injeção de proteína, de acordo com o guia – e acho que eles ainda podem estar vivos dentro de mim. Se não, as cócegas e pontadas no meu estômago não são de asas, nem de antenas, nem de patas delgadas que pareciam espinhas de peixe ao descer pela minha garganta. E não é nenhum piquenique de sábado: estamos em missão. Nosso plano é procurar o templo até o meio-dia. Encontrando-o ou não, voltaremos para nossa clareira na praia depois disso. Com sorte, Finnley estará esperando por nós em um desses dois lugares.

Estamos caminhando desde o amanhecer, seguindo o riacho na esperança de encontrar o templo. A ravina em si é muito estreita para comportar qualquer tipo de estrutura, mas talvez tenha pelo menos uma entrada, um jeito fácil de seus residentes terem acesso à água. Continuar perto do riacho também ajuda na nossa questão da água – quando terminarmos a que tem na nossa garrafa Refugiágua, poderemos enchê-la uma última vez antes de o cartucho morrer. Vamos ferver e esterilizar a água que colocamos nos cantis assim que voltarmos para o acampamento.

O estômago de Alexa ronca tão alto que ecoa pelas paredes do desfiladeiro. Ela tenta colocar a mão dentro do casaquinho amarelo para pegar uma ração de emergência, mas Esperança lhe dá um tapa – estamos tentando comer louva-a-deus enquanto ainda são abundantes, já que não vamos ficar na ravina para sempre. Nosso estoque de rações de emergência não é interminável.

Esperança carrega meu casaquinho amarelo, amarrado nas mangas e nos cantos, como costumávamos carregar bolsas Coach e Kate Spade. Coloca a tiracolo e remexe nos bolsos.

– Louva-a-deus? – sugere, oferecendo um para Alexa.

Nenhuma de nossas bolsas de grife, por dentro, era assim: carteira, iPhone, *gloss*, óculos de sol, bolsos cheios de tórax de insetos.

Alexa franze o nariz. De novo. Esta é a quarta vez que Esperança tenta fazê-la comer, e a quarta vez que ela se recusa.

– Só estou dizendo que você vai se sentir muito melhor se comer um – insiste Esperança, enfiando um dos louva-a-deus verde-limão na boca. Uma centena de músculos no seu rosto entra em guerra enquanto ela tenta fazer a experiência parecer agradável.

– É. Ãhn-hãn. Acho que passo.

Pego um – porque *devo*, não porque quero – e engulo.

A ravina é enlouquecedoramente monótona. Desfiladeiros íngremes, de cascalho, estendem-se bem alto, e as copas das árvores alongam-se interminavelmente para cima. O córrego flui para longe, confirmando minha sensação de que estamos indo em direção ao centro da ilha, e não da costa. Galhos, arbustos e raízes despontam da parede do precipício como os braços estendidos dos sedentos e negligenciados. Em uma emergência, serão o mais próximo que teremos de um plano de fuga – as saliências na rocha não são muito sólidas nem estão próximas. O que não é exatamente reconfortante.

– Quanto mais vamos andar até podermos voltar para a praia? – pergunta Alexa. Ela tem sido bem tolerável desde que Esperança estourou com ela perto das rochas com limo venenoso, mas já está começando a se cansar. Seu tornozelo está sensível, diz, mas não ao ponto de não conseguir apoiar seu peso nele. Pessoalmente, estou impressionada de ver como ela está se aguentando. Considerando a situação, poderia estar reclamando muito mais.

– Mais uma hora, quem sabe – respondo, mas não é mais verdade ou mentira do que se eu dissesse que certamente vamos encontrar o templo antes de voltar. Não faço ideia de que horas são; o relógio de Alexa era de mentira, e o Sol está quase tapado pelas árvores. Estou me baseando, para praticamente tudo, no meu relógio interno, não muito confiável. E a verdade é que qualquer um pode dizer qualquer coisa, mesmo.

Andamos e andamos, para sempre e mais um pouco. Como ontem, não posso deixar de me sentir frustrada pelo silêncio do meu pai a respeito das especificidades deste lugar – apesar dos seus detalhes tão meticulosos, ele com certeza deixou de fora algumas informações bem importantes.

A menos que ele, também, tenha sido pego desprevenido pelas coisas estranhas que existem aqui. Talvez nunca tenha tido oportunidade de escrever sobre elas.

Talvez tenha descoberto o precipício e a ravina exatamente como Alexa descobriu.

Talvez não tenha tido a mesma sorte quando caiu.

Tento afastar esse pensamento. Tento me concentrar na vida, não na morte. Na sobrevivência.

Quatro louva-a-deus depois, uma coisa clara e estreita se destaca no meio de todo aquele marrom. Espremo os olhos.

– Aquilo é... uma ponte?

Ainda está muito longe, parcialmente coberta por outra curva da ravina.

Esperança e eu apertamos o passo. Alexa acompanha, andando depressa, apesar da torção no pé. Quanto mais perto chegamos, mais claro fica que encontramos mesmo uma ponte – mas não apenas *uma* ponte. É todo um sistema, em ângulos, como escadas rolantes: uma maneira de sair da ravina. As pontes parecem um pouco precárias, feitas de cordas desfiadas e tábuas pontiagudas, com buracos onde as tábuas de madeira gasta caíram, como dentes de mendigos.

Mas são o único jeito de subir. E não podemos ir adiante, porque a ravina termina em um beco sem saída, com uma parede rochosa coberta de limo. Se existe algum tipo de entrada nela, está extremamente bem escondida. Mesmo assim, a presença de uma ponte é o que basta para acender minha esperança – afinal, pontes não se constroem sozinhas.

Tomamos o que restou da nossa água potável – não que seja muito – e enchemos a garrafa Refugiágua até a borda. O riacho se esconde debaixo das falhas na parede, se retorce através das rachaduras. Não vamos encontrar água de novo por um bom tempo, aposto.

– Quem vem? – diz Esperança, pondo o pé precariamente na primeira ponte inclinada. Ela é mais durona do que parece, muito mais durona do que eu imaginava. – Acho que devemos tentar dar um tempo, atravessar uma por vez. Não me parece supersegura.

Alexa aguarda Esperança atravessar a primeira ponte e começa subir. Eu vou por último. As tábuas são estreitas e bem espaçadas, amarradas às cordas apenas com um nó de cada lado. Elas crepitam e envergam – uma enverga tanto que começa a soltar farpas. Vou para a próxima tábua depressa, passo para a seguinte. As pontes sacodem e balançam, apesar de nossos esforços para mantê-las estáveis.

Se tivéssemos examinado as pontes antes de começar a subir – examinado *mesmo*, em vez de presumir, vendo o copo meio cheio, que todas estariam funcionando direito, – teríamos percebido que a próxima ponte na frente de Esperança não tem nenhuma tábua. Tipo, zero tábuas. Tipo, só cordas.

Seis corpos de distância para baixo, três corpos para cima: é altura suficiente para acabar conosco, se cairmos. Se conseguirmos passar por essa ponte, as duas últimas parecem relativamente seguras. Voltar nos levaria diretamente ao ponto onde começamos, perambulando pela base da ravina só com louva-a-deus para comer e sem fogo para purificar a água.

– Então... – falo. – Quem vai primeiro?

– Eu vou – responde Alexa, o que me surpreende. É só quando ela se prontifica que me dou conta de que falei só para reconhecer o desafio à nossa frente: tinha presumido que Esperança continuaria indo primeiro. Ou que eu iria, se ela estivesse cansada disso.

Mas Alexa está falando sério.

– Atire os suprimentos para mim quando eu chegar do outro lado. É melhor irmos uma por vez. – Com todo o cuidado, ela sobe até a ponte onde Esperança está. E rebola pela corda solitária, sorrindo. – A gente fazia aula de corda no acampamento todo verão, quando eu era criança.

Presto muita atenção a como ela se segura, como se movimenta, para fazer igual. Com o rosto encostado na corda, estica os braços e mantém a perna que não está machucada dobrada, enroscada em volta da corda desfiada. Alexa faz parecer fácil, pelo jeito que atravessa. Esperança e eu atiramos o casaquinho, a garrafa Refugiágua e os cantis para Alexa quando ela chega em segurança ao outro lado. Só nossos louva-a-deus não sobrevivem: caem dos bolsos até a boca da ravina. Conseguimos passar nossas lanças com mais sucesso.

Esperança vai em seguida. Seus movimentos não são tão fluidos quanto os de Alexa, e ela não é tão rápida, mas consegue chegar até a próxima ponte inteira.

Pontes de uma corda só não são meu ponto forte, pelo jeito. Posicionar o corpo é estranho, e parece que a corda pode me cortar em duas. Os pedaços desfiados pinicam minhas pernas descobertas, queimam, enquanto atravesso com dificuldade. Isso é uma questão de braços, de equilíbrio. É um joguinho psicológico, porque não tenho nenhum lado para olhar além de para baixo. Fico com a boca seca, minhas mãos começam a suar.

– Vire de cabeça para baixo se precisar! – grita Alexa, a mais improvável das incentivadoras. – Cruze os tornozelos por cima da corda e se pendure como um macaco. Assim você consegue usar mais as pernas.

Tenho receio – já que os músculos dos meus braços estão gritando, e as palmas das minhas mãos estão escorregadias – de virar de cabeça para baixo e ficar pendurada. Até porque não tive a sorte de ver outra pessoa fazer isso antes. Mas, pelo menos, vou poder olhar para o céu, em vez de ficar vendo a que altura estou. E talvez isso acabe mais rápido.

– Ok – respondo. – Vou mandar ver.

Cruzo os tornozelos, deixo meu corpo virar sozinho. A aliança do meu pai sai do lugar onde eu tinha enfiado, por baixo da minha blusa, puxando a corrente em volta da minha garganta, que é pesada e me sufoca. A gravidade só quer me puxar para baixo, em um abraço pontiagudo e duro. Cerro os dentes e dou tudo o que tenho – senão vou *perder* tudo o que tenho. A corda balança, meus braços tremem com violência, minhas mãos escorregam de suor. Mas não demora muito e Alexa e Esperança estão lá, me ajudando a subir na próxima ponte.

As últimas duas pontes são um sonho comparadas com o pesadelo de tudo o que veio antes. Praticamente flutuamos até o topo.

Esperança vai na frente.

– Meninas... – Sua voz some, mas não tem importância. Logo Alexa e eu vemos a paisagem com nossos próprios olhos.

Encontramos.

O templo.

VINTE E TRÊS

O TEMPLO É uma coisa maciça e ampla, feita de pedra e limo; rústico, nem um pouco refinado, mas delicado. Entalhes intrincados cobrem as paredes e os arcos, com padrões geométricos que lembram runas, todos gravados direto nas pedras. Alguns dos entalhes são incrivelmente complexos, como uma parede inteira de criaturas da selva tridimensionais.

Aparenta ser muito antigo, como se quem vivia aqui antes tivesse morrido há muito tempo. Algumas partes parecem robustas ao ponto de encarar qualquer coisa que a natureza resolva aprontar, outras partes são mais... desgastadas. É o caso de todo o segmento mais para a direita; suas paredes formam montes de pedaços em meio aos tentáculos famintos da selva.

O templo em si deve ser a coisa mais incrível que eu já vi na vida – raízes de árvores crescem por cima das paredes, segurando-as como as mãos de Deus, padrões repetitivos tão perfeitos que é difícil de imaginar uma pessoa entalhando-os sem ajuda de uma máquina –, mas é desconcertante e insólito vê-lo tão abatido e abandonado. Alexa, Esperança e eu circulamos o perímetro, procurando por qualquer sinal dos monges que supostamente moram aqui.

– Olá? – grito. – Alguém aí?

– Finnley? – A voz de Esperança ricocheteia nas paredes de pedra. – Você está aí? Olá?

Não aparece ninguém para nos receber, mas poderia ser bem pior. Também não aparece ninguém para nos matar.

Meu pai não era mentiroso, meu pai não era mentiroso. "Templos escondidos entre samambaias, estruturas formadas por pedras e segredos." O templo está aqui, assim como as samambaias e as pedras.

Os segredos: se ao menos fossem fáceis de ver.

Encontramos uma série de arcos cobertos de limo segurados por largas colunas de pedra. Respiro fundo, engolindo o medo que começou a subir devagar pela minha garganta.

– A entrada deve ser por aqui.

Para ser sincera, estou com receio de entrar. Se fôssemos bem-vindas aqui, já teriam chegado para nos cumprimentar. Certo?

As outras meninas também não se mexem. Esperança parece exausta, como eu, mas Alexa está ligada no 220v.

– Você está de brincadeira? – diz ela, chutando uma coluna com tanta força que voa poeira dela. – Ainda acredita, sinceramente, que este lugar pode nos servir de refúgio? Você só pode estar louca, Éden. Olhe em volta. Seja lá quem viveu aqui não conseguiu sequer se manter vivo. Não vimos um único animal maior do que um inseto desde que chegamos. Nenhum peixe. Você não acha isso estranho?

– Eu... sim – respondo, depois de um instante. – Admito que é estranho.

Por que nada nesta ilha faz sentido?

– Quer dizer – continua Alexa –, como vamos comer? Já estou louca de fome...

Esperança tira um louva-a-deus de uma pedra e o sacode na cara de Alexa.

– Está com fome?

Alexa faz cara feia.

– *Não* é esse o ponto – responde, chutando outra coluna. – Toda essa missão foi um enorme fracasso. Acho que está bem óbvio que

Finnley só queria fugir da gente, e não se esconder em um velho templo em ruínas.

– Você não precisava ter vindo conosco, Alexa – respondo. É preciso muito esforço para evitar que minha exasperação saia de mim com toda a força. Não acho que ela acredite de verdade em uma palavra do que acabou de dizer e a desafio: – Se você não acreditava que íamos encontrá-la aqui, por que simplesmente não ficou na praia?

– Certo, até parece que *isso* ia acabar bem.

Esperança anda na direção dos arcos, não espera por nós.

– Já que estamos aqui – diz – não custa nada dar uma olhada.

Seu rabo de cavalo está mais baixo e mais sujo do que no dia em que nos conhecemos, e ela dobrou as calças encardidas até a altura dos joelhos. Suspeito que seja durona por dentro também.

– Finnl... aaaaaaaai! – grita Esperança, se encolhendo toda.

Alexa e eu corremos para perto dela, debaixo do primeiro arco. Uma linha fina de sangue corta a parte de trás do seu joelho, na horizontal, mas não há nada de visivelmente perigoso perto dela.

Ponho a mão no bolso de trás da minha calça e entrego um dos nossos últimos pedaços de tecido para marcar o caminho.

– Toma. Para estancar o sangue. É melhor deixar secar ao ar livre por enquanto. A gente limpa quando voltar para o acampamento, depois de esterilizar a água.

Guardo para mim os detalhes de como feridas podem infeccionar rapidamente por aqui. Como posso ter me esquecido de trazer nossa caixa de fósforos?

– Onde, exatamente, isso aconteceu? – pergunto, e Esperança nos mostra.

Depois de procurar rápido pelo chão, encontro algumas folhas compridas como as que usei para tecer nossas esteiras. Com cuidado, na mesma altura do sangue da perna de Esperança, sacudo uma das folhas. Com um chiado de queimado, algo invisível corta a folha ao meio.

– Hmmm – falo. – Então, isso não parece nada bom.

– Nem isso – diz Alexa.

Ela está perto de uma parede, apontando para um dos entalhes intrincados menores. Olho de perto e sinto um aperto no estômago.

Seria fácil para a cara de lobo passar despercebida no meio dos outros entalhes. Alguém se deu ao trabalho de fazê-la no mesmo estilo dos demais, de colocá-la em uma das paredes fartamente decoradas, onde não chama atenção. É bem parecida com a que Alexa tem tatuada no pulso, parecida demais com tantas outras estampadas em cartazes, lá na minha terra. Isso não é coincidência.

– Aqui deveria ser um território neutro – observo.

E ainda pode ser, suponho. Mas jamais imaginei que refúgio, anistia, paz e neutralidade teriam uma cara tão abandonada. Eu tinha esperança de que este lugar seria completamente isolado das pessoas que roubaram nossa paz. Tinha esperança de que fosse afortunado. Tinha esperança de que as palavras do meu pai nos levassem à liberdade.

Eu tinha esperança.

Alexa sacode a cabeça.

– Um clássico da Alcateia – diz, passando o dedão sobre a imagem. – Esconder-se em plena vista.

Ela aperta a cara de lobo, e uma teia de raios azuis que parecem de *laser* atravessa toda a extensão do caminho coberto por arcos. O primeiro cruza no ponto exato em que Esperança cortou a perna. Tamanha quantidade de tecnologia avançada – tamanha hostilidade – não é *nada* bom. Nunca vi o rosto de Alexa tão pálido e, pela primeira vez, enxergo medo em sua expressão. Seus olhos brilham e estão vidrados, o tom mais escuro de marrom com o azul do *laser* refletido neles.

Acho que ela não estava mentindo, afinal de contas, quando disse que só queria fugir.

VINTE E QUATRO

REPASSO TUDO O que vejo, comparo com tudo o que sei.

– Não *sabemos* se eles são da Alcateia – falo, tanto para Alexa quanto para mim mesma. – Se a Alcateia ajudou a organizar as coisas aqui para Refúgio, faz todo o sentido que tenha algum tipo de sobreposição em seus sistemas de segurança. – Piso em ovos, deixo meu pai fora disso. Não conto que foi preciso sua vida, possivelmente sua *morte*, para eu saber o que sei. – Isso não significa que as pessoas lá dentro são hostis, certo? Talvez só signifique que querem controlar quem entra e quem sai.

Por mais que eu não admita, não estou totalmente convencida de que vamos encontrar alguém lá dentro. Se nossa voz não foi suficiente para alertá-los da nossa presença, com certeza o fato de Esperança ter tropeçado no sistema de *laser* teria dado conta do recado. Mas também, por que se dar ao trabalho de ter um sistema de *laser* impiedoso, se não houvesse algo para proteger lá dentro?

– Meu voto é para a gente desistir enquanto ainda estamos em vantagem – diz Alexa. – Finnley definitivamente não deve ter conseguido entrar. Estaria, tipo, aos pedaços com todos esses *lasers.*

– Que coisa horrível, Alexa – fala Esperança.

Mas é verdade. Não parece ser possível burlar o sistema de *lasers.* Os raios estão muito perto do chão, muito juntos – muito tudo –, e vamos acabar virando uma maçaroca cheia de cortes e ensanguentada, se seguirmos para o segundo arco.

– Talvez... – começo a falar, sem saber se devo ou não dizer o que estou pensando. Porque, se o que eu estiver pensando for verdade, Finnley foi deliberadamente roubada do nosso acampamento. Não tem como ela ter passado por esses *lasers* sem ajuda, e a ajuda não se apresentou quando chamamos. Por que com Finnley seria diferente?

Resolvo me abrir e falo tudo. Se for verdade, ela pode estar precisando que nós a encontremos.

– Finnley pode estar presa lá dentro – encerro.

Mas, para ser sincera, Finnley não é meu único motivo para querer entrar no templo. Não suporto a ideia de dar as costas, depois de tudo o que passamos, quando estamos tão perto – preciso saber se há alguma coisa lá dentro. Se *alguma* coisa que meu pai escreveu é verdade.

– Bom, não me importo muito com Finnley – diz Alexa, e Esperança faz cara feia. – Que foi? Nem conheço a menina direito, e ela bem que me acusou de ser um *pino-rei* na outra noite. Dá para me culpar?

Os pinos-reis são os tiranos da nossa geração, os que lideraram o movimento insurgente dentro da Alcateia, quando os Lobos já tinham se estabelecido no poder. Cada um governa um dos cinco enormes – antes 50 nem tão enormes – estados dos Estados Unidos. Foram eles que plantaram e podaram os contatos dentro do Pentágono, da CIA, da Casa Branca, de Hollywood, das universidades de elite e até da Cruz Vermelha. Também foram eles que derrubaram a Ambientech, onde meu pai trabalhava. Meu pai deve estar apodrecendo em algum lugar enquanto seu colega traidor, Anton Zhornov – o motivo para terem conseguido derrubar a Ambientech – foi nomeado o quinto pino-rei do pentavirato.

Eles vivem como reis, como *acham* que reis deveriam viver. Vivem como se o poder não fosse garantido até que tenham esmagado alguém completamente – e ninguém denuncia sua hipocrisia, porque a história do vira-lata que virou macho alfa é uma simples anedota de ascensão financeira, algo endeusado. São tão paparicados pelos seus seguidores por terem quebrado o ciclo dos privilegiados no poder que as pessoas não se dão conta de que simplesmente trocam alguma coisa errada por outra.

O poder tem gosto de sangue para os Lobos, e uma gota só não basta.

– Por que você tem tanto medo da sua própria turma, Alexa? – pergunta Esperança com um olhar duro. – O que foi que você fez?

Esqueço que Esperança não sabe o que eu sei, que Alexa causou as explosões que nos expulsaram; não contei para ela porque não queria pôr em risco o pouco de confiança que conseguimos ter umas nas outras. Se alguém do acampamento ligar os pontos, se as pessoas dentro deste templo forem mesmo Lobos, se mantêm uma comunicação regular com as pessoas daquele lado... consigo entender por que Alexa não quer abusar da sorte.

Pelo jeito, Alexa prefere abusar da sorte do que revelar seus segredos para Esperança.

– Não tenho medo – responde. E sua expressão, tão fria e cortante, tão pétrea quanto as paredes que nos circundam, não demonstra o medo que eu com certeza vi antes. – Na verdade, vou na frente.

Apesar de todas as sirenes de alerta dispararem na minha cabeça, sugiro que tentemos entrar por outro lado: pela parte em ruínas que vimos quando chegamos.

Esperança se apoia na perna que não está machucada. O sangramento secou, formando uma linha escura e cascuda.

– Então invadir este lugar pela parte sem sistema de segurança vai fazer a gente cair nas graças deles? – pergunta, sacudindo a cabeça. – Não sei não, meninas.

No fim, é exatamente isso que fazemos.

Testamos cada degrau com folhas, sacudindo-as na nossa frente à medida que vamos subindo, só para garantir que não tem nada ali para nos cortar ao meio. Até agora – estamos na metade do monte de escombros –, tudo bem. Nenhuma perna sangrando, nenhuma folha cortada, nenhuma cobertura de limo venenoso.

Ouço Alexa gemer.

– Vou dormir um dia inteiro quando voltarmos para a praia.

– Eu também – diz Esperança. – Vou dormir *para sempre.*

Pela primeira vez, temos a mesma opinião. Meus músculos estão doloridos de tanto caminhar e por causa da ponte de corda. Um dia no sol, na areia, com o som constante das ondas do mar seria incrivelmente terapêutico neste momento. Talvez devêssemos simplesmente ter aceitado a ilha Refúgio que já encontramos e ficarmos felizes com ela.

Assim que chegamos ao topo do monte, sinto uma onda de orgulho.

– Acho que vi uma abertura!

Deste ângulo, fica óbvio que os escombros eram de uma parede: estamos de pé no meio de um pátio aberto. A maioria das paredes internas do pátio ainda está intacta, mas tem uma estreita faixa vertical preta na direção do canto de trás. Com cuidado, vamos até lá. É mesmo uma entrada.

– Já viemos até aqui – falo. – Vamos lá.

Não encontramos nenhum *laser* nem qualquer outra medida de segurança. Andamos com cuidado, em silêncio. Prestamos atenção para ver se avistamos sinais de vida ou de luta. Além do delicado som dos nossos passos sobre a pedra, o templo está em completo silêncio.

E também escuro, na maior parte, com exceção de pequenas réstias de luz que atravessam rachaduras nas paredes. Por fim, o túnel nos leva a um espaço aberto parecido com uma rotunda, com claraboias entalhadas no teto que deixam a luz entrar sempre que as folhas se movimentam com a brisa. O ar é fresco, mas parado, com um cheiro forte e putrefato. Não quero nem saber o que pode estar escondido nas sombras. Se, pelo menos, um pouco da brisa conseguisse entrar...

– Meninas...

Tem algo de perturbador no jeito como Esperança nos chama: parece alguém que viu na neve a primeira rachadura que vai se tornar uma nova avalanche, e que, se conseguir falar calmamente, vai impedir que a cidade lá embaixo seja soterrada. Ela está de frente para a parede do outro lado, com os músculos tensos e rígidos. Naquela penumbra, não consigo ver direito o que encontrou.

– As sombras – ela prossegue com o mesmo tom cuidadoso. – Acho que estão vivas.

Eu os escuto antes de vê-los: o roçar de milhares de pequenas patas, o *clique-claque* de carcaças que correm de um modo descoordenado parede abaixo. É como uma cachoeira, essa montanha de besouros, esse enxame grande, pesado e determinado que se esparrama pelo chão e por cada centímetro das paredes de pedra. Mais e mais saem das rachaduras, corpos espessos se materializando através dos espaços mais estreitos. O chão virou um tapete preto e brilhante. Fica difícil se movimentar sem esmagar vidas com os pés.

– Acho que talvez esteja na hora de sair daqui. – Minha tentativa de replicar a voz cuidadosa de Esperança sai do mesmo jeito que meus calcanhares pisam na cabeça dos besouros: de forma brusca, torta, fatal.

– Eles estão *em cima* de mim! – grita Esperança, sacudindo a perna. Vários besouros caem, mas outros tomam seu lugar. – Acho que estão tentando me comer!

"Besouros não comem gente", é só o que consigo pensar. Já explorei o guia do meu pai tantas vezes que perdi a conta, e besouros não estão listados no capítulo sobre insetos perigosos.

Mesmo assim, a maioria deles passa correndo pelos tornozelos de Alexa e pelos meus também. Só sobem em Esperança, só na sua perna direita, mas não até o joelho.

Param na linha fina de sangue seco atrás do seu joelho.

Esperança tira mais besouros de cima dela, e um rastro vermelho escorre pela sua perna. Ela limpa, manchando a palma da mão. Mais besouros sobem correndo, frenéticos.

Eles vivem de sangue, me dou conta.

E não é só isso: parecem bem alimentados.

VINTE E CINCO

– SUBA NAS MINHAS costas – falo. – Vai ficar mais difícil para eles chegarem até você.

O corpo magrinho de Esperança não é tão leve quanto parece. Mas, afinal, essa menina parece um dente-de-leão que poderia ser soprado por uma criança, então eu não deveria ficar surpresa que seus ossos, músculos e seu espírito pesam mais do que aparentam.

Os besouros já descobriram nossa tentativa de ser mais espertas do que eles: sobem rápido pelas minhas pernas, e cada minúsculo passo parece uma agulha recém-esterilizada picando minha pele.

– Alexa – falo, quase sem fôlego de tanto chutá-los, pisando em cima deles, tentando não perder o equilíbrio. – Pegue as duas últimas tiras de tecido no meu bolso. Use uma para limpar o sangue da perna de Esperança e amarre a outra em volta para afastá-los! – Chute, chute, pisão, *pisão*. – Jogue a suja de sangue no chão. Talvez isso consiga distraí-los, pelo menos o bastante para a gente conseguir sair na frente.

Alexa atira o outro trapo a vários metros de distância de nós, e o plano funciona, pelo menos por alguns poucos e gloriosos segundos.

– Corram! – grito, esmagando a horda de besouros que corre na direção oposta, até o pano.

Uns poucos retardatários – os mais espertos – continuam tentando subir nas minhas pernas, mas me livro deles com uma sacudidona. Corro com Alexa de volta para o túnel escuro e sinuoso, o mais rápido que consigo, carregando Esperança nas costas. Tento não pensar na escuridão, no roçar de patas e no *clique-claque* rápido que nos segue, nas coisas silenciosas que podem ser ainda mais perigosas ou até mortais. Tento não pensar que o templo é muito, muito diferente de tudo o que eu queria tão desesperadamente que fosse.

Eu me obrigo a pensar em outras coisas, em coisas melhores. Minha mente em pânico aterrissa, sabe-se lá por quê, em como minha mãe tinha cheiro de amaciante de roupas com perfume de chuva de primavera. Imagino que ela está lá para me receber, do outro lado da escuridão, pronta para enfiar minhas roupas suadas na nossa máquina de lavar que abria pela frente. Imagino as bolhas de sabão se acumulando contra o vidro, fico observando essas bolhas como fazia quando eu tinha 4 ou 5 anos. Me imagino tomando banho, a espuma escorregadia do sabonete e o cheiro de limpeza das toalhas fofinhas. Me imagino pegando no sono em lençóis macios, depois acordando em um dia de sol com uma torrada com manteiga e um "bom dia, Éden!".

Mas, assim que chegamos ao fim do túnel, tenho que encarar a realidade em plena luz do dia. Nunca tive algumas dessas coisas e nunca terei.

Esperança desce com cuidado de cima de mim quando chegamos perto do limite do pátio, apesar de muitos besouros ainda estarem à nossa caça. A atadura que Alexa amarrou na perna de Esperança parece estar funcionando – é como se eles ainda conseguissem sentir o cheiro do seu sangue, e por isso vêm atrás, mas o curativo improvisado mascara a fonte exata do odor. Subimos nos escombros, sem nem um pingo do receio que tivemos quando chegamos.

É estranho o modo como os besouros tentam nos seguir além da parede em ruínas do templo: eles sobem uns nos outros, se enterram uns debaixo dos outros, até virarem uma montanha de patas que se sacodem, empilhados contra algum tipo de barreira invisível.

Ninguém consegue passar.

Eu me abaixo, apoiando as mãos nos joelhos. Recupero o fôlego. Isso foi intenso e desconcertante, mais mil outras palavras que não têm a força necessária para descrever a cena.

Esperança se vira, examinando os incontáveis pontos vermelhos de picada que cobrem sua perna. E cobrem a minha também, em todos os lugares onde os besouros pisaram.

– Então – diz, sem ar –, isso também foi um clássico da Alcateia?

Alexa pega nossa pilha de suprimentos, as lanças afiadas e a trouxa feita com meu casaquinho – que tivemos de deixar do lado de fora para conseguir subir nos escombros. Lança um olhar sério na direção dos besouros, que ainda estão subindo, de modo desajeitado, uns nos outros, tentando nos pegar, mas sem conseguir.

– Não sei que diabo foi isso – responde.

VINTE E SEIS

MINHA PRIMEIRA E única picada de abelha aconteceu no meu aniversário de 11 anos, logo depois de eu soprar as velinhas. Era um dia de maio perfeito – antes da picada –, não só por causa do céu azul-escuro e do bolo de chocolate que meu pai ficou fazendo até depois da meia-noite do dia anterior, como também por causa de Birch.

Os pais de Emma tinham acabado de passar por um divórcio perturbador durante as festas de fim de ano, apresentando para toda nossa turma da escola termos como "acordo pré-nupcial", "destruidora de lares" e "prisão perpétua". A própria Emma ficou irremediavelmente traumatizada com o que o pai fez com o amante da mãe – fato que lhe garantiu passar a vida, e depois também a morte, na prisão. Mas ela não precisou contar para ninguém o que aconteceu para os outros descobrirem. Parecia que todo mundo *sabia*, graças às reportagens que ficaram passando no noticiário noturno por mais de um mês. E, por algum motivo, todo mundo virava a cara para Emma, como se ela tivesse herdado os pecados dos pais. Como se esses pecados fossem contagiosos, transmissíveis por simples contato visual.

Então, quando Emma chegou ao parque para a minha festa, com um vestido branco impecável que sua mãe juntou moedas para comprar, por um segundo eterno "isso foi um erro" pairou no ar. Não porque eu não quisesse sua presença ali – queria muito –, mas porque eu não queria que sua presença ali repetisse a situação no colégio, onde as crianças eram cruéis e os dias terminavam com Emma se encolhendo, escondida atrás do cabelo castanho completamente liso.

Mas Birch...

Birch – que, na época, era só mais um garoto da minha turma do colégio, que eu conhecia somente porque ele era excepcional e sempre ganhava os concursos de soletrar que aconteciam todas as sextas-feiras – lhe deu o maior dos sorrisos.

– Tem lugar aqui, E – ele disse. Ninguém a chamava de "E". Mas, pelo jeito, Birch podia fazer isso e, dali em diante, Birch fez. E, porque era popular com os meninos e porque as meninas tinham uma quedinha por ele, todos se ajeitaram à mesa, dividindo-se como o mar Vermelho, abrindo um espaço do tamanho da "E", só para ela.

A picada de abelha foi logo depois de eu fazer o pedido: Birch. De repente, ele não era mais só o menino bonitinho e popular que sabia soletrar perfeitamente coisas como "exceção" e "necessário" na primeira tentativa – ele era o menino que tinha impedido sozinho a trajetória da minha melhor amiga rumo à implosão social.

Ao longo dos anos, aconteceram muitas coisas assim – picadas de abelha em um aniversário perfeito –, que não são o que deveriam ser.

Tipo Emma, uma menina com o rosto em formato de coração e uma alma doce e espevitada, se tornar uma doença social só por causa do drama dos pais, coisa com a qual ela não teve nada a ver.

Tipo Birch ser capaz de reverter meses de injustiça com uma única frase. Mesmo isso sendo bom, foi estranho as coisas terem mudado de forma tão fácil e permanente.

Tipo eu ter desejado Birch e depois ter conseguido, só para acabar perdendo-o. Tipo eu ter pensado, por algum motivo besta, que um desejo sempre vinha acompanhado de um "para sempre".

E agora, depois de tudo, se existe uma única coisa que deveria simplesmente ser *boa*, deveria ser Refúgio. Conseguimos sair vivas do campo de trabalho forçado, conseguimos não explodir nem sair voando pelos ares aos pedaços na praia. Velejamos, sobrevivemos ao mar aberto, chegamos à ilha. Até encontramos o templo. O simples fato de existir um templo aqui confirma muito do que estávamos procurando.

Mas não foi paz que encontramos, afinal.

Foi nossa última esperança neste mundo despedaçado e caótico. Para onde podemos ir agora?

VINTE E SETE

NOSSA CAMINHADA DE volta à clareira é uma empreitada extenuante e incômoda.

Pelo menos, não vamos demorar tanto quanto na vinda: em vez de seguir a ravina até as trilhas pelas quais já passamos, marcamos uma rota mais direta até a praia, usando o mapa e as anotações que fiz. Devemos estar de volta à nossa clareira dentro de duas horas, de acordo com nossas estimativas.

E essas horas não têm como demorar mais para passar.

Alexa tinha razão: essa missão foi mesmo um fracasso gigante. Pelo menos encontramos água – pelo menos vamos conseguir sobreviver aqui por mais alguns dias. Mas para quê? Não existe Refúgio, só coisas estranhas e mais coisas estranhas. Será que meu pai realmente desistiu de tudo por *isso*?

Não que lhe restasse muita coisa, mas pelo menos tínhamos um ao outro.

Nos primeiros dias depois do Zero, nos barracões, não dava para caminhar três metros sem ver alguém que tinha sido destruído pelos acontecimentos. Metade das meninas da minha divisão tinha sido arrancada do lugar onde vivia; a maioria tinha visto seus entes queridos serem mortos ou maltratados. Éramos órfãs de coração partido, perdidas e confusas.

Considerando tudo isso, eu tive sorte.

Meu pai e eu sempre fomos muito ligados, desde que me conheço por gente. Eu amava minha mãe também, é claro. Mas quando todo o seu amor começou a se esvair depois do acidente, meu pai e eu salvamos o quanto conseguimos e depositamos em nós dois. Naqueles primeiros dias nos barracões, especialmente, nunca senti que tinha liberdade para viver o luto – muito menos quando meu pai estava no alojamento dos homens, na divisão ao lado, e as outras meninas tinham perdido tudo.

Naquela época, nos víamos com muita frequência, apesar de ele estar alocado com todos os outros homens com mais de 30 anos, fazendo trabalho braçal no quebra-mar e nos recifes artificiais. Só que era estranho. Eu conhecia meu pai tão bem, havia tanto tempo, mas não sabia o quanto seu rosto poderia ficar encovado logo abaixo das bochechas. E nunca pensei que sua barba ficaria grisalha, ainda mais porque ele sempre estava bem barbeado. Ele também era maníaco por saúde – orgânico e tal, vacas alimentadas no pasto, galinha caipira –, então era estranho vê-lo enfiando mingau na boca ou tirando o mofo de qualquer queijo ou pão que nos empurravam.

De certa forma, isso foi pior do que perder minha mãe. Nunca precisei presenciá-la se tornando alguém irreconhecível. Nunca tive que vê-la em seu pior estado.

Mas então, quando meu pai foi levado pela Alcateia para ajudar na missão deles na ilha Refúgio – e quando eles me trouxeram meu pai de volta em um tubo de ensaio, ainda mais irreconhecível do que antes –, vi todas as coisas para as quais não tinha dado o devido valor.

Nunca me dei conta do quanto da minha casa ainda permanecia comigo. Do quanto – mesmo com tudo o que nós dois perdemos, mesmo com tudo de que fomos forçados a abrir mão, mesmo na miséria de ter que viver uma sombra da vida que tínhamos antes – ainda tínhamos um ao outro.

E eu nunca tinha me dado conta do quanto me sentiria sozinha quando ele se fosse.

***

Ainda estamos na metade do caminho quando o céu se abre como se tivesse sido estilhaçado por um martelo. A chuva cai pesada, com força suficiente para atravessar direto a copa das árvores. Seja lá o que tiver debaixo desse tapete verde de folhas – terra ou areia, não sei bem – se transforma em um lodo espesso, que gruda nossos pés no chão a cada passo que damos. Parece que a chuva também ativou alguma substância do próprio tapete verde – as folhas longas e finas se prendem nos meus tornozelos como tentáculos.

– Como você veio parar aqui? – pergunta Alexa, atrás de nós.

Esperança e eu viramos para trás. As folhas-tentáculos se enroscaram nos dois tornozelos de Alexa, fazendo-a criar raízes e ficar completamente parada.

– Alexa? – chamo. Mas pelo jeito ela não está me ouvindo nem me vendo.

– Achei que nunca mais ia te ver, Cass – diz Alexa, levantando os braços como se fosse tocar alguém. Sua expressão tem uma sinceridade e uma vulnerabilidade suave que jamais imaginei possíveis. É um tipo diferente de sinceridade da que vi quando vislumbrei seu medo: seus olhos estão arregalados, brilhando até, e os ossos da sua bochecha parecem ter perdido o ângulo agudo.

Esperança se solta dos tentáculos que se enroscam nela e começa a ir, com cautela, na direção de Alexa. Fica bem na sua cara, onde é impossível ser ignorada.

Mesmo assim, nada.

"Este lugar não é normal", é só o que consigo pensar. Esse lugar é... é...

Pisco.

– Birch?

Aperto os olhos. Inclino a cabeça.

Não me lembro de ele estar comigo antes. Mas, até aí, não consigo lembrar quem *estava* comigo de fato, então talvez esteja enganada. Estou toda molhada, por algum motivo, ensopada e pingando apesar de o Sol estar perfeito lá fora e apesar de Birch estar perfeitamente seco.

– Pedi para eles colocarem um pouco de canela no seu *chantilly*, como você gosta – diz ele.

Não tinha nem tomado café, mas agora não consigo pensar em nada além disso. Estico a mão para pegá-lo, e a bebida está quente, esquenta até meu coração, até os lugares que eu acreditava estarem congelados há muito tempo. Mas não consigo lembrar por que estavam congelados.

– Você está tremendo – ele fala. – Está com frio?

Sua camisa de flanela tem cheiro de fumaça de fogueira, e eu tenho a mais estranha sensação de que deveria ter uma fogueira acesa, que deveríamos estar sentados, e não de pé. Birch estica a camisa sobre meus ombros descobertos, me ajuda a vestir as mangas e abotoa os botões de cores diferentes até o fim, me olhando com aqueles olhos azul-escuros o tempo todo.

Se eu achava que estava aquecida só com o café, estava enganada, um milhão de vezes enganada. Porque, quando seus olhos encontram os meus, eu pego fogo. E poderia viver nessas chamas para sempre.

Mas então ele se afasta, e tenho a estranha sensação de que esse foi um beijo de despedida, não de olá. Emma está aqui agora, como um anjo radiante, seu bronzeado no tom perfeito e o cabelo com as longas ondas de sereia que ela nunca conseguiu fazer direito. Emma sempre foi bonita, mas não desse jeito. Birch segura sua mão e os dois sorriem para mim, um sorriso sincero e reluzente.

O sorriso deles é como duas facas que arrancam meu coração. Nos lugares onde a faca entrou sai uma lufada de ar gelado que expulsa todo o calor que eu finalmente consegui sentir de novo.

Birch puxa Emma para perto. Tiro os olhos deles, mas lá estão os dois de novo. E, quando olho para o outro lado, também estão lá. Seus lábios se tocam mesmo quando fecho os olhos com todas as minhas forças. Enterro o rosto nos braços, mas não consigo deixar de vê-los. Meu rosto está molhado, e tenho uma vaga sensação de que estou chorando. Até aí, poderia ser apenas a chuva que não está caindo neste dia ensolarado.

Uma faca arranha meus tornozelos, corta o que quer que esteja me segurando, apertando cada vez mais, até que de repente a pressão desaparece e eu estou de pé em uma verdadeira monção. Sem Birch. Sem Emma.

– Éden, você está me ouvindo?

Olho para baixo e vejo Esperança cortando as folhas-tentáculos das minhas pernas com o canivete. Alexa está com ela, arrancando as folhas antes que tenham chance de tomar conta de mim de novo. Ela e Esperança ficam pulando de um pé para o outro, provavelmente para não voltarem a ficar presas.

– Estou… – começo a dizer, mas limpo a garganta para minhas palavras serem audíveis. – Estou ouvindo.

Antes que eu perceba, cada uma das duas está de um dos meus lados, e meus pés começam a se movimentar de novo.

– O que foi *isso*? – pergunto ainda com dificuldade de recuperar o fôlego.

Ninguém responde. Provavelmente porque não deve haver uma resposta.

Juntas, fazemos muito progresso, e em uma hora não há mais sinal de chuva, nem mesmo um tantinho de lama, e as folhas são apenas folhas de novo, fazendo cócegas nos nossos tornozelos sem se enroscarem.

Apesar de a paisagem mudar e de o tempo mudar, minha cabeça ainda está parada, tentando entender Birch, tentando entender Emma. Tentando entender Birch *com* Emma. Dois extremos pelos quais passei em uma questão de minutos: amor e segurança, medo e ciúme.

O pior é que dói mesmo, como se essa fosse a única verdade que eu já conheci na vida. Talvez seja porque a verdade é tão bem entremeada com mentiras. Apesar de eu conseguir distinguir as duas, logicamente – apesar de eu ter certeza de que Birch *jamais* faria isso, nem Emma –, parece que alguém enterrou as unhas na minha alma, arrancou todas as minhas inseguranças e moldou com elas uma bela imagem que eu tenho que carregar pelo resto da vida.

Adoraria deixar essa imagem para trás, mas não é bem assim que o medo e a insegurança funcionam, acho eu. Eles se mantêm, eles escavam, eles encontram um jeito de vir à tona, até – talvez especialmente – quando você tem certeza de que se livrou deles para sempre.

Birch me amou até o dia de sua morte. Sei disso, na minha cabeça.

Só posso rezar para que essas mentiras se dissolvam e eu consiga *sentir* isso de novo.

VINTE E OITO

FOGO E GELO: minha primeira noite nos barracões foi a mais fria da minha vida, e uma das mais dolorosas, gravadas com ferro em brasa na minha memória.

Meu dedo, quente e dolorido da tatuagem que gravaram em mim. Nunca fiquei tão feliz por ter um nome só com quatro letras.

Beliches de três andares, 12 em um quarto, feitos com tábuas mal lixadas e pregos compridos demais, que ameaçavam me empalar, se eu rolasse além da conta em cima da tábua que eu devia fingir ser um colchão. Sério, éramos aqueles objetos indesejados que ficam guardados nas prateleiras dos depósitos.

As outras meninas: algumas quietas, outras tagarelas; algumas com os olhos inchados de tanto chorar, outras com nervos de aço; todas – todas nós – forçadas a aprender a viver *sem*.

O gelo que ficou no lugar dos confortos que nos foram arrancados, a raiva escaldante que os substituiu. O torpor que se estabeleceu quando esses extremos se tornaram difíceis demais de lidar.

Então contei os nós da madeira acima da minha cabeça, deitada de costas, e tentei não pensar na fronha que tinha desde que me conhecia por gente, com seus corações desbotados e gastos, nem nas mãos gentis que a fizeram especialmente para mim. Apertei a parte mais gordinha do meu dedão em um dos pregos afiados e brilhantes até ele atravessar a pele e uma gotinha de sangue sair, só para ver se eu acordaria daquele pesadelo. E, quando finalmente peguei no sono, os verdadeiros pesadelos eram ainda piores, com Birch e seus dois últimos passos em um *loop* infinito.

O tempo não suavizou os pesadelos: simplesmente os tornou mais variados.

VINTE E NOVE

AS ONDAS QUEBRAM na beira do mar sob o céu azul do crepúsculo. Nunca pensei que ficaria tão feliz em ver nossa pequena clareira, com suas esteiras e as cinzas da fogueira. Mas é como correr por um gramado com o sistema de irrigação ligado em um dia quente de verão: o epítome do alívio.

Mal tiramos o pé da floresta e Esperança já ficou mais ereta. Tudo nela está em alerta. Sigo seu olhar, até onde atracamos nosso barco.

– Estou tendo uma alucinação – diz ela com um tom calmo e abafado – ou o nosso barco virou, tipo, uma pilha de tábuas partidas flutuando pelo mar?

– Acho que você não está tendo uma alucinação – respondo. Mas, até aí, talvez ela esteja. Talvez todas estejamos.

Mesmo assim, posso afirmar com absoluta certeza de que o que vejo não é mais nosso lindo veleiro verde, tranquilamente pousado na areia, inteiro, mas um monte de entulho que suja o oceano.

Sinto um aperto no peito, e meus olhos se enchem de lágrimas. Não que eu estivesse pensando "ainda temos como deixar esta ilha, se as coisas não saírem como deveriam", mas é exatamente essa decepção que vem à tona. Porque, vamos encarar, esta ilha não está saindo como deveria.

E talvez ter um escape fosse legal.

Guardo esses pensamentos para mim. É minha culpa termos vindo para cá, afinal de contas. Claro que as meninas concordaram com o plano, mas só porque eu fiz tudo o que estava ao meu alcance para convencê-las de que valeria a pena. Eu convenci *a mim mesma* de que valeria a pena. E no que foi que isso resultou? Perdemos Finnley. Fomos amaldiçoadas por limo venenoso, besouros sedentos de sangue e plantas-tentáculos que induzem pesadelos.

Das duas, uma: ou vamos fazer uma retrospectiva de tudo o que sofremos para no fim dizer "valeu a pena", ou ficaremos com uma cicatriz, em todos os sentidos da palavra, muito pior do que antes. Talvez nem estejamos vivas para perceber o grande fracasso que foi tudo isso.

Alexa chuta a areia. Seus punhos fechados estão enfiados nos bolsos de trás dos shorts apertados, e sua expressão é de guerra.

– Vou refazer nossa fogueira – diz, depois dá meia-volta sem olhar para trás. – Fiquem à vontade para se juntarem a mim.

Esperança corre na direção contrária, na direção da maré e dos vários pedaços do nosso barco. Não demora muito e ela está com água até a cintura, brigando com uma das nossas velas brancas enormes, tentando cortá-la do mastro e impedir que se afaste ainda mais.

Eu fico ali, paralisada, dividida entre tentar salvar pedaços do nosso passado ou correr a toda a velocidade para as coisas de agora.

Nunca fui muito boa de desapego.

TRINTA

QUANDO A FOGUEIRA está ardendo de novo, quando solta faíscas, crepita e faz uma fumaça que sobe até as estrelas, sentamos em volta dela, todas nós, em cima da vela que ajudei Esperança a arrastar de volta até a praia. Comemos nossos últimos louva-a-deus, uma dupla de retardatários que Alexa encontrou escondida no fundo do bolso do meu casaquinho, com as pernas delgadas enroladas em fios soltos; fervemos a água da ravina em uma caneca de metal que trouxemos do barco no dia em que chegamos. Nossos sapatos estão destruídos e cheios de lama, um ao lado do outro para secar perto do fogo. Os dedos dos nossos pés estão enrugados por causa da chuva, que – estranhamente – não deixou nossa areia nem um pouco molhada.

Sem muita convicção, risco linhas na areia com um galho comprido, pensando em como tudo seria muito melhor se, pelo menos, tivéssemos uns *marshmallows* para tostar. Finjo que somos escoteiras, que estamos simplesmente acampando na praia por uma noite. Que nossos pais estão a um telefonema de distância, que tudo o que passamos vai nos render um arco-íris inteiro de distintivos de mérito.

Por algum motivo, duvido que já tenha existido algum distintivo de mérito por sobreviver a um templo antigo equipado com sistema de *laser* altamente avançado. Por sobreviver à ilha em si.

Não aguento mais. Preciso falar. Se elas vão me culpar, que me culpem. Não há nada mais que eu possa fazer, então é melhor acabar logo com isso.

– As coisas aqui... – não sei direito como continuar, porque tudo o que eu poderia dizer me parece a maior obviedade de todos os tempos – ... não são exatamente *normais*. São?

Falo com a fogueira, como se fosse meu único público. Escrevo É-D-E-N na areia com meu graveto.

– Fazia tempo que eu não tinha um dia tão ruim. – A voz de Alexa tem uma quietude rara, como a da poeira estelar e das brasas, cheia de energia que poderia se apagar em um piscar de olhos. – Talvez o pior de todos os tempos.

Mordo a língua. Hoje foi bem terrível, mas o pior dia de todos os tempos? Hoje ninguém me entregou um tubo de ensaio cheio de sangue do meu pai. Não tive que assistir à morte de Birch.

– O que foi que você viu lá na selva? – pergunta Esperança. – Ouvi você pedindo desculpa, várias e várias vezes.

Levanto a cabeça na mesma hora. Devo ter perdido essa parte, em algum momento entre o beijo de olá/adeus de Birch e de ter meu coração partido.

– O Dia Zero – responde Alexa. E, na mesma hora, continua: – Eu sei que vocês devem pensar que não tenho direito a ter lembranças dolorosas do Zero, já que sou da Alcateia... *era* da Alcateia. – Ela também fala com a fogueira. Como se fazer sua confissão diretamente às chamas fosse queimar suas palavras e, talvez, sua culpa também. – Mas aquele dia foi difícil para mim. E eu achava que nada poderia ser mais difícil do que isso, mas hoje... revivê-lo... ver Cass...

Sua voz some, como se a dor dessa lembrança tivesse se transformado em algo tão grande que ela não conseguisse tirar da garganta. Ficamos esperando isso se dissolver.

– Achei que, se eu estivesse em uma posição de poder, conseguiria salvá-lo, conseguiria encontrar algum lugar intocado no mundo onde poderíamos simplesmente ficar juntos – conta, ainda falando com a fogueira. – Mas, em parte, conquistar esse poder significou eu ter que amarrar uma corda em volta do pescoço dele, bem apertada, e arrastá-lo até os barracões. Cass cooperou. Ele *confiava* em mim. Prometi que daria um jeito de nos tirar dali. Tudo isso... – sua voz fica ainda mais baixa, seus lábios mal se movem – ... as explosões, tudo era pra ser nosso plano de fuga.

Esperança fica tensa, deve estar ligando os pontos de tudo o que se refere a Alexa pela primeira vez. Mas, em vez de exigir uma explicação ou outro lugar para dormir, pergunta:

– O que foi que deu errado?

Alexa abraça os próprios joelhos, olha para as estrelas.

– Fica meio difícil fugir com alguém quando realocam essa pessoa sem aviso nem qualquer explicação.

– Então foi isso que você viu hoje? – pergunto. – O seu... namorado? E como você teve que puxá-lo com uma corda?

Ela apoia o queixo nos joelhos, abaixa os olhos.

– Sim e não. Vi minha lembrança favorita com ele. Então, de repente, as coisas mudaram, e Cass estava com a corda em volta do pescoço, a outra ponta na minha mão. Só que não era exatamente igual. A corda era mais grossa, com farpas que afundavam na sua pele e o faziam sangrar. Ele estava suado, sujo, e seus olhos... seus olhos eram o pior. – Ela sacode a cabeça. – Tão acusadores e vermelhos, mas também tão... vazios? E Cass não parava de dizer "Você prometeu! Você prometeu! Você prometeu!".

As lágrimas de Alexa brilham à luz da fogueira.

– Achei que eu poderia nos salvar. Mas, pelo jeito, não consigo salvar nem a mim mesma.

– Foi por causa dele que você fugiu, então? – pergunto. – Por causa de Cass?

Alexa assente.

– Cass foi o único motivo de eu ter me juntado aos Lobos, mas acabou sendo um inferno para nós. Queria ter saído muito, muito tempo antes de ele desaparecer.

– Bem... – fala Esperança. – Você está aqui agora. E nós ainda não morremos. Isso conta alguma coisa, certo?

Que bom que Esperança assumiu as rédeas dessa conversa com Alexa Não que eu não me importe ou não sinta nada, porque me importo, e muito. Sinto tanto, na verdade, que, se deixar tudo escapar – todo o sofrimento, todo o medo e toda a culpa que cresceram juntos dentro de mim –, é provável que meus ossos entrem em colapso, caiam no vazio onde essas coisas viveram por tanto tempo.

Então, em vez disso, me concentro em coisas mais concretas: nos detalhes e nas informações que temos, em coisas que possam formar um quadro completo, se conseguirmos juntá-las. Um quadro que possa trazer respostas, respostas que possam levar à liberdade.

Liberdade que vai além de se libertar da Alcateia.

– Para mim, é fascinante – falo quando há um hiato na conversa – que nossas alucinações tenham sido tão parecidas... com uma estrutura tão semelhante. – Conto para elas sobre Birch, sobre Emma. Conto os fatos com o mínimo de emoção possível, abro minhas feridas só o mínimo necessário. – Plantas não *fazem* isso, certo? Não se prendem nas pessoas e não têm habilidade de fazer a gente enxergar nossas melhores lembranças e nossos piores medos... certo?

Ninguém fala nada. Porque aqui, aparentemente, é exatamente isso que as plantas fazem.

– E o limo – continuo. – E os besouros. O sistema de segurança a *laser*, e aquela monção que não deixou nem uma poça aqui na praia, e o fato de nosso barco ter sido despedaçado.

– E Finnley – emenda Esperança, baixinho.

– E Finnley – concordo. Mas seu desaparecimento parece estar em outra categoria de coisas estranhas desta ilha, porque nenhuma de nós acabou tendo uma dor óbvia por causa disso. Ou será que sou só eu que vejo as coisas assim?

Alexa joga mais gravetos na fogueira, e faíscas voam.

– Quase parece que a selva não quer que a gente chegue perto do templo. Mas isso não faz sentido, porque selvas não são sencientes.

– E também porque o templo está vazio – completo. – O que mais restou para ser protegido?

Minha voz morre quando vejo que Esperança pôs o dedo em cima dos lábios. E fica perfeitamente parada.

– A água – sussurra, com cuidado para que suas palavras sejam camufladas pelo crepitar da fogueira.

Mas seus olhos não estão fixos na nossa água da ravina que está fervendo, que uma das duas tirou do fogo para resfriar quando eu não estava prestando atenção. Sigo os olhos de Esperança até o mar, onde ondas escuras quebram na praia iluminada pela Lua.

E mais além: uma sombra no horizonte, uma negritude que obscurece todas as estrelas atrás de si.

Um navio. Um navio *grande* e com um desenho intrincado, até onde posso ver – retrancas e mastros e velas recolhidas, e uma teia de linhas que segura tudo. Como um navio pirata, se eu tivesse que definir.

– Parece que temos companhia – diz Esperança, ainda sussurrando.

Ao examinar a silhueta do navio contra o céu noturno, não percebo a sombra de um pequeno bote que vem em direção à nossa praia, com o brilho do luar refletido nos remos. Só que, agora que ele parou na praia e agora que acendeu uma lanterna, não consigo olhar para outra coisa.

Principalmente por causa de quem está dentro dele: três meninos – todos parecem um pouco mais velhos e um pouco mais musculosos do que nós – e uma menina.

Uma Finnley.

TRINTA E UM

SEU CABELO ESTÁ diferente.

Essa é a primeira coisa estranha: a luz da lanterna brilhando no seu cabelo acobreado, que está curto, liso, anguloso e nada a ver com Finnley. Não que eu a conhecesse por muito tempo antes de ela ter desaparecido. Mas, quando a conheci, seu cabelo com ondas de praia parecia não ver tesoura desde antes da guerra, com suas camadas crescidas e bagunçadas presas num rabo de cavalo baixo. Mas tenho certeza de que é ela. Roupas limpas e cabelo novo não podem esconder as sardas características do seu rosto ou o jeito como ela se porta, com uma espécie de autoconfiança curiosa.

A segunda coisa estranha: Finnley não tem a menor pressa de nos encontrar. Com certeza, seu grupo olha para nosso acampamento e a fogueira ardente, mas parece que não vê.

Finnley anda devagar ao lado dos três caras, como se fosse um deles, na direção da torre de pedras, mais para lá, na praia. Se não fosse pelo seu corte de cabelo – que me deixa inexplicavelmente desconfiada –, eu me sentiria inclinada a confiar nos rapazes, vendo alguém que conheço tão à vontade na sua companhia. Confiança por associação. Mas desconfio de seu novo cabelo, da situação como um todo, para ser sincera. Então, fico com uma desconfiança por associação.

O confronto é inevitável – é melhor acabar logo com isso. Levanto e pego umas das nossas lanças, só para garantir. Alexa e Esperança me imitam.

Nossos passos na areia não fazem barulho. Chegamos perto, examinamos o grupo que está examinando o totem de pedra. Os caras têm pelo menos uns 30 centímetros de altura a mais do que Finnley, que tem pouco mais de um metro e meio. São fortes, mas não atarracados; seus músculos são obviamente torneados de tanto controlar velas enormes por mares bravios. Com suas camisetas decote V, calças justas e botas – que vão do cinza-alcachofra ao cinza-carvão, passando por todos os tons de cinza que há entre os dois –, não parecem nem um pouco com os piratas dos filmes que Emma e eu costumávamos assistir. Apenas um deles tem o cabelo meio comprido, ondulado e especialmente ruivo à luz da lanterna; os outros dois têm o cabelo bem mais curto – um castanho, um loiro acinzentado. Parece que atiraram o barbeador compartilhado no mar dois dias atrás.

O cara de cabelo escuro se abaixa, passa os dedos em um pedaço mais inferior da torre. Uma luzinha azul, vibrante como os *lasers* do templo, serpenteia em uma das faces lisas da pedra.

– Excelente – diz o loiro quando a imagem fica completa. Obviamente satisfeito, mas não surpreso. Seus braços magros e musculosos são cobertos de tatuagens, uma selva de cores vivas formada por flores havaianas e samambaias.

– Aquilo é um mapa da ilha? – sussurra Esperança.

Braços Tatuados olha na nossa direção, e os outros que estão com ele se empertigam. Não é exatamente um olhar antipático, mas tem algo que me incomoda. Talvez sejam seus olhos, intensamente profundos, que brilham debaixo de sobrancelhas intimidadoras. De repente, parece a pior ideia do mundo ter apressado o confronto.

Alexa respira fundo. Antes que eu possa impedi-la, sai do nosso caminho de sombras e pisa na areia iluminada pelo luar.

– Desligue isso – diz Braços Tatuados. – Temos companhia.

Presto bastante atenção em onde o cara de cabelo castanho coloca os dedos para que, quando ficarmos sozinhas de novo, eu possa reproduzir o que quer que seja que esses rapazes desejam tanto esconder de nós. Em vez de passar o dedo, ele aperta o ponto mais baixo do canto esquerdo. A luz azul desaparece.

– Sky Cassowary? – Alexa caminha, cautelosa, até o loiro. As flores tatuadas ondulam quando ele tensiona os músculos. – É você mesmo ou estou tendo outra alucinação?

A dureza do seu olhar diminui, mas não o suficiente para eu abrandar a força com que aperto a lança.

– Alexa Pierce – responde ele sem se aproximar nem um centímetro. O jeito desafiador como inclina a cabeça, a luz da lanterna refletida nos seus olhos duros e vidrados, seus lábios apertados... tudo isso demonstra que o cara não está exatamente contente em vê-la. – É você mesmo ou voltei para o pesadelo que deixei no continente?

Alexa dá uma risadinha baixa.

– É bom te ver também.

Ela joga o cabelo no ombro, em uma tentativa de parecer tranquila, nem um pouco perturbada pela frieza grosseira do cara. E provavelmente funciona com os outros. Mas eu consigo ver a tensão nos seus punhos cerrados ao lado do corpo. Seus piores medos estão se tornando realidade.

– É essa a sua Lobo, Cass?

O cara de cabelo castanho chega perto de Alexa, examinando-a. Como se as luzes da Lua, da fogueira e das estrelas fossem suficientes para iluminar a personalidade inteira dela neste único momento sombrio.

Passo a lança na areia, traçando uma linha divisória entre os dois grupos.

– Você já chegou perto demais.

O cara é muito avançadinho para o meu gosto.

Ele levanta as mãos, em um gesto de rendição. Ponto para ele. Nem testa o limite que acabei de estabelecer.

– Por mim, tudo bem – diz ele. – Não me misturo com Lobos.

Estou prestes a dizer que nem *todas* nós somos Lobos, mas penso melhor. Se o fato de sermos Lobos for mantê-lo do outro lado da linha, Lobos seremos.

Mas é engraçado. Ele é a primeira pessoa que já conheci que não parece ter nem um pouco de medo do que um Lobo pode fazer.

– Elas são inofensivas, rapazes – diz o ruivo. Então ajeita uma sacola no ombro e sai caminhando na direção contrária. – Mas isso não significa que vocês não tenham que tomar cuidado.

Finnley, tão silenciosa e presente quanto o estranho totem de pedra, se vira e vai atrás dele.

– Desculpe – diz Esperança. – Mas será que alguém pode explicar o que está acontecendo aqui?

O cara de cabelo castanho olha para ela. Ondas quebram na areia, uma, duas, três vezes.

– Não – diz ele, finalmente. Simplesmente.

E vai embora.

TRINTA E DOIS

– FINNLEY! ESPERE!

Esperança atravessa a linha antes que qualquer uma de nós possa impedi-la. Cass, o Cass de Alexa, fica na frente dela antes que consiga chegar mais perto. Não encosta em Finnley – não precisa. Só seus olhos já são um campo de força.

– Você não sabe com quem está lidando – alerta Cass. – Não posso permitir que chegue perto dela.

Alexa pega fogo, vira uma tempestade, fica do lado de Esperança:

– Não me lembro de Esperança ter pedido sua permissão.

– Bom, Alexa, você é uma Lobo, não é? – Cass faz uma reverência debochada. – Não sabia que pedir permissão fazia parte do seu vocabulário.

– Flecha no coração – fala Alexa, como se dizer essas palavras com tom brincalhão pudesse reparar os danos.

– Cass... – O cara de cabelo castanho põe a mão no cotovelo de Cass. Os dois conversam em uma língua na qual não sou fluente, uma língua silenciosa feita de vários níveis de olhos espremidos e duros como aço. – Chega – diz ele, por fim. Então, fala comigo, logo comigo, que estou bem atrás do grupo, ainda do outro lado da linha traçada na areia: – Fiquem um minutinho com ela. Mas, se alguma coisa acontecer, não digam que não avisamos.

Seus olhos permanecem fixos em mim por tempo suficiente para que a mensagem seja absorvida. Eles estão falando sério – acreditam mesmo que há algo de perigoso em Finnley. Finnley! Que nos ajudou a velejar até aqui, que fez nossa fogueira, que era amiga de Esperança, uma das pessoas mais gentis que eu já conheci em anos.

Mas, até aí, Finnley não contou para Esperança seus planos de desaparecer misteriosamente. Talvez eu não a tenha interpretado direito. Talvez nenhuma de nós tenha. Talvez eu devesse dar mais atenção aos meus instintos, aos sussurros dela, aos seus espinhos.

O ruivo passa a lanterna para Finnley. Ela a segura com a mão tatuada – o F-I-N-N-L-E-Y confirma que é a mesma menina que veio até aqui conosco, e não uma gêmea, não um clone.

Ainda assim...

Tem alguma coisa de errado com ela e não é só o cabelo. Não consigo dizer o quê, nem mesmo quando me junto a Esperança e Alexa, a apenas alguns metros de distância da garota.

– Aonde você *foi*? – A voz de Esperança parece um arco-íris, sete tons diferentes e inseparáveis de emoção. – Procuramos por toda parte. Passamos dois dias na selva! Eu comi *louva-a-deus*, Finn, e você sabe o pavor que eu tenho de insetos. Por que não nos contou que ia embora?

Finnley sacode a cabeça, balançando o cabelo novo e liso.

– Eu... – diz. Seus olhos vazios brilham na luz da lanterna. – Eu queria poder contar.

Então olha para os caras, que estão enrolando um pouco mais para a frente na praia, perto do limite da floresta.

– Eles não... Esse aqueles caras não *machucaram* você, machucaram? – pergunto, já indo na direção deles, porque de jeito *nenhum* vão machucar uma de nós e se safar. Mas a mão livre de Finnley se fecha sobre o meu pulso como um torno de ferro. Só por um microssegundo; depois, solta. Uma mudança tão rápida e drástica que fico me perguntando se não imaginei.

– Não! Não, não. – Finalmente, Finnley está lá, atrás dos seus olhos. Fico em dúvida se esteve ali o tempo todo, se não sou eu que estou vendo coisas. De novo. – Esses caras foram muito honrados comigo, principalmente Cass. Comida, água, privacidade, respeito, todas essas coisas boas.

– Todas essas coisas boas – repete Alexa. – Sério? Que tipo de "coisa boa" Cass lhe deu, exatamente?

Finnley parece confusa, mas algo sutil muda na sua expressão.

– Olha, não sei *exatamente* o que você está sugerindo, mas tenho quase certeza de que a resposta é "nada desse tipo aconteceu". E – ela olha para mim, e esse olhar não é nada amigável – acho que eu saberia se tivessem me machucado, certo? A turma de Alexa certamente me ensinou muito bem o que é dor. Nem todas tivemos a chance de nos tornar Lobinhas privilegiadas, como sabemos muito bem.

– Ok, ok, ok! – falo, me enfiando entre as duas antes que as coisas fiquem ainda piores. – Acho, Finnley, que o que estamos tentando dizer é que estávamos preocupadas com você. E, sim, isso inclui Alexa. Só ficamos confusas com o fato de não ter nos contado, não ter contado nem para Esperança aonde ia. Só estamos tentando entender.

Seus olhos ficam vazios de novo e, apesar disso, há tanta força neles que estão fixos nos meus.

– Não me lembro direito dos detalhes. – Sua voz é pesada como um saco de cascalho, um saco aberto que poderia se esparramar a qualquer instante. – Acordei no meio da noite, coberta da cabeça aos pés por formigas e, quando me dei conta, estava sentada em uma montanha do meu próprio vômito, acorrentada no convés inferior de um navio. Aqueles caras ali me soltaram, não me bombardearam com perguntas e não foram eles que sugeriram que viéssemos para esta ilha. Então, se me dão licença, esta conversa já acabou.

Finnley se afasta de nós, aproxima-se dos caras, que ficaram parados esse tempo todo fingindo que não estavam ouvindo cada palavra do que dissemos.

– Bom... – diz Alexa. – Foi um prazer.

Eu não achava possível ficar mais confusa do que já estava. Mas, se tem uma coisa que estou aprendendo, é que as possibilidades não ficam engaioladas. Elas entortam as grades, quebram cadeados e voam para longe quando a gente menos espera.

TRINTA E TRÊS

NOSSA PRAIA, COMO qualquer outra coisa bonita e tranquila neste mundo, não é infinita.

Os meninos – e Finnley – montam um acampamento tão perto do nosso que as fogueiras praticamente ficam se xingando e cuspindo uma na outra. Cruzo a linha que eu mesmo tracei na areia, me aproximo do cara de cabelo castanho: ele parece ser o líder. Age como tal, pelo menos, cheio de marra e atitude. Esperança e Alexa vêm atrás de mim, com as lanças nas mãos.

– Não dava para você encontrar outro lugar para montar acampamento? – pergunto. – Vocês tinham que ficar tão perto?

– Ter, não tinha – responde ele, colocando mais lenha na fogueira, de costas para mim.

– A praia é grande. Achei que vocês queriam ficar longe dos Lobos.

Ele vira para trás e diz:

– Nunca disse isso. Falei que a gente não *se mistura* com Lobos. – Ele baixa os olhos até meu pulso, onde ficaria minha tatuagem de Lobo, se eu tivesse uma. Abaixo os braços, na esperança de ter feito isso rápido o suficiente para esconder minha pele branca e sem tatuagem.

– Bom, vocês estão praticamente dentro do nosso acampamento. Não é essa a definição de "se misturar"?

Um dos caras, o ruivo, vem apoiá-lo. Juntos, os dois formam um pelotão alto e intimidador. Alexa e Esperança vêm para a frente, saindo de trás de mim de repente e ficando ao meu lado. Somos três contra dois – Finnley e Cass estão mais afastados, do outro lado da fogueira, sem dar a mínima.

Agora estou convencida de que o cara de cabelo castanho é o líder.

– Do meu ponto de vista, *vocês* estão no *nosso* acampamento. Acho que me lembro de alguém ter traçado uma linha na areia. Então, tecnicamente vocês estão invadindo o nosso território.

Endireito a coluna, cerro o maxilar.

– Chegamos aqui primeiro.

– Ninguém está falando que vocês não podem ficar.

Sua calma inabalável me deixa furiosa.

– Vocês aparecem aqui com Finnley, que estava desaparecida há dois dias, e simplesmente... simplesmente... esperam que a gente ache que não tem problema nenhum vocês ficarem dormindo a seis metros de nós? Esperam que a gente se sinta segura?

O cara fica me olhando, faíscas e brasas brilham nos seus olhos azul--claros.

– Eu não espero que *ninguém* se sinta seguro.

O tom da sua voz me deixa arrepiada. Porque ele não tem medo. Apesar do que acabou de dizer, não parece ter medo de nada.

O que esse cara sabe que eu não sei?

Eu também o encaro, desafiando-o a dizer mais uma palavra. Ele não é do tipo que perde um desafio, dá para ver. Sou a primeira a falar. Tenho vontade de perguntar: "Por que vocês estão aqui?". Tenho vontade de perguntar: "Como encontraram este lugar? O que vocês sabem?".

Mas, no fim das contas, não falo nada. Perguntas não valem coisa alguma se você não estiver preparado para dar suas próprias respostas – e eu não estou preparada.

– Vamos – digo entre os dentes para Alexa e Esperança.

Damos as costas para os caras, e a sensação é de derrota, de rendição. Atravessamos a linha na areia. Continuamos de cabeça erguida.

Precisamos recuperar o fôlego, de um tempinho para nos organizarmos. Mas isto aqui não acabou.

Esperança, Alexa e eu saímos para procurar um lugar melhor para acampar. Ou seja: qualquer lugar. Qualquer lugar, menos na selva.

No começo, fazemos uma tentativa honrosa de nos manter otimistas "Mal vamos sentir estas pedras pontiagudas debaixo de nós, se fizermos mais esteiras!" e "Talvez só o limo do fundo da floresta seja venenoso!' e "Com certeza, está um gelo lá na areia, mas olha só quantas estrelas!".

Contudo, nossos pontos de exclamação pulam sobre a beira dos precipícios que encontramos e são levados para a floresta por um enxame de libélulas. Ao voltarmos para nossa clareira, nos mantemos bem afastadas do limo e das pedras, que são mesmo bem pontiagudas, desejando ter mais coisas para nos enrolar nesta noite de brisa salgada. Está tão frio que as estrelas começam a parecer fragmentos de gelo que caíram da lua-*iceberg*.

Quando voltamos, nossa fogueira murchou e virou uma pilha de brasas ardentes. Enquanto isso, a seis metros de distância, os meninos acenderam uma verdadeira pira.

– Eles precisavam ser tão desagradáveis? – pergunta Alexa. Para alguém que, há menos de duas horas, estava triste por causa de um dos tais desagradáveis, a garota não parece muito empolgada para se acertar com ele. Até aí, se o homem dos meus sonhos me chamasse de "pesadelo", eu provavelmente teria a mesma reação.

Mas ele não vai me chamar disso; mesmo que estivesse vivo, não chamaria.

– Pelo menos estão fazendo silêncio – diz Esperança, cutucando as brasas com mais lenha.

Olho para o acampamento deles. Uma silhueta está sentada mais para lá, sozinha, e outra está na horizontal, apoiada em um dos cotovelos, perto dos demais. Estão de costas para nós, mas isso não me faz sentir menos *observada.*

– Silêncio demais – falo, baixando minha voz até virar um sussurro. – Mal podemos falar sobre mal podermos falar.

Tem algo perturbador na confiança autoritária, ainda que pouco exigente, deles, por mais que pareçam dispostos a ficar longe de nós. Os caras são determinados e estão determinados a esconder seus segredos. O acampamento pode até ser silencioso, mas a energia que emana dele – *deles* – é como uma cerca eletrificada: não dá para se aproximar e, neste caso, não dá para evitar. Um passo em falso e *zap!* Fim dos passos em falso.

Mas sou como a mariposa que não consegue tirar os olhos da luz.

E não sou a única.

– Eu simplesmente não consigo entender esse... lance... da Finnley. – Esperança traz os joelhos para perto do peito e apoia o queixo em cima deles. Tenho a sensação de que quer falar mais, porém ela só suspira, deixando a gente com a tarefa de descobrir os *comos* e os *porquês.* – E, Alexa...

Alexa fica toda tensa ao ouvir seu nome, e eu já posso prever o que Esperança vai dizer em seguida:

– Aquele era o Cass, certo? *O* Cass? Da sua alucinação?

O maxilar de Alexa fica tenso, mas não faz nenhum movimento para abrir e revelar todos os seus segredos mais profundos. O que, concluo, quer dizer "sim".

– Esta ilha é o pior lugar do mundo – responde ela, tão alto que os besouros devem ter ouvido lá no templo. Os meninos se viram ao ouvir sua voz, mas não fazem nada além.

Reação errada, ao que parece.

Alexa se levanta, tirando quase todo o pedaço de tecido que cobre seu corpo.

– O que você está *fazendo*? – sussurro com o tom mais zangado possível. Mas não foi zangado o suficiente para reprimi-la.

Os garotos estão olhando agora, não há dúvida. Alexa faz careta para os rapazes e corre a toda a velocidade para a arrebentação. Uma onda forte, e ela desaparece.

Meus olhos se enchem de lágrimas. Não sei que loucura é essa, mas é muito mais do que uma nadadinha à meia-noite.

– Alexa! – grito, correndo em direção à água, com Esperança no meu encalço. Mas Alexa não aparece.

Ninguém pode ficar debaixo d'água para sempre. Só espero que, quando ela aparecer, ainda *esteja* ali. Imagens dos desastres de Kiribati inundam minha cabeça, milhares e milhares de corpos sem vida. Dias atrás, eu teria desejado a morte na água a qualquer um dos Lobos – a todos eles. Qualquer tipo de morte.

Agora não.

Esperança e eu logo ficamos com água salgada na altura do ombro. Já é difícil manter a nossa própria cabeça fora d'água quando as ondas batem, imagine procurar a cabeça de Alexa nesta escuridão! As correntes vão nos puxando cada vez mais para onde não dá pé. Alexa se engasga em algum lugar atrás de mim, perto, mas não perto o suficiente. Minha esperança flutua com cada respiração sua, pois sinto muito medo de que o som possa ser abafado pela água e tudo o que eu vá ouvir é silêncio. Me lembro de ter aprendido, há muito tempo, quando todo mundo que eu conhecia tinha piscina e uma edícula, que se afogar é mais silencioso do que espalhafatoso. Mas nem isso me serve de consolo.

Um leve toque se enrosca no meu pulso e um formigamento me atravessa – por favor, não – odeio águas-vivas –, mas é um tipo diferente de agulhada. O leve toque se transforma em uma pegada forte, então outra mão me estabiliza neste mar instável. É algo muito forte, muito ousado, para ter vindo de Esperança.

Cabelo escuro, olhos claros: o mais intimidador dos três meninos. Seu olhar é feroz, intenso. Não tem nada a ver com o jeito suave como me segura.

– Alexa! – grito enquanto nos preparamos para outra onda. Nos distanciamos bastante para a onda não quebrar na nossa cabeça, mas ela tem força suficiente para nos sacudir. O cara continua me segurando firme. – Salve Alexa – repito, engulo água do mar. Cuspo e digo: – Eu nado muito bem.

Ele não me solta e, para ser sincera – não que eu fosse admitir isso para o cara –, fico feliz. Faz anos que eu não nado em mar aberto, em mar aberto *no escuro.* E nunca fiz isso sozinha.

– Cass já foi atrás dela – responde ele. – E a outra já está fora de perigo, na areia.

Sua voz combina mais com seu rosto do que aquelas mãos suaves, como se ele estivesse muito mais a fim de entornar rum com os meninos em volta da fogueira gigante.

– Ninguém pediu para você vir atrás de nós, sabia? – falo, com plena consciência do quanto estou sendo ingrata.

Essa não é uma situação ideal, principalmente logo após uma disputa por território. Não quero que eles pensem que somos indefesas, porque não somos. Entramos em outra onda, deixamos que ela nos leve até mais perto da areia.

– Ah, não? – Finalmente, ele esboça um sorriso. – Talvez *você* não tenha pedido.

O cara não dá mais detalhes, mas tenho quase certeza de que entendi. Alexa estava implorando a atenção deles antes de pôr o pé na água. Está sentada, encolhida e tremendo, na praia, com Esperança. Pelo jeito, Cass se importa com ela ao ponto de salvá-la, mas não ao ponto de ficar ali do seu lado. Me pergunto se isso foi o suficiente para Cass passar no teste de Alexa.

Quando chegamos à parte rasa e conseguimos caminhar, ele me solta. É um pouco mais rápido do que eu e não espera por mim. Suas costas e pernas descobertas estão reluzentes de água, que pinga da sua pele, refletindo a luz do luar.

– Vocês podem se esquentar perto da nossa fogueira – diz, olhando para trás. – Todas vocês.

Quanto mais fico fora da água, exposta à brisa da praia, mais impossível fica de recusar a oferta – a gente podia até ficar com uma queimadura de Sol na fogueira deles, de tão mais poderosa do que a nossa.

A areia cobre meus pés até os tornozelos, seus grãos raspam entre meus dedos. Não tenho a menor pressa de alcançá-lo: a fogueira vai dar conta do frio no ar, mas prevejo uma frieza mais profunda assim que nós sete nos reunirmos em um único grupo para passar a noite.

E não me engano.

TRINTA E QUATRO

EU ME PLANTO longe da fogueira, longe dos outros, mais perto do mar do que da selva. Sozinha. Mas não estou perdendo nada: antes que eu desse as costas para todos eles, Esperança tinha conseguido pegar no sono, e Alexa estava fervendo de raiva ao lado dela, lançando olhares fulminantes para Cass e os outros meninos. Que a ignoravam.

Juntos, a fogueira e a Lua brilham tanto que consigo ler o guia. Esta ilha, meu pai – o que encontramos aqui não faz o menor sentido. Vasculho cada desenho procurando traços de um código, cada página em busca de algo que posso ter deixado passar, para ver se consigo estabelecer algum padrão. É inútil. Decifrar o livro é impossível sem uma legenda para me guiar. Volto para o início, recomeço a busca com o texto impresso.

"Para aqueles que viajam andando na linha", diz a dedicatória na folha de rosto, "para aqueles que vão devagar e sempre, para aqueles que fazem o bem e se dão bem". Meu pai viveu de acordo com esses princípios fundamentais, viveu com mais foco, paciência e integridade do que qualquer outra pessoa que já conheci. Adotei esse credo ao longo dos anos.

Andar na linha.

Devagar e sempre.

Fazer o bem. Se dar bem.

Tento deixá-lo orgulhoso.

Uma calça preta dobrada cai na areia bem do meu lado. Fecho o livro olho para cima e vejo Cabelo Escuro Olhos Claros Salvador das Águas. Que vestiu uma camiseta preta limpa e uma calça cinza justa desde a última vez que o vi. A calça sobre a areia parece ser do mesmo estilo.

– Vista ou você vai congelar.

O cara não é exatamente simpático, mas também não é exatamente *antipático*. É a primeira vez que interajo com alguém na última hora.

– Você devia oferecê-la para Alexa – respondo. Calças masculinas sempre ficam apertadas nas minhas curvas. – Mas obrigada.

Ele pega a calça e senta no lugar dela.

– Você fala como se eu me importasse se ela vai passar frio ou não.

– E você se importa com o fato de *eu* passar frio?

Mantenho meus braços bem parados para que não encostem nele de jeito nenhum. Pelo menos, posso sentir o calor do seu corpo.

– "Importar" é uma palavra muito forte.

– O que você veio fazer aqui, então?

À luz da fogueira, o azul dos seus olhos brilha como uma poça d'água limpa em um dia de Sol. A pele do seu rosto é lisinha e perfeita. De perto, sua barba por fazer é mais bem cuidada do que eu tinha julgado. Só que aprendi que a gente não pode confiar implicitamente em uma bela aparência. Nem mesmo na aparência de alguém que desperdiça a oportunidade de afogar a gente nas ondas do mar.

Admito que isso conquistou um pouco a minha simpatia.

– Aqui, tipo, aqui nesta ilha? – pergunta ele, inclinando a cabeça e dando um sorrisinho sugestivo. – Ou aqui do seu lado?

Olho feio para ele.

– Você sabe tão bem quanto eu que não vai revelar nenhum segredo. É inteligente demais para isso.

E o cara é mesmo. Sei disso assim que as palavras saem da minha boca: assim como é sensato eu desconfiar dele, o cara desconfia de mim.

Nada pessoal – é assim que as coisas têm que ser. É triste, na verdade, que o mundo tenha se transformado nisso.

– Estou aqui por causa da cara que você fez quando ela correu para a água – diz ele. – É óbvio que você odeia os Lobos. Logo, faria todo o sentido deixar a água dar conta do recado. Mas aí seu outro lado tomou conta, e você foi atrás dela mesmo assim.

Nunca me senti tão nua na minha vida.

Ou mais compreendida. Birch e eu tínhamos esse nível de compreensão mútua, mas isso não aconteceu da noite para o dia – e, com certeza, não aconteceu apenas com um olhar.

– Acertei, não foi? – insiste ele.

Não nego.

O cara fica olhando firme para mim por um bom tempo, como se pudesse ver todos os segredos que eu escondi até de mim mesma.

– Suspeito que a gente tenha muito em comum – diz, ficando de pé. Limpa a areia das mãos e estende a calça para mim como se fosse uma oferenda. – Fique com ela. Acho que vai servir. Se não se sentir à vontade para vesti-la, pelo menos a use de cobertor.

Por instinto, procuro nas suas mãos e nos seus pulsos as marcas que todo mundo tem: o lobo no pulso ou um nome no dedo.

Ele não tem nenhuma das duas.

– Meu nome é Lonan, aliás.

Pego a calça. Como é que ele não tem nenhuma marca?

– Éden – falo, ainda procurando tatuagens incriminatórias ou qualquer outro sinal que me ajude a entender a vida que ele levava. Um nome não quer dizer nada, pelo jeito, quando o assunto é conhecer alguém.

– Éden – repete ele. – Tente dormir um pouco.

TRINTA E CINCO

A MANHÃ CHEGOU mais cedo, trazendo um céu que parece um *patchwork* de nuvens pesadas, no qual toda a luz foi substituída por cinza. Retalhos azuis aparecem nos pontos onde as nuvens estão espichadas e mais finas.

Existem maneiras mais agradáveis de acordar depois de uma noite tensa, meio dormindo, meio ouvindo Alexa falando de Cass. Não *com* Cass – tem diferença. A garota fica atrás do cara feito um mosquito, um mosquito que ele não espanta nem toma conhecimento, enquanto guarda várias coisas em uma sacola cinza detonada.

Quando olho em volta do acampamento – olho *mesmo* em volta do acampamento –, fico surpresa ao ver que os dois são os únicos fazendo barulho. As súplicas não correspondidas dela e a comoção dele são uma cena e tanto.

Esperança, incrivelmente, dorme em meio a tudo isso.

No começo, acho que o ruivo está dormindo. Está deitado de costas, com os pés descalços, os joelhos dobrados apontando para o céu, os braços em cima do rosto como se quisesse se proteger do Sol. Mas deve ter me ouvido ou talvez meu silêncio crie uma força que, por algum motivo, volta para Alexa e Cass, porque ele é a primeira pessoa a falar comigo:

– Faça isso *parar*.

Há tantas maneiras de responder a esse comentário em um espectro que vai do sarcasmo à sinceridade. Mas o cara deve saber que o único modo de fazer Alexa parar de falar é Cass ser mais simpático com ela.

– Cadê as outras pessoas? – pergunto, querendo dizer Lonan e Finnley.

– Suprimentos – responde o cara, soltando um dos braços na areia, apontando para o mar. – Bote.

Fica claro que ele não gosta muito de acordar cedo.

Não vejo o bote, não imediatamente, mas fico mais alarmada com outra coisa que não consigo ver.

– O que aconteceu com o navio pirata de vocês?

Ele levanta o canto nos lábios.

– Navio *pirata*? Somos tão selvagens assim?

– Selvagens? Não – respondo. – Mas meio pirata, quem sabe? Acho que você é.

Finalmente, ele tira o braço de cima dos olhos e os espreme para mim. Espera eu continuar falando.

O cara não é tão na defensiva quanto Lonan, até porque ainda está meio dormindo. Isso poderia se voltar a meu favor. É óbvio que ele sabe alguma coisa sobre este lugar; não parece que vieram parar acidentalmente na praia – vieram até aqui por um motivo. É possível que estejam procurando Refúgio, assim como nós. Mas eles sabiam do mapa no totem, e nós não. O que mais será que eles sabem que nós não sabemos?

Preciso agir com cautela. Obter respostas sem parecer que estou *tentando* obter respostas.

– O navio de vocês! Parecia um navio fantasma, todo sombrio e mal-assombrado. Estou achando que vocês obrigam pessoas a andar na prancha e mergulhar às cegas para encontrar a morte no fundo do mar. – Falo tudo de um jeito dramático, para que ele fique sabendo que eu não acredito *de verdade* nisso. E não acredito mesmo. Mas, até aí, eu não acreditava em besouros sedentos por sangue nem em plantas-tentáculos que fazem vir à tona seus piores medos. Continuo: – Além disso, quando vimos vocês, estavam olhando o mapa. Só posso concluir que estavam procurando algum tesouro enterrado que querem manter escondido de nós.

Essa parte é séria. Só posso torcer para estar representando bem ao ponto de arrancar algo verdadeiro dele.

O outro canto da sua boca levanta, combinando com o primeiro, mas não é exatamente um sorriso.

– Todo pirata que se preze tem seus segredos. Só que não somos piratas. Somos Entregadores.

– Entregadores, tipo gente que vem trazer dor para os outros? – pergunto, me fingindo de horrorizada.

Esse trocadilho faz o cara dar um verdadeiro sorriso. É o primeiro passo para conseguir que ele revele todos os seus segredos. Mas, falando sério: Entregadores? Que *coisa* é essa?

– Não podemos contar tudo – responde ele. – Mas acho que posso dizer com segurança que não há nenhum perigo de você sentir dor.

Seu sorriso é como o Sol faltando em um dia turvo, quente e radiante.

– Que alívio! Só tenho a agradecer.

Como ele dá risada de novo, resolvo abusar da sorte.

– Então, esse *tudo* que você não pode nos contar...

– Desculpe – diz ele, me cortando. – Eu deveria ter dito que não posso contar *nada*.

– Nem agora, nem nunca?

Ele fica indeciso e, simples assim, tenho certeza de que cedo ou tarde um deles vai abrir o bico.

– Ainda não.

– Só quero saber uma coisa – insisto, porque ele não se fechou completamente. – Por que vocês não têm nenhuma marca?

Viro o pulso e mostro meu dedinho com É-D-E-N tatuado.

Seu nariz fica enrugado quando ele sorri.

– Isso eu já contei. Somos Entregadores.

– Isso *não* é resposta.

– Então me pergunte algo que eu *possa* responder.

Solto um suspiro. Melhor voltar algumas casas.

– O navio... É um navio fantasma ou não?

– Ele vai voltar daqui a mais ou menos uma semana. A missão do navio não para só porque seus comandantes estão cumprindo uma tarefa especial. Além do mais, o navio corria perigo aqui. Não queríamos que ele acabasse como o de vocês.

Aos pedaços, isso o cara não precisa dizer. Inútil.

– Phoenix! Cass! Podem me ajudar?

O ruivo – Phoenix, pelo jeito? – se vira ao ouvir a voz de Lonan, que está mais para lá na praia, um pouco mais para dentro das árvores do que eu estava procurando. Finnley está com ele.

Esperança se vira quando Cass e Alexa passam correndo por ela.

– O que está acontecendo?

Phoenix fica de pé com um movimento fluido que é ao mesmo tempo relaxado e controlado. E não deixa nada para trás, nenhum segredo se desenrolando para eu desvendar, nem ao menos um "foi bom conversar com você" ou um olhar.

– Ninguém vai falar nada – digo para Esperança. Levanto e bato a areia que ficou acumulada nas dobras da minha calça cortada. – Mas isso não quer dizer que não possamos descobrir.

– Isso é ridículo – diz Lonan quando declaro que vamos com eles, seja lá aonde pretendam ir. Passa a mão no cabelo, sacode a cabeça.

– As coisas ali não são muito normais – respondo, apontando para a selva. *Ali*. Eu não quero, não quero mesmo, voltar para a selva, mas meu desejo de saber o que eles estão aprontando fala mais alto. Os caras ficaram ilhados de propósito por uma semana, para uma missão tão secreta que praticamente costuraram os próprios lábios para não contar. O fato de termos procurado a mesma ilha não pode ser coincidência. – Vocês precisam da gente para evitar as armadilhas que já descobrimos.

– Além disso – fala Alexa –, nós vamos atrás de qualquer jeito, vocês concordando ou não.

Cass, que, a esta altura, conhece a ladainha melhor do que ninguém, lança um olhar fuzilante para Lonan, do fundo dos seus olhos sombrios.

– *Se* deixarmos vocês virem com a gente – diz, falando com Alexa, mas ainda fitando Lonan –, vocês vão ter que ficar quietas.

– Mas... – protesta Alexa, e é prontamente cortada por Lonan:

– Fracassaram. De saída. *Você* fica. – Então ele olha para mim e para Esperança. – Você também – diz para Esperança, mas com um tom muito mais simpático. – É melhor ficar aqui, onde é seco. Esse corte na sua perna precisa cicatrizar para não infeccionar. – Ele remexe um pacote de suprimentos e atira para ela um pequeno frasco. – Limpe a areia com isso. Só deixe um pouquinho para eu beber no final do dia.

Quando ele se abaixa para fechar a mochila, uma faixa prateada brilha na luz do Sol: uma adaga, embainhada na sua cintura. Ele ajeita a camiseta, tentando cobri-la, mas é tarde demais, eu já a vi.

– Não sei se é uma boa ideia a gente se separar – disparo.

Do meu ponto de vista, não me parece sensato. Eu, sozinha com eles em uma floresta maldita e imprevisível? Não é uma situação ideal, principalmente agora que sei que Lonan tem uma adaga. Quanto a deixar Esperança e Alexa na praia, só consigo pensar que Finnley já desapareceu e voltou... mudada. Quero desesperadamente perguntar o que ela acha que descobriu no guia – se é que sabe ler código Morse. Mas Finnley está grudada nos meninos, e não confio nos caras o suficiente para falar do livro do meu pai na frente deles. Até porque não faço a menor ideia do que significam os trechos em código Morse.

– Sua última chance de vir conosco começa agora – diz Lonan. – É pegar ou largar. Não vamos convidá-la de novo.

Finnley irá, com certeza. Se eu não for, minhas chances de ficar sozinha com ela vão de improvável a zero. E certamente não vou conseguir arrancar respostas dos meninos. Será que vale a pena? Acho que não vou conseguir viver com a minha consciência se desperdiçar essa oportunidade – se eu não me arriscar, se deixar o medo levar a melhor. As perguntas vão me comer viva.

Uma curiosidade irresistível me faz ir além: e se eles souberem o que aconteceu com meu pai?

Olho nos olhos de Lonan com toda coragem que consigo reunir.

– Me entregue essa adaga que você está tentando esconder. Deixe eu levá-la – digo. – Considere uma oferta de paz.

Para minha surpresa, ele tira a adaga, com bainha e tudo, e a estende em sua mão espalmada. Mas, quando vou pegá-la, ele a puxa.

– Deixe eu usar essa aliança que está no seu pescoço. Considere meu jeito de dizer "também não confio em você".

A aliança do meu pai, pesada, pendurada em sua corrente fina. Não é algo perigoso; não é uma arma. De novo, parece que Lonan consegue enxergar minha alma, como se soubesse que a aliança é algo do qual jamais conseguirei me separar. É uma das poucas coisas neste mundo que fazem eu me sentir segura.

Quero respostas, desesperadamente, mas não a esse preço.

– Eu... não posso.

Ele me olha nos olhos por tempo demais. Meus dedos, por instinto, seguram a aliança muito apertado, mas Lonan tira minha mão de cima dela com delicadeza. Coloca a adaga em minha mão e a fecha sobre a faca.

– Não me mate – diz ele com um nível de intensidade que não está nos medidores. – Ou os caras vão arrancar a sua corrente e jogar sua aliança no meio do mar.

Pisco, sem palavras.

– Minha perna está *mesmo* bem dolorida – fala Esperança, sempre conciliadora. – Você deveria ir, Éden.

Agradeço o voto de confiança, o fato de ela achar que vou conseguir manter o controle.

Alexa, o motivo de *precisarmos* com tanta frequência de uma conciliadora, não fala nada. Tenho a impressão de que ela só está esperando para ter a última palavra, de que é um jacaré prestes a fechar a boca. Mas continua em silêncio e faz cara de quem ficou satisfeita por sentar e bancar a enfermeira de Esperança. Não acredito, mas também não vou questionar.

Ir com eles é um risco, com certeza. Só preciso garantir que valha a pena.

– Estou dentro – digo.

E é no pesadelo vivo que vamos entrar.

TRINTA E SEIS

NUNCA CANSO DE me impressionar com a quantidade de coisas às quais não dei o devido valor.

Antes: quando os sorrisos apareciam sem notas de rodapé, quando as lágrimas eram por outras coisas além de tristeza, quando a verdade era em preto, branco e cinza, em vez de permanentemente manchada com sangue.

Antes: quando o espaço entre duas pessoas era definido mais com "aliado" do que "inimigo", quando sonhos eram feitos de nuvens, e não de chumbo, quando a liberdade parecia mais uma coisa inevitável do que um milagre.

Eu olhava para o céu à noite, sentada na cadeira da piscina do nosso quintal – na primavera, quando o ar era leve e fresco, antes de se condensar e virar aquela sopa grossa de mosquitos e umidade do verão –, e imaginava que as estrelas eram diamantes de verdade, como naquela canção. Que a imensa escuridão era o verdadeiro chão, e a terra sólida era o céu, e que nós todos ficávamos pendurados precariamente pelos dedos dos pés.

Quando o Zero aconteceu, me dei conta de que existem muitas maneiras de virar o mundo de cabeça para baixo. Que as coisas não eram mais tão confiáveis quanto pareciam nem, ao mesmo tempo, tão impossíveis. Que os diamantes continuariam muito longe, inalcançáveis para sempre, por mais mentiras que aqueles que viraram o mundo de cabeça para baixo inventassem para se iludir.

Inalcançáveis ou não, duas coisas ficaram claras: um, as pessoas vivem para a caça.

E dois: jamais as atrapalhe.

TRINTA E SETE

NÃO DAMOS NEM cinco passos para dentro da floresta, e todos os sinais do mar, da areia e do céu se evaporam, cedendo lugar a mil diferentes tons de verde.

Cass, Finnley e Phoenix lideram o caminho sob a copa das árvores, em fila indiana, e Lonan fica do meu lado, mais para trás. É difícil dizer se Finnley está longe de mim de propósito ou se são os meninos que estão tentando nos manter separadas.

Não conheço esta parte da selva: desta vez, enveredamos pela praia antes de nos aventurarmos a entrar em uma área que ainda não explorei. Eles têm um Plano com "P" maiúsculo, pelo jeito, um plano que não me contaram. Procuro não deixar isso me incomodar e me concentro em tentar decifrá-los.

Além do mais, tenho meu próprio plano, que depende de parecer que só fui junto por diversão – faça muitas perguntas e jamais obterá respostas. Por enquanto, é manter olhos e ouvidos atentos. Ver. Observar. Igualzinho ao que fiz no calçadão, todas as manhãs, por dois anos.

– Vocês têm certeza de que não querem voltar e consultar o mapa antes que entremos demais na selva? – A voz de Lonan é assustadora, alta.

Cass aponta para a própria cabeça, sem olhar para trás.

– Tenho tudo aqui, cara, estamos bem.

Essa foi a segunda vez que Lonan mencionou o mapa do totem de pedra, e a segunda vez que Cass insistiu que não precisa olhar de novo.

Apesar de ser Lonan quem não para de tocar no assunto, ele parece quase aliviado quando Cass resiste. "Não vamos olhar o mapa de jeito nenhum, caramba, com *ela* por perto" foi o que o seu olhar disse na primeira vez. Como se meus olhos fossem aguçados no que diz respeito a detalhes de mapas do tesouro, mas cegos em relação a mensagens silenciosas nem um pouco sutis.

Mas talvez eu seja mais cega do que penso. Porque, tirando as coisas mais óbvias, suas mensagens são extremamente difíceis de interpretar. Fica bem claro que os três são um pelotão em ponto de ebulição, cheios de segredos e de motivação, movidos pela paixão e pelo instinto de autopreservação. E há evidências de integridade, das ligações duras, porém flexíveis, que os mantêm juntos.

O lado complicado disso tudo é que, mesmo com a adaga de Lonan escondida na minha cintura, não consigo – não *devo* – baixar a guarda. Paixão e integridade podem ser uma combinação instável quando você é tido como ameaça. O que foi mesmo que ele disse quando pediu a aliança? "Considere meu jeito de dizer *também não confio em você"*?

O problema é que não posso provar que não sou uma ameaça até que eles provem que *não são* uma ameaça. Então...

– Vejo que a calça serviu – diz Lonan quando adentramos na selva.

Consegui fechar o zíper com facilidade. Apesar de justa, ficou confortável, sem restringir meus movimentos. Antes da guerra, isso seria motivo de comemoração, mas agora me preocupa um pouco.

– Lembre-me de comer mais hoje – respondo, como se eu já não tivesse comido tudo o que tinha no acampamento. Se existe uma coisa que aprendi nas aulas de saúde do Ensino Médio, é que passar fome pode sair pela culatra de diversas maneiras, que esforço físico requer calorias. Calças confortáveis não são mais do que uma ilusão conveniente, uma ilusão da qual preciso me livrar. – Andar pela selva somado a uma ingestão menor de comida significa que tenho que prestar muita atenção na quantidade de combustível que forneço ao meu corpo.

– Phoenix tem comida na mochila. Algumas Refugiáguas completamente carregadas também – diz ele, afastando uma cortina de cipós para conseguirmos passar. – É só pedir quando precisar.

Algumas garrafas Refugiágua! E completamente carregadas? É um alívio e não é. Quem *são* esses caras?

Passando os cipós, o chão da floresta se torna uma inclinação visivelmente abrupta. Cass abre um dos pequenos bolsos que tem na cintura e retira algo que parece uma pequena seringa. Encosta a ponta em um cipó, mas é difícil dizer se ele está injetando ou extraindo algo. De qualquer modo: muito estranho.

– Por aqui – fala, com um olhar que diz que estamos na pista certa, uma resposta a todas as dúvidas de Lonan a respeito de sua capacidade de memorizar o mapa.

Uma trilha cheia de pedras entalha a subida, como um leito de rio sem água feito de pedras pretas e lisas. Cipós grossos serpenteiam pelos dois lados até onde minha vista alcança, entrelaçados e fora de controle – mas não há cobras de verdade, pelo que eu saiba. Cass sobe primeiro, escalando as pedras como se fossem uma escadaria íngreme. E usa o cipó que espetou como corrimão.

– Então, presumo que você já esteve aqui antes – digo.

Lonan sacode a cabeça.

– Negativo. Mas conhecemos o suficiente para saber o que estamos procurando.

Não consigo resistir. Parece que ele me deu uma oportunidade em uma bandeja de prata.

– Que seria… o quê, exatamente?

– Um caminho que não tente nos matar. É isso que queremos – responde ele, quase esboçando um sorriso. Fica difícil saber quantas camadas mais há debaixo dessa verdade básica.

Cass continua subindo, seguido por Finnley e Phoenix.

– Você primeiro – diz Lonan. "Caso você caia", ele não precisa completar. Não sei se me sinto lisonjeada ou insultada: conheço as velhas regras de etiqueta, aquelas que mandam os rapazes protegerem as moças do perigo. Escolho ficar lisonjeada, porque isso lembra o meu pai. Calçadas, escadas rolantes, o que a sua imaginação mandar: nada passava por mim antes de passar por ele.

De certo modo, isso não mudou. O tubo de ensaio que o contém está na frente do meu quadril, e o seu guia está enfiado nas minhas costas. Protegida pelos dois lados.

Subimos, subimos e subimos mais. Não é uma superfície completamente vertical, mas é difícil. Parece que estamos escalando um pedaço de terra que resolveu morar com as nuvens, e não debaixo de uma copa de árvore. Daqui, não consigo ver se ela realmente atravessa a copa – a folhagem fica mais densa ao longo do caminho, cerca de três quartos antes de chegarmos às árvores –, mas, de qualquer modo, temos que subir muito mais.

Arrisco olhar para trás e para baixo – *não* foi a melhor ideia que eu já tive na vida. A altura é estonteante, e tem tanto verde por todos os lados; a seiva dos cipós se acumula debaixo das minhas unhas à medida que vou me segurando neles. Quase engasgo na minha própria saliva – está difícil de engolir – por que não consigo *engolir*? Meu coração bate forte no peito e na minha cabeça enquanto forço minha boca seca a funcionar do jeito que quero.

– Phoenix, água! – grita Lonan. Então sua a mão segura por trás do meu joelho, me equilibrando. Mesmo através do tecido suado da calça, seu toque desconhecido é ardente. – Éden, olhe para cá. Não, pare de olhar para o chão, olhe para *mim*.

Tiro os olhos das folhas infinitesimalmente pequenas que estão no chão da selva abaixo de nós, e me concentro nos seus olhos azul-claros. Eles são como o banho que estou desesperada para tomar, como a piscina do meu antigo quintal onde jamais vou nadar de novo. Como a água que Phoenix atira para Lonan para eu conseguir engolir minha ansiedade.

Alguns goles são suficientes para o mundo parar de girar.

– Está melhor? – pergunta Lonan, tirando a garrafa da minha mão e jogando de volta para Phoenix.

– Estou – respondo. Sinto um calor subir pelas minhas bochechas. – Obrigada.

Ele assente.

– Odeio ter que te dizer isso, mas precisamos continuar. Você acha que consegue?

Ele tem razão: subimos demais para dar meia-volta agora, muito mais do que qualquer coisa que já escalei na vida.

– Não posso me dar ao luxo de *não* conseguir – digo. Quando me equilibro e me sinto confiante de novo, limpo as mãos nas calças. O cipó já está bem escorregadio por causa do suor de Cass, Finnley e Phoenix, sem o meu para contribuir. – Vamos nessa.

Eu me concentro em dar um passo de cada vez, imagino que tem um buraco cheio de penas para me amparar, se eu cair. Sou eu contra o mundo – e, se não posso controlar o mundo, pelo menos posso tentar me controlar.

– Tomem cuidado quando passarem – diz Cass, me fazendo voltar para o momento presente, em que tudo, com exceção de sua voz, é obscurecido por uma grossa parede de vegetação. – As pedras são bem pontiagudas no ponto de transição, e é impossível eu inocular todas as plantas, então tentem não encostar em nada além dos mesmos cipós que nós já usamos.

Finnley desaparece no meio das folhas, com Phoenix logo atrás. Eu sou a próxima.

– Como assim, inocular? – pergunto, mas ou ninguém ouve, ou ninguém quer responder. Meu palpite é que tem alguma coisa a ver com o jeito como Cass estuprou o cipó com aquela seringa.

Isso faz minha cabeça girar: eles disseram que nunca estiveram aqui, mas Cass sabe exatamente que tipo de antídoto vai funcionar nas plantas, exatamente em que plantas usá-lo. Onde conseguiram tanta informação? A pessoa que lhes informou esteve aqui, sem dúvida. Mas, ao julgar pelo ódio que têm da Alcateia, não posso parar de me perguntar quem mais poderia conhecer esta ilha tão bem.

Um arrepio percorre meu corpo. O templo abandonado, os *lasers* da Alcateia... E se eles foram dizimados por alguém ainda *pior*?

– Você está bem? – Lonan me segura, pondo a mão na minha lombar. Me dou conta de que parei de me mexer.

Tento esconder meu pânico, mas minha mão voa por instinto até a adaga presa na minha cintura.

– Meeeeeeeeeeu deus, você está apavorada, não está?

Ele me olha nos olhos, coloca a mão sobre a minha, que está em cima da adaga. Nossos dedos se tocam de leve.

– E você me condena? – Aperto os dedos ao redor do cabo. – Fale por que você está aqui. Eu dou conta.

Espero parecer mais convincente do que estou me sentindo.

Lonan entreabre os lábios, o suficiente para eu enxergar *respostas* só esperando uma oportunidade de escapar. Mas sacode a cabeça.

– Você não tem nenhum motivo para confiar em mim, sei disso. Mas não posso contar, não até ter certeza.

Suas não respostas me deixam furiosa.

– Certeza de *quê*?

– Eu poderia derrubar você aqui, neste exato momento. Sabe disso, não sabe?

– Não. Está. Ajudando.

– Não vou fazer isso, Éden. E não estou te levando para algum outro lugar só para você morrer depois.

Ele então fecha a mão em volta da minha, apertando a adaga. E a puxa até sua própria garganta. Minha mão treme tanto que o arranho: um fino rastro de sangre escorre com seu suor.

– O caminho que temos à nossa frente é perigoso – diz Lonan, engolindo em seco. – Mas não sou eu *o perigo* – completa, fazendo sinal com a cabeça para a adaga. – Vá em frente. Pode me matar, se isso for fazer você se sentir melhor.

O cara está disposto a encostar uma adaga no próprio pescoço, mas não está disposto a me contar o que quero saber: é xeque-mate, e ele sabe muito bem. Não há nenhuma jogada que eu possa fazer sem me dar mal. Se eu matá-lo, acontece o quê? Cass e Phoenix vão acabar comigo. E que motivos eu tenho para chegar a esse ponto? Já perdi a conta de quantas vezes ele poderia ter tirado a minha vida.

E não tirou. Apenas me ofereceu calor, água, simpatia.

Afasto a adaga do seu pescoço. Com as mãos ainda tremendo, guardo-a na bainha, antes que faça algo do qual vou me arrepender.

– Vamos em frente – digo.

Ele também está tremendo. Respire fundo, Éden. Inspire, expire.

Mantenho a cabeça abaixada para que só meu cabelo toque a parede de vegetação. Vou me movimentando com cuidado para evitar cair e morrer, me estraçalhar nas pedras pontiagudas ou correr o risco de ter uma queimadura, como a do limo venenoso, por tocar em outras plantas.

Em vez de sair a céu aberto, estamos em uma mata ainda mais fechada. Duas paredes de pedra cobertas de limo margeiam uma trilha estreita. Raios de Sol atravessam a copa das árvores mais à frente, e sob nossos pés as pedras pretas dão lugar a uma escadaria de pedra. Comparada à escalada que acabamos de fazer, ela é grau zero de dificuldade. O pessoal esperou por nós.

No topo da escadaria, as folhas são menos abundantes, e estamos verdadeiramente no topo do mundo. Mas essa sensação tem vida curta – o túnel termina em um beco sem saída, na boca aberta de uma caverna.

Phoenix passa por Finnley e Cass, tira a mochila dos ombros e estica os músculos.

– Tem almoço, se vocês quiserem – grita, não se dando ao trabalho de olhar para trás ao sumir debaixo do arco de pedras, em direção à escuridão

– Estamos no lugar certo? Tem certeza? – pergunta Lonan.

Cass e ele ficam se olhando por muito tempo.

– Você acha que eu teria arrastado todos vocês até aqui em cima se não fosse? – retruca Cass.

Lonan aceita a explicação, engolindo as palavras que estava prestes a disparar.

– Eu confio em você, Cass. Sabe disso – diz ele, como se tivesse que convencer a si mesmo. – É *neles* que eu não confio.

Neles.

– Como assim, neles?

Todos voltam os olhos para mim e, simples assim, é o fim da conversa Nada no “neles” de Lonan parecia se referir a mim – na verdade, foi quase como se os dois tivessem esquecido que eu estava ali. Mesmo agora, que estão me encarando fixamente, posso sentir que não era de mim que estavam falando. De *quem*, então?

Se a caverna é o lugar certo ou não, é ali que acabamos ficando, naquele espaço à sombra e fresco, que é praticamente iluminado por luz negra, resplandecendo com substâncias fosforescentes. Phoenix senta-se diretamente no chão, tirando um banquete da mochila.

Água, pão, queijo, uvas: senti saudade demais de tudo isso. Parecem bocados de vida, de lembranças e de felicidade, que me levam de volta a Antes.

Quer dizer, até Cass esticar a mão para quebrar um pedaço de pão e eu ver no seu pulso um lobo fosforescente. Não é uma tatuagem, mas é igualzinho ao de Alexa no tamanho, na forma e no local. Quanto mais fico olhando, mais vejo que é um holograma, não apenas uma imagem que brilha.

Finnley também tem uma.

Lonan e Phoenix, não.

TRINTA E OITO

"CLARO QUE ELES sabem", penso enquanto mastigo, mastigo e mastigo mais um pedaço muito grande de pão velho mergulhado em vinagre. Mastigo por tanto tempo, com tanta força, que meu maxilar fica cansado, e tenho que tomar água para o pão descer. É claro que estou deixando alguma coisa passar batido – tem alguma razão para estarmos sentados aqui, banqueteando juntos como se estivéssemos na Santa Ceia, em vez de nos separarmos daqueles que têm *hologramas de lobos* no pulso.

Mas comemos nossas uvas em paz.

Até que…

Phoenix vira de costas para Finnley para pegar outra garrafa d'água. *Ziiiiiip*, faz o bolso grande da sua mochila – e o bolsinho na altura do quadril de Finnley também. Ela tira uma seringa, exatamente igual à que Cass usou no cipó, e enterra na parte mais carnuda do ombro de Phoenix. Tudo acontece rápido, tão rápido, a não ser para Phoenix, que vai caindo – essa parte é dolorosamente lenta, e neste exato segundo a caverna ganha vida.

Lonan ataca, dá um tapa na seringa que está nas mãos de Finnley.

– Pegue, Éden! – grita, enquanto a seringa bate na parede do fundo. – Ela tem que ser sedada!

Eu congelo, dividida – não posso dizer que confio definitivamente em Lonan *nem* em Finnley –, mas aí Cass se vira contra Lonan. Os olhos de

Cass estão ainda mais sérios e intensos do que de costume, com uma pitada de ferocidade só para completar. Lonan joga todo o seu peso contra ele, que fica se debatendo loucamente com uma seringa na mão. Lonan consegue desviar dela, apesar de ter chegado perigosamente perto de furar seu pescoço.

Eu me dirijo até a parede dos fundos para pegar a seringa de Finnley, mas ela chega antes. E vem para cima de mim com a mesma loucura nos olhos que Cass. Será que essa é realmente a mesma menina que fugiu comigo do calçadão, a mesma menina que me ajudou a navegar pelo oceano? O que foi que *aconteceu* com ela enquanto ficou desaparecida?

Vou correndo na direção de Finnley. Colidimos, voamos, batemos no chão da caverna. Ela tenta sair debaixo de mim para contorcer o braço e enfiar a agulha na minha pele, mas a seguro tão bem que ela não consegue. São minhas duas mãos contra uma única sua. Finalmente, arranco a seringa dela

No ombro? No pescoço, na coxa?

– Isso não vai matá-la. Enfia *agora* – diz Lonan. – Em qualquer lugar.

Miro em seu ombro, como Finnley fez com Phoenix. Mas ela não desistiu de lutar, e não é seu ombro que eu acerto. Uma gota de sangue vem à tona quando tiro a agulha, logo abaixo da sua clavícula.

Agora a briga acabou.

O suor pinga das mechas do meu cabelo que se soltaram do coque que fiz nele de manhã. Nossa respiração ofegante – a minha e a de Lonan – é o único ruído dentro da caverna. Cass está caído, parado no exato lugar onde Lonan o derrubou.

– O que… – consigo dizer, entre duas respirações profundas – … foi *isso*?

Ele anda para lá e para cá, passa as duas mãos no cabelo e depois na barba por fazer. Não consigo nem relatar quantas facetas existem na sua fúria nem o quanto eu contribuí para ela. Lonan está com os punhos fechados ao lado do corpo – é óbvio que quer bater em alguma coisa ou atirar alguma coisa, mas se controla. Mal e mal.

– Sério, Lonan – insisto. – O que foi que aconteceu? É óbvio que você sabe mais do que me contou, porque sabia como sedá-los. Ela podia ter me matado. Eu poderia ter *morrido*.

– Você não teria morrido – responde ele, tremendo. Abalado.

– Talvez não com a seringa...

– Tudo bem. – diz, levantando as mãos em um gesto de rendição. – Você tem razão. Você tem razão. – Ele não para de andar para lá e para cá. De passar a mão no cabelo. – O efeito do sedativo dura duas horas. Não mata, só neutraliza. Mas não, você tem razão, aquela agulha não era nossa única ameaça. Você tem razão.

Está difícil de respirar, parece que estou aspirando o ar de um ano todo a cada vez, só porque posso. Respirar é fácil até que passa a ser difícil.

– Bom... – falo quando as coisas se estabilizam, quando consigo formar palavras. – Parece que você tem um pouco menos de duas horas para me contar tudo o que sabe.

Eu ganhei, e ele sabe.

– Traz o queijo – murmura Lonan. – O pão também. – Ele se dirige para a boca da caverna, uma silhueta preta contra as folhas verdes do túnel. – Vamos tomar um ar.

TRINTA E NOVE

– **SE EU FOSSE** você, não encostaria no limo – digo. Lonan está quase na metade da parede do túnel, subindo na direção das rochas planas que formam o teto da caverna.

– Vou correr esse risco – responde, mas ajusta sutilmente o jeito como se segura para ficar longe do limo, o que não me passa despercebido. – Você vem?

– Por que não podemos conversar aqui embaixo?

– Pelo jeito, cavernas são um tipo de gatilho – diz. Seja lá o que isso signifique. – Não posso me dar ao luxo de eles nos ouvirem.

Lá vem ele de novo com esse "eles".

– Eles, tipo Finnley e Cass?

– Não. – Lonan sobe no teto da caverna e estica a mão para mim. – Vem logo. Vou segurar a comida enquanto você escala, e aí podemos conversar.

Atiro o pão e o queijo para ele e sigo o mesmo caminho. Por sorte, não é uma subida muito íngreme, nenhuma altura impossível. Lá em cima, a diferença na paisagem é incrível: céu azul em todas as direções, com um verde espalhado tão espesso que quase parece que estamos fazendo um piquenique em um campo ensolarado. Mais além, a luz do Sol brilha no mar interminável e vazio.

Sinto uma vontade súbita e incontrolável de rir, apesar de não haver nada especialmente engraçado em tudo isto.

– Que foi?

– Tipo, *olha* só pra gente – falo. Ele, com aquele modelito de pirata moderno, quando em outra vida talvez poderia ser, sei lá, uma estrela do futebol americano? Rei do baile de formatura, definitivamente, ainda mais se as pessoas votando tivessem uma quedinha por tipos misteriosos, *bad boys*. E eu, uma menina que aprendeu o que é capaz do modo mais difícil. Todos aqueles anos de prosperidade queimados pelas chamas desse mundo novo e ríspido e pela pressão de simplesmente *ter* que ser forte para sobreviver. Nunca me vi como alguém particularmente forte Antes. Mas, bom... ainda estou aqui, não estou?

– Olha só para nós – repito. – Quando você era criança, imaginou que acabaria fazendo trilha em uma ilha como esta, tendo que atacar seus amigos para se defender?

É o mais perto que ele chega de um sorriso desde que o conheci.

– Não. Jamais imaginei.

Lonan fica em silêncio por um bom tempo, olhando para o mar. E, por mais que eu odeie interromper este momento sentimental que, pelo jeito, está passando dentro da sua cabeça, o tempo simplesmente não para por causa de momentos sentimentais.

– Então...

Não preciso dizer mais nada. O cara sabe o que eu quero saber.

– É complicado. – Ele passa a mão no cabelo, um gesto que já repetiu tantas vezes que entendi o significado: está incomodado e não sabe exatamente como se livrar dessa situação. – Me fala da guerra, da sua perspectiva, que eu preencho as lacunas. – Ele aponta para o meu dedo, onde meu nome foi para sempre gravado como propriedade dos Lobos. – Suponho que você não deve saber de muita coisa, por causa do seu passado.

Todo o tempo do mundo – todas as *palavras* do mundo – não seria suficiente para expressar as centenas de dias que se passaram desde o Zero. Conto o básico: os desastres em Kiribati, a erosão das nossas próprias praias, a Ambientech se apresentando como salvadora, como seria mais fácil mudar para uma colônia na Lua do que conseguir um lugar para morar nos hábitats marítimos que eles estavam desenvolvendo.

Como o movimento da Alcateia começou com os que eram mal pagos e trabalhavam demais, com os sedentos e os doentes.

Como sua súbita ascensão ao poder foi estranhamente furtiva, organizada e efetiva, um feito sem precedentes entre os movimentos clandestinos.

Como os ricos foram transferidos para campos de trabalho forçado ao longo das costas, porque somos mais vulneráveis lá, porque os recifes de corais e os quebra-mar não se ergueriam sozinhos.

Como teve uma hora da virada diferente – quando os pinos-reis emergiram do anonimato e se revelaram como os machos alfa dos Lobos –, quando as coisas ficaram terrivelmente piores. Como a Aliança Global tentou intervir. Como a guerra se espalhou pelo mundo.

Deixo Birch de fora. Meu pai também.

Simplesmente digo "as pessoas perderam tantos entes queridos", uma frase com raízes tão profundas que atravessam até o outro lado do planeta.

Falo das coisas pesadas, que mudaram minha vida, como se estivesse lendo um livro de história – como se eu vivesse num futuro distante, no qual as crianças que estão na escola não sabem nada do medo que enfrentamos, nada sobre nossos opressores.

Antes fosse.

– Tome. – Lonan sacode as migalhas do pano de prato que protegia o pão de Phoenix antes de o devorarmos e entrega para mim.

Para secar as lágrimas que eu devo estar chorando.

– O seu relato é mais exato do que eu esperava – diz Lonan, e fico me perguntando por que o relato dele seria diferente do meu. Como ele conseguiu escapar das coisas que, literalmente, marcaram toda uma população

Todo um *mundo*. – Da sua perspectiva, tudo é sombra. Mas as coisas não são tão preto no branco quanto você pensa.

Arranco um pedaço do queijo azul e mofado e coloco na boca antes que possa dizer algo do qual me arrependa.

– Há uma resistência trabalhando – continua ele. – Você pode até não lembrar muita coisa daquela manhã, logo antes de o Zero acontecer, mas, se se esforçar, aposto que consegue se lembrar do quanto foi estranho uma boa parte dos alunos não ter ido para a aula naquele dia. – E logo completa: – Não só na sua escola: em *todas* as escolas. Em empresas.

Sempre presumi que as pessoas que faltaram eram Lobos: que as únicas pessoas que não foram pegas desprevenidas pelo Zero eram as pessoas que estavam *apoiando* aquilo.

– As pessoas sabiam – falo, tendo certeza, ao pronunciar as palavras, que devia ser verdade. Como poderia não ser? Tinha que haver rachas no movimento. Nada que envolva a humanidade é perfeito, sem falhas. – Por que não fizeram algo a respeito *antes*?

– Teve gente que fez – conta. – Espalharam a notícia em lugares onde não podiam ser localizados. Boca a boca, na maior parte, sussurros. Mas não foi suficiente, e muitos foram mortos por causa disso. Logo ficou claro que a melhor estratégia seria deixar o Zero acontecer e trabalhar como um pelotão secreto no meio deles. Melhor perder algumas vidas e salvar muitas no futuro.

– Algumas?!

Meus olhos se enchem de lágrimas, mas estou mais brava do que triste. Com certeza devo ter ouvido errado.

– Sim, em comparação com as muitas que poderíamos...

– Por acaso você estava lá quando eles arrombaram as portas? Você viu a cara deles, as armas, as máscaras? – Não consigo parar. Talvez devesse, mas não consigo. – Não. Não estava, porque você *sabia*. E não tem que viver com o horror de ter essas memórias gravadas no seu cérebro, de ver a pessoa que você ama cair no chão, sua vida simplesmente, simplesmente *evaporar* pelo buraco de bala que fizeram nela.

Respiro fundo várias vezes, fecho os olhos para não ter que olhar para Lonan. Mas, ao fazê-lo, só consigo ver Birch. Birch *morrendo.*

Estou tremendo, tremendo tanto, e Lonan não diz uma palavra. Ponto para ele. Ele me dá um tempo, me dá silêncio. Para lembrar. Então me abraça, e fico surpresa ao ver que não tenho muita vontade de afastá-lo. Ninguém me abraça assim há dois anos. Lonan é forte, firme o bastante para segurar meus cacos, mesmo que eu esteja à beira de me despedaçar completamente. Gentil, até.

– Não, eu não vi o que aconteceu no Zero – diz ele, com a voz baixa, falha e intensa. – Eu estava em casa, na cozinha, limpando o sangue dos meus pais do rejunte dos azulejos, porque não sabia mais o que fazer. E você está enganada, tenho que viver com o horror dessa lembrança. Quando fecho os olhos, só consigo ver caras de lobos sangrando, entalhadas em seus braços, na palma de suas mãos, na sola dos seus pés.

Agora sou eu que fico sem palavras. Sem palavras e imóvel, com os olhos secos e fitando nosso bosque no topo do mundo, uma imagem de cartão-postal.

– Desculpe – falo quase em um sussurro. Ele ainda não parou de me abraçar, e eu ainda não tentei me afastar. Talvez Lonan não esteja tentando me segurar, juntar meus cacos, mas sim tentando se segurar para não desmoronar.

– Eles eram membros-fundadores da Resistência – fala, por fim. – E eu deveria estar com eles, deveria estar lá para salvá-los ou para morrer junto. Se não tivessem insistido que eu passasse a noite acampando no bosque atrás da casa de Phoenix.

Ficamos sentados ali pelo que parece uma eternidade. Me parece quase errado mudar de assunto depois de nós dois termos aberto o coração desse jeito. Quando o ar à nossa volta perde o seu peso emocional, pergunto:

– E o que tudo isso tem a ver com o que aconteceu com Cass e Finnley?

Ele expande o peito, e eu acompanho seu movimento.

– Os Lobos descobriram que a Resistência ainda prospera. E descobriram uma maneira de se infiltrar nela.

QUARENTA

"INFILTRAR".

Sei muito bem o que a palavra significa – só não sei direito o que significa neste contexto.

– Então, eles estão tipo plantando gente deles para espionar a Resistência? – "Espionar" não me parece uma palavra forte o bastante para descrever o jeito como Finnley e Cass nos atacaram na caverna. – Ou o quê?

– Sim, é essencialmente isso. Mas eles não estão usando Lobos como espiões.

É claro que faz sentido, depois do que vi. Finnley, Cass: estão usando pessoas que não seriam necessariamente suspeitas.

– Conseguimos impedir que os Lobos localizassem a ilha que usamos como quartel-general da Resistência – continua Lonan –, mas eles sabem que temos contatos espalhados por todo canto, em todos os setores do continente. Eles escondem os convertidos no meio de nós e os usam para nos derrubar, um por um.

Esse mundo é uma confusão de ervas daninhas e flores ainda maior do que eu imaginava.

– Então é isso que aqueles hologramas significam? Que eles foram convertidos? – pergunto. – E que foi a Alcateia que colocou o holograma neles, não a Resistência?

Sentamos mais afastados, agora que voltamos ao que interessa. Nós dois estamos tentando nos distanciar das coisas que vemos quando fechamos os olhos.

Ele concorda com a cabeça.

– É por isso que eu não tinha certeza se podia confiar em você. Não até saber que não tinha a marca.

– Mas você confiava em Cass. Em Finnley também, apesar de ter acabado de conhecê-la.

– Errado. Eu me aproximei de Finnley para ficar de olho nela – diz Lonan. Em seguida, pega um pedaço minúsculo de queijo e põe na boca. – Mas já faz um tempo que eu estava trabalhando com Cass, então confiava nele, confio nele, quando tenho certeza de que é ele mesmo que está ali.

Tenho perguntas, muitas perguntas.

– Alexa disse que Cass era um dos prisioneiros dela, e que os dois estavam planejando fugir juntos antes de o cara ser realocado misteriosamente. Mas você disse que estava trabalhando com Cass. Como? – Antes que Lonan possa responder, disparo mais uma pergunta: – E como foi que Finnley conseguiu entrar no nosso navio? – E mais uma: – Phoenix disse que vocês são chamados de Entregadores. É coisa da Resistência? O que significa?

– Exatamente o que parece – responde ele. – Tiramos pessoas de lá e entregamos em outro lugar, em nossa base na ilha, onde estarão seguras. E, sim, é a principal missão da Resistência, apesar de que tivemos de mudar de foco desde que a guerra começou. Tirar aqueles que foram convertidos teve de virar prioridade em relação a tirar os inocentes.

Refúgio, ou pelo menos algo do gênero, existe!

Contudo, parece que não estamos nele. O que é *esta* ilha, então? O primeiro pensamento que me vem à cabeça é que talvez a gente tenha chegado a uma ilha para despistar, mas não pode ser isso. Os caras estão muito dispostos a estar aqui, muito com jeito de missão.

Minha cabeça dói.

– E, quanto a Cass, ele era um dos nossos contatos disfarçados no continente. Ele conhece um cara que conhece Phoenix. Muitos desses contatos no continente andam desaparecendo, depois ressurgindo em um setor completamente diferente – continua. – *Mudados.* – Então pega mais uma migalha de queijo e come. – Alguns estão mais mudados que outros; alguns estão só um pouco fora do normal. Tem uma teoria circulando de que os Lobos estão implantando algo no cérebro dessas pessoas que permite nos espionar através delas, controlá-las. Na minha opinião, a teoria acertou em cheio.

É coisa demais para processar. Pensei que, de alguma maneira, tinham *convencido* Finnley e Cass a ser espiões. Mas isso... isso é pior. É *errado*.

– Então... uau – digo, ainda tentando processar. – Eles forçam as pessoas. Transformam-nas em câmeras de segurança humanas, mais ou menos?

– Se câmeras de segurança viessem programadas com instintos para abater o inimigo, sim. – Lonan suspira. – Você pode ver o tamanho do problema que isso pode se tornar. Faz meses que estamos interceptando os navios deles, e temos tido um relativo sucesso ao evitar que pessoas sejam reimplantadas nos setores.

– E você acha que foi isso que aconteceu com Cass e Finnley?

– A gente *sabe* que foi. Cass foi retirado do seu setor semana passada, e não pela Resistência. E definitivamente foi convertido.

Semana passada, semana passada: o intervalo de tempo é perfeito demais. *Cass* foi o prisioneiro que desapareceu de Nova Port Isabel, o motivo para tantos boatos se espalharem. Disseram que fugiu sozinho – acho que fugiu sem Alexa *de propósito*. Não é de se surpreender ela ter ficado tão desesperada para deixar toda a sua vida para trás. Não havia muito mais o que salvar.

– Por sorte – continua Lonan –, há duas noites, interceptamos o navio dos Lobos antes que eles conseguissem reimplantá-lo no continente Finnley estava com Cass naquele navio.

Há duas noites... Finnley desapareceu do nosso acampamento há três noites, se minhas contas estão corretas. Um dia inteiro parece tempo suficiente para alguém fazer o procedimento e colocá-la em um navio. As entrelinhas perturbadoras das palavras de Lonan, o que ele ainda não disse explicitamente, me atingem em cheio.

– Mas isso significaria que o outro navio saiu... daqui.

Ele assente.

– A tatuagem holográfica de Finnley era novinha quando a encontramos. Instalamos uma luz negra lá no navio para procurar as tatuagens. O fato de ela estar aqui na ilha com você, logo antes, prova que este é o lugar onde vamos encontrar respostas.

– Mas não tem ninguém *aqui*. Tudo é tão deserto. Não vimos um único animal desde que chegamos.

Quase comento sobre o templo, mas resolvo não falar. Se alguém fez um procedimento em Finnley no dia anterior, com certeza teríamos encontrado mais do que armadilhas mortais e ruínas.

Ou eles teriam nos encontrado.

– Parece mesmo ser uma ilha estranha – diz ele, pronunciando a maior redundância do mundo. – Passamos por ela de barco por meses e meses, mas ela nunca apareceu no radar e era invisível a olho nu. Suspeito que algum gênio a tenha feito assim de propósito.

– E como foi que vocês a encontraram, então?

Lonan olha para o outro lado.

– Encostar a faca na garganta de alguém tem o misterioso poder de obter informação.

A tripulação do outro navio. Ultimamente, nada sai de graça, sem cobrar um preço de sangue, pelo jeito. De quantas tripulações mais eles arrancaram sangue para obter informações sobre a ilha?

Apesar de tudo o que descobriram, ainda têm perguntas.

– Você disse que vieram até aqui procurar respostas – falo. Também quero respostas. As palavras "tatuagem holográfica" estão impressas na minha mente: de acordo com as anotações do meu pai, eram marcas de paz. De acordo com as seringas que Finnley e Cass quase enfiaram no nosso pescoço, a paz mora em outro planeta, completamente diferente. – E aí? Qual é o seu plano?

– Interceptamos e recuperamos um bom número de HoloLobos – diz ele. Memorizo o termo; presumo que seja usado para descrever aqueles que foram convertidos. Lonan prossegue: – Mas chegou a um ponto no qual precisamos fazer mais do que detê-los em celas improvisadas na ilha da Resistência. – Ele solta o ar, profundamente. – De acordo com a tripulação desse último navio, existe um laboratório em algum lugar *desta* ilha. E nos disseram que existe uma cura. O mapa do totem na praia tinha vários símbolos, mas não sabemos se o estamos interpretando direito, então é possível que tenhamos que voltar atrás antes de encontrar o laboratório.

A queimação no meu estômago diz que ele tem razão, apesar do fato de este lugar ser completamente inabitável e desprovido de todos os costumeiros sinais de vida. Existem respostas aqui, mesmo que não sejam óbvias. Exatamente *porque* não são óbvias.

Esteja lá quem estiver aqui, pelo jeito não quer ser encontrado. Mas não tem problema algum em nos encontrar.

Estou com um pressentimento muito, muito ruim a respeito disso tudo.

– Como você sabe que estavam falando a verdade? A respeito da cura, quero dizer.

Seus olhos veem algo que eu não vejo. Talvez a lembrança do sangue que escorre da garganta dos seus informantes.

– Até agora, todas as informações que a tripulação dos Lobos nos deu estavam corretas. Não conseguíamos encontrar a ilha, mas, com os dados deles, finalmente conseguimos. Nós já sabíamos que as seringas de sedativo funcionavam nos HoloLobos; contudo, o que a tripulação falou também batia com isso. Ainda precisamos checar o mapa do totem, mas havia um mapa, como eles disseram, e conseguimos acessá-lo com base nas instruções que nos passaram. – Ele encolhe os ombros e completa: – Ainda não nos passaram nenhuma informação falsa.

– Presumindo que o mapa leve mesmo ao laboratório, e aí? Vocês pretendem simplesmente entrar lá e pedir a cura?

Lonan dá um sorriso, mas não é um sorriso feliz.

– Sim – responde. – É exatamente isso que pretendo fazer.

Também dou um sorriso. Óbvio que ele não pode estar falando sério. Mas Lonan simplesmente para por aí, e sinto um aperto no estômago.

– Isso me parece uma missão suicida, Lonan. Sério? É esse o seu plano?

– Eles vão me querer vivo. – Suas palavras são confiantes, categóricas. Perturbadoras. – Ou, pelo menos, vão enrolar para me matar. O que significa que talvez eu tenha pelo menos uma chance de encontrar a cura ou posso servir de distração enquanto Phoenix a procura.

Deveria ser reconfortante o fato de ele ter tanta certeza que vão querer mantê-lo vivo – ou, pelo menos, que não vão matá-lo imediatamente –, mas não é. Estar vivo significa que ele tem informações das quais os Lobos precisam ou que lhes é útil de alguma maneira. Uma morte lenta significa que ele fez algo terrível.

Nada disso é reconfortante.

– Por que você *faria* isso? – As palavras, o pânico: tudo escapa de mim. – Arriscar tudo com um plano tão terrível?

Mais uma vez, seus olhos vão para um lugar muito, muito distante.

– Meus pais morreram pela Resistência – diz ele. E sacode a cabeça. – Eles eram pessoas muito melhores do que eu. Além disso, acredito no que eles esperavam conquistar.

Isso me acerta bem perto do meu coração, uma bala com uma lâmina na ponta voando nas asas de uma vespa venenosa. Meu pai perdeu a vida por causa desta guerra também. Achei que ele tinha perdido a vida para estabelecer a paz nesta ilha. Não acho mais.

Lonan não é único que quer respostas. Lonan não é o único que quer terminar a missão que custou o sangue de sua família.

– O outro motivo é o seguinte: temos razões para acreditar que os HoloLobos não estão sendo usados apenas como espiões. – Ele passa as duas mãos no cabelo, enterra a testa na palma das mãos. – A Resistência tem quase certeza de que os Lobos estão montando um exército. Quanto mais rápido encontrarmos a cura, maiores serão nossas chances de acabar com a guerra toda.

É claro que os Lobos não vão querer lutar na própria guerra, agora que se espalhou pelo cenário mundial, agora que finalmente conseguiram a vida de luxo que sempre quiseram. É apavorante, de verdade, que alguém, em qualquer lugar, possa estar ouvindo conversas particulares para os Lobos – e que os Lobos fizeram isso com pessoas inocentes sem que elas dessem seu consentimento. É apavorante que os Lobos que as transformaram em espiões – em armas! – estejam *aqui*, na ilha conosco. Em algum lugar.

Então mais uma coisa me ocorre:

– Você abriu seus planos totalmente para Cass e Finnley, certo? Por acaso pensou que simplesmente surpreenderia os Lobos e encontraria a cura sem ser descoberto, tendo espiões no meio de vocês?

Lonan esboça um sorriso, que me deixa arrepiada até os ossos.

– A melhor maneira de encontrar o que a gente está procurando é atrair o inimigo e forçá-lo a te levar diretamente até isso.

QUARENTA E UM

OUÇO UM FARFALHAR de folhas debaixo de nós.

Não é um animal – é um movimento deliberado, uma abertura na cortina de vegetação, no pé da escadaria de pedra.

Fico tão parada, tão rígida, que bem que poderia ser uma coluna de mármore, uma estátua intrincadamente entalhada, com uma cara de "ah, que merda". Pelo canto do olho, vejo Lonan. Por mais que parecesse confiante, com toda aquela conversa de atrair o inimigo, fica claro que ele se imaginou tendo a vantagem quando o inimigo chegasse de verdade – *não* no alto de uma caverna, sem ter para onde ir a não ser partir para a briga. Isso se houver uma briga, é claro. O que parece bem provável.

Uma cabeça com cabelo preto reluzente aparece no meio do verde, e o medo que nos congelou evapora.

– *Alexa?* – A palavra sai da minha boca como se fosse um suspiro de alívio.

Lonan não parece ter ficado tão aliviado. Na verdade, parece lívido.

– Eu falei para você não vir atrás da gente!

– Você disse que eu podia, se ficasse quieta. – Ela afasta os cabelos do rosto e se abaixa para olhar para trás, através das folhas. – E parece que consegui. – "Eu ganhei", é o que o seu sorriso de eu-sou-superior diz.

Alguns segundos depois, uma Esperança exausta levanta o tronco e sobe nas rochas da base da escadaria. Está usando meu casaquinho amarelo, que fica enorme no seu corpo pequeno, com as mangas esticadas até os nós dos dedos, apesar do calor úmido. Alexa enrosca o braço por baixo dela e a ajuda a terminar de subir.

– Surpresa – debocha Esperança.

Neste momento – bom, em muitos momentos –, ela e Alexa são extremos opostos. Parece que Alexa sugou toda a energia de Esperança, e que Esperança não teve escolha a não ser correr atrás dela em uma tentativa inútil de recobrá-la.

– Tem mais alguém aí? – pergunta Alexa, indo em direção à caverna.

– Prossiga por sua conta e risco – diz Lonan. – Já vamos descer.

Mas é claro que Alexa procede como Alexa costuma proceder: sem nenhum cuidado. Esperança entra na caverna depois dela.

Lonan se remexe do meu lado. Fico me perguntando se ele está se sentindo tão perturbado quanto eu, tendo que recolocar uma armadura logo depois de ter mostrado nossas camadas mais sensíveis e em carne viva. Certas coisas que ele disse me caíram mal – "melhor perder algumas vidas"... *algumas*, ainda não consigo superar. Mesmo assim, me sinto ligada a ele, pois nossas trajetórias foram marcadas por um inimigo comum. Aquele silêncio no topo do mundo foi um dos poucos momentos verdadeiros que tive com alguém em muito, muito tempo.

Abaixo a voz, caso Alexa e Esperança ainda possam ouvir.

– Cass e Finnley vão... Você sabe...

– Lembrar?

– Eu ia dizer "ligar o módulo lunático de novo". Mas é, isso aí também.

Lonan passa a mão no cabelo de novo.

– Pelo que pude observar, seja lá o que os deixou assim os mantém quase o tempo todo parecendo normais – diz ele. – Seriam espiões menos efetivos, se ficassem constantemente atacando os outros. Mas certas coisas disparam os ataques, e não sei se existe alguém os controlando ativamente ou se sofreram uma lavagem cerebral para reagir daquela forma em resposta a, caramba, sei lá.

Ele dobra o pano de prato que ainda deve estar molhado por causa das minhas lágrimas e o enfia na cintura.

– E – continua – o holograma só aparece em lugares-gatilho e sob luz negra. Acho que não sabem que há algo de errado com eles. Em geral, quero dizer. Cass sabe, mas só porque Phoenix contou.

– E Finnley? – Presumi que Lonan tinha revelado seus planos tanto para Finnley quanto para Cass, mas talvez tenha me enganado. Pelo jeito, foi mais cauteloso do que deixou transparecer. – O que você disse para ela que estava procurando aqui?

Lonan dá um sorriso malicioso.

– Um tesouro escondido – responde. – Para que possamos comprar uma maneira de cair nas graças da Alcateia.

Penso em tudo o que sei a respeito de Finnley: não era bem de vida Antes, e depois foi deixada para trás para queimar a pele até ficar em carne viva na fábrica de munição. Se existe alguém que tem motivo para querer cair nas graças dos Lobos, este alguém é Finnley.

– O que, tecnicamente, não é uma mentira – diz ele, confundindo meu silêncio com julgamento. – Eu simplesmente não fui muito específico a respeito do tipo de tesouro que esperamos encontrar.

– Nem a respeito da parte de cair nas graças da Alcateia – completo.

– Certo. Essa parte também não é completamente verdade.

– Nem um pouco.

– Nem um pouco – concorda Lonan. – Algo mais? Faça todas as suas perguntas agora; temos pouco tempo até o efeito do sedativo passar.

O único motivo para eu ter entrado na selva hoje era fazer perguntas, mas, agora que tenho minha oportunidade, não sei por onde começar.

Nem como.

Como posso me abrir com Lonan a respeito do meu pai – meu pai, cujas ideias dispararam a reação em cadeia que fizeram os pais de Lonan morrerem e sangrarem no chão da cozinha? Como posso pescar respostas sobre seu trabalho na ilha sem ter que revelar tudo?

Como nos barracões, sinto como se quase não me fosse permitido viver o luto. Não me fosse permitido imaginar.

Só que cheguei até aqui. E se ele souber de alguma coisa? E se a única coisa que me separa da verdade é meu medo de romper a frágil ligação que começou a se formar entre nós?

Confiança é sempre um risco. Preciso perguntar.

Respiro fundo, tiro o guia do seu esconderijo, na minha calça.

– Você veleja o tempo todo. Tem alguma ideia de como se interpreta código Morse?

De todas as minhas perguntas, escolho essa porque poderia ser a chave para desvendar tudo o que não entendo a respeito deste lugar. Detalhes, segredos. Abro no desenho que meu pai fez da ilha, mostra os pontos e linhas que sombreiam todo o oceano.

– Onde você *conseguiu* isso? Como?

Não consigo imaginar o que ele deve estar pensando sobre o fato de eu ter um desenho da ilha que ele passou tantos meses tentando encontrar. Quanto mais da verdade devo lhe contar? E se o código Morse disser algo terrível ou incriminador?

– Me deram há muito tempo – respondo. É verdadeiro o bastante, seguro o bastante.

– E foi com isso que *você* chegou até aqui? – pergunta ele, e eu confirmo com a cabeça. – Posso ver?

Não é fácil soltar o livro, mas eu o entrego. Lonan olha de perto, observa, examina, correndo os olhos para lá e para cá. Folheia algumas páginas, para naquela que tem os desenhos do meu pai, volta mais algumas. Ele quer dizer alguma coisa, dá para sentir, mas então fecha o livro de repente, e tudo o que comi no almoço ameaça voltar.

– Que foi? O que diz o livro? É algo terrível, não é? É...

– Não, não, não é nada disso. Queria muito poder te falar o que significa, Éden. Definitivamente é código Morse, e eu até conheço bem, mas a versão-padrão internacional. Só que esta mensagem foi escrita no código Morse norte-americano, que é obsoleto. Quem quer que seja o autor disso aí escreveu para alguém com conhecimento muito específico ou só para si mesmo.

Minhas esperanças afundam. Faz sentido meu pai ter escrito a mensagem só para desabafar, que ele tenha criado um registro de alguma parte secreta e profunda de si mesmo que sobrevivesse mesmo após a sua morte. Ele era desse jeito, sempre escrevendo diários; era fechado, muitas vezes.

Só que saber a maior parte dele não basta. Quero saber tudo.

– Posso... hmmm... – digo, apontando para o guia. – É especial para mim.

– Ah! Desculpe – diz Lonan, entregando livro. – Claro.

Ele não me pressiona, não pergunta por que é tão especial.

Talvez um dia eu crie coragem e conte. Talvez ele entenda.

– Obrigada por tentar decifrar – agradeço.

Guardo minha decepção junto com o livro, tento limpar minha mente e me concentrar no momento presente.

– É melhor a gente ir descendo – fala Lonan.

– É. Você tem razão. – Respiro fundo, visto a armadura para me defender do que vamos encarar quando o efeito do sedativo passar. – E agora?

Ninguém sabe *exatamente* o que vai acontecer. Mesmo assim, me dá certo conforto perguntar. Uma esperança de que o dia vai transcorrer como planejado.

– Vamos continuar nossa caça ao tesouro. – Lonan vai até a beira do teto da caverna e segura-se nas reentrâncias da parede de rocha, como se tivesse nascido para escalar. – A menos que sejamos caçados primeiro.

QUARENTA E DOIS

A PRIMEIRA VEZ que abri o guia do meu pai, depois que se tornou minha herança, escarafunchei todas as páginas em busca de traços dele: cílios caídos, anotações a lápis em pedaços de papel que viraram marcadores de livro improvisados, manchas de mostarda de quando ele usou de verdade o livro nos nossos acampamentos.

Engraçado, não consigo parar de pensar que aquele livrinho amarelo ajudou meu pai a sobreviver na natureza selvagem e acabou sendo a única coisa que sobreviveu a ele.

Eu lia as páginas em busca de conforto, decorando tudo, principalmente nos dias como o de Ação de Graças, em que eu deveria estar comendo peru com molho de *cranberry*; em dias de *cappuccino* com menta, quando eu deveria estar atirando embalagens de presente amassadas nos meus pés; em tantos dias em que deveria ter tirado velas de bolos, ainda escorrendo, depois de ter feito um pedido especial.

Em todos os outros dias também.

Algumas páginas eram mais difíceis de decorar do que outras, como aquelas que falavam de protocélulas e biossintética, com todas as fórmulas e palavras científicas multissilábicas que, basicamente, se resumiam a "este é o futuro do mundo, como impedimos que Veneza afundasse – nosso país deveria incentivar a produção dos organismos com poder de autocura que protegem tantas coisas no resto do planeta". Aqueles eram verbetes que eu lia somente por causa das anotações do meu pai, para encontrar conforto em algo familiar. Ele escreveu a maioria das anotações com tinta azul, mas também tinha uma quedinha por lápis de cor. "Neon é um veneno para os meus olhos", ele sempre disse. Nos lugares que uma pessoa normal teria usado uma caneta marca-texto, ele usava lápis de cor, circulando de leve as letras até que elas praticamente brilhassem.

Eu também namorava seus desenhos – como aquele que nos trouxe até esta ilha – e as suas anotações que não tinham nada a ver com os assuntos de sobrevivência impressos na página. Como aquele verbete sobre biossintética, por exemplo, que ele escreveu por cima de um capítulo sobre fisiologia respiratória, junto com um relato detalhado de um dos seus primeiros encontros com minha mãe antes de os dois se casarem: ela tinha tido uma semana horrível. Seu gato tinha acabado de amputar dois dedos e passado a tarde batendo em tudo porque não conseguia enxergar com aquele cone gigante na cabeça. Minha mãe ligou para cancelar o encontro – ela se sentia mal pelo gato, que estava apavorado –, mas aí meu pai bateu na sua porta uma hora depois, com sacolas de mercado cheias de filés caríssimos, o *cabernet* preferido da minha mãe e um buquê de peônias. Nada a ver com fisiologia respiratória, a não ser talvez por meu pai sempre dizer que perdia o fôlego toda vez que via minha mãe.

"Não precisava", dissera ela.

Por que as pessoas dizem com tanta frequência exatamente o oposto do que querem dizer?

"Eu faria qualquer coisa por você", dissera ele.

Meu pai sempre se deu bem em quase tudo o que tentou fazer. E, de todas as coisas em que ele era bom, era ainda melhor em cumprir suas promessas.

Não sei por que o guia – quer dizer, o meu pai preservado no guia, além de partes da minha mãe – me traz tanto conforto. Por muito tempo, achei que me dava conforto porque provava que este mundo era capaz de produzir grandes pessoas, quando havia tão pouca evidência de grandeza. Tão pouca evidência de bondade.

Mas como isso pode ser reconfortante, se o mundo é do jeito que é?

Talvez seja porque eu sei, bem lá no fundo, que eles podem ter tirado tudo do meu pai – sua casa, sua liberdade, sua filha, sua *vida* –, mas sua bondade foi a única coisa que não conseguiram tirar.

Talvez seja isso.

Talvez o que sempre me trouxe conforto seja saber que eles não podem tirar *tudo*.

Porém, se o que Lonan disse for verdade – que a Alcateia transforma pessoas em espiões, em armas; que os Lobos podem assumir o controle do livre-arbítrio de uma pessoa –, não existe nenhum conforto nisso. Só existe o horror e a fria esperança de que meu pai morreu antes de eles aperfeiçoarem esse processo.

QUARENTA E TRÊS

– **POR QUE** eles estão dormindo? – indaga Alexa assim que Lonan e eu entramos na caverna. Alexa, Phoenix e Cass ainda estão exatamente onde os deixamos, caídos e inconscientes no chão frio da caverna.

– Acho que a pergunta certa – diz Lonan – é por que *vocês* não estão aproveitando o descanso também? – Ele passa por Alexa sem nem olhar para ela e vai direto até a parede do fundo, onde Esperança está sentada, no lado mais escuro do ambiente. – Como está sua perna?

– Limpa. Obrigada. Mas, desculpe, eu... ãhn... esqueci de trazer seu frasco.

– Eu beberia tudo hoje, e isso seria um problema. Melhor assim. A menos que a gente se machuque mais, é claro.

Lonan me lança um olhar, como se nós dois tivéssemos segredos. E acho que temos.

– Desculpe – diz Esperança, baixinho. – Vou tentar não me machucar de novo.

Tenho certeza de que não é com Esperança que Lonan está preocupado – não foi ela que se voltou contra nós, que nos atacou. Mas Lonan não a corrige. Acho que vamos guardar nossos segredos a sete chaves, por enquanto.

– E não é que você ficou gata com meu casaco? – Falo isso só porque o silêncio começa a se esticar, porque é algo para dizer. Minha cabeça ainda está correndo em círculos, pensando em tudo o que conversei com Lonan. – Por que você está usando isso em um dia como hoje?

Alexa dá risada.

– É o que eu estou falando para ela há horas e horas.

As pupilas de Esperança estão arregaladas e escuras, loucamente dilatadas por causa das sombras.

– Eu... não sei! Estou com um pouco de calor, na verdade. Lá na praia estava mais frio – responde ela, puxando as mangas do casaco até os cotovelos.

Uma camada brilhante de suor cobre seu pescoço, seu peito. Tem terra acumulada na parte de trás das suas pernas, onde encostou no chão.

– Por que você não tira? – sugiro.

Ela encolhe os ombros.

– Não sei. Depois daquele limo de ontem, das folhas e tudo o mais, meio que me apavorei. Acho que prefiro ficar com os braços cobertos.

– Pelo menos tome água, você deve estar morrendo de sede! – falo. – Alexa? Você pode pegar uma garrafa para ela? E quem sabe umas uvas também? Estão logo ali, do lado da mochila de Phoenix.

– Éden? – A voz de Lonan ecoa lá do canto. Está tão escuro naquele lado que sequer consigo distinguir sua silhueta. – Você pode vir aqui ver uma coisa?

Se ele realmente pensa que Alexa – e Esperança também – não virá atrás de mim, não está raciocinando bem. Mas ele me parece do tipo que pensa demais, pensa duas, três, até quatro jogadas adiante. Então, o que está aprontando?

Reviro os olhos para Esperança e Alexa, como se Lonan fosse um incômodo enorme.

– Já volto – digo. E em seguida grito: – Já vou!

Ando depressa, sabendo que só tenho uma margem pequena de vantagem antes de elas começarem a me seguir. Rezo para que Alexa pelo menos pegue a água para Esperança antes de vir atrás de mim.

Ainda está tão escuro que só sei que encontrei Lonan quando ele segura de leve meu braço.

– Distraia suas amigas – sussurra ele. – Os outros logo vão acordar. Phoenix será o primeiro, mas não teremos muito tempo para tirar Cass e Finnley da área da caverna que serve de gatilho. Estou quase convencido de que é essa substância fosforescente que ativa o gatilho. Eles estavam bem até a gente sentar naquela área para comer. Não quero que você esteja por perto, caso algo dê errado.

– Caso o que dê errado? – Alexa foi mais rápida e mais silenciosa do que eu imaginava.

– Se não encontrarmos um jeito de sair daqui – responde Lonan, como se estivéssemos conversando sobre isso mesmo. – Posso contar com você e com Esperança para ajudar Éden a encontrar a outra saída? De acordo com as nossas informações, deve ter outra abertura lá no fundo.

Não quero deixar Lonan sozinho com Cass e Finnley, muito menos depois de eles terem nos atacado de um modo tão selvagem. Pelo menos, Phoenix estará com ele, e deve ter mais força do que Esperança e Alexa juntas. Na verdade, parece mesmo sensato tirar Esperança de perto do que possa acontecer – estou achando-a um pouco fraca e definitivamente desidratada, porque passou o dia suando em bicas dentro do meu casaquinho. Ela vai ter que levar as uvas e a água para outro lugar.

– Não vim até aqui para ficar sentada em uma caverna escura para sempre. Então, tudo bem, eu ajudo – responde Alexa com tom irritado. – Mas, só para você saber, não precisa mentir. Pode confiar em mim, sabia?

Nesta completa escuridão, ela poderia estar falando com Lonan *ou* comigo. Ou com ambos.

Mas é Lonan que absorve a pancada por nós dois.

– Não – responde ele. – Não sei se posso confiar em você, na verdade.

– Você confia em Éden...

– Prove seu valor como Éden fez e também vou confiar em você. – O cara tem tanto controle sobre suas palavras espinhosas, parece que está oferecendo a Alexa um arsenal de espadas em vez de brandi-las para ela. – Vou avisar Esperança que vocês estão esperando por ela.

Tenho vontade de gritar "tome cuidado!" quando ele sai, mas aí terei que explicar coisas que Lonan não quer que Alexa fique sabendo. Eu até confio nela, mas a garota nunca consegue ficar de boca fechada. Lonan saberia na mesma hora que eu revelei todos os seus segredos, e então o que aconteceria com a confiança que ele tem em mim? Aposto que ficaria despedaçada. E aí todos ficaríamos presos, sem confiar uns nos outros; nesta caverna-gatilho, com Cass e Finnley, HoloLobos com fios desencapados que poderiam – e muito provavelmente *iriam* – se virar contra nós. O estoque de sedativos de Lonan não tem como ser infinito.

Fico de boca calada.

Esperança junta-se a nós.

– Ouvi que vamos procurar outra saída?

– O cara pelo menos poderia ter nos dado uma lanterna – resmunga Alexa. – Ou uma tocha, que seja.

Se eu prestar bastante atenção, posso ouvir os sussurros vindos da caverna fosforescente, os corpos se mexendo e raspando no chão duro e frio. Logo saberemos se a teoria de Lonan é um grande fracasso.

– Ele tem outras coisas com que se preocupar – digo.

– Falou a única pessoa dentre nós que sabe quais coisas são essas.

– Escute aqui, Alexa. – Me viro para ela, apesar de estarmos na mais completa escuridão. – Você quer sair daqui viva ou não? – "Ou não, não, não": as palavras ricocheteiam pelas paredes como os *lasers* do templo, tão elétricas quanto. – Não quero guardar os segredos dele tanto quanto você não quer que eu os guarde – digo entre os dentes. – Mas aposto que o cara tem mais segredos ainda, segredos que podem nos levar à verdadeira liberdade, e eu quero saber quais são. Se eu te disser uma palavra sequer, já era. *Vamos* ser cortadas de todas as informações. Precisamos deles e precisamos que eles confiem na gente. – Por outro lado, eu poderia convencer Lonan a nos levar para a ilha da Resistência: liberdade é liberdade, mesmo que não pareça com o templo que estávamos procurando. Liberdade mais o segredo sobre *esta* ilha, que pretendo descobrir no caminho? É óbvio que ficar com os caras é nossa melhor opção. – Você vai ter que confiar em mim. Acha que consegue?

Escuto vozes mais altas que a minha, de Lonan, Phoenix e – é difícil distingui-las – de Cass também. Finnley deve ser a próxima a acordar. Ainda não ouço sinais de hostilidade, mas a situação pode virar em um piscar de olhos. E, de acordo com o que Lonan falou a respeito de a Alcateia estar usando os dois como espiões, eles devem estar monitorando cada movimento nosso, mesmo que não estejam nos atacando, mesmo que não tenham consciência disso.

Quantas complicações!

– Sim. – A palavra mal sai dos lábios de Alexa, e ela limpa a garganta. Quase soa como se ela estivesse... Será que ela está *chorando*? Não me parece que Alexa é dessas que choram fácil ou que sequer choram. Eu não me surpreenderia se descobrisse que ela nunca derramou uma lágrima na vida. – Sim – repete ela, desta vez com mais firmeza. – Tudo bem. Tudo certo.

A luz da lanterna toma conta do nosso túnel escuro, e sim: seus olhos pretos estão muito brilhantes. Alexa olha para mim só o tempo suficiente para ter certeza de que eu entendi a mensagem – de que ela está falando sério –, então suas barreiras se erguem de novo.

– O que *ela* está fazendo aqui? – Finnley está atrás de Lonan, de Cass e da lanterna; Phoenix é o último da fila. – Achei que não confiávamos em Lobos.

Lonan tinha razão. Finnley não faz ideia do que fizeram com ela – do que ela fez conosco. Não faz ideia de que é *dela* que estamos nos defendendo, que ela mesma também é uma espécie de Lobo. Das duas, uma: ou isso, ou Finnley é uma grande mentirosa. Pelo pouco tempo que passei com ela antes de desaparecer, a garota me pareceu bem direta – talvez até um pouco passiva-agressiva –, mas não necessariamente mentirosa. Concluo que ou ela está sendo governada por outra pessoa contra a sua vontade, ou que as pessoas que a controlam devem ter garantido que suas cobaias apaguem durante os ataques. Talvez as duas coisas.

– Não confiamos – responde Lonan.

Atravessamos o túnel juntos, ex-Lobo, HoloLobos, cordeiros carregando seringas, um depois do outro, em uma fila indiana. Se a cena fosse vista de certo ângulo, quase pareceria que somos um contingente unido.

Do meu ponto de vista, só dá para enxergar falhas.

QUARENTA E QUATRO

A ESCURIDÃO COMPLETA não dura para sempre. Raios de Sol atravessam o alto da caverna depois de darmos algumas voltas, e logo vemos uma faixa de um céu intensamente azul.

Não é a saída que esperávamos.

Em vez disso, encontramos uma trilha tão estreita que temos que andar em fila indiana. Estamos emparedados dos dois lados por rochas cobertas de limo, que sobem retas em direção ao Sol. É difícil não encostar no limo. Mas, até agora, conseguimos. Esperança ainda está usando meu casaquinho – então entendi. Tenho vontade de pedi-lo de volta, porém não tenho coragem. Quando o assunto são esses detalhes desagradáveis da natureza, sua tolerância é bem mais baixa do que a minha. Vou ter que tomar cuidado.

É estranho como a paranoia funciona: quanto mais caminhamos em paz, mais eu me pergunto o que está à nossa espera.

Se haverá outro gatilho.

Se haverá outro ataque – que poderia acontecer aqui, entre estas paredes estreitas, onde não há uma saída fácil.

Se, se, se.

É assim que a vida é agora. Observar, imaginar, esperar.

Mesmo nos momentos de calma, não há descanso.

Respiro. Dou um passo.

Um pé na frente do outro.

QUARENTA E CINCO

ENCONTRAMOS A ABERTURA que estávamos procurando nos fundos da caverna, como esperávamos, mas está longe de ser ideal: não há nada do outro lado além de um estonteante penhasco de 15 metros. A parede externa da caverna continua, pura rocha, em três direções: esquerda, direita e para baixo. Eu me concentro no céu, tento não perder a cabeça como aconteceu na outra escalada.

– Aquilo ali é uma ponte? – pergunta Phoenix.

Não vejo nada, não de início, mas acontece que estou sendo otimista demais.

– Tipo... lá *longe*? – Se eu espremer bem os olhos, mal consigo enxergar. – Sim, acho que é uma ponte.

– Não é *tão* longe – diz Phoenix.

Alexa se mexe do meu lado.

– Se não for, sempre dá para escalar pela corda, certo?

– Você e essas suas cordas – fala Cass entre os dentes.

Quase havia esquecido que eles tinham um passado, mas esse comentário traz à tona, em todas as cores, tudo o que Alexa nos contou ontem: sobre o Zero, sobre ter arrastado Cass até os barracões pelo pescoço. Espero ela retrucar, mas está estranhamente silenciosa.

– Tem uma saliência na lateral do precipício – diz Esperança, indo para a frente do grupo. – Viram? Vai até a ponte.

Então ela coloca um dos pezinhos na saliência. É tão insignificante que se mistura completamente ao resto da parede do desfiladeiro. Não sei nem como ela conseguiu notar.

– Espere! – diz Lonan antes que Esperança dê mais um passo e se mate acidentalmente. – Precisamos de alguma coisa para nos segurar. Phoenix, você ainda tem aquela linha de pesca na sua mochila, que trouxe do navio?

– Você sabe que sim. – Phoenix abre o bolso da frente da mochila e tira um rolo pela metade. – Será que chega?

– Tomara que sim. – Lonan desembainha a adaga e começa a enrolar o fio no cabo, várias e várias vezes. Depois o corta com os dentes. – Éden, você pode segurar o rolo?

Ele joga o pequeno disco de plástico na minha mão, antes que eu possa recusar, e começa a desenrolar todo o fio. Já sei aonde ele quer chegar com isso e espero que a linha tenha comprimento suficiente para atingir a ponte. Além disso, Lonan é certeiro quando atira facas.

Acaba que temos sorte com as duas coisas. Ou isso, ou Lonan não se arrisca a menos que tenha certeza de que pode se dar bem. Na verdade, a ponte não está tão longe quanto eu imaginava – está escrito 15 metros no rolo vazio, que nem estava cheio antes de Lonan desenrolar o fio.

Ele dá um puxão bem forte na linha de pesca. Que fica firme.

– E como você vai prendê-la nesta ponta? – pergunto. – Não há nenhum galho à nossa volta que parece forte o suficiente para aguentar o nosso peso.

– Você está olhando para a solução – responde ele, flexionando o bíceps. Então, antes que alguém possa protestar, fala: – Cass e Esperança, atravessem primeiro. Finnley e Alexa, se preparem. Quando Cass tiver atravessado, vocês duas vão com Phoenix.

– E eu? – pergunto.

– Você me ajuda a servir de âncora enquanto eles atravessam. Não sei se tenho forças para segurar firme o fio para seis viagens individuais.

Duas viagens em grupo eu consigo, mas só se não fizer isso sozinho. Assim, ainda vou ter forças para segurar o fio quando chegar sua vez.

– *Você* vai segurar no quê? – pergunta Esperança.

– Eu vou escalar sem nada – responde ele. – Fazia escalada livre o tempo todo, Antes.

– Eu também – completa Phoenix. – Vai dar tudo certo. Tudo bem por vocês? – Ele olha em volta, nos olhos de cada um. Ninguém está exatamente *bem*, mas ninguém tem uma sugestão melhor. – Beleza. Cass, é a sua vez. Esperança... Pronta?

– Eu te seguro – Cass diz para Esperança. É a primeira vez que vejo outra coisa além de sua faceta amargurada com Alexa. Apesar de o cara ainda ser assumidamente intenso, a delicadeza com que fala com Esperança me faz imaginar se ele tinha irmãos mais novos. E, se sim, o que terá acontecido com eles durante esta guerra.

Há um brilho de determinação nos olhos de Esperança.

– Pronta – responde ela. – Vamos lá.

Lonan me lança um olhar que transmite tudo o que eu nem sabia que precisava ouvir sem dizer uma única palavra: você é forte. Você consegue.

– Só preciso de uma força contrária – explica. Em seguida, fica de frente para a parede da caverna, puxa o fio por cima do seu ombro até ficar firme e começa a se segurar. – Se apoie com toda a força que conseguir contra mim. Tipo, *me empurre* contra a parede de pedra.

Ah. *Ah.*

Bom... Parece que vamos nos conhecer *muito* bem. Eu me aperto contra ele, toda a parte da frente do meu corpo contra suas costas, como se... Como se tivéssemos muito mais intimidade do que realmente temos. Lonan é respeitoso, o que torna as coisas mais fáceis. Não é uma situação constrangedora como eu esperava. Por mais que seja intimidade demais cedo demais, não é desagradável. Pelo menos, não até Alexa e Finnley se apoiarem atrás de mim e nos esmagarem ainda mais contra a parede.

Mas funciona: Cass e Esperança conseguem atravessar sem grandes problemas. E, com todo o peso que fizemos em cima de Lonan, ele não exauriu suas forças quando chega a hora de nós dois segurarmos sozinhos as outras três pessoas.

– Escute – diz ele, quando estamos só nós dois segurando o fio com todas as nossas forças. – Preciso te contar uma coisa. – Queria poder ver o rosto dele. – Não fui completamente sincero... em relação ao motivo pelo qual estamos aqui... Isso está me comendo por dentro. Os desenhos no seu livro me pegaram desprevenido. Nem *os caras* os conheciam.

– Quer dizer... – falo, levemente confusa. – ... por que os caras *conheceriam* os desenhos? Você foi o único que os viu.

Lonan fica em silêncio. Que ótimo, agora nós dois estamos confusos.

– Você disse que o livro era especial. Você disse que alguém lhe deu... Com todos aqueles desenhos dentro? Ou foi você que desenhou?

Dou risada, não consigo me segurar, e o fio escapa um tantinho de nada. Na mesma hora, ajusto minha posição, aperto ainda mais os braços em volta da cintura de Lonan.

– Não, não fui eu que desenhei. Nem sei exatamente o que eles *significam.*

Lonan não é o único a dizer meias verdades. Acho que estamos quites.

– Você não sabe o que significam.

Não é uma pergunta: ele não acredita em mim.

– E você sabe? – contra-ataco.

Seu silêncio o denuncia. Lonan sabe. *Como* ele sabe? As plantas do hábitat do Projeto Atlas nunca foram divulgadas, nem mesmo quando Zhornov vazou todos os segredos da Ambientech que fizeram o mundo girar descontrolado.

– As Forças Aliadas entraram em contato com a Resistência, e a Resistência me confiou uma missão – conta ele; era última coisa que eu esperava ouvir. – Nem contei para os outros caras, de tão secreta que é.

Eles acham que o único motivo para estarmos aqui é encontrar a cura para os HoloLobos.

– E não é isso?

– Não, não é. Não é só isso que *eu* preciso encontrar.

– A Aliança mandou você. Tipo, *as Forças Aliadas*... As Forças Aliadas, todo-o-resto-do-mundo-alinhado-para-derrubar-a-Alcateia? Mandaram você. *Você*? Para encontrar *o quê*?

– A mesma coisa que você veio buscar, pelo jeito.

Quê?

– Não estou procurando o hábitat – respondo, e a palavra "hábitat" sai da minha boca antes que eu possa evitar. – Estou procurando Refúgio... A ilha da anistia. Sabe, refúgio da guerra, imunidade?

Ele murcha, segura o fio com mais força. Arrisco olhar de relance para trás, e vejo Alexa, Finnley e Phoenix fazendo um progresso lento e cauteloso em direção à ponte. Já estão quase na metade do caminho.

– A ilha da anistia era só um disfarce – diz ele. – Não existe, nunca existiu.

– Mas... – Eu mesma corto minha frase. As palavras do meu pai, a *vida* do meu pai: não consigo abandoná-las. Muito menos aqui, muito menos quando eles poderiam cair com tanta facilidade da beira do precipício.

– Não, Éden. Existe um refúgio, isso é certo, mas não da guerra. *Da água.* – Lonan aguarda um instante para eu processar essa informação. – Os Lobos ainda estão construindo. Nunca pararam, não de verdade.

Ei, depois dessa, tudo faz sentido.

O projeto especial do meu pai não era Refúgio: ele sabia *tudo* sobre o Projeto Atlas. Sonhou com ele, desenhou-o. Acreditava no seu potencial, tanto que continuou trabalhando mesmo quando ficou sabendo que a Ambientech tinha planos de ter lucros extremos com ele. Os Lobos deviam saber quem cooptar para ressuscitar o projeto; a informação deve ter vindo do contato com o traidor que virou pino-rei.

Trabalhar para os Lobos deve ter sido um momento de virada para meu pai. Ele jamais mentiria para mim – talvez tenham mentido para meu pai, falado que ele trabalharia em uma ilha de refúgio só para convencê-lo a dizer "sim". "Sim, sim, sim", até que, finalmente, um dia, meu pai deve ter dito "não". Justo como eu temia desde o dia em que fiquei sabendo que ele jamais voltaria para casa.

– E... é *aqui*? O hábitat, o Projeto Atlas?

Os Lobos devem ter extraído todo o conhecimento do meu pai, provavelmente sob tortura.

– É isso que preciso descobrir. A Aliança tem quase certeza de que a *parte científica* está aqui, pelo menos um laboratório, dadas as medidas extremas que tomaram para esconder a ilha. Talvez o hábitat também esteja. Mas o conhecimento científico é só o que importa para a Aliança, na verdade. O objetivo é tirá-lo das mãos da Alcateia e se apoderar dele.

Também faz sentido. Se a Ambientech quisesse lucrar com isso, os Lobos simplesmente iam querer ficar com o projeto.

– E o que Aliança quer fazer com esse conhecimento?

– Querem replicar Atlas, construir centenas de hábitats. Já tem um monte de empreiteiros e investidores esperando.

Tento ligar os pontos: mais hábitats significam mais residências, o que significa que uma parte maior do mundo vai sobreviver, se futuros desastres se acumularem, se nem mesmo os mais bem preparados do planeta puderem prosperar. Se a guerra não causar a extinção da raça humana primeiro, quero dizer.

Algo não se encaixa.

– As Forças Aliadas estão nessa por puro e simples humanitarismo? – Não me parece um motivo muito forte. – Por que se dar a esse trabalho? E por que mandar *você*?

– Os Entregadores e a Resistência conhecem os mares melhor do que a Aliança, e já marcamos presença aqui. E não, salvar o mundo da água não é tudo o que querem. Mas acreditam que podem implodir a Alcateia se conseguirem dominar o conhecimento científico e construir seus próprios hábitats para refugiados. *Pense só.*

Ouço Alexa soltar um *upa* lá longe.

– Eles já atravessaram – falo depois de olhar para trás de relance.

A linha de pesca se abaixa assim que Phoenix, já na ponte, ajusta a adaga de Lonan na árvore – o peso de três pessoas ao mesmo tempo deve ter soltado um pouco o fio. Com um puxão decidido, a linha fica esticada de novo.

– Como está o seu braço? – pergunta.

– Ainda não caiu. Vai ficar no lugar quando chegar a sua vez, não se preocupe.

– Já chegou minha vez.

Lonan se vira para ficar de frente para mim.

– Se eu não conseguir atravessar... – Ele faz uma expressão de pânico quando me vê e volta atrás no que ia dizer. – Não, não se preocupe, eu vou conseguir. Vai dar tudo certo. Mas, *caso* não der, prometa que você vai procurar qualquer informação que conseguir sobre Atlas e dará um jeito de entrar em contato com a Aliança. Promete?

Acho que entendi do que ele está falando, de como isso poderia causar a implosão da Alcateia: uma parte tão grande do seu império é construída em cima de medo, do desejo de sobrevivência, de *prosperar*, levado a extremos pecaminosos. Vai saber que promessas fizeram estando de posse do hábitat do Projeto Atlas – quantos Lobos continuam leais por acreditarem de verdade que os pinos-reis vão cumpri-las.

Mas eu conheço as plantas do projeto. Seja lá quais promessas fizeram, 98% delas não serão cumpridas. Não tem espaço para todo mundo, simples assim.

Então, se as Forças Aliadas puderem cumprir o que os Lobos não podem, é possível que 98% dos seus seguidores fiéis virem a casaca. Não é uma estratégia ruim, principalmente se for combinada com o plano de cortar pela raiz o exército de HoloLobos. Se, ainda por cima, conseguirmos descobrir o conhecimento científico dos hábitats e colocá-lo nas mãos da Aliança, poderemos, de verdade, fazer a diferença e acabar com esta guerra. Eu poderia ajudar a *criar* a liberdade que tanto desejo há tanto tempo. Fazer o que meu pai nunca conseguiu fazer.

– Sim. Prometo. – Pretendo cumprir minha promessa e não pretendo precisar cumpri-la. – Só me faça um favor: continue vivo.

Lonan dá um sorriso.

– Pode deixar.

Então cruza o olhar com o meu, e seus olhos são impressionantes, mas não aguento ficar olhando – há algo neles que lembra demais Birch. Desvio o olhar e digo:

– É melhor eu ir.

Respiro fundo.

QUARENTA E SEIS

NÃO TENHO MEDO de cair.

Não tenho medo de que os braços de Lonan percam a força.

As paredes de pedra do precipício não pressionam nem raspam minhas costas, meus dedos do pé não ficam dormentes, meu cabelo não fica grudado no meu rosto nem no meu pescoço, a linha de pesca não chega ao ponto de quase cortar meus dedos de tanta pressão que ponho nela, minha travessia não é vagarosa nem dolorosa, a saliência não se desfaz em poeira e pedregulhos a cada movimento meu.

Só que tenho. Só que ficam. Só que sim.

E ainda estou na metade do caminho quando admito; na metade do caminho quando a adaga se solta da árvore.

Não são os braços de Lonan que perdem a força, afinal.

Aperto o corpo contra a parede na mesma hora, fecho os olhos com força. Fico parada como se estivesse morta. Os meninos gritam, Lonan chama Phoenix, Cass xinga a adaga. Ainda resta esperança: o fio está frouxo na minha mão. Não consegue segurar meu peso, é um fato, mas não caiu completamente.

Eu não caí. Ainda.

Alguns dos gritos são dirigidos a mim: "Éden, segura firme!", "Éden, não se mexa", "Éden, Éden, Éden". Não me mexo, mas não é minha firmeza que me mantém ali, e sim uma paralisia completa. Fechar os olhos só piora a situação: fico tonta. Então escolho uma folha de uma árvore distante e me foco nela até minha visão ficar borrada. Não demora muito – ou demora, não sei – e a linha se estica, fica firme de novo. Todos eles apoiam o peso em Cass como fizemos com Lonan, com Alexa por último.

– Devagar e sempre – grita Lonan, com a voz abafada pela parede contra a qual ainda está espremido. Já faz um tempo; só espero que ele não esteja cansado demais para atravessar depois que eu chegar à ponte.

É isso que me motiva a continuar. Quanto mais eu ficar congelada aqui, mais tempo ele terá que segurar o fio. O cara não vai exaurir todas as suas forças por minha causa, não se eu puder evitar. Engulo o medo, dou mais um passo para o lado. Poeira e pedregulhos voam da saliência, mas ela é mais forte do que parece. Mais forte do que a *sensação* que passa. Como eu.

Quando estou quase chegando, Alexa vem e estica o braço para mim. Seguramos o pulso uma da outra, e piso firme na plataforma de rocha em que a ponte está presa. A palma da minha mão se fecha bem em cima da sua tatuagem de lobo. "Parece pele", é a primeira coisa que, para minha surpresa, penso. E é claro que parece. Parece pele normal, e não algo que foi marcado, machucado ao ponto de se tornar irreconhecível. Sempre imaginei a tatuagem como uma queimadura que jamais melhora.

Lonan escala a parede como se tivesse nascido para isso. Atravessa em menos de um minuto, sem dar nenhum sinal de medo ou de dor.

Todos aprendemos a esconder bem essas coisas, acho eu.

E todos somos tão fortes quanto precisamos ser quando a situação exige.

QUARENTA E SETE

FUMAÇA E CHAMAS, brasas e cinzas: essas coisas nem sempre são óbvias, nem sempre são recebidas com uma fanfarra de sirenes estridentes. O fogo toma conta quando menos se espera, de acordo com a minha experiência. Toma conta em silêncio.

Os piores incêndios criam raízes e jamais vão embora.

Fumaça: a saudade inútil de um lugar que jamais verei de novo. Tábuas de um chão empoeirado. Folhas de grama do jardim aparecendo entre meus dedos do pé. Nosso aquário cheio de peixes.

Chamas: e se eu tivesse ficado na frente de Birch? E se eu o tivesse tirado da minha frente – teria importado? Mudado alguma coisa? Será que ele estaria aqui agora, pensando a mesma coisa de mim? Talvez estivéssemos aqui juntos.

Brasas: aliança do meu pai. O livro. O tubo de ensaio. As rachaduras na minha armadura, onde a esperança e o medo crescem como ervas daninhas. Esperança de que talvez eu esteja enganada e meu pai esteja vivo – *medo* de que talvez eu esteja enganada e ele esteja vivo. Tudo o que isso pode significar.

Cinzas: minha habilidade de confiar nos outros, e todas as pessoas em quem confiei.

Sobreviver é mais do que apenas sair na hora certa.

Sobreviver é lutar, todos os dias, para escalar as ruínas e ganhar o desconhecido, aconteça o que acontecer.

Todos somos tão fortes quanto precisamos ser.

QUARENTA E OITO

FICAMOS DE PÉ na plataforma de rocha que se sobressai da parede do precipício.

– Você vai ficar bem – diz Lonan. Ainda estou um pouco trêmula depois de atravessar a saliência. – Tem cinco pessoas na sua frente, e eu vou estar logo atrás.

A ponte se estende a partir da nossa plataforma, uma rede de fibras brancas de casulo tão alta, no meio das árvores, que poderia ser o monte Kilimanjaro de uma borboleta. Foi claramente construída, tecida com a largura e a firmeza exatas, uma rede inteira de caminhos conectando uma árvore a outra. Sem nenhuma corda, afinal.

Phoenix, Cass e Finnley já estão praticamente do outro lado, onde a ponte é presa a uma plataforma de tábuas que circunda uma árvore frondosa. A rede de pontes continua a partir dali. Alexa e Esperança estão bem para trás, mal passaram da metade. Phoenix e Cass fazem a travessia parecer fácil. Finnley também: parece que estão correndo sobre as nuvens com sapatos alados.

Esperança e Alexa não têm a mesma destreza. São tão lentas, tão cuidadosas, que chega a ser doloroso: seus nós dos dedos estão brancos de tanto apertar as fibras. Quanto mais ficam paradas no mesmo lugar, mais afundam, afundam, afundam. Afundam tanto que tenho medo de que as fibras se rompam e elas caiam no chão, recebendo em seguida

– de sua morte instantânea – uma tempestade de neve feita de restos da ponte-casulo.

Ao que parece, a melhor estratégia é simplesmente *ir rápido.*

– Não faz sentido todos irem antes da gente – falo, agora que já estão mais para a frente e não têm como me ouvir desafiar Lonan. Que tomou essa decisão sem ouvir a opinião de ninguém, sem ouvir *a minha* opinião assim como fez na saliência de rocha. Os olhares mortíferos que mandei não foram suficientes para convencê-lo a abortar a missão. – E se tiver outro gatilho? E se um deles cortar a ponte enquanto ainda estivermos em cima dela? Nunca vamos sobreviver à queda.

A adaga ter escorregado na árvore, soltando o fio, foi um acidente, tenho quase certeza. Contudo, agora que tive um tempinho para processar o acontecido, a paranoia criou raízes.

– É por isso que pus Phoenix na frente. Ele dá conta.

Depois dessa, tenho que dar risada.

– Ele não deu muita conta lá na caverna. – Quando as palavras saem da minha boca não parecem tão brincalhonas quanto eu queria. Acho que não quis mesmo ser brincalhona.

Lonan fica mordido.

– Ele está preparado agora.

– Nós também.

Ficamos fazendo o jogo do sério, e nenhum dos dois dá o braço a torcer.

– Olhe – digo, perdendo jogo. – Não estou discordando de você porque é *divertido.* É uma questão de vida ou morte.

– Que bom, temos a mesma opinião. – Lonan, neste momento, virou capitão do navio pirata, cheio de bravata e de um ar sabichão. Mas então ele suaviza o tom, provavelmente por causa da minha cara, e solta um suspiro. – Quero que a gente fique por último para ficar de olho neles. Que também podem cortar a ponte ficando *atrás* de nós, certo?

Bom argumento. Mas não admito.

– Phoenix é forte, Éden. Tenha um pouco de fé.

Consigo ver nos seus olhos: não é em Phoenix que ele está me pedindo para confiar.

Fico surpresa com o quanto me atinge perder essa batalha de sensatez.

– Tudo bem, tudo bem. Você ganhou esta. – Os outros já estão do outro lado da primeira ponte, esperando por nós na plataforma. – Desculpe. É que tenho cuidado de mim mesma por tanto tempo...

– Eu entendo.

Entende realmente. Com ele, foi igual pelo mesmo tanto de tempo. Mais até, se vamos nos ater aos detalhes técnicos de quem ficou órfão primeiro.

Realmente deveríamos ir andando, mas tenho mais perguntas, tantas perguntas... E parece que temos esse acordo tácito de só conversar-*conversar* ao estarmos a sós, longe dos outros. Por mais confiante que Lonan tenha parecido quando estávamos no topo do mundo e ele falou de atrair nosso inimigo, fica notavelmente em silêncio quando estamos perto de Cass e Finnley.

– Então, esse laboratório que você espera encontrar, fica, ãhn, nas árvores? – pergunto. – Isso certamente explicaria por que ainda não encontramos uma alma, além de vocês, desde que pusemos o pé aqui. E também por que o templo estava vazio.

– Espere aí... Vocês encontraram um templo?

Lonan parece genuinamente surpreso com isso, como se fosse a primeira vez que ouvisse falar no assunto. Pelo jeito, o mapa deles não mostrava tudo.

Sinto um calor subir pelas minhas bochechas.

– Sim, um templo abandonado...

– E você só foi me falar agora?

– Você acabou com todas as minhas teorias a respeito de Refúgio, e não parecia muito interessado em ouvir o que eu já tinha descoberto.

– "*Touché*", é o que diz sua expressão. – E, como eu falei, estava abandonado, não era o lugar mais agradável do mundo. Não parecia ser o laboratório que você está procurando.

– Mesmo assim, você poderia ter me contado.

Encolho os ombros.

– Não sou eu que estou com o mapa. – "Nem com a vantagem", completo mentalmente.

– Lo! – grita Phoenix, mas o som desaparece por causa da distância. – Tudo bem aí?

– Já vamos – Lonan grita de volta. E fala só para mim: – Chega de esconder informações importantes um do outro, ok? – Ele belisca a ponta do nariz, como se estivesse tentando arrancar as palavras perfeitas do cérebro. – E vou tentar melhorar e pedir sua opinião sobre as coisas.

Assinto.

– É. É, isso me parece bom.

– Desculpe. Velhos hábitos, coisa e tal. Não estou acostumado a ser questionado. Mas até que é uma novidade boa, para ser sincero. – Ele sorri e faz um sinal com a cabeça na direção da ponte. – Vamos para o templo depois, se essas pontes se revelarem um beco sem saída. Você consegue, Éden, é só não olhar para baixo.

Nunca fui muito fã de altura – é um pleonasmo –, mas nunca me dei conta de que tinha questões tão paralisantes com isso até conhecer esta ilha. Mas, até aí, passei quase toda a vida na terra ou no mar; nunca cheguei tão perto das nuvens. É fascinante a capacidade humana de sentir medo, o modo como ele cresce e se espicha para conter inumeráveis "e se?", tantos quantos for possível imaginar.

– Pronta? – Lonan segura minha mão, aperta bem de leve e solta de novo.

Sou pura eletricidade. É um milagre que a selva inteira não fique iluminada.

O primeiro passo em direção à fé é o mais difícil, e os próximos não são mais fáceis, porém não demora muito para eu percorrer uma distância tal que meu medo fica eclipsado pela mais pura determinação. Me concentro na plataforma da árvore, me concentro em manter meus pés se movendo rápido, até que eles mal tocam a superfície da ponte.

Conseguimos chegar à plataforma, e, apesar de as tábuas serem um pouco envergadas e irregulares demais para o meu gosto, nunca fiquei tão feliz de abraçar uma árvore.

É só o começo. Da plataforma, dá para ver toda a rede de pontes. São *muitas*. Várias árvores no caminho são conexões para duas ou mais pontes secundárias – tipo um labirinto que só superdotados conseguiriam resolver, do qual não dá para ver o fim. Phoenix guia os demais na direção da próxima plataforma assim que fica óbvio que estamos progredindo rápido.

– O mapa dizia exatamente quais pontes pegar? – pergunto a Lonan quando conseguimos ter mais alguns instantes a sós.

– Ãhn-ãhn. Não dava nenhum detalhe. Phoenix está procurando sinais significativos, coisas que os Lobos podem ter deixado para marcar o caminho. O sistema de pontes não é exatamente o jeito mais óbvio de explorar o lugar, então estamos nos apegando à esperança de que eles subestimaram nossa capacidade de encontrá-lo.

– Me parece bem lógico.

Mesmo que um aventureiro perdido na selva se arriscasse a olhar para a copa das árvores, seria extremamente difícil chegar ao começo do sistema de pontes, por causa de todas as pontes secundárias. Some-se a isso o fato de que tivemos que vencer muitos obstáculos para encontrar a caverna, é bem plausível que os Lobos não tivessem forasteiros em mente quando construíram o sistema.

Lonan aponta para a ponte debaixo de nós, como se quisesse dizer "você primeiro", e saímos correndo.

A próxima árvore que encontramos tem múltiplas pontes-casulos secundárias e uma plataforma maior e mais robusta do que as outras. Phoenix e Cass se abaixam, inspecionando a madeira em busca de entalhes sugestivos. Fica difícil ver de onde estou, atrás de todo mundo – mas tenho uma ideia muito óbvia: acabamos de *vir* de um lugar que parece significativo, então faz sentido que, se houvesse algum tipo de símbolo para marcar o caminho, deveria estar na ponte que acabamos de atravessar.

Eu me ajoelho, e Lonan se vira para me dar espaço. Não tem nada entalhado na madeira, nada pintado, até onde posso ver. Mas – e tenho certeza de que acertei assim que vejo – tem um padrão de nós nas fibras, brancas como algodão, amarradas na madeira.

Parece um V de cabeça para baixo, uma seta de nós apontando para a direção da qual acabamos de vir. Tem um capítulo inteiro no guia do meu pai sobre símbolos usados para marcar trilhas – rochas, pedregulhos, nós feitos em capim: este parece exatamente o sinal de pedregulhos que indica "siga em frente".

Levanto de repente, quase batendo no maxilar de Lonan – não tinha percebido que ele estava abaixado tão perto de mim.

– Phoenix, veja se tem algum padrão de nós nas próximas pontes. Alguma coisa?

Esperança, Alexa e Finnley se encostam na árvore para eu poder ver de perto. E, com certeza, uma tem o mesmo V de cabeça para baixo, outra tem uma seta apontando para a esquerda, e a terceira, simplesmente uma linha reta de nós – "não siga nesta direção", traduzindo da língua das escoteiras. Abro o guia na página que contém a tabela de símbolos e mostro para todo mundo.

– Acho que vamos seguir naquela direção, então – diz Cass, apontando para a ponte com o símbolo "siga em frente".

– Parece muito óbvio, você não acha? – fala Alexa. – Éden, você não se lembra do limo? Dos besouros? – Ela não menciona as alucinações que teve com Cass, o que é bem compreensível. – Você acha *mesmo* que alguma coisa nesta ilha é assim, tão direta?

Parece mesmo um pouco óbvio demais. Até aí, a gente teria que saber procurar o padrão de nós para decifrar. E, como bem disse Lonan, o sistema de pontes não parece ter sido construído para forasteiros encontrarem. Por que seria uma armadilha?

Ainda assim...

Phoenix está de olho na ponte marcada com "não siga nesta direção", e conheço esse olhar: um grau de determinação que só vi uma vez na vida. Vi esse mesmo olhar – que ficou gravado na minha memória – em uma líder de torcida da escola rival da nossa, que observava o sorvete derreter por cima da casquinha e se esparramar pela mão lisinha de uma Lobo. Seus olhos estavam famintos, determinados. Vivos. Ela esticou o braço e roubou o sorvete bem da mão da Lobo, deu uma mordida tão grande que se lambuzou toda. Esmigalhou a casquinha e se banqueteou com as migalhas.

Aquela Lobo não era tão gentil quanto o que jogou seu sorvete no lixo para mim, naquele mesmo dia. Suas unhas de um vermelho-vivo afiadas se mesclaram perfeitamente com o sangue da líder de torcida. Ouvi dizer que a menina sobreviveu, mas nunca mais a vi.

Nada de bom pode surgir de um olhar assim. Talvez Antes, mas não agora. Uma determinação viva, faminta, não tem como ser mais "não siga nesta direção" nos dias de hoje.

Mas Esperança empurra os outros e é a primeira a passar pela linha reta de nós – os nós cuidado-alerta-fiquem-bem-longe-daqui –, e Phoenix vai atrás dela. Cass vai em seguida, depois Finnley. Alexa.

Lonan, que continua saindo por último nessas procissões, levanta a sobrancelha para mim.

– Tenho a sensação de que isto não está certo – falo. – Não deveria *parecer* certo?

Ah, mas: a esta altura, eu já deveria saber que a gente não pode confiar sempre nas sensações – o que é especialmente problemático quando não dá para confiar nem nas coisas que se mascaram de fatos.

Retrospectiva: é a única coisa em que vale a pena confiar ultimamente.

Há dois caminhos divergentes na madeira, e eu... Eu pego o menos batido.

QUARENTA E NOVE

PASSAMOS VOANDO PELAS pontes, uma após a outra. A umidade é tão grande que atravessa nossas roupas e encharca nossa pele. Somos ágeis, somos silenciosos. Até Alexa.

Nada parece fora do lugar nem funesto. Não a princípio.

Algumas das plataformas são estreitas, não muito mais largas do que nossos pés. Outras são tão grandes que poderíamos nos espichar e tirar uma soneca em cima delas. Não fazemos isso. Uma outra plataforma que encontramos está coberta de uma camada de vários centímetros de seiva, que gruda nos nossos sapatos e fica pendurada na ponte de algodão: cada vez que nossos sapatos entram em contato com a seiva, arrancam grandes tufos da ponte. Arrancamos tantas camadas que o pé de Esperança atravessa a ponte – o que quase me causa um ataque cardíaco, apesar de não ser eu que por pouco não caí. Lonan faz outro buraco quando vai ajudar Esperança, e mal consegue evitar despencar lá para baixo.

Depois disso, vamos de pés descalços.

Corremos, sem parar, porque não há nenhum sinal que diga que chegamos nem que não chegamos. Esperança fica para trás, especialmente quando a umidade aumenta. Lonan atrasa o passo para acompanhá-la.

A umidade deveria ter sido nossa primeira pista, porque respirar se tornou um processo mais parecido com tomar uma sopa morna difícil de engolir. Mas não prestamos atenção no ar carregado, pensamos que é um efeito colateral infeliz desse ecossistema desconhecido. Pelo menos, ninguém toca no assunto em voz alta.

Os fragmentos de ossos não passam despercebidos.

É uma experiência coletiva: Phoenix cai primeiro, se encolhendo de um jeito estranho, afastando os pés descalços da ponte. Ele cai com graça, se contorcendo todo para aterrissar bem no meio da ponte em vez de cair para fora dela. Cass vem logo atrás, e os demais caem como pássaros de asas cortadas.

Acompanho cada segundo e, mesmo assim, não consigo evitar.

A ponte, delicada como uma nuvem, de repente virou terreno para dentes afiados, fragmentos de ossos entremeados às fibras do casulo. É branco sobre branco, a não ser nos pontos em que o sangue saiu dos nossos pés, dos nossos tornozelos, de qualquer lugar no qual encostamos.

Risadas.

Risadas: de Phoenix, de Cass – incontroláveis e bobas, como de crianças que nunca andaram de trenó nem viram neve no Natal, mas de repente fazem essas duas coisas. Como pacientes de um hospício cujo amigo imaginário jogou fora todos os remédios e destrancou todas as saídas.

Estou prestes a perguntar...

Morcegos.

Mil morcegos voam em cima de mim, à minha volta, pretos e peludos, e o *cheiro*... É um cheiro de morte e de morrer, de fracasso, de solidão, tudo isso contido naqueles corpinhos esqueléticos. Ainda sinto fragmentos de ossos me cortando, me picando e me despedaçando. Mas, em vez de estar deitada na rede, estou na boca de uma caverna com pessoas que não reconheço. Sou alta, estou com frio. Minhas mãos não são minhas.

Atrás dos morcegos: uma faca.

Apesar de a adaga atravessar um coração que não é o meu, mas o de outra pessoa, o metal frio me corta. Pele *versus* facada; sinto cada segundo tão frio que queima. Sinto a alma se esvaindo à medida que o corpo cai.

Pisco e, finalmente, enxergo a ponte de novo; nenhum morcego à vista. Meu coração e minha alma estão intactos, apesar da experiência que acabei de ter.

Que foi *o quê*, exatamente?

Os demais estão em vários estágios de delírio, angústia, ausência. Alguns se debatem, outros afundam nas fibras brancas. Finnley está perto demais da beirada – um movimento brusco, e ela já era. Só Lonan e Esperança conseguiram se controlar em tempo de evitar que isso acontecesse.

Lonan estica os braços fortes e musculosos e me ajuda a voltar para a plataforma.

– Fique aqui – diz ele. – Com quem estão seus sapatos? Talvez a seiva já tenha secado.

– Phoenix... está com eles... na mochila.

Não consigo respirar fundo com este ar ensopado.

Além do mais, acabo de ter uma experiência de morte. Da morte de outra pessoa. Acho eu.

Esperança arregala os olhos, e eu me viro para ver o que está acontecendo. A ponte está manchada de vermelho no ponto onde Finnley encostou o rosto, e ela está tão perto da beirada que agora seu braço inteiro ficou pendurado. A garota se balança na brisa como um cipó.

Grito para Alexa, tentando chamar sua atenção – ela está mais perto de Finnley –, mas ela também está viajando.

"Não siga nesta direção", alertaram os nós.

Seria legal se tivesse uns símbolos para deixar mensagens subsequentes, tipo "porque seu sangue pode pingar da ponte feito chuva". Ou "porque a queda livre até o chão será a última sensação que você terá na vida".

Ou "porque você pode até não morrer, mas sentirá o gostinho da morte. E será que faz diferença?".

Esperança enrosca os dedos no meu cotovelo. Suas unhas afundam tanto que praticamente consigo sentir a sujeira debaixo delas passando para a minha pele.

– Tudo bem – digo. – Vamos sair dessa.

Finnley é uma ameaça, mas não é culpa dela. Eu deveria ter falado quando ouvi o primeiro galho se partir naquela noite.

Tiro Esperança de cima de mim. "Isso vai doer", é só o que consigo pensar.

Eu deveria estar pensando em outra coisa. Mas Finnley está prestes a cair, então eu corro.

Delicada, cuidadosa: duas coisas que não sou. Nem sou corajosa, porque o medo contamina a coragem e eu, com certeza, sou movida pelo medo. A ponte é, ao mesmo tempo, muito afiada e muito macia, tingida de inocência, e é preciso bastante autocontrole para evitar que ela me derrote. Cada passo, cada fragmento traz consigo uma pontada de dor, que dura apenas o instante do toque. Carne preta, carbonizada... Falta de ar azul-piscina... Veias de um vermelho vivo, borbulhantes e ardentes de veneno... Uma pele de cobra amarela apertada feito corda em volta do pescoço.

É um arco-íris de morte.

Quanto mais avanço, mais fragmentos de ossos encontro entremeados na rede. Cerro os dentes para aliviar a dor, tento seguir em frente, mas é difícil separar a verdade da ilusão. Queimo, me afogo, sufoco e, por fim...

Caio.

CINQUENTA

O ARCO-ÍRIS DESAPARECE assim que cruzo a beira da ponte. Chega de dor dos outros – tenho minha própria dor agora. A ponte é tão descontrolada quanto um dragão que voa, saído das cinzas, em direção ao céu. E aí tem eu, pendurada na sua cauda. Finnley ainda não caiu, e é só por um milagre, pois estou puxando a ponte para baixo na direção oposta.

Dor, medo e decisões impossíveis de tomar: é tudo o que me restou.

Escolha, Éden: morte por queda livre no chão da selva ou morte por braços arrancados, cortados nos ombros pelo meu próprio peso pendurado?

Escolha, Éden: escalar até um local seguro – transformar-se na morte certa de Finnley em vez de em sua salvadora, porque ela com certeza vai cair quando o equilíbrio for restaurado – ou passar mais 60 segundos de vida me sentindo nobre?

Escolha, Éden: escolha, escolha.

A raça humana não foi programada para escolher a morte.

Não a nossa própria morte, pelo menos.

Sendo assim, escolho a vida. E a ironia é que não parece fazer muita diferença.

CINQUENTA E UM

LONAN E ESPERANÇA estão de sapato.

Esperança está gritando:

– Socorro!

Sem parar.

– Lonan... Socorro! Finnley vai cair!

Mas Lonan *me* socorre.

CINQUENTA E DOIS

SOMOS UM MAR de sangue e lágrimas, mas não temos tempo a perder nos afogando nele.

Lonan remexe na mochila de Phoenix, tira dela meu sapato. O algodão e a seiva endureceram, formando uma massa rígida, muito menos pegajosa. As solas dos meus pés estão mutiladas e inchadas, mas me forço a calçá-los, grãos de areia se alojam dentro das feridas. Dói, raspa. Mesmo assim, é a melhor opção.

Lonan e eu puxamos Phoenix para fora da rede e de volta à consciência. Esperança está vazia, oca, limpando o sangue dos pés de Alexa e colocando os sapatos nela. Depois ajuda Cass.

Deixamos os tênis de Finnley do jeito que estão, amarrados na alça da mochila de Phoenix.

– Damos meia-volta ou continuamos? – Estou despedaçada. Todos estamos. – Vocês sinceramente acreditam que existe alguma coisa além disso? – pergunto, apontando para a ponte. – Além de armadilhas mortais e sangue?

Phoenix passa o braço nos ombros de Lonan. Os dois continuam caminhando até a outra plataforma, e essa é a minha resposta: eles querem seguir em frente.

– Você acredita mesmo – retruca Lonan, respirando com dificuldade por causa do peso de Phoenix – que se dariam ao trabalho de construir uma armadilha, se não quisessem esconder alguma coisa?

Só me resta esperar que encontremos o que estamos procurando ao final deste dia banhado em sangue. A cura para desativar os espiões dos Lobos, o conhecimento científico do Projeto Atlas que poderia romper os alicerces desta guerra – precisamos desesperadamente das duas coisas, se pretendemos encontrar paz e liberdade, areia e pôr do Sol. Queria ter certeza, de verdade, que essas pontes são a melhor abordagem.

É uma aposta, um joguinho psicológico. Das duas uma: ou somos as pessoas mais imbecis da face da Terra por termos nos jogado de cabeça no "não siga nesta direção", ou as mais brilhantes. Ou as mais cegas, por seguir em frente, ou os melhores estrategistas.

Esperança e eu puxamos Alexa. Ela pisca, com os olhos vidrados, com a pele mais branca que já vi. Lonan volta para buscar Cass depois de levar Phoenix até a plataforma.

Nenhum dos nossos cortes é profundo, não ameaça nossas vidas – parece mais que fomos atacados por uma revoada de garças de origami: cortes de papel que cruzam nossos pés, tornozelos e todas as partes expostas dos nossos corpos que entraram em contato com os fragmentos de ossos. Vamos sarar.

Todos nós exceto Finnley.

Arrisco olhar para baixo, pela primeira vez em um bom tempo. Não estou procurando seu corpo todo quebrado nem uma sensação de terror induzida pela altura. Procuro uma conclusão para este episódio.

Não encontro nenhuma das alternativas acima.

Estamos em uma altura tão grande que há copas de árvores abaixo de nós, uma camada de folhas densa o bastante para tornar impossível ver além dela. A vegetação é espessa, muito espessa... mas não o suficiente para segurar Finnley. A tontura me atinge como uma bala de canhão. Enterro os dedos nos ombros de Esperança.

Calma, Éden. Calma.

– Essa ponte foi uma loucura – diz Cass. Ele senta-se na plataforma, de costas para o tronco da árvore, com as pernas esparramadas. Sua cabeça pende para o lado.

Loucura (lou.*cu*.ra). s.f. Estado mental que impede a percepção, o comportamento ou a interação social normais.

– Loucura – repito. – Substantivo feminino. Estado mental que impede a percepção, o comportamento ou a interação social normais. – As árvores, de verdes, verdes, verdes, se tornam pretas e brancas. – Sim.

Lonan enfia uma garrafa d'água na minha cara.

– Éden, você está delirando.

Ele abre minha boca, despeja água lá dentro, um pouquinho por vez. A água escorre pelo canto da minha boca, e eu começo a tossir.

– Engula, para passar o...

Pássaro (*pás*.sa.ro). s.m. Ser emplumado que canta, alimenta-se de insetos e voa. Ave cujas asas se partem quando cai das árvores sobre o chão da selva.

– Eu quebrei as asas dela – falo. – Quebrei as asas dela, e ela caiu das árvores.

Lonan aperta meu pulso com o dedão. Estamos vivos, diz meu pulso. Estamos vivos, e Finnley não está.

Estamos vivos porque Finnley não está.

– Olhe para mim. – Quero mergulhar nos olhos de Lonan. – Me escute. Você está me escutando, Éden?

Éden (*é*.den). s.m. Lugar ou estado de grande felicidade. Paraíso intocado.

– Não sou feliz. Jamais poderei ser feliz. Eu toquei e estraguei tudo.

Seus olhos são um oceano, e ele não me deixa secar.

– Você pode ser e será. Não foi culpa sua.

Não. Culpa sua.

Os olhos de Esperança dizem que foi culpa minha. Culpa de Lonan.

Ou, quem sabe, os olhos de Esperança estejam apenas procurando alguém para pôr a culpa.

Talvez eu esteja procurando alguém para pôr a culpa.

Lonan ainda está falando comigo.

– Não foi você que construiu esta ponte – diz ele. – Você estava tentando *salvá-la* – diz ele. – Não foi culpa sua – diz ele. – Você quase *morreu* tentando salvá-la – diz ele.

Talvez seja isso que me deixou despedaçada.

Meu arco-íris da morte, minhas escolhas impossíveis e cinzentas.

Estrelas brancas pinicam meus olhos, e então preto, preto, preto as faz desaparecer.

CINQUENTA E TRÊS

QUANDO ABRO OS olhos de novo,
estou com uma dor de cabeça terrível,
as cores do mundo voltaram ao normal,
estou sozinha com Lonan na plataforma.

As pontas das tábuas pressionam minha camiseta fina e minhas costas, atravessam meus cabelos e meu crânio. Estou sem sapatos de novo – as solas foram batidas, limpas. Deve ter dado muito trabalho. Lonan está esfregando algo nos minúsculos cortes das solas dos meus pés que, já posso sentir, estão mais fortes. Não estão mais tão sensíveis como antes.

– O que é isso?

– Mel e hamamélis – responde ele. – Ajuda a cicatrizar.

– Você já tinha isso quando disse para Esperança ficar no acampamento por causa da perna?

Ele dá um sorrisinho, encolhe os ombros.

– Guardo as coisas boas para as pessoas em que realmente posso confiar. – Então tira algo do bolso, o último pedaço que resta de algo que parece um cartão-remédio feito com tecnologia da seda. – Deixe isso dissolver em baixo da sua língua.

Pego o cartão dele.

– Remédio para dor? – pergunto.

É azul-claro, o que significa que não é nada muito pesado.

– Forte o bastante – responde ele –, e você não vai ter nenhum efeito colateral.

Fecho os olhos, cubro-os com a palma das mãos. Pressiono a ponta dos dedos nos pontos em que minha cabeça lateja.

– Não é o último, né?

Lonan encolhe os ombros de novo.

– Tome logo, Éden. – Ele dá um sorrisinho. – Para cada pedaço que eu tomei, teve outras dez vezes em que só cerrei os dentes. Não se preocupe comigo.

A dor de cabeça está me matando, então coloco o remédio embaixo da língua e deixo a saliva funcionar. O alívio é imediato.

– Obrigada. De verdade.

– Eu faria de novo – diz ele, me olhando nos olhos de um jeito que fico corada.

– Então... ãhn... – Viro o rosto, limpo a garganta. – Quanto tempo fiquei desacordada? Cadê o pessoal?

– Quer as boas notícias primeiro?

– Fiquei desacordada tanto tempo que tem notícias?

É preciso muito esforço para eu tentar me sentar. Tiro os cabelos da frente do rosto e abro os olhos, porque não posso ficar com eles fechados para sempre.

Lonan me entrega uma garrafa d'água e quase a entorno.

– Estamos no fim da rede. Acabaram-se as pontes.

– Isso é uma boa notícia?

– Tem uma escada entalhada do lado desta árvore. Alexa e Esperança a descobriram.

– Não vejo como isso pode ser uma boa notícia.

– Não é só isso. Elas encontraram outra caverna.

– Na nossa experiência até agora, cavernas não são boas para nós.

– Elas encontraram outra caverna *com uma rede presa a ela*. Uma rede grande e ampla, sem nenhum sinal de algo cortante – continua. – E que passa bem debaixo de toda a ponte da morte.

Isso é uma boa notícia.

– E Finnley... ela...

Seu sorriso se torna sombrio.

– Não sabemos. O que *sabemos* é que ela não está na rede.

– Você acha, de verdade, que a rede pode ter segurado Finnley?

– É do tamanho de uma piscina olímpica, Éden.

Absorvo suas palavras, me esforço para tentar entender o que ele está dizendo. Porque, até onde eu sei, meninas não caem de três, seis, 12 metros e saem andando sem dizer uma palavra. Elas gritam, pedem socorro ou então estão mortas.

E mortos não saem andando, de jeito nenhum.

– Com certeza, você tem um conceito obscuro para a expressão "boas notícias".

Pego um pé do meu sapato, que está perto de Lonan, e o sacudo para tirar o excesso de areia. Repito a operação com o outro sapato. Calço os dois e aperto a sola dos pés, onde está a maioria dos meus machucados... até que está bom.

O desaparecimento de Finnley é uma cenoura pendurada em um barbante, e somos os coelhinhos brancos famintos.

Nossa caça ao tesouro fica maior a cada hora que passa.

Phoenix, Cass, Alexa, Esperança, Lonan, eu. Somos um exército de seis pessoas: seis feridos, seis em luto, seis convertidos. Seis determinados. Seis contra muitos e contra muitas coisas desconhecidas.

Agora estou convencida de que Lonan tem razão: seja lá quem for que estiver nesta ilha, não teria se dado a todo esse trabalho a menos que quisesse esconder algo muito importante. Avançamos muito para desistir agora, avançamos muito para dar meia-volta. *Vamos* encontrar o laboratório. Vamos encontrar *respostas.*

Na plataforma do lado de fora da nova caverna, Cass se submete a ficar com um braço preso em uma tipoia feita de juncos trançados – foi ele, na verdade, que sugeriu isso

– Caí com força em cima do meu braço – conta para Esperança e Alexa. – Senti alguma coisa quebrar.

Mas Phoenix já está com a tipoia pronta, como se ele e Cass tivessem combinado em segredo antes de contar para o grupo. Lonan se inclina discretamente para perto de mim e diz baixinho:

– Cass não confia em si mesmo.

– Porque a caverna pode ser outro gatilho?

Lonan assente.

– Porque *qualquer coisa* pode ser outro gatilho.

Lanço um último e longo olhar para a rede. É muito clara, muito limpa. Muito vazia.

– Sou uma pessoa terrível – começo a falar, testando as palavras na minha cabeça antes de deixá-las escapar – se admitir que estou um tantinho aliviada por ela não estar conosco agora?

Sou uma contradição. Como é possível sentir luto por alguém e, ao mesmo tempo, sentir alívio por sua ausência? Como é possível sentir alívio se sua própria chance de sobreviver foi às custas da vida de outra pessoa?

Seus olhos me examinam, frios e calmos.

– Só vejo compaixão em você.

– Mesmo?

– Sim – responde Lonan, me estendendo a mão. – Pronta? Estão nos esperando.

Tenho minhas dúvidas.

O que não significa nada, tento me convencer. Não significa que eu não ligo mais para Birch – só que Lonan está tentando me ajudar. Que eu estou tentando, depois de tanto tempo, confiar em alguém ao ponto de me abrir com essa pessoa. Certo? Do que estou com medo?

Por fim, seguro sua mão. Sua pele está quente, mas mesmo assim sinto um arrepio passar pelo meu corpo quando ele me ajuda a levantar. Somos, mais uma vez, os últimos do grupo.

Eu deveria soltar sua mão, penso. Ao menos deveria não segurar com tanta força. Porém a mensagem não chega aos meus dedos, que se remexem e se retorcem até ficarem entrelaçados com os dele. Estamos presos, ligados.

Lonan também não solta minha mão.

A caverna é preta por dentro, e ninguém pode enxergar minhas bochechas vermelhas. Mal conheço Lonan – para que quero ficar segurando sua mão com tanta força? Ele já me abraçou, no teto da caverna, mas foi diferente. Foi um ser humano segurando outro ser humano para não desmoronar. Era como a cera apertada contra os veios de um pote de cerâmica rachado para evitar que vazasse.

Isto é diferente. Isto é uma escolha, que continuamos a tomar a cada segundo em que não nos soltamos. Apesar de tudo o que não sei a seu respeito – e de tudo o que sei –, escolho ficar com este conforto. Confio nele apenas o suficiente para isso.

Uma versão mais avançada da lanterna dos meninos se ilumina, a mesma tocha que foi usada para iluminar nossa primeira caverna. Galhos, gravetos e os restos de um fósforo queimam no fundo de um pote de vidro, que Phoenix segura por uma alça de arame retorcido. Seu cabelo fica especialmente ruivo no lume; os ângulos de suas bochechas, especialmente agudos onde as sombras batem.

Esta caverna não é nem um pouco parecida com a outra. O teto é tão baixo que eu poderia tocá-lo sem ficar na ponta dos pés, e o túnel é estreito e com uma descida bem pronunciada. Mais uma coisa que confirma que somos o coelho branco de Alice, em uma missão.

Lembranças vêm à tona de repente: minha coleção de vidros de farmácia antigos, de todas as cores, tamanhos e formatos, inspirada na cena do BEBA-ME de *Alice no País das Maravilhas*. Fico só imaginando quanto pó juntaram parados lá, na prateleira do meu banheiro. Também fico pensando no conjunto de chá que usamos na festa do meu aniversário de 6 anos e no vestido azul e branco que minha mãe fez especialmente para a ocasião. E no livro em si – o que eu não daria para segurá-lo de novo... Esse pensamento traz à tona o cheiro do xampu da minha mãe, de removedor de esmalte, de mel e leite quente: a sua e a minha rotina antes de deitar, por tantos meses, naquele ano antes do acidente.

Lonan aperta minha mão, me arranca de dentro de mim mesma.

– Você está bem? Está andando mais devagar.

Ele está logo atrás de mim, tão perto que tenho medo de que possa sentir meu coração batendo nas paredes de sua gaiola.

Sacudo a cabeça.

– Estou bem, desculpe.

Lonan deve ter percebido que estou mentindo – ou tentando me convencer da verdade, pelo menos –, porque sua mão fica exatamente onde está. Como está.

– Podemos conversar depois, se você quiser.

Só concordo com a cabeça, como se fosse um daqueles bonequinhos bestas que ficam no painel dos carros. O que mais posso dizer? Todo mundo perdeu alguém. Todo mundo perdeu sua casa. Ninguém pode fazer o tempo retroceder e voltar para os dias em que nossos maiores problemas eram derrubar removedor de esmalte ou xícaras quebradas. Ficar chafurdando não vai servir de nada, muito menos hoje.

CINQUENTA E QUATRO

BIRCH E EU tínhamos 14 anos quando ele pegou pela primeira vez na minha mão.

Três anos depois daquele dia da minha festa de aniversário com picada de abelha. Os pais tinham acabado de nos forçar, nós dois e Emma, a posar para fotos até que seus *smartphones* ficaram sem memória. Nossos cabelos estavam suados e lambidos depois de tanto tempo presos debaixo dos chapeuzinhos de formatura, dentro daquele ginásio abafado. Me lembro de ter pensado que era ridículo comemorar um feito tão pouco notável quanto terminar o Ensino Fundamental. Naquela época, eu achava que teria uma formatura normal do Ensino Médio para me empolgar. Todo mundo achava.

A chuva nos pegou de surpresa. Nuvens cinzentas apareceram e derrubaram baldes e mais baldes de água em cima dos sapatos chiques e dos vestidos reaproveitados da Páscoa de todo mundo. Todos os pais guardaram seus telefones cheios de fotos e saíram correndo para pegar seus SUVs de luxo, enquanto todos os meus colegas se espremiam debaixo do toldo nem-perto-de-caber-todo-mundo, do lado de fora da escola.

Birch me deu seu casaco. E depois me deu a mão. E, mesmo que uma hora tivéssemos que nos soltar, por questões práticas – morávamos em casas diferentes, afinal de contas –, parecia que nada jamais poderia nos separar.

Essa sensação nunca passou. Nem mesmo quando ele morreu.

Ninguém está mais surpreso do que eu por minha mão caber tão bem na de outra pessoa que não Birch.

CINQUENTA E CINCO

DEPOIS DE UMA curva acentuada para a direita, o chão íngreme da caverna fica nivelado. Tem uma série de luzinhas que cruzam a terra bem lá no fundo, onde a luz da tocha de Phoenix ainda não consegue chegar. Lonan e eu ficamos um pouco para trás. O pessoal passou quase todo o tempo em silêncio, com exceção do roçar dos sapatos nas pedras. Lá na frente, entretanto, um dos meninos está resmungando. Fica difícil reconhecer de quem é a voz.

– Bom, você não precisa ser tão *cuzão* – diz Alexa.

– Já falei três vezes para não ficar tão perto de mim. – É Cass. Em alto e bom som, definitivamente Cass. – Não estamos mais juntos, Alexa. Você não tem o direito de agir como se estivéssemos.

– E por que exatamente *não estamos* mais juntos, Cass? – Ela pronuncia o seu nome como se estivesse engolindo ácido. – Que fim levou o "felizes para sempre"? Que fim levou nossa fuga?

Tenho vontade de contar, tenho vontade de gritar "ele não foi embora porque quis!".

Contudo, para revelar toda a verdade sobre a partida de Cass, teria que revelar todos os segredos dos rapazes. Odeio ver Alexa assim, mas não posso pôr em risco a confiança que Lonan depositou em mim. Muito menos depois de tudo o que passamos.

– Agora não é hora para isso, Lex.

A voz de Cass é firme, intensa. Cortante como uma faca.

– E quando seria uma boa hora? Você mal se deu ao trabalho de me dizer duas palavras desde que apareceu na nossa praia. O que está *fazendo* aqui, afinal? *Como*? – A voz de Alexa fica mais estridente, treme. É a coisa mais sincera que a ouvir dizer até agora. – Era esse o seu plano desde sempre, não era? Fugir sem mim! Me deixar para trás!

A voz baixa de Esperança corta a tensão, de leve.

– Não parece mesmo uma boa hora, Alexa.

Ficamos todos parados, uma coleção instável de seres humanos neste túnel claustrofóbico.

– Não foi assim – responde Cass, perdendo o controle do discurso calmo e sem emoções. – Não deixei você para trás, mas obrigado por me acusar.

– Você deveria parar por aqui – fala Phoenix entredentes.

Mas Cass não ouve, ou não quer escutar.

– Já que está implorando para saber a verdade, que tal isto: eu não confio em você desde aquele dia em que amarrou aquela corda no meu pescoço. Você é linda, Lex, mas é imprevisível e egoísta.

Ele arranca a lanterna da mão de Phoenix. Sombras e luzes dançam nas paredes da caverna, seguindo Cass, que vai sozinho na direção do facho branco de sol, bem lá no fim.

– Isso foi longe demais, e você sabe muito bem, Cass. – A voz de Lonan ricocheteia pelas paredes do túnel, e nossos pés a seguem. É a primeira vez que ficamos na frente do grupo. E ficamos mesmo na frente, mas não muito. Alexa pisa nos meus calcanhares mais de uma vez, tentando alcançar Cass, porém Lonan e eu tomamos o cuidado de mantê-la atrás de nós Já vi sangue derramado demais por hoje.

– Até onde sei, a sinceridade é uma virtude – Cass responde a Lonan, e sua voz corta a escuridão.

– Até onde *eu* sei, a gentileza também.

Phoenix dá uma risada abafada e diz:

– Olha só quem fala, Lo.

– Diga uma coisa que eu fiz hoje que não foi gentil – retruca Lonan. Eu posso até ter usado os óculos cor-de-rosa da gentileza o dia inteiro, mas não consigo pensar em nada. Claro, teve aquela vez que discordamos, lá na beira do precipício, quando Lonan pôs a faca na própria garganta. Mas o conjunto foi gentil, maior do que a soma de suas partes.

– Você comeu meu último pedaço de carne-seca de cervo – diz Phoenix.

– Isso foi ontem. Tente de novo.

Mas Phoenix não tenta de novo – ninguém tenta –, porque agora estamos banhados pela luz do entardecer, pelas brasas que se esvaem na lanterna de pote de vidro. Finalmente alcançamos Cass e chegamos ao fim do túnel. Mais do que isso, ficamos em silêncio de tão abismados; parados de tão abismados.

Há ali uma espécie de abrigo.

Um abrigo de vários andares, com teto de vidro, com um brilho convidativo nas janelas, localizado a menos de 50 metros, em meio a uma espessa barreira de vegetação. Uma água vítrea, preta como ônix, circunda a parede de plantas, serpenteando até a boca do túnel em que estamos. Uma passarela de madeira precária cobre toda a extensão do canal. Mais perto do abrigo, uma fileira de canoas rústicas flutua na água. Aposto que não foram feitas para nós.

Para quem foram feitas, então?

– As luzes estão acesas – sussurra Esperança. – As *luzes* estão acesas.

Eletricidade.

Humanidade.

Não estamos sozinhos.

Mas já sabíamos disso há um tempo.

***

– Água, passarela de madeira ou voltar para as redes – diz Lonan. – São essas as nossas opções.

Deixo escapar uma risada.

– Você fala como se *tivéssemos* opções.

– Gosto de ser minucioso.

– Você acha que foi para cá que trouxeram Finnley? – pergunta Esperança, chegando mais para a frente. – Parece... mais aconchegante do que eu tinha imaginado.

– As aparências enganam – diz Cass, lançando um olhar sugestivo para Alexa.

– Pare com isso – repreende Lonan.

Alexa não responde, mas já a conheço há algum tempo para saber que tem um jeito cabeça-dura de expressar gratidão. Ela lança aquele olhar para Lonan: espremendo sutilmente os olhos, com um jeito de piscadela e a concentração determinada de uma mensagem telepática. Nunca vi essa expressão em nenhuma outra pessoa. Fico me perguntando o que mais posso descobrir sobre a raça humana.

– Acho que podemos eliminar a volta para as redes – falo, ansiosa para seguir em frente. Para encontrar Finnley, viva ou morta; para encontrar o laboratório; para encontrar *respostas.* – A água não me parece muito viável. A passarela até o abrigo parece a alternativa mais óbvia.

Só que alguma coisa não me cai bem na opção da passarela, e não é por causa das tábuas precárias. Da forma mais básica, os Lobos ganharam, e isso me deixa louca: eles criaram em mim um poço de desconfiança. Nada mais será simples, temo.

– Façam o que quiserem – diz Esperança. – Eu vou procurar Finnley.

Então, ela estica uma das pernas finas e compridas para fora da caverna. Assim que fica firme em cima da madeira, põe as mãos nos bolsos e se afasta de nós sem nem olhar para trás.

Palavras que não têm nada a ver com Esperança, uma atitude não tem nada a ver com Esperança.

Perder pessoas de quem a gente gosta pode causar isso, acho. Pode nos transformar. Pode nos deixar desesperados ao ponto de entrarmos direto no território inimigo acompanhados apenas das nossas necessidades.

Cass passa a mão no cabelo.

– Você não deveria ir sozinha – grita, olhando para Phoenix e Lonan. Ele está inquieto, exasperado.

– Então vem comigo – responde Esperança. Sem diminuir nem um pouco o passo.

Lonan não queria ir, posso sentir pela sua mão – que está tão quente como antes, e tão macia quanto, mas, de algum modo, transmite outras coisas.

Só que Alexa vai atrás de Esperança, pula na passarela com a graciosidade de um gato. Levanta o queixo para Cass, tipo: "Viu só? Não sou a pessoa egoísta que você pensa que eu sou". A expressão dele não muda, então fica difícil descobrir o exato motivo pelo qual pula na passarela em seguida – por causa de Alexa? Por causa de Esperança? Por causa da sua própria consciência? Vai saber...

O que eu sei é o seguinte: só é preciso de um seguidor para começar um movimento, e outro seguidor para o movimento ganhar força. É essa força que compele Lonan e eu a atravessarmos a passarela, e Phoenix também, provavelmente. Tento encontrar conforto nas palavras que Lonan disse lá na caverna – que procurar o território inimigo para encontrar a cura e o conhecimento científico a respeito do Projeto Atlas sempre fez parte do plano. Que isso é necessário.

Tento encontrar consolo, mas o consolo não quer ser encontrado.

"A melhor maneira de encontrar o que a gente está procurando é atrair o inimigo e forçá-lo a te levar diretamente até isso", disse Lonan.

Mas será que é isso mesmo que está acontecendo aqui?

Talvez estejam nos atraindo, e não o contrário.

CINQUENTA E SEIS

AS COMPLICAÇÕES COMEÇAM no final da passarela de madeira.

É um completo beco sem saída e não leva a lugar significativo algum – só até mais vegetação e, atrás disso, rochas. A água, com sua estranha superfície preta e vítrea, faz uma curva até o outro lado do abrigo. A menos que entremos de canoa às cegas ou tentemos escalar e atravessar a barreira de plantas, não vamos conseguir nos aproximar.

Phoenix e Lonan têm uma conversa inteira só trocando olhares. Por fim, Phoenix diz:

– Você quer ir na frente ou vou eu?

– Pode ir – responde Lonan.

Ele olha para mim, o que eu entendo como um convite para expressar minhas objeções. Resolvo não me meter por enquanto, a menos que Phoenix diga algo que não faça o menor sentido.

Phoenix assente, ajusta as tiras da mochila e fala:

– Alexa, Cass, vocês vão comigo. Éden, Esperança, vão com Lonan.

Alexa, Cass e Esperança começam a reclamar, e eu estou prestes a me juntar ao coro – me parece mais sensato deixar Cass para trás, dadas as suas complicações de HoloLobo. Mas a voz de Lonan se sobrepõe:

– Esta é a melhor divisão. Então, por favor, tentem se conformar. O que está em jogo é muito maior do que nosso próprio conforto. Temos mais chances de encontrar Finnley se procurarmos em mais de um lugar.

Convenientemente, ele não toca no assunto da cura, porque as meninas não sabem disso, e também não menciona sua missão secreta para as Forças Aliadas.

Todos nós temos segredos. Como o pavor e a esperança que ficam voejando dentro de mim. São duas borboletas gêmeas que perseguem uma à outra, em círculos: será que essas pessoas conheceram meu pai? Foram elas que me enviaram o tubo de ensaio, o livro? Foram elas que arrancaram a aliança do seu dedo gélido e sem vida?

Foram elas o motivo para meu pai não estar mais aqui?

– Tudo bem? – pergunta Phoenix, olhando com cautela para Cass, depois para Alexa e então para mim.

Se foram essas pessoas que roubaram meu pai de mim, não tem nada que eu gostaria mais do que roubar algo delas. Mas tenho tantas perguntas... Como é a cura? Como devemos administrá-la? Como vamos saber se funcionou? Onde ficam guardados os segredos científicos e quais são nossos planos para roubá-los? Isso sem falar em deixar os Lobos fora da jogada. Mas presumo que Lonan tem zero respostas. Pelo menos sei como eram as velhas plantas do projeto da Ambientech. É um começo.

– Sim – digo, por fim. – Tudo bem.

– Ok – responde Phoenix. – O grupo de Lonan vai de canoa. Quem está comigo, se prepare para atravessar a vegetação.

– Cass – fala Esperança –, como está seu braço? A tipoia não vai atrapalhar?

Os meninos têm mais uma conversa silenciosa. Lonan parece ser o desconfiado da turma, mas Phoenix argumenta:

– Já faz um tempinho que você se machucou. Estava tudo bem lá na última caverna?

Acho que deve ser um código para "Bom, faz um tempinho que você não tenta matar ninguém. Então, talvez já tenhamos passado a fase dos gatilhos".

Cass parece um pouco relutante, mas seu olhar para a barreira de vegetação espessa revela que ele acha que será inútil se não puder usar os dois braços. De fato, não terá muita utilidade dentro de uma canoa.

– É – responde. – Acho que consigo ficar sem a tipoia.

– Tem certeza? Ajude-o se começar a doer de novo, Phoenix – diz Lonan. Mais mensagens em código, suponho.

– Mais alguma coisa antes de nos separarmos? – pergunto. Estou de acordo com a estratégia, resolvo. É óbvio que não decidiram isso sem pensar muito bem; Lonan deve ter considerado a hipótese de deixar Cass para trás, tenho certeza. Deve achar que temos mais força assim, mesmo correndo esse risco. – Vamos nos encontrar depois que terminarmos? Como vamos saber se todo mundo conseguiu chegar bem?

Phoenix remexe na mochila e tira dois aparelhos pretos fininhos. Fica com um e joga o outro para Lonan.

– Rádios comunicadores, para conseguirmos manter contato – explica. – Funcionam com energia solar. E, Esperança, você pode tirar esse maldito casaco? Temos mais chances de nos camuflar se você estiver sem ele.

Meu casaquinho está manchado e esfarrapado, nem lembra o amarelo-vivo de antes. Mas, ainda assim, é uma cor que não parece natural no meio de tanto verde. Esperança o deixa no chão da caverna, todo embolado. Eu me seguro para não pegá-lo – mas carregar um casaquinho amarelo não é muito diferente de usar um, quando o assunto é camuflagem. Se, pelo menos, a mochila de Phoenix não estivesse tão cheia...

Lonan prende o radinho discreto na calça, logo abaixo da cintura, do lado direito.

– Ok, pessoal – diz ele. – Tentem ao máximo não ficar à vista, mas estejam preparados para se defender. E, se tudo der errado, temos dois objetivos em mente: pegar o que estamos procurando e tentar não morrer.

As duas tarefas têm seus desafios.

***

Esperança, Lonan e eu escolhemos nossa canoa arbitrariamente. É igualzinha às outras quatro que estão boiando no beco sem saída da passarela, com a diferença de que a nossa tem uma faixa vermelha desbotada na ponta. Rezo para que o vermelho seja tinta, e não os restos secos da vida de alguém.

Roubo um par extra de remos, e nós três nos esprememos dentro da mesma canoa. Mesmo que a gente não os use, podem ser úteis como armas.

– Você tem alguma experiência com canoagem em dupla? – pergunta Lonan.

– Só cinco verões que passei no acampamento. – Não que eu tenha *escolhido* ter tanta experiência: era parte obrigatória da rotina. – Sou boa em qualquer posição. E você?

– Também.

Só porque tenho experiência com canoagem não significa que eu gosto. Tive pesadelos, durante toda a minha infância, com cobras das águas turvas. Muitas noites, meu pai olhava embaixo da minha cama para me garantir que não tinha nenhuma cobra esperando para enfiar as presas em mim. Ele deve ter gastado uma fortuna com lâmpadas de lanterna.

O pesadelo mais terrível, ou o mais recorrente, era com as mocassins-d'água: no começo do sonho, só tinha uma que rastejava pela minha panturrilha, se enroscava em volta do meu tornozelo. E aí vinham as outras, duas de cada direção, sobre a superfície da água, e mais outras por baixo, tantas que eu perdia a conta. Elas nunca me atacavam, mas me matavam me apertando até expulsar todo o ar dos meus pulmões.

Eu acordava toda vez com o coração batendo forte, tentando fazer meus pulmões pegarem no tranco e se lembrarem de respirar.

Mares infestados de tubarões não me dão medo, nem riachos de águas cristalinas.

Tenho dificuldade é com as águas estagnadas e turvas. Estar cercada delas.

– Respire, Éden. – Lonan aperfeiçoou sua arte de me fazer voltar para o presente. Queria que ele não tivesse tantas oportunidades de aplicá-la. – Sua mente é mais forte do que as suas circunstâncias. Não se esqueça.

Concordo com a cabeça. Lonan também teve muitas oportunidades de aperfeiçoar a força da sua mente, lembro. Limpar o sangue dos pais dos azulejos da cozinha deve ter sido uma maneira difícil de começar.

– Obrigada – respondo. – Você tem razão.

O que são ameaças imaginárias comparadas com a coisa peçonhenta que roubou minha família, meu Birch, minha vida? Isto aqui não vai ser nada.

Mergulhamos os remos na água. Lonan está na proa, para aproveitar ao máximo seu poder nos remos. Eu fico na popa, guiando a canoa. Esperança fica no meio, de vigia. Cada movimento dos remos nos afasta da relativa segurança da passarela e nos aproxima do que está à espreita, logo adiante. A canoa está rodeada de água, árvores e folhas, todos os tons de verde se esparramam pelas margens. Este não é o canal mais largo que eu já vi – tem a largura de duas canoas, no máximo –, mas, mesmo assim, é opressivo. Minha mente é mais forte do que o medo, lembro. Minha mente é mais forte do que as minhas circunstâncias. Não há nenhuma cobra.

A vegetação é tão espessa e escarpada entre o canal e o abrigo que, deste ângulo, é difícil ver a construção. Só o andar de cima fica visível, luzes amareladas brilham através das janelas, debaixo do teto de sapé. Logo, o Sol vai se pôr, e enxergaremos ainda menos.

Remamos sem parar até completarmos quase um semicírculo, mas não encontramos a entrada óbvia que esperávamos achar. O canal faz uma curva leve para longe do abrigo, entrando em uma caverna de rocha coberta por limo. O teto é tão baixo que mal conseguimos ficar sentados, muito menos levantar. De repente, me vem um *flashback* do brinquedo dos Piratas do Caribe na Disney – o ataque de pânico que tive, aos 7 anos, quando percebi que tínhamos ficado na fila um tempão só para andar de barco em águas turvas que passavam por lugares que eu não conseguia enxergar.

Um bipe agudo e abafado soa do rádio de Lonan. Ele para de remar, e eu também, logo após a saída da caverna.

Ele tira o rádio da cintura, e vejo sua pele antes de sua camiseta voltar para o lugar. Uma luz azul acende quando ele fala:

– Lonan na escuta. Encontraram alguma coisa?

O rádio chia.

– Sim – diz a outra voz. Tenho quase certeza que é de Phoenix. – Atravessamos a barreira de folhagem e conseguimos ver a entrada, mas é impossível chegar lá por aqui. – Entre o chiado e o quase sussurro de Phoenix, é um milagre que sua mensagem chegue até nós com tanta clareza. – Mas acho que vocês têm uma chance. Parece que o canal vai direto até a porta desta sala principal enorme, mas tanto a parte de baixo da sala quanto o canal, de algum jeito, são parcialmente subterrâneos. Isso bate com o que vocês conseguem ver daí?

Pelo jeito, ataques de pânico começam do mesmo jeito quanto a gente tem 17 ou 7 anos. Vamos ter que entrar na caverna. Não tem como evitar. Respire, Éden.

– Sim – confirma Lonan, que não parece nem um pouco perturbado com a ideia de ir remando até nossa morte certa e turva. – Vamos checar. Mas fiquem alertas. Só porque vocês não conseguem entrar por aí não significa que eles não estejam preparados para impedir que vocês tentem. Os caras têm olhos por todos os cantos. Lembre Cass disso.

Lonan olha para mim de relance ao dizer a última frase, e tenho certeza de que é mais um de seus códigos. Das duas, uma: ou as informações não foram encriptadas direito ou me tornei fluente, porque posso decodificá-las com facilidade. Significa: "Não esqueça que os Lobos sabem exatamente onde vocês estão, porque Cass está aí, e podem espionar através dele".

– Pode deixar – responde Phoenix.

Lonan prende o rádio na calça de novo e pega o remo.

– Prontas?

– Estou pronta para qualquer coisa, se for para ficar mais perto de encontrar Finnley – responde Esperança.

Chego a abrir a boca, mas as palavras não saem como deveriam.

Lonan vira bem para trás, para olhar para mim.

– Éden? Pronta?

Parece que ele está prestes a perder a paciência. Não entendi – e por que deveria entender? Venci meu medo de altura hoje, inúmeras vezes, e também me comportei nas cavernas. E o cara já me deu aquele conselho de autoajuda, de força da mente. Minha mente pode até ser forte, mas meu corpo não quer nem saber.

– Eu... – Os dois estão olhando para mim. – Não me dou muito bem com esse tipo de água. Principalmente em cavernas escuras. Principalmente se tiver... ãhn... mocassins-d'água. – Parece ridículo quando digo isso em voz alta. Tenho 5 anos no corpo de uma pessoa de 17. – Está bem escuro lá dentro.

Lonan repuxa o maxilar.

– Odeio ter que te dizer isso, mas, quanto mais demorarmos, mais escuro vai ficar.

– Sério? *Isso* faz eu me sentir bem melhor, valeu.

– Bom, o que você sugere? Achei que você era mais forte, Éden. *Sei* que você é mais forte.

Um elogio nunca fez meu sangue ferver tanto de fúria.

– Você não me conhece. Está enganado.

Todas as pessoas fortes, uma hora ou outra, acabam fraquejando.

Esperança desvia o olhar e fica examinando as próprias mãos. Desculpe, Esperança. Você está presa em uma canoa com um exemplo perfeito de ser humano que chegou ao limite.

– Eu já me enganei a respeito de muita coisa nesta vida, mas não sobre isso – diz Lonan. Nunca ninguém me pressionou assim, e isso acaba com minha capacidade de revidar. – Você *consegue*. Eu me recuso a ficar parado, olhando para alguém tão forte se acovardar por causa do medo.

– Você meio que está subestimando meu medo ao agir como se fosse a coisa mais fácil do mundo. Como se eu devesse apenas engoli-lo.

– Não – diz ele. – Quanto mais difícil, mais você prova seu valor ao superar seu medo. Eu acredito plenamente que está apavorada. Está branca como papel. Não está respirando direito. Não acho que vai ser fácil, mas acredito que você tem força para superar.

Mais uma vez, a imagem de Lonan limpando manchas de sangue do chão da cozinha me deixa envergonhada. Ele não toca no assunto – não precisa. Está estampado na sua cara, a lembrança que lhe vem à mente toda vez que precisa reunir suas próprias forças. Toda vez que reúne as minhas forças.

Cai a ficha: ele não está tentando me magoar com suas palavras, sei disso, mas pensei que estava tentando me dizer que eu deveria apenas fingir que não tenho medo quando as coisas ficam difíceis, ou fingir que nada é doloroso, nada é sofrido.

Agora tenho certeza de que não é isso. Essas coisas não precisam me sabotar, percebo.

Lonan está tentando me mostrar como elas podem me *fortalecer*.

Recolho meus próprios cacos, todos os meus pedaços que estão tentando fugir desta canoa e da responsabilidade que vem com ela.

– Ok – falo. E repito: – Ok.

Mergulhamos os remos na água negra, mais que negra.

CINQUENTA E SETE

ESTAMOS VOANDO NO meio das nuvens, escorregando por um arco-íris.

É o que digo para mim mesma quando meu mundo se torna negro e sem ar.

Ajuda, tanto que ainda estou remando. Ainda estou viva, ainda sigo em frente.

Nossa respiração ecoa. O mergulhar dos remos, o pingar da água: também ecoam. "Esse é o som do medo sendo assassinado", penso. Enfio o remo com força na água. Respiro.

O rádio de Lonan bipa, o som é amplificado pela dureza do espaço. É tão escuro aqui dentro que a luzinha azul parece uma placa de neon. Que fica firme na sua cintura.

– Você não vai atender? – pergunto.

– Estou ocupado no momento.

– Pode ser urgente.

– Não vou conseguir fazer nada a respeito. E, para o seu próprio bem, quero que você fique sabendo que estou preparado, caso a situação se torne urgente aqui dentro.

O fato de ele ter admitido que a caverna pode representar uma ameaça para nós me deixa tranquila e nervosa ao mesmo tempo.

Algo verde-azulado brilha na água mais à frente.

– Uou – deixo escapar quando chegamos mais perto. E descubro que a caverna faz uma curva abrupta para a direita. Parece que alguém polvilhou o céu com poeira estelar, uma constelação de vaga-lumes. Por mais escura que fosse antes da curva, a caverna agora está banhada em um brilho suave, etéreo, turquesa. Uma gotinha pegajosa cai no meu braço, seguida por outra no meu joelho. Se eu prestar atenção, posso ouvir as gotinhas caindo na água. Esperança está absorvendo a cena de olhos arregalados, arregalados como os meus.

O rádio bipa de novo, e mais uma vez.

– Tudo bem – falo. – Eles podem estar querendo nos avisar de alguma coisa.

Vejo a luz do rádio subir, e um chiado alto ecoa pela caverna.

– Phoenix? – A canoa fica mais lenta agora que Lonan não está remando. Deixo meu remo pairando sobre a água. – Está tudo bem aí?

Sem resposta.

Mais chiado... não do lado de Phoenix.

– Cass? Alexa?

Nada.

Lonan resmunga um palavrão.

– Se vocês estão me ouvindo, se estão com problemas, não se preocupem conosco. Façam o que tiverem que fazer para sobreviver. Nos encontramos depois.

Um último chiado toma conta da caverna.

Mas a luz azul nunca mais volta para a cintura de Lonan. A canoa afunda de repente para um lado, porque Esperança levantou do seu lugar como se uma viúva-negra tivesse acabado de cair no seu colo, e aí o rádio voa pelos ares. E depois afunda na água. A luz azul brilha por cerca de meio segundo e se apaga.

– Caramba...

A voz de Lonan é a última coisa que escuto antes de ser pega de surpresa. Esperança é rápida, feroz: seu corpo magrinho tem certa força; seus dedos se tornam uma espécie de torno. Engasgo com seus cabelos na minha cara; ela me atira para fora da canoa e cai na água junto comigo.

Chuto, me debato, luto contra a vontade de respirar debaixo d'água. Vejo estrelas, que me lembram de que ainda não morri. Volto à superfície, respiro, mas Esperança me afunda de novo. Não há nenhuma mocassim--d'agua – não há nada além de Esperança e de falta de esperança. Era melhor que houvesse mocassins-d'água, de certo modo. Seria uma morte mais rápida sem a dor da traição.

O brilho turquesa não é mais tão suave, pelo menos. Cada vez que os braços de Esperança entram na água, isso amplifica o brilho discreto do lobo em sua pele, até que ele vira um holograma reluzente, iridescente. Minha morte terá seu próprio holofote.

Tento me defender, solto seus dedos, enfio as unhas na sua pele até ter certeza de que ela está sangrando. Com isso, consigo respirar um pouco, tenho uma chance de escapar. Quando será que ela foi convertida? Quanto tempo faz que está assim, como não percebemos? A curva iluminada pelas estrelas da caverna só pode ter sido o gatilho – as gotinhas grudentas que caíram na gente, quem sabe? –, mas, antes disso, Esperança parecia muito estar do *nosso* lado.

Lonan também está na água. Seus braços não mostram nenhum traço de luz, nenhum traço de lobo. Consigo respirar mais, provavelmente porque ele ficou na frente de Esperança. É também a primeira vez que percebo o quanto o canal é raso. Quando me espicho completamente, os dedos dos meus pés roçam no fundo.

– Aplique o sedativo nela! – grita Lonan.

Ele consegue tirar Esperança de cima de mim, mas ela é rápida – consigo ver o brilho do seu holograma quando ela escapa dos braços de Lonan e corre para o outro lado dele. Lonan também é rápido. Esperança não consegue derrubá-lo.

– Não dá – respondo, sem ar. – Não tenho seringa.

– No meu bolso... do lado esquerdo.

Nado até Lonan. Esperança segura meu pulso e puxa com força, me arrastando direto para o lado dele. Minha pulsação acelera por todos os motivos errados possíveis quando batemos um no outro – ou por todos os certos, se você olhar a questão pela perspectiva de "motivos para continuar viva".

Concentre-se, Éden.

Seringa. Seringa primeiro, sair da água depois. Lonan depois de tudo isso.

Enfio a mão no bolso da calça dele. Que é apertado, não tem espaço para muita coisa além da seringa. Não é difícil encontrá-la.

Lonan finalmente consegue fazer Esperança ficar parada. Vou até onde o holograma brilha mais, subo a mão pelo seu braço até ter certeza de que estou tocando seu ombro – Esperança e Lonan estão muito enroscados, uma sombra em cima da outra, e não quero sedar Lonan acidentalmente.

Esperança parece um passarinho frágil, de asinhas esqueléticas e cabelo de plumas. Enfio a agulha no ponto onde ela tem mais carne. E, na mesma hora, o lobo se apaga. Lonan se vira para segurar o peso inerte.

Estamos ofegantes, ofegantes nesta caverna que é uma câmara de eco. Tudo gira, como aqueles vídeos que mostram o céu à noite passando rápido.

– Ainda tem medo de cobras?

"Sim", tenho vontade de responder. Fobias não desaparecem só porque a gente descobre coisas ainda maiores para temer.

CINQUENTA E OITO

– OS LOBOS DEVEM ter feito alguma coisa com ela na noite em que levaram Finnley – digo enquanto levo a canoa até uma faixa sombreada de água, menos iluminada. Melhor ficar o mais escondido possível, visto que abatemos um dos HoloLobos tão perto do abrigo.

Continuo:

– Faz sentido, agora que parei para pensar. É claro que não iam deixar a gente perambular pela ilha sem um meio de ficar de olho em nós. Mas por que não nos levaram todas de uma vez?

Tento subir na canoa sem virá-la de cabeça para baixo. O que não é fácil fazer na escuridão, principalmente porque Lonan está com os dois braços ocupados, segurando Esperança. Depois de uma manobra terrivelmente torta, consigo, enfim, sentar dentro da canoa. Não deve ter sido a coisa mais bonita de se ver. Pela primeira vez, fico feliz por estarmos no escuro.

– Posso pensar em alguns motivos para eles não terem levado todas vocês de uma vez. – A voz de Lonan está mais perto do que eu esperava. – Mas, antes, você pode me dar uma ajudinha aqui?

Tateio na direção da sua voz. Minhas mãos encontram seu rosto, sua barba por fazer no seu maxilar de ângulos perfeitos. Seus lábios.

Ainda estou feliz por estar no escuro.

– No três – diz Lonan, enquanto baixo as mãos, tentando encontrar Esperança. – Segure debaixo dos braços dela e puxe. Eu empurro daqui.

A canoa afunda um pouco quando me estico para segurá-la, mas não ao ponto de causar um desastre. Com um pouco de graça e muito esforço, colocamos Esperança no fundo da canoa. Uns três centímetros de água turva conseguiram entrar; pelo menos, a menina está inconsciente e não vai perceber que a água está bagunçando seu cabelo.

Lonan entra na canoa com tanta facilidade que só percebo que ele saiu da água quando ouço sua voz. Como tem vivido no mar durante toda a guerra, não é nenhuma surpresa. Subir e descer de barcos deve ser tão instintivo para ele quanto era para mim subir na minha cama lá no barracão.

– Motivo número um para eles não terem levado você – começa. – Se tem uma coisa que ser Entregador me ensinou a respeito da Alcateia, é que eles não seguem a lógica de propósito. Ao seu ver, isso torna mais difícil de prever seus movimentos. Ao meu ver também. Phoenix e eu interceptamos, ah, uns 20 navios deles só nos últimos meses. Alguns têm tripulações mínimas, de uma ou duas pessoas; outros têm dez tripulantes. Fica mais difícil para a Resistência planejar ataques, se é que isso faz sentido, e mexe com a nossa cabeça. Interceptar uma tripulação pequena faz a gente baixar a guarda. Já tripulações grandes intimidam, na melhor das hipóteses, e são arrasadoras, na pior.

Pelo jeito, chegamos a um acordo tácito de dar um tempinho antes de traçar os próximos passos do nosso plano. Por sorte, teremos tempo para isso, porque com certeza precisamos de um plano – ainda mais agora que Esperança está inconsciente, dentro da canoa.

– Dito isso, a única coisa previsível que pude perceber é que eles mandam os convertidos de volta para o continente em grupos pequenos.

– Assim fica mais fácil devolvê-los sem que ninguém note – falo, sabendo que acertei antes mesmo de Lonan confirmar.

– Motivo número dois. É que Alexa estava com você. Ela ainda tem a marca dos Lobos. Talvez tenham decidido observá-la por um tempo antes de tirar uma conclusão precipitada a respeito de sua lealdade.

É incrível como as coisas podem mudar de uma hora para outra. Como, entre Alexa, Esperança e Finnley, Alexa se tornou a mais confiável das três.

– O motivo número três é o puro e simples bom senso.

Lonan fala como se fosse óbvio. Como se estivesse comunicando algo tão óbvio quanto "é preciso de água para sobreviver" – mas ele está falando com alguém para quem a água quase se tornou o oposto de sobreviver, em um mundo onde a água do mar pode se tornar o fim da raça humana.

Nada mais é óbvio.

– Vocês não têm pra onde ir. Então não têm pressa, não precisam levar todas de uma vez só. Por um lado, uma espiã infiltrada no seu grupo os ajuda a examinar Alexa, mas talvez também tenha sido uma experiência. Talvez os Lobos quisessem ver se estão tão bem escondidos quanto pensam. Talvez quisessem descobrir até que ponto alguém conseguiria chegar perto do abrigo sem saber por onde começar a procurar, e sem saber sequer se ele existe.

– Obviamente, agora sabem que sabemos do abrigo. E que estamos procurando por ele.

– Obviamente.

– Mas não vieram atrás de nós nem tentaram nos impedir. – Assim que digo isso, me dou conta de que não é verdade. Estão vindo atrás de nós de maneira preguiçosa: usando as pessoas nas quais confiamos para fazerem o seu trabalho sujo.

– Não vieram? – Lonan dá uma risada grave e arrependida. – Cass, Finnley e Esperança, isso sem falar na ilha com todas as...

– Medidas de segurança?

– É. – A palavra sai meio como suspiro, meio como dúvida. – Tudo o que eu disse mostra que fizeram um belo trabalho até agora.

– O que você acha que aconteceu com o resto do pessoal?

Lonan não diz nada por tanto tempo que o silêncio se redobra, até meus ouvidos terem plena percepção do vazio que fica onde deveria haver som. Nem um pingo corta o silêncio da caverna.

Enfim, ele suspira e diz:

– Nada de bom.

Não consigo encontrar uma palavra de incentivo. O silêncio do pessoal é um mau sinal. O fato de ainda não terem nos procurado – apesar de nosso rádio ter morrido, apesar de nosso conflito nada silencioso com Esperança – *também* é um mau sinal.

Um som de passos rápidos e dificultosos ecoa, vindo da boca da caverna, lá perto da curva por onde entramos. Congelo. Mesmo que não seja humano, podem ser mais besouros. Ou algo pior.

– Precisamos de um plano – sussurro apenas dois tons acima do silêncio. – Qual é o nosso plano?

Agora que pensei nos besouros, não consigo despensar. Imagino que cobrem o teto baixo da caverna como se fossem um tapete, só esperando que cortemos o dedo ou a canela, só esperando para nos devorar. Então tento não imaginar.

Ouço outro barulho. Outro remo mergulhando na água.

– Éden? É você?

Alexa.

– Prepare a seringa – diz Lonan, tão baixo que mal dá para ouvir. – Só por garantia.

Usei tudo em Esperança. Usei *tudo.*

Nossa canoa está escondida nas sombras, mal e mal – a maior parte deste trecho da caverna está salpicada com o brilho turquesa de vaga-lumes e da luz das estrelas, com pequenas ondulações na água, por causa dos pingos. Se os Lobos conseguiram converter Esperança sem que nenhum de nós percebesse, é bem possível que tenham feito o mesmo com Alexa.

– Sim, sou eu – respondo com a voz trêmula. – O que aconteceu? Onde estão Phoenix e Cass?

– Cass desmaiou lá em cima; mal está respirando. – Alexa está frenética, mas não fala alto. – Phoenix e eu corremos para ajudá-lo, e Phoenix estava apenas alguns metros na minha frente, mas um dardo com penas azuis o acertou no pescoço, e ele desmaiou também – ela mal para para respirar – e eu me escondi atrás de umas árvores grandes antes de conseguir ver quem atirou e antes que conseguissem atirar em mim, e vim pra cá o mais rápido que consegui. Que *diabos* está acontecendo?

A ponta da canoa de Alexa aparece na curva.

– Isso vai parecer muito estranho – diz Lonan –, mas preciso que você coloque os braços dentro d'água antes de chegar mais perto.

– Colocar meus... quê?

– Seus braços. Dentro da água.

Mas Alexa não para. Continua remando até sua canoa ficar completamente banhada pela luz turquesa. O sangue sobe à minha cabeça – as gotinhas ou até mesmo seu brilho já podem ter acionado o gatilho. O holograma de Esperança mal aparecia nesta luz, a menos que estivesse debaixo d'água.

Nossa canoa afunda, porque Lonan foi para a ponta. Ouço o som de madeira batendo em madeira: ele puxou o barco de Alexa bem para o lado do nosso.

– O que você está *fazendo*? – pergunta Alexa, inflamada. Seus olhos estão arregalados, muito arregalados. Iguaizinhos aos de Esperança.

Queria ter mais uma seringa.

Lonan é ágil e forte, pega a mão de Alexa e a mergulha dentro da água.

– É um teste para nos certificar. – Pingo, pingo, pingo, água pingando da pele, escuridão. – Ah, que bom. Você não é.

– Tivemos um pequeno... incidente – completo. – Com Esperança.

Lonan explica rapidamente, sem elaborar demais. E talvez seja o tom de urgência na sua voz que impede Alexa de fazer perguntas.

– Agora precisamos entrar no abrigo – conclui ele.

– E, quando eles acertarem *você* com um dardo, o que nós vamos fazer? – Alexa está cheia de amargura, mas não é uma pergunta ruim.

– O que vamos fazer com Esperança? Supondo que encontremos Finnley, e se ela estiver inconsciente? Vamos simplesmente ficar arrastando as duas?

Traçar planos complicados dentro de uma caverna onde quase morri afogada: não é algo com o qual sempre sonhei. Estou a uma fração de segundo de sugerir darmos meia-volta, voltar para a praia, pescar e cozinhar uma montanha de peixes. Mas isso nos deixaria em uma situação pior do que a anterior, um exército de três pessoas contra um inimigo que vai continuar a nos abater um por um. As estrelas serão lindas por uma noite, e os peixes vão levar embora as dores de fome que aprendi a ignorar. E depois?

Essa é a nossa melhor chance de ter uma vida melhor, a minha melhor chance de obter respostas. Se eles nos abaterem assim que a gente sair desta caverna, pelo menos teremos *tentado*, em vez de simplesmente ter aceitado nosso destino. Isso seria como servir de voluntários para nos transformarem em espiões da sua guerra tenebrosa e gananciosa. Como servir de voluntários para nos tornarmos cadáveres.

– Vamos nos separar. – A voz de Lonan está clara e tranquila.

– Coisas ruins acontecem quando nos separamos – falo.

– Coisas piores podem acontecer se não nos separarmos – argumenta ele. – Mas acho que desta vez será diferente.

E Lonan continua a explicar seu plano: Alexa e eu vamos levar Esperança de canoa até o começo do túnel estreito e inclinado, que nos trouxe à água, onde vimos o abrigo, a passarela de madeira e as canoas pela primeira vez – onde Esperança ainda parecia ser ela mesma, onde Cass disse aquelas coisas para magoar Alexa.

Talvez essa seja a causa do seu silêncio. Cass desmaiou na frente dela, e algumas das últimas palavras que ele lhe disse foram com o objetivo de magoá-la. Talvez Alexa esteja em estado de choque.

– Éden, ajude Alexa a tirar Esperança da canoa e levem-na para o mais perto possível do túnel. De lá, Alexa, preciso que você fique com ela.

Tome – nossa canoa afunda um pouco –, enfie esta seringa nela, se Esperança enlouquecer quando acordar. Éden, assim que as duas se acomodarem, tente entrar no abrigo.

Lonan diz isso como se estivesse me pedindo para deitar em um campo de flores durante uma tarde de verão ensolarada. Como se fosse a coisa mais fácil do mundo.

E é claro que há mais de uma seringa. Deve estar em seu outro bolso

– E se os Lobos nos virem? E se *atirarem* em nós? – pergunto. Dardos podem vir de qualquer direção. – Acho que ficar na parte aberta do canal nos torna alvos fáceis.

– Vou garantir que eles não façam nada disso.

– E como você vai fazer isso?

Lonan suspira fundo, bem alto.

– Eu vou me entregar.

Quando ele disse que pretendia simplesmente entrar e pedir para entregarem as coisas que queria, pensei que seu plano seria mais no estilo faca na garganta, o que já era bem ruim – mas isso é ainda pior.

Não. Não, não.

– *Não* – digo. – Vão matar você.

– Não vão, já te disse. *Deveriam*, por causa de tudo o que já roubei deles. Mas não vão.

– E por quê?

– Porque sou o capitão dos Entregadores, um dos comandantes da Resistência. Meu pessoal confia em mim. – Percebo aonde ele quer chegar, o que me dá um pressentimento ruim, muito ruim. – Sou muito útil para eles vivo. Se me usarem, terão acesso direto à Resistência como um todo, a todos os líderes que têm se escondido tão bem. Sei quem são, sei onde estão. Sei como fazer para chegar até eles. Se os Lobos me usarem, poderão facilmente derrotar boa parte dos seus opositores. Talvez todos.

Uma onda de raiva toma conta de mim. Raiva dele, por nunca ter contado como era valioso para os Lobos. De mim, por não ter ligado os pontos até agora.

– Esse… é, tipo, o *pior* dos planos.

– É melhor do que nós todos morrermos.

– É mesmo? – Não tenho tanta certeza.

– Definitivamente. Vamos detonar essa porcaria de guerra inteira, Éden. Desde que você encontre a tempo.

– Encontre o quê? O conhecimento científico do Projeto Atlas? Ou a cura?

Olho de relance para Alexa, com medo de ter falado demais na frente dela – mas ela continua sem expressão, perdida em seus próprios pensamentos. Tomara que saia dessa quando chegar a hora. Não vou conseguir completar nem metade do plano sozinha.

– Sim. As duas coisas, ou uma delas – responde Lonan, passando as mãos no cabelo. – Encontre o laboratório e comece por aí. As duas coisas são muito cruciais, vamos ficar muito vulneráveis se não conseguirmos encontrar pelo menos uma delas.

Sem nenhuma pressão.

– Você tem alguma ideia de onde devo procurar pelo tal laboratório?

O abrigo tem pelo menos dois andares, talvez mais um escondido no meio das árvores. Os Lobos podem ter enfiado o laboratório em algum ponto oculto de qualquer um deles. E a cura, considerando que as informações de Lonan estejam corretas e *exista* mesmo uma cura, pode estar ainda mais escondida. Isso sem falar que devem ter enterrado muito bem as plantas do Projeto Atlas, uma informação tão secreta que Lonan sequer contou para os meninos.

– No lugar mais difícil de entrar, suponho. Você é capaz de julgar tão bem quanto eu.

É a coisa mais empoderadora e mais assustadora que ele poderia dizer.

Odeio Lonan por ter se colocado nesta situação. Odeio Lonan por ter *me* colocado nesta situação. Pode dar errado de tantas maneiras... Das duas uma: ou conseguimos, ou seremos um fracasso catastrófico.

Imagino que os Lobos são castelos de areia, que podem ser facilmente esmagados ou levados pelo mar. Imagino que haverá um dia em que eles não serão nada além de uma lembrança.

Imagino que esse dia começa hoje à noite. *Planejo* que esse dia comece hoje à noite. Conseguir é minha única opção. Porque, por mais que eu odeie o plano de Lonan, tenho que admitir que é uma abordagem mais estratégica do que todo mundo entrar junto. Se ele distraí-los, e se eu coordenar bem o tempo, posso entrar despercebida, principalmente se conseguir entrar por outro lado. Tinha uma rocha atrás da vegetação – talvez haja uma maneira de escalar a parede de pedra.

– Será que eles não vão procurar Esperança e eu quando virem que você está sozinho? – pergunto, minha última dúvida.

– Vou dizer que você morreu. Que Esperança afogou você, e que sedei Esperança e a deixei perto das árvores onde Phoenix e Cass foram abatidos. Se forem procurar por lá, ganhamos tempo. Ficaria surpreso se eles não tiverem uma maneira de monitorar os sinais vitais dos espiões. Não posso dizer que matei Esperança porque é bem provável que os Lobos consigam verificar que ela não está morta.

– Quer sua faca de volta?

– Não, é melhor você ficar com ela. Os Lobos não vão acreditar de jeito nenhum que estou me entregando se eu estiver armado. Posso me defender à moda antiga, se for o caso.

Com os punhos e com fúria, imagino. Lonan chegou ao plano com tanta rapidez, com tanta precisão. Por ser Entregador, deve ter anos de experiência traçando estratégias contra a Alcateia. Seu plano me parece muito arriscado, mas ele conseguiu se manter vivo esse tempo todo. O que me deixa um pouco mais confiante.

Não tenho mais argumentos. Alexa, por sua vez, quando enfim a obrigamos a sair do seu estado enevoado, parece feliz de bancar a babá de Esperança enquanto Lonan e eu partimos para a ofensiva.

– Ok – digo. – Vamos lá.

Alexa vai comigo na nossa canoa, resolvemos, enquanto Lonan pega a que ela trouxe e segue até a entrada do abrigo. É um risco: se os Lobos prestarem bem atenção, vão notar que Lonan não está mais usando a canoa da ponta vermelha. Mas, assim, vamos precisar tirar Esperança só uma vez, depois que Alexa eu voltarmos à passarela de madeira, onde ela se encontra com a estreita abertura de pedra do túnel-caverna. O risco vale a pena para poupar nossas forças. Lonan segura as duas canoas para Alexa conseguir subir.

– Não se esqueça, Éden. – A voz de Lonan está perto, bem baixa. – Sua mente é mais forte do que as suas circunstâncias.

Então sinto suas mãos no meu rosto. A gentileza do seu toque não combina com o raio que me atravessa ao ser tocada. Lonan desliza as mãos para cima até seus dedos tocarem meu cabelo. Nossos lábios se encontram: sinto gosto de esperança, de desespero, de lembranças amargas. Tenho certeza de que ele também sente a mesma coisa. Apesar de já ter beijado uma centena de vezes antes desta, nunca conheci ninguém com tantas camadas. Fico surpresa ao perceber que quero continuar revelando as camadas até conhecer tudo o que há debaixo delas.

– Não esqueça – diz ele quando nos afastamos. – Esta é a última vez que você pode confiar em mim até encontrar a cura.

Porque os Lobos agem rápido, ele não precisa nem dizer. Porque Lonan será convertido assim que se entregar.

É a bênção perfeita. A Alcateia roubou *tudo* o que nós tínhamos. Agora que sei que é possível confiar em outra pessoa de novo – agora que sei que existe outra pessoa viva em que vale a pena confiar –, me recuso a permitir que eles me tirem isso também.

Lonan hoje foi meu defensor, a pessoa que me fez recobrar o controle todas as vezes que comecei a enlouquecer. Agora está prestes a arriscar a própria vida para inverter os polos de toda uma guerra.

Está na hora de eu retribuir esse favor.

CINQUENTA E NOVE

NOSSA CANOA DESLIZA rápido agora que não tem que carregar o peso de alguém do tamanho de Lonan. Alexa e eu remamos como se nossa vida dependesse disso – o que também pode ter contribuído para a nossa velocidade.

Quando o canal faz uma curva para fora da caverna, de volta ao ar livre, a noite ganha vida. Um rio de estrelas preenche a clareira acima de nós, como se essa água negra, de algum modo, conseguisse refletir a luz reluzente, brilhante, da tela do céu. A luz amarelada do abrigo torna a navegação mais fácil: não estamos completamente às escuras. Folhas e galhos balançam com a brisa.

Eu me concentro em mergulhar os remos na água com todas as minhas forças. Se alguém nos vir, atirará em nós. Nada vai mudar se nós os avistarmos primeiro – para onde poderemos fugir? Então remamos, remamos, remamos com toda a força de vontade que conseguimos reunir.

Cada *crec*, cada *vush*, cada *ssshhh* me deixa com os nervos à flor da pele. Mas ninguém vem atrás de nós. Ninguém atira.

Estamos empapadas de suor quando chegamos à boca do túnel-caverna. Mas antes suor do que sangue. Esperança está imóvel como um cadáver no fundo da canoa, sem tomar conhecimento dos nossos esforços para não machucá-la ao movê-la para o chão da caverna.

– Você está bem? – pergunto. – Está com a seringa?

Alexa assente.

– Tomara que eu não precise usá-la.

– Só não a deixe chegar perto da água. Esperança estava bem na caverna, e não vejo nada óbvio que possa ser um gatilho, mas eu não estava prestando atenção no braço dela. – Eu não teria conseguido enxergar mesmo que estivesse prestando atenção – Esperança ainda estava usando meu casaquinho naquela hora. Ajeito seus braços finos e inertes para poder ver melhor seu holograma. Parece impossível que esses braços quase conseguiram me afogar. – Não vejo nada, então você deve ficar bem. A menos que só seja ativado quando Esperança está consciente. Só que isso me parece complicado demais, então vamos apenas torcer para que o melhor aconteça.

Alexa está com uma expressão indecifrável. Não é de medo, com certeza; não é do narcisismo que ela emana com tanta frequência.

Ela me pega observando seu rosto.

– Que foi?

– Eu é que pergunto.

Cruzo os braços de Esperança. Ela precisa de um abraço tanto quanto nós.

Mas Alexa não responde, e *ai*. Ai, não. É por isso que não reconheci sua expressão: ela vai chorar.

– Você acha... – ela começa dizer, mas sua voz falha. – Você acha que Cass falou sério quando disse tudo aquilo sobre mim?

Meu corpo luta consigo mesmo. Não tenho tempo para bancar a psicóloga agora, não tenho *energia* para bancar a psicóloga. Mas, pelo jeito, infelizmente, Alexa precisa de uma. Ficará mais alerta se conseguir parar de repassar os piores dois minutos do dia em sua cabeça. E uma Alexa alerta é uma Alexa viva.

– Sim. – Eu me encolho toda ao dizer isso, mas é verdade. – Acho.

Duas lágrimas silenciosas descem pelo seu rosto. Ela não me olha nos olhos.

– Você acha que ele tem razão?

Mordo o lábio, me lembro de como ela não quis ajudar no barco nem quando chegamos à praia.

– Acho que as pessoas podem mudar. – É um assunto delicado. – E acho que Cass teve um dia absurdamente ruim hoje. Não vivi a vida dele nem conheço você há muito tempo, então não posso dizer se ele tem ou não razão. Mas conheço o que já vi. Às vezes, você beira o egocentrismo – é verdade, mas não queria ter deixado escapar; para meu alívio, Alexa sequer pisca –, mas tenho presenciado isso cada vez menos desde que chegamos.

Penso na água turva e faminta em que Esperança tentou me afogar. Como foi difícil admitir que Alexa se mostrou mais confiável do que as outras duas meninas! Não que Esperança ou Finnley tenham pedido para serem usadas contra nós – as duas ficarão bravas e envergonhadas, sem dúvida, quando descobrirem o que foram obrigadas a fazer. Sei que pelo menos Esperança ficará. Pode ser tarde demais para Finnley.

– Se você quer saber a verdade, Alexa, eu confiaria minha vida a você. Sério mesmo.

Finalmente, ela me olha nos olhos.

– Mesmo?

Concordo com a cabeça.

– Mesmo. – Esperança parece tão inocente ali, entre nós duas. Um anjo de asas quebradas, uma princesa que precisa de um bom banho. – Então, faça de tudo para continuar viva, ok? Posso precisar de você. – Tento dar um sorriso, mas não consigo. – Além do mais, eu meio que quero que você sobreviva, simples assim.

SESSENTA

UMA CONFUSÃO DO lado de fora me faz levantar a guarda em um piscar de olhos. Estou tão tensa quanto a linha de um arco: ligamentos, tendões e determinação prontos para atirar.

Eu me encosto na parede do túnel. Presto atenção aos ruídos.

É um som de vozes se sobrepondo, não de armas – e não tão perto quanto eu imaginava. Tudo está ao meu favor. Com cuidado, saio em direção à noite estrelada, mantendo o corpo bem rente à parede, caso tenha me enganado a respeito da distância das vozes. Reconheço a de Lonan entre todas as outras, amplificada e escapando pela abertura que permitiu que Alexa e os demais vissem a entrada do abrigo. As vozes voam como corvos do lado oposto da construção. Dou uma olhada nas janelas de luz amarelada deste lado: não há nenhuma silhueta preparada para me matar.

Hora de ir.

Vou correndo até a passarela, e sigo rápido por ela até terminar. Enfio a mão na vegetação até encontrar a rocha, tateio. É uma rocha, mas é lisa, sem nenhuma rachadura ou reentrância que eu possa localizar. Escalar esta parede não é uma opção.

Então o jeito é voltar para a caverna de águas escuras.

Apesar de todas as canoas enfileiradas ali, fico decepcionada ao descobrir que nenhuma tem remos. Será que antes também estavam assim? Não prestei atenção. É possível que Lonan tenha escolhido a nossa porque era a única equipada. Bem, uma das *duas* que estavam equipadas. Não deveria ter levado aqueles remos extras.

Agora duas das vozes se sobressaem, as de Lonan e a de outro homem. Que falam alto, mas com um tom mais cordial do que antes. Não consigo entender o que dizem. É a primeira vez que torço para não ouvir uma voz cordial.

Cordial significa que Lonan será convertido logo. Cordial significa que ele deixará de ser uma distração a qualquer segundo – que não vai demorar muito para meu tempo se esgotar.

Eu já ia correr de volta para o túnel onde deixei Alexa, para pegar os remos, quando ouço um novo conjunto de vozes.

Que estão perto. Perto, tipo, logo acima de mim, na sacada.

Volto para o meio das plantas, me embrenho o máximo que consigo, com o cuidado de não deixar as folhas farfalharem mais do que o necessário. Se ainda não me notaram, é só porque estão olhando para o lado errado.

– Não tem como a garota ainda estar viva – diz uma voz. Masculina. – Ele está sofrendo demais.

Lonan está sofrendo, presumo. Por ter me perdido.

– Ele é um mentiroso e um ladrão. – A nova voz, feminina, é fria e confiante, objetiva. Não parece ser alguém que eu gostaria de conhecer. – O cara arriscou a própria vida para destruir nossos esforços e agora está se entregando? Não. Ele não faria isso.

Essa mulher é inteligente. Lógica, estratégica. Quem ela era antes da guerra, e o que a tornou tão disposta a levar uma vida como esta?

Um facho de luz forte passa pela água, indo e voltando duas vezes antes de se apagar.

– Canoa – diz o homem.

"Canoa" se torna a palavra mais aterrorizante da nossa língua.

Levo uma fração de segundo para me dar conta de que ele não está falando das canoas bem na minha frente, mas da canoa que larguei perto do túnel onde Alexa espera com Esperança. Imbecil, imbecil. Eu estava tão concentrada na velocidade quando a larguei ali – a decisão de correr pelas tábuas em vez de remar a céu aberto, sozinha, foi tão fácil de tomar...

Praticamente deixei uma seta de neon apontando para o esconderijo das meninas, e não tenho como alertá-las. Estou tonta. Flutuando, me balançando na água como uma daquelas malditas canoas. Respire, Éden.

Não posso salvar todo mundo. Talvez não possa nem salvar a mim mesma. E, se tiver que escolher entre ir atrás de Lonan ou das meninas, tenho que escolher Lonan – além do fato de ser tarde demais para ajudar Alexa e Esperança, tem muito mais coisa em jogo nas mãos dele. "Eu confiaria minha vida a você", falei para Alexa.

Odeio o fato de ela não poder confiar em mim para salvá-la.

Uma escada de corda pesada, cheia de nós, cai sobre a rocha e quase bate em mim. As plantas começam a sacudir em um ritmo arrastado: alguém está descendo. Saio do caminho da escada e vou para trás até bater na sólida parede de rocha, onde fico quase coberta por completo pelas folhas. A escuridão se tornou minha melhor amiga.

– Tire Pellegrin do laboratório e façam-no enrolar a escada depois de nós. – A voz da mulher está tão perto de mim agora que poderíamos tomar o mesmo *milk-shake* com dois canudinhos. – Não quero correr o risco de deixá-la passar.

Prendo a respiração, fecho bem os olhos para que nem a parte branca deles, nem o bater dos meus cílios chame atenção para minha presença. Seguro firme no cabo da adaga de Lonan, mas não tenho forças para empunhá-la – são dois deles contra uma só de mim. Um único dardo ou uma só seringa – é tudo de que se precisa para estragar tudo. Então fico ali, tão imóvel e indestrutível quanto a parede atrás de mim.

Sou eu quem deixa a mulher passar, não o contrário, e o homem desce logo em seguida. Seus passos são ensaiados e silenciosos em cima das tábuas, ao se distanciarem de mim na direção da caverna onde deixei Alexa e Esperança.

É a minha chance. Estou tentada a simplesmente subir na escada, mas Pellegrin, seja lá quem for, vai enrolá-la a qualquer segundo. Mesmo que eu consiga chegar lá em cima, o fato de ele estar vindo de um laboratório não combina com a minha sobrevivência. Preciso chegar lá do meu próprio jeito. E ele pode ser essencial para encontrar a cura e o Projeto Atlas. Então, esfaqueá-lo também não é uma boa opção. Colocar a faca na sua garganta poderia funcionar – mas não vou fazer isso sem antes ver quem estou enfrentando. O cara pode ter três vezes meu tamanho, pode me esmagar como se eu fosse uma barata. Pelo menos, tudo isso são informações úteis. O laboratório fica no último andar, do outro lado da entrada. Tem uma escada de emergência ali. Outras coisas de que eu preciso provavelmente devem estar ali também.

Só tenho uma opção.

Um grito ecoa do túnel da caverna: Alexa. Odeio ter que abandoná-la, mas esta é a melhor oportunidade que tenho para conseguir os melhores resultados. Meu coração bate no estômago, turbulento, forte e nauseante.

"Sua mente é mais forte do que as suas circunstâncias, Éden."

A escuridão se tornou mesmo minha melhor amiga. Não vai demorar para o inimigo voltar e vir atrás de mim. Vai ser bom ter certa vantagem.

Respiro fundo e entro, em silêncio, na água negra como ônix. É ali que estão todos os meus medos, e é ali que vou matar todos os meus medos.

SESSENTA E UM

QUANDO OS LOBOS roubaram nossos oceanos e nossa areia e nossa liberdade e nosso conforto e nossos entes queridos, eu peguei de volta o nascer do Sol.

O Sol era fiel, o Sol era verdadeiro, o Sol estilhaçava a escuridão em um bilhão de pedacinhos invisíveis, com raios amarelos, alaranjados, vermelhos e, às vezes, até cor-de-rosa e roxos. Eu ficava observando o nascer do Sol sempre que possível, sentada nas tábuas do calçadão sozinha, a não ser pela companhia dos guardas que entram cedo de manhã.

Agora está escuro – talvez seja a noite mais escura de toda a minha vida.

Pretendo ver o Sol nascer amanhã.

SESSENTA E DOIS

NADO O MÁXIMO que consigo sem vir à tona para respirar. Quando respiro, encho rápido os pulmões e desapareço de novo.

Só porque já estive dentro desta água não significa que me sinto mais à vontade. Sem as mãos impiedosas de Esperança me afundando, tenho muito mais consciência do meu entorno.

Água turva. Água *morna*, de uma calidez que me dá a sensação de ter ficado tempo demais na banheira, com a mesma consistência lodosa.

Minhas roupas, tão justas e eficientes durante o dia, me atrasam. Penso seriamente em tirá-las, mas há complicações demais. Das duas, uma: ou terei que segurá-las enquanto nado – junto com o pobre guia ensopado, que ficou nas minhas costas o dia inteiro –, ou terei que entrar quase nua no abrigo. Não que entrar pingando seja a melhor das opções, mas ainda assim é melhor.

Chego a um meio-termo: tiro só os sapatos e a calça, que levo na mão junto com o guia. É incômodo, mas efetivo.

Já estou nadando mais rápido.

Só que agora *sinto* coisas: minhas pernas descobertas roçam em gavinhas de plantas, ou em peixes, ou em sabe-se lá o quê. Cada coisa macia e escorregadia faz meu corpo entrar em alerta. Minha boca fica seca; minha respiração, mais frenética.

"Calma, Éden. Calma."

Tento me convencer de que não há nenhuma cobra. Tento me convencer de que, mesmo que *haja* cobras, nenhuma me picou ainda nem me apertou até eu morrer.

Tento ouvir meus próprios ruídos.

Funciona. Mas só até a página dois. Durante cada segundo dentro d'água luto contra o medo de que este lugar se torne minha cova. De que serei picada e morrerei antes de sequer gritar por socorro. O medo não diminui nem mesmo quando faço a curva e fico banhada pelo etéreo brilho turquesa, debaixo do céu de vaga-lumes onde nos separamos de Lonan. É lindo aqui, é impressionante. Mas sei que não posso confundir essas duas coisas com segurança.

Finalmente, a luz amarelada se reflete na água. Ainda está um pouco mais para a frente, mas deve ser a abertura que procuro. Estou indo resgatar você, Lonan – onde quer que esteja. Não ouço mais vozes, não ouço mais confusão, não ouço mais distração. Das duas, uma: ou será muito fácil entrar ou muito complicado. Aposto que não será fácil.

Paro na escuridão logo atrás do ponto em que a luz amarelada ilumina a água. Não tem ninguém à espreita. Claro que isso não significa que a entrada não é vigiada. Me lembro do sistema de *lasers* e dos besouros no templo abandonado – preciso estar preparada para qualquer coisa. E mais, provavelmente. *Por que* tinha tanta segurança no templo vazio? O abrigo é o centro de tudo, tenho a sensação. Por que eles teriam tanto trabalho para nos manter fora do templo?

Assim que me convenço, tanto quanto possível, dado o lugar onde estou, que não tem nenhum ser humano esperando para me atacar, visto minhas calças pesadas e calço meus sapatos detonados. O guia está igualmente esfarrapado, mas se mantém firme; prendo-o nas minhas costas. Está na hora de sair desta água para *nunca mais* entrar. Vou dar um jeito de subir até o terraço e pegar a escada de corda para fugir – ou vou pegar a canoa de Lonan, que está parada a três metros na minha frente, banhada pela luz amarelada

O teto da caverna é tão baixo que, daqui, só consigo enxergar água e um grande conjunto de degraus de pedra emergindo dela. Nado mais um pouco, até a luz, com cuidado, caso haja guardas que ainda não vi. Mas duvido – estava mais vulnerável dentro da água, e com certeza teriam me ouvido a essa altura.

Assim que saio da caverna, minha perspectiva se expande: encontro uma entrada grandiosa e formidável, que se ergue do topo da escadaria íngreme de pedra. Um lustre enorme feito de galhadas, pendurado por uma corrente grossa de ferro, reluz nas janelas da entrada, que vão do chão até o teto. Arrisco passar dez segundos olhando o meu entorno: vegetação por todos os lados. Phoenix e Cass contornaram o lado oposto do perímetro do abrigo em busca de uma abertura – é possível que alguém tenha atirado neles daqui desta clareira. E, se não foi daqui, foi de algum lugar aqui perto. Talvez do teto da caverna, que também é coberto de verde.

A escadaria de pedra é quase vertical; os meus pés virados de lado mal cabem nos degraus. Pelo menos, não é muito alta – sobe no máximo 1,5 metro acima do nível da água. Fico mais para o lado, na esperança de que será mais fácil entrar no abrigo despercebida se ninguém me vir pelo vidro. À medida que avanço, minhas calças pingam, bem como meu cabelo. Já vai tarde, água turva.

Assim que a palma da minha mão encosta na plataforma da entrada, no alto da escadaria, um enjoo toma conta de mim.

Não é mais uma pedra que toca minha pele.

É uma cobra.

SESSENTA E TRÊS

VÍBORAS. A *PLATAFORMA inteira* é um amontoado serpenteante de víboras.

Cor-de-rosa. Laranja. Verde. Azul-piscina.

Todas as cores vibrantes da natureza que me fazem lembrar do pôr do Sol e de campos de flores, da vida e da liberdade: parece que as cobras sugaram toda a beleza do mundo e a guardaram para si.

Será que, se me sugarem também, vão ficar com um belo tom de Éden?

Elas serpenteiam e se enroscam, por cima e por baixo umas das outras. Cada vez que seus olhos brilham, sinto um choque de pavor me atravessar. Preciso de todo o meu autocontrole para continuar equilibrada de lado na escada. É só o medo que me impede de voltar para dentro da água – se aqui em cima há tantas cobras, vai saber quantas poderão estar lá dentro.

Minha sanidade fica por um fio, mantida apenas pelo fato peculiar de que as serpentes parecem não reparar em mim. "Não reparar" é uma expressão muito forte: "sem interesse pelo meu sangue" é mais exato. Quando minha mão encostou na primeira – cor-de-rosa como bala de morango, com olhos que pareciam luas amarelas –, as cobras pareceram mariposas diante de uma chama. Quando tirei a mão, elas se espalharam de novo, como se eu nem estivesse ali. Ainda estou perto, perto *demais*. Mas, apesar de serpentearem pela beirada da plataforma, nenhuma se aventura a descer a escada.

Lembro-me dos besouros, da parede invisível que os mantinha presos logo depois das ruínas do templo.

Será que isso é... um esquema de segurança? Será que, se eu sair da escada e pisar na plataforma, onde encostei a mão, elas vão se amontoar à minha volta de novo?

Minha boca está seca, minha boca parece algodão. Não conseguiria falar – nem gritar – mesmo se quisesse. Se isto é uma ilusão, é uma ilusão incrivelmente realista. Não há nenhum projetor visível saindo das reentrâncias da construção nem das folhas. Além disso, sinto cada uma das escamas escorregando pela palma da minha mão como se fosse verdadeira, e o som sibilante – o som sibilante ficará na minha cabeça por dias e mais dias.

Os besouros conseguiram interagir conosco muito bem; jamais vou esquecer que foram direto até o sangue na perna de Esperança. Não estou sangrando, o que é um grande alívio. Mas e se essas cobras se alimentarem de suor – ou de medo?

Não tenho como saber até *saber*.

Das duas, uma: ou vou conseguir passar por essa bela e grandiosa entrada, ou vou virar comida de cobra. Ou algum meio-termo que é mais arrasador do que posso imaginar, principalmente se as cobras forem treinadas para torturar, e não para matar.

Engulo meu pavor: que é afiado, com dois gumes, e vai parar na boca do meu estômago. "Elas são inofensivas", tento me convencer. "São carpas em um laguinho."

Meus músculos estão rígidos depois de eu passar tanto tempo de pé, petrificada. Seguro na saliência da rocha, dobrando os dedos de um jeito tão pouco natural que faz os nós ficarem brancos. Evito tocar nas víboras até ser absolutamente necessário.

O jeito como serpenteiam na minha direção me faz lembrar de peixes frenéticos por comida. As cobras sobem umas nas outras para me alcançar – tudo isso baseado apenas no meu cheiro. Assim que atravesso a barreira invisível que nos separa, meu pior pesadelo se torna realidade.

Preciso abrir um espaço para conseguir andar entre elas, pousar os pés onde não há nenhum lugar para eles. Quando piso, as cobras se afastam, mas aí entendem como um convite para subir em mim, como trepadeiras em uma treliça. Não demora muito para o tecido preto da minha calça ficar completamente escondido: minha perna esquerda é uma lagoa a direita, uma floresta tropical.

As cobras não são gentis. E não param de subir só porque se acabaram minhas pernas.

Tento me agarrar à minha sanidade, que se esvai rapidamente. Se as cobras quisessem me picar, eu já estaria morta. Se quisessem me estrangular, eu estaria inconsciente. Repito essas duas coisas sem parar até que não pareça mais um delírio. Dou um passo pesado e devagar, depois outro.

Quase na metade.

Uma víbora azulada de olhos amarelos se levanta de repente, do outro lado da plataforma, e se enrosca no meu pescoço. Suas escamas puxam os cabelos que se soltaram do meu rabo de cavalo. Mas não me aperta... ainda. Só que até essa mínima pressão belisca minha traqueia como se fosse uma mangueira de jardim.

Essa é a gota d'água. Chega.

Outra cobra me ataca – amarelo-limão –, se enrola na minha cintura. Eu me concentro primeiro na que está me sufocando, e a puxo com todas as minhas forças, enterrando as unhas até ter certeza de que a sujeira debaixo delas seja substituída pelo sangue frio da cobra. Ela se contorce na minha mão, fecha as presas bem perto da minha orelha e então cai, inerte.

E essa foi, ao mesmo tempo, minha melhor e pior jogada.

Assim que a cobra morre, as outras sibilam tão alto que praticamente gritam – como se meu único ato de defesa tivesse acordado sua consciência coletiva para me atacar. Elas vêm para cima de mim ainda mais rápido, cruéis, instáveis e furiosas. Aquelas que já estão sobre o meu corpo apertam cada vez mais. Meu sangue ferve, uma lembrança constante de que ainda estou viva... Mesmo que seja só por mais um tempinho.

Mas consigo respirar de novo. E agora tenho certeza de que as cobras são uma medida de segurança.

Apesar de eu saber de que tudo isso é coisa da minha cabeça, por algum motivo a dor – ou pânico – não é menos real. "Sua mente é mais forte do que as suas circunstâncias, Éden", imagino Lonan me incentivando. "Tire-as de cima de você."

Uma por uma, eu solto as cobras dos meus braços, das minhas pernas, do meu tronco. Seguro-as logo abaixo da cabeça, aperto-as o mais forte que consigo e as atiro o mais longe que posso. Há uma barreira invisível na beira da plataforma: quanto tento jogá-las na água, elas param no meio do ar e voltam para o chão de pedra.

Percorri três quartos do caminho quando começam a me picar.

Suas presas se enterram, mas não há furos nem sangue.

Seu veneno queima nas minhas veias como ácido – *fogo* – e, mesmo assim, meu corpo não desertou de mim.

Elas me matam, várias e várias vezes. E, mesmo assim, continuo viva.

Sobrevivo e luto. Há outra barreira invisível do lado mais próximo da grandiosa entrada. Quando a atravesso, perco minha pele de cobra: ela vai formando um monte atrás de mim, e eu desabo logo depois dela. Estou tão perto. Vivi meu pior pesadelo. Mas este foi o dia mais longo da minha vida, estou morta de fome e não consigo dar mais um passo sem antes parar para respirar.

Quando caio em cima dos frios azulejos brancos – um mosaico de minúsculos pedacinhos pontiagudos –, mal tenho consciência do vidro que se despedaça. Uma mancha amarronzada se espalha em volta dos dois dentes que ficaram tantos meses se batendo no tubo de ensaio, dentro do meu bolso. Sempre tive o cuidado de guardá-lo no lugar mais fundo e seguro do meu bolso, protegido por uma fina faixa de couro que roubei de uma companheira de barracão. Mas o frasco saiu do couro, do meu bolso. Caiu no azulejo impiedoso. As víboras devem tê-lo tirado do lugar.

A imagem dos dentes do meu pai em uma poça de sangue é a coisa mais aterrorizante de tudo o que já vivi. Então me dou conta...

O chão não é feito de azulejos coisa nenhuma: são dentes. Dentes *humanos.*

A grande porta de vidro se abre. Vejo um par de botas pretas e bem engraxadas.

– Olá, Éden – cumprimenta uma voz grossa. Que ecoa do vidro. – Preciso que você venha comigo.

SESSENTA E QUATRO

UMA LUFADA DE ar-condicionado gelado me atinge assim que passamos pela porta, e parece que fui transportada para o passado. O Dia Zero, quando eles nos separaram e marcaram, foi a última vez em que senti ar artificial. Só tínhamos dois ventiladores oscilando nos barracões durante os seis meses infernais do verão do Texas, e umas colchinhas leves no inverno. O ar gelado fez eu me dar conta do quanto aprendi a gostar das mudanças naturais no clima. O que agora associo com ar-condicionado são as coisas que eu costumava ter e as pessoas que as arrancaram de mim.

O homem de botas pretas não se apresenta. É, definitivamente, do tipo que poderia me esmagar sem o menor esforço. Por sorte não faz isso. Mas confisca minha adaga – fico surpresa ao perceber que me sinto nua sem ela.

O homem fala, em código, com alguém que está no seu ouvido e não consigo escutar. Ele me obriga a atravessar a porta, segurando meu braço com firmeza. Não resisto, mas só porque entrar ali sempre fez parte do meu plano. Depois do ninho de víboras, não vou recusar um convite de jeito nenhum – mesmo que seja um convite complicado, de presença obrigatória. Lonan está aqui dentro, em algum lugar. Finnley também, presumo. Cass e Phoenix? Muito provável. Não sei como vou fazer para fugir e encontrá-los, muito menos entrar no laboratório, mas vou dar um jeito. Não tenho escolha.

Apesar de o exterior ser todo metido a construção ecológica, a parte de dentro do abrigo é pura sofisticação. O chão de concreto queimado tem cor de caramelo quente, com uma borda de cobertura de chocolate. Tudo é reluzente, tudo é polido, tudo é limpo. Até mesmo os dentes logo depois da porta.

Uma sacada de cobre reluzente segura as três paredes da entrada, que não são de vidro. Há uma segunda sacada, bem menor, que se estende apenas em parte da parede à minha esquerda. Três andares, percebo, não dois, como eu achava: o laboratório deve ficar no segundo andar, não no pequeno mezanino lá no alto. Esse segundo andar compreende o prédio inteiro; o terceiro não era visível do canal.

– Por aqui – diz o homem. E me puxa com força para a direita, na direção de uma porta de vidro opaca, tingida de verde. Tem uma cara de lobo gravada no meio, a única parte que é transparente. A porta se abre automaticamente quando chegamos perto dela.

Tudo o que penso em dizer ou perguntar me parece arriscado demais. Não sei até que ponto o homem sabe quais são meus planos – provavelmente, eu deveria concluir que ele sabe de tudo. Mas, caso não saiba, não quero deixar escapar nada.

– Aonde você está me levando? – consigo dizer por fim. Qualquer um perguntaria isso, dadas as circunstâncias.

– Lá para baixo – responde ele, simplesmente. Como se esse hall inclinado e claustrofóbico não fosse suficiente para eu concluir que estávamos nos dirigindo ao andar inferior.

As coisas não se encaixam. O laboratório fica no andar de cima. Bem como, creio eu, todos os ingredientes necessários para criar os espiões HoloLobos. Considerando que também queiram me transformar em espiã, não deveriam então me levar *para cima*?

Talvez eu esteja presumindo coisas demais.

O corredor é interminável. Ou, talvez, com "lá para baixo" Botas Pretas quis dizer que ia me levar até o centro da Terra. Ou para o além.

O corredor não faz curva alguma e não há portas nele. A iluminação até que traz certo conforto, do mesmo jeito que a sala de espera de um médico traz certo conforto. Só que, ao contrário de um consultório médico, não há um falso aconchego. Sem quadros genéricos em molduras douradas, sem plantas de plástico precisando de uma boa limpeza, sem tigelas cheias de balinhas de menta nem mesmo corrimões nos quais se segurar. Só tem essa luz branca suave e o frio concreto cinzento. E não termina nunca.

Botas Pretas encosta no minúsculo aparelho que tem no ouvido.

– Áries, estamos indo na sua direção. – Sua voz é incrivelmente grave e me assusta toda vez que ele fala.

Enfim chegamos a mais uma porta de correr de vidro, na parede direita. Ela não abre automaticamente. E não há um tecladinho ou outra maneira visível de ter acesso à sala atrás dela. A imagem transparente na porta, desta vez, não é de um lobo, mas de um carneiro com chifres gigantes e enrolados.

– Gray falando, pedindo autorização para entrar – diz Botas Pretas, apertando a orelha de novo. Gray.

Espero não precisar me lembrar de seu nome por muito tempo.

Aguardamos. O corredor não termina aqui, em um beco sem saída, mas fica nivelado, e não consigo ver o final em nenhuma das duas direções. E, se *este* corredor realmente existe, será que é o único? Poderia haver toda uma rede de corredores.

Eles estavam debaixo de nós o tempo todo. Não é de se surpreender que Finnley tenha desaparecido da praia e da rede de pontes – eles devem ter escotilhas de fuga por todos os lados. Escotilhas para roubar pessoas, melhor dizendo.

Seja lá onde estou, não me parece que uma rápida escapada incólume até o laboratório esteja no meu futuro próximo. Mentalmente, peço desculpas a Lonan.

Gray liga uma segunda vez, com mais urgência. Sua voz grave está calma, mas me intimida. É uma linha defeituosa prestes a arrebentar.

A porta verde não se mexe.

– Áries, não vou pensar duas vezes antes de espatifar a porta com minhas próprias mãos. – O tom da sua voz não está mais tão tranquilo, parece o ronco que antecede um terremoto. – Obedeça imediatamente, para o seu próprio bem. – E diz mais alguma coisa na mesma linguagem de códigos de antes. A única palavra que consigo entender é "pino-rei".

Só de ouvir essa palavra, meu estômago se revira. Os pinos-reis são como todas as víboras cor de pedras preciosas combinadas; são presas, peçonha e falta de ar. Devorariam seus próprios Lobos se algum se virasse contra eles.

O dedo de Gray paira sobre o aparelho em seu ouvido, pronto para partir o mundo ao meio.

A porta verde finalmente se abre. É tudo tão perfeito, tão limpo, tão impecável!

Sou levada para dentro pela força das mãos de Gray, que aperta acima do meu cotovelo pontos ainda doloridos pela lembrança das picadas de cobra. Seria muito fácil deixar o torpor tomar conta de mim, não apenas por fora. Mas exibo minha dor como se fosse uma medalha de honra, um troféu do qual tenho orgulho, onde está escrito "ainda estou viva".

A sala está abarrotada, a bagunça de um maníaco, de um insone, de uma pessoa que sofre pressão demais e dorme pouco. Monitores e teclados e cabos e gráficos e mapas e uma tabela de *post-its* e quadros de cortiça repletos de coisas e quadros brancos cobertos de letras pretas. E

A letra. E.

Os lápis de cor. E.

A caneca que dei para o meu pai de aniversário dez anos atrás. Encostada nos seus lábios.

SESSENTA E CINCO

MINHA LEMBRANÇA MAIS antiga não é uma lembrança agradável.

Crianças de 2 anos, por natureza, são fascinadas pelas coisas chamativas, brilhantes e coloridas; e pela fascinação chamativa, brilhante e colorida da independência.

Roubei o celular da minha mãe.

Roubei para brincar com ele, para apertar em todos os quadradinhos reluzentes e puxar todas as telas que se mexiam. Lembro vagamente de ela ter perguntado se eu tinha visto o aparelho e de eu vagamente responder que não. "Preciso mandar uma mensagem para o papai", ela disse. "Ele está atrasado." Eu não sabia que o celular servia para outra coisa além da minha diversão – que minha mãe dependia dele para emergências.

Que *outras pessoas* dependiam dele para emergências.

Achei que a vibração fazia parte de um joguinho feito para mim, que o botão vermelho escrito "ignorar" que apareceu embaixo da tela era o jeito de ganhar o joguinho. Quando o celular vibrou, muitas e muitas vezes, apertei o botão vermelho em todas. E apertei muitas vezes.

Apertei até que a polícia apareceu na porta de casa. Minha mãe deixou a pia da cozinha cheia de água com sabão, cheia de facas que eu sabia muito bem que não podia mexer, para atender a porta.

– Fique longe da cozinha, Éden – disse ela, que pensou que eu estava brincando com meu giz de cera.

Quando voltou, acompanhada de dois homens de uniforme e distintivos, me pegou no colo. Me lembro de enterrar a cabeça no seu pescoço para não ver mais o seu rosto: era a primeira vez que eu via meu pai ou minha mãe chorar, a primeira vez que vi um deles com medo de alguma coisa. Quando o celular caiu das minhas mãos dentro da pia, ela nem me xingou. Não naquele dia. Aquele dia foi reservado aos abraços e às lágrimas, à sala de espera do hospital, biscoitos de bichinho e uma caixa novinha de giz de cera.

– Nunca mais minta para mim, querida. – Nesta hora, ela me deu outro biscoito de bichinho. Até hoje, associo zebras à importância de dizer a verdade. – Mentir é uma das piores coisas que alguém pode fazer.

Meus pais deram um bom exemplo disso. Nunca mentiam, nem a respeito de coisas sem importância. Sempre foram meticulosamente exatos em seu discurso.

Mesmo assim...

Acreditei que meu pai estava morto por quase dois anos. Fiquei *sozinha* – enfrentei uma guerra sem ninguém –, sofri o luto por todos e por tudo o que eu já tive ou conheci. Transformei este guia em uma religião; carreguei seu sangue e seus dentes como se, de alguma maneira, eles pudessem trazê-lo de volta. Usei "até que a morte nos separe" pendurado em uma corrente no meu pescoço.

Meu guia está molhado e murcho. Meu tubo de ensaio está despedaçado, e seu conteúdo vazou. E são as promessas que morreram, não meu pai. Ele bebe café na caneca que lhe dei quando nós dois falávamos a verdade, antes de nos encontrarmos no coração do quartel-general da Alcateia.

Isso é uma traição em muitos níveis.

SESSENTA E SEIS

SEU PULSO ESTÁ escurecido pela clássica tatuagem da Alcateia.

Não é um holograma, mas uma forma preta e ousada de mostrar sua decisão de se juntar a eles.

Sua *decisão.*

É possível que ele tenha sido forçado a isso, mas, tipo, não está acorrentado – teve a oportunidade de voltar e pegar a caneca que eu lhe dei, pelo jeito, além de várias outras coisas que reconheço da nossa casa. Isso não me parece gritar "levado contra sua vontade".

Durante esse tempo todo, meu pai estava desenvolvendo o hábitat Atlas para a Alcateia. Durante esse tempo todo, me deixou acreditar que estava *morto.*

Nossos olhares se cruzam.

– Guardei seu livro. – Meus lábios, meu maxilar, minha voz e minha confiança: tudo em mim treme. Não de medo, pela primeira vez. – Li isto – tiro o guia ainda molhado das minhas costas – como se fosse a Bíblia, todos os dias e todas as noites e meia-noites desde que você morreu.

Estremeço, me arrebento. Vazo pelas rachaduras.

Meu pai coloca a caneca de café em cima de uma pilha bagunçada de papéis. Seu rosto não demonstra nada da delicadeza que eu lembrava, nada do remorso que eu esperava.

O que foi que *aconteceu*?

Gray aperta mais meu braço. Como se já não tivesse apertando o bastante.

– O que sua filha está fazendo aqui, Áries? Que informações você vazou?

Ele arranca o guia com sua mão livre, abre o livro na ilha coberta de papéis. Manchas de água se formam nos papéis, porque água pinga do livro.

O nome do meu pai não é Áries. É William.

William usa óculos; Áries, não.

William é jovem e feliz; Áries, não.

William tem uma filha. Áries tem um covil subterrâneo.

– Pode procurar. – Pelo menos a voz do meu pai não mudou, ainda tem o mesmo tom de autoridade delicado. – Não há nada de conclusivo aí: os planos estão protegidos, em um *drive* de sangue. Se ainda tiver alguma pergunta, cheque os registros. Briguei para ficar com este livro, mas Zhornov insistiu que ele fosse entregue à minha filha como prova da minha morte.

Zhornov. *Claro.* Ele conhecia meu pai da Ambientech, sabia exatamente de quem precisaria para ressuscitar o projeto e implementá-lo. Não é para menos que foi nomeado o quinto pino-rei: ele foi responsável pelo maior roubo da história, com o mais exclusivo dos lucros.

Gray resmunga, vira mais uma página. O livro ainda está tão saturado de água que o papel se despedaça. E eu ainda estou tão saturada de amor pelo livro – pelo meu pai, apesar de tudo o que vejo e não consigo entender – que também me despedaço.

Sejam quais forem as informações que Gray acha que meu pai colocou no guia, não têm nenhuma importância. A tinta azul está tão borrada que é quase impossível de ler. Apesar de o texto impresso e de as anotações ocasionais a lápis de cor estarem intactas, a legibilidade de qualquer página corresponde diretamente à quantidade de tinta que meu pai usou. Esta página em particular, com código Morse, ficou completamente inútil – a maioria ficará, suspeito. Consigo pensar em algumas páginas que serão mais fáceis de ler, mas só algumas.

Gray não tem paciência para procurá-las.

– Explique. – Sua voz é um ronco baixo. – Explique como sua filha acabou com o capitão, dentro do QG. Explique, ou seus privilégios serão suspensos.

Meu pai responde à sua cara feia com um olhar que eu já vi centenas de vezes: é o olhar que ele me dava sempre que eu passava um pouco do limite.

– Acho que este é um risco que estou disposto a correr. – Sem ficar na defensiva, sem ter nada a provar. É esse o pai que eu lembro. – Principalmente porque não tem autoridade para revogar meus privilégios, porque não tenho nenhuma obrigação contratual de me explicar para você.

– Ela está *aqui*, Will! – Gray explode, e faz tanto barulho quanto eu temia, até mais. Aperta ainda mais os dedos. Desta vez, vejo estrelas. – Suas ações andam mais do que questionáveis ultimamente, e tenho direito sim de exigir uma explicação.

Gray aperta o fone de novo.

– Reforço em Áries – diz ele. – Tragam uma dose única do laboratório. – Então baixa o dedo, voltando a concentrar toda a energia no meu pai, e no meu braço. – Pell vai pegar o transporte, vai chegar a qualquer minuto. Quando chegar, você vai provar sua lealdade ao programa que ajudou a construir. Lobos vêm antes do sangue, lembra-se do juramento?

Meu pai cruza o olhar comigo pelo mais breve dos segundos, antes de virar o rosto. Tudo muda neste olhar: ele ainda está ali. Sua gentileza, seu calor, seu carinho, sua compaixão. Tudo. Está ali, mas ele os está escondendo por algum motivo.

Meu pai vai me defender. Está dando respostas vagas porque tem uma carta na manga – não há nada no mundo que ele não faria pela sua família. Li isso várias e várias vezes na página sobre fisiologia respiratória do guia, suas palavras para minha mãe: "eu faria qualquer coisa por você".

Gray me arrasta até a outra parede, onde imagens de câmeras de segurança preenchem 20, 30 monitores de alta definição. Aperta um botão sem nada escrito no painel de controle debaixo deles, e a porta verde de vidro se abre.

Um homem negro, baixinho e magro, usando calças brancas justas e uma camiseta decote V branca – como a roupa preferida de Lonan, mas ao contrário – entra, segurando uma seringa cheia. Que me é terrivelmente conhecida, mas tem um líquido roxo em vez de cor de âmbar. Abre a outra mão e coloca uma caixinha prateada minúscula sobre a mesa, igual à que Emma tinha quando usava lentes de contato.

– Bem, Áries? – diz o homem. Pell… abreviação de Pellegrin, talvez? – Você quer essa ou faço eu?

Eu acredito, acredito mesmo, que é pela minha segurança que meu pai assente, pega a seringa e pega a caixa prateada – que tudo isso é um fingimento para manter essas coisas fora do alcance das pessoas que querem me fazer mal.

Acredito nisso de todo o coração.

Acredito, até que ele enfia a agulha no meu pescoço. O líquido roxo desaparece debaixo da minha pele, e eu derreto com ele.

– Você pode confiar em mim – diz meu pai.

Ele não está falando comigo.

SESSENTA E SETE

A SALA SE transforma em uma bruma ruidosa e nebulosa, em vários tons de branco. Sinto calor até na alma, como se minhas veias estivessem exalando aquele banho de óleo untuoso, quente e viscoso que experimentei fazer no cabelo quando estava no sétimo ano. Ainda sinto dor na base da garganta, onde a agulha entrou. Tem uma toalha de papel amassada na mesa agora, bem do lado da caneca do meu pai. A toalha de papel está manchada com restos do líquido roxo que limparam da minha pele. E também com meu sangue.

Sou levada até uma cadeira que lembra uma cadeira de dentista. Gray finalmente me solta e eu me sento. Minha pele gruda no estofado verde de couro. Avalio os instrumentos em uma bandeja ali perto. Nenhum deles parece ser um instrumento de dentista.

– O que está acontecendo? – tento perguntar. – O que vocês estão fazendo comigo?

Mesmo para mim, minhas palavras são indecifráveis.

– É melhor você ficar quieta, Éden.

A voz não é grave e não é a voz do meu pai. Pellegrin aparece do meu lado direito. Seus dedos negros são macios e sedosos, completamente diferentes dos de Gray. Ele posiciona meu braço com cuidado no apoio, é delicado ao me prender com fivelas e tiras. O líquido roxo que se esvai suprime meu instinto de me defender ao ponto de eu ficar surpresa por ainda restar algum resquício dele.

Ele pega um pote de um líquido iridescente da bandeja de ferramentas e tira de cima uma tampa de metal em forma de cone. "Estou em um parque de diversões", penso. "Vão me maquiar, e aí vou encher a boca de algodão-doce."

O pincel contém o fogo de dez mil vespas em sua minúscula ponta de agulha.

Meu instinto de gritar por socorro também é coberto por uma grossa camada de líquido roxo. Eu não sinto, mas estou chorando. Sei porque meu pai aparece do meu lado esquerdo com outra toalha de papel. Seca minhas lágrimas com ternura. Como se não fosse responsável por criá-las. Cheguei tão perto das respostas que estava procurando, mas não encontrei nenhuma conclusão, nenhuma clareza. Só tenho mais perguntas. O que ele está *pensando*?

Pellegrin trabalha rápido. Ou talvez minha noção de tempo esteja distorcida. Seja como for: ele liga uma luz ultravioleta, e lá está ela.

Fui oficialmente convertida. Sou uma HoloLobo.

Holograma para sempre, me corrijo. Lobo, jamais.

A imagem é hipnotizante, brilha com uma ilusão de profundidade. Fico olhando sem parar até que alguém – Pellegrin de novo – encosta com cuidado minha cabeça na cadeira. Com um movimento ágil, abre meu olho direito, como fiz uma centena de vezes, algo que é reconfortante e assustador ao mesmo tempo. Meus olhos resistem a ele, teimam em fechar, mas, antes de Pellegrin permitir isso, pressiona diretamente minha pupila. Então repete o processo no lado esquerdo.

Pisco.

O mundo voltou a entrar em foco, tem mais foco do que nunca. O que é estranho, porque minha visão já era boa muito antes de me forçarem a me sentar nesta cadeira. O líquido roxo a tornou enevoada, com certeza, mas agora está quase *digitalizada*, como se eu estivesse vendo tudo através de um filtro que melhora a qualidade da imagem. Como se tivessem infundido alguma nova forma de tecnologia da seda nos meus olhos.

– Ative-a – ordena Gray.

Meu pai vai até o painel de controle na parede dos fundos. Não pensa duas vezes antes de me dar as costas.

– Depois da ativação, você não vai se lembrar deste procedimento – conta Pellegrin. Como se servisse de conforto o fato de eles poderem apagar minha memória logo depois de me causarem dor.

Não consigo nem imaginar um mundo em que a dor da traição do meu pai não seja um corte em carne viva que atravessa meu peito. Mas, até aí, ele não deve estar falando desse aspecto do procedimento.

Pellegrin aperta meu ombro.

– Prontinho – diz, tão baixo que tenho certeza que só eu ouvi, e meu pai se apoia no painel de controle. – Segure firme.

Mas meu pai não aperta botão algum.

Nunca o vi se mexer tão rápido – tem um tubo fino e pequeno nas reentrâncias do painel de controle, que não fica ali por muito tempo. Meu pai o pega, coloca na boca, sopra.

Um dardo fino como uma agulha se aloja no peito de Gray, logo acima do coração. Ele cai no chão.

– Agora – diz meu pai – podemos conversar.

SESSENTA E OITO

MINHAS EMOÇÕES SÃO uma chicotada: minha cabeça, uma confusão.

Meu pai me dá uma injeção, mas atira um dardo em Gray.

Fica parado enquanto Pellegrin faz a tatuagem de lobo em mim, mas não aperta o botão para me ativar.

Permite que eu sinta dor, mas, aparentemente, não está contra mim.

Permitiu que eu pensasse que estava morto, e ainda não me deu nenhuma explicação.

– Gray não vai lembrar quem atirou nele – diz Pellegrin.

Para mim, acho eu. Tenho uma vaga consciência de ele colocando a adaga embainhada de Lonan de volta nas minhas costas. O que está acontecendo?

– Os dardos têm um efeito de amnésia que apaga os detalhes imediatos antes e depois do momento em que a pessoa perde a consciência. – Pellegrin dá risada. O homem que acabou de tatuar um holograma no meu braço *dá risada*. – Já fazia um tempo que estávamos querendo apagar esse cara.

Suas palavras parecem uma barra de alcaçuz, comprida, grudenta e forte. Estou escutando. Mas observo meu pai, frenético e concentrado, folheando as páginas do guia. Muitas já secaram e parecem meio duras.

– Vocês não têm medo que eles escutem pelas câmeras? Que vejam o que fizeram? – pergunto. – As outras, ãhn, pessoas que trabalham aqui?

Pellegrin aponta para a parede com os monitores onde passam as imagens das câmeras de segurança.

– Will, você tem algum problema com o que eu acabei de dizer?

Meu pai não tira os olhos do livro e responde:

– Não.

– Viu só? Não. Will é o único de vigia e não se importa. A não crise foi controlada.

– O único de vigia *por enquanto* – diz meu pai. E vira outra página.

– Quando perguntarem, e *vão* perguntar, é só você dizer que encontrou o dardo nos painéis de Will. Diga que atirou em Gray para se defender e que nós ativamos você, ok?

Minha cabeça está girando.

– Mais devagar, por favor. Vocês estão me dando dor de cabeça.

Meu pai levanta o canto da boca, mas continua virando uma página depois da outra.

Repasso tudo o que Pellegrin acabou de dizer.

– Por acaso você quer que *eu* assuma a culpa por isso? Eles já me odeiam...

– Achei – interrompe meu pai. – Pell, você está se precipitando. Éden, querida, venha dar uma olhada nisto.

Ele levanta os olhos e me vê, olha de verdade para mim, pela primeira vez. O brilho dos seus olhos é como o nascer do Sol – como se ele tivesse levantado depois de um resfriado e de uma noite sem dormir e só agora se desse conta de que sobreviveu. De que *eu* sobrevivi.

É um alívio.

Meu pai chega do meu lado em um piscar de olhos. Ainda estou presa na cadeira monstruosa.

– Tire-a daqui, Pell!

Pellegrin solta as fivelas, pede desculpas. As amarras caem, e estou livre para me movimentar. Mas, depois de tudo o que passei hoje, mal tenho energia. Meu pai me puxa desajeitado para perto, como se quisesse me abraçar e não soubesse se o gesto será bem recebido. Como se tivesse esquecido como se faz isso – talvez nós dois tenhamos esquecido.

Ou talvez simplesmente as cicatrizes tenham tomado conta dos lugares em que fomos despedaçados, os lugares onde nos encaixávamos tão bem.

Quando o abraço termina, meu pai me ajuda a sentar em uma banqueta verde perto da sua mesa.

– Eu bem que poderia comer – digo –, se houver comida.

– Sim, sim! É claro. Sim.

Meu pai vai para o lado, abre uma das muitas gavetas da mesa. Outro som que eu não ouvia há muito tempo: o ruído de um refrigerador sendo aberto. Ou, nesse caso, uma gaveta refrigerada. Ele arruma um prato de peras, queijo *brie* e uvas verdes. Joga mel em cima. Mói um pouco de pimenta preta. E tira um pão francês de outra gaveta.

É uma lembrança dolorosa de tudo o que perdi. De todos os dias no balcão da cozinha de casa, depois da escola, com Birch, Emma, ou os dois, comendo exatamente este lanchinho. Fazia anos que eu não comia queijo *brie.* Fazia anos que eu não tinha *nenhum* desses luxos, a não ser pelas uvas que comi hoje na caverna. E, aqui, meu pai tinha acesso a isso esse tempo todo. Será que todos os porquês estão pesando em mim?

Como do mesmo jeito que alguém que nunca experimentou o sentido do paladar na vida comeria. A papa cinzenta e sem forma tem um talento especial para refinar uma única área da minha língua:

Amargura.

O guia está aberto na página que eu mais conheço e amo: o capítulo sobre fisiologia respiratória. A página do "eu faria qualquer coisa por você".

Virou um borrão só. Pelo menos, sua imagem está gravada em minha memória. Pelo menos, sei a história de cor.

– Adoro essa parte – digo.

Meu pai nunca me mostrou o guia Antes – quando me entregaram o livro, foi como abrir um baú do tesouro cheio de meu pai. Uma lágrima bem grande cai no meu prato, bem em cima de algumas migalhas. Quero tanto que essa página seja verdadeira. Mas não consigo, simplesmente *não consigo*. Não consigo lidar com o fato de ele estar vivo. De que esteve vivo esse tempo todo.

Que foi *desse jeito* que eu descobri.

É melhor do que se ele estivesse morto. É, sim.

As migalhas do meu pão ficarão ensopadas logo, logo.

– Olhe com atenção, querida – diz ele. – O que você vê?

Vejo uma página cheia de fórmulas sem graça sobre fisiologia respiratória. Vejo tinta azul borrada.

E então vejo tudo.

O pote cheio de lápis de cor chama a minha atenção. Um brilho vago verde-claro sutilmente sublinha uma palavra aqui, outra ali, uma mais para baixo. Então, onde a história sobre um encontro com minha mãe foi borrada pela água, uma quarta palavra aparece, letras em negativo definidas pelo brilho verde do lápis.

NOSSA VIDA É RESISTÊNCIA.

– Fiz um trato com os Lobos – conta meu pai. – O que eles não sabem é que sou um cordeiro em pele de lobo. Pell e eu somos.

SESSENTA E NOVE

NOSSA VIDA É Resistência.

Minha visão de mundo se expande, até eu virar uma rocha lunar olhando para baixo, vendo a Terra e tudo o que há nela. Como é possível ter um mundo de sentimentos dentro de mim, se sou menor do que uma poeira que nem sequer aparece no meio dos azuis, verdes e brancos rodopiantes?

– Como assim, você fez um trato?! Que *tipo* de trato?

Meu pai está visivelmente abismado com o meu surto. Tenho certeza de que podia prevê-lo, afinal, ele permitiu que eu achasse que estava *morto*. Sempre fomos íntimos Antes. Esse amor bruto, em carne viva, é um território novo para nós dois.

– Pensei muito bem nas palavras que escrevi neste livro – ele diz, cauteloso, firme e calmo. Mas há um tom de esforço na sua voz. Ele tenta se esforçar para manter seu amor e sua dor separados, quando, de fato, os dois são como a ilusão de uma fita de Moebius. – A história sobre sua mãe. Você chegou a ler? O gato, a amputação? O *cabernet*?

– Já disse que adoro.

– Achei que você podia estar falando por falar.

– Eu *adoro*, adoro. Sei de cor.

A história era tudo o que me restava.

Meu pai fica me olhando.

– Você se lembra da última frase?

Seus olhos têm uma doçura agora, como eu me lembrava deles. Deve ter sido muito difícil fazer um olhar tão duro quando Gray me trouxe. Olhares duros não combinam com meu pai.

– Eu faria qualquer coisa por você – recito.

– Eu faria qualquer coisa por você, Éden – repete ele. – *Qualquer coisa.*

Pisco. Algo neste contexto, nós dois aqui, juntos, muito próximos desse *qualquer coisa*, faz todas as peças se encaixarem bruscamente.

– Você fingiria estar morto.

Ele confirma com a cabeça, devagar. Não nos olhamos mais nos olhos, porque ainda é mais do que dá para suportar.

– Você trabalharia com os Lobos – continuo.

– Eles me selecionaram para este projeto por causa da minha experiência. O antigo projeto da Ambientech, não o refúgio sobre o qual te contei. Mentiram para mim.

Sua experiência... *O* engenheiro da Ambientech. Um engenheiro meticuloso, honesto, confiável, que tinha experiência com navegação e habilidades de sobrevivência na selva, o principal desenvolvedor do projeto mais cobiçado do planeta. Que ironia: para conseguir entrar em guerra contra profissionais que ganhavam dinheiro demais, tiveram que usar um profissional que ganhava dinheiro demais.

– Eu...

Olho em volta, para cada rascunho, cada rabisco, cada fórmula e diagrama e *post-it* manchado de café. Meu pai sabe lidar com qualquer situação, sempre soube. É claro que os Lobos o queriam. Eu também o queria.

– Das duas, uma: ou eu me juntava a eles, ou morria, querida. Morria *de verdade* – conta, virando o rosto. – Mas eu acreditava no projeto, sempre acreditei, e Zhornov sabia. Quando descobri o que realmente estava acontecendo, tive que fazer uma escolha. Eu poderia me recusar, deixar o conhecimento morrer comigo. Ou poderia fazer minha parte no desenvolvimento, com o dinheiro deles, com a permissão deles, e trabalhar para caramba para descobrir um modo de tirá-los da jogada.

É muita coisa. Muita coisa de uma vez só.

– Comigo aconteceu o mesmo – diz Pellegrin.

Estou tão hipnotizada pelo meu pai que esqueci que não estamos a sós.

– Pell e eu fomos selecionados juntos, na mesma época, do mesmo jeito – conta meu pai. – Ele era o cientista mais inovador do MIT quando a guerra estourou e estava trabalhando para a Ambientech por quase tanto tempo quanto eu.

– Os Lobos me queriam por causa da minha primeira tese de doutorado, sobre sistemas de segurança psicobiológicos – completa Pellegrin, saboreando cada sílaba. Ele parece tão jovem, deve ser pelo menos dez anos mais novo do que meu pai. Deve ter sido uma criança prodígio. – Descobri como fazer as células de pele humana reagirem à natureza de modo extremamente específico, e como individualizar as experiências psicológicas ligadas a tais reações. Temo que meu trabalho tenha sido um grande incômodo para você.

Que eufemismo mais cara de pau ele se referir à sua pesquisa como um mero "incômodo". Eu meio que estava brincando quando me referi aos besouros e às cobras como sistemas de segurança, mas parece que eram isso mesmo.

– Então, as cobras... o limo...

Pellegrin se encolhe todo e responde:

– Sim, sim. Sinto muito por tudo.

Lembro que eu estava presa na cadeira de dentista menos de cinco minutos atrás.

– E o... como vocês chamam isto aqui? Este troço de espiões humanos. – Que constrangedor. – Aquela coisa que você fez comigo. Você criou isso também?

– Infelizmente, sim. Quando o trabalho da sua vida é devotado a provar para o mundo quantas barreiras científicas você é capaz de transpor, as pessoas se dão ao direito de distorcer sua pesquisa de modos bastante antiéticos.

– E você permitiu.

Finnley. Cass. Esperança.

Eu.

– A alteração sensorial não foi criada para ser usada dessa forma – explica Pellegrin. – Desenvolvi inicialmente para a Ambientech, um vislumbre de uma nova perspectiva de exploração da tecnologia da seda. A tatuagem e o chip ocular, ao contrário da seda que a maioria das pessoas conhece, fazem mais do que simplesmente transmitir dados digitais para que possamos observar. Quando combinados com o soro inteligente, têm a capacidade de interagir com o cérebro e o sistema nervoso humanos em diversos níveis.

A tatuagem. O chip ocular.

Quantas mariposas ainda no casulo fervi até morrerem no caldeirão? Quantas vezes tive que me convencer de que seriam transformadas em remédios, de que salvariam vidas.

A seda que fiz não salvou ninguém, a não ser os Lobos.

A seda que fiz não salvou ninguém *dos* Lobos.

– Então – falo, tentando me controlar para não surtar completamente –, a *Ambientech* estava plantando espiões?

– Não me surpreenderia. Mas, até onde sei, aquela tecnologia era para ser usada apenas nas cobaias do hábitat Atlas antes de os Lobos a reaproveitarem.

Cobaias.

– Tipo… em ratos?

Esperança vã, sei bem.

Um olhar confirma: as cobaias eram seres vivos, seres sencientes. Claramente *não eram* ratos. Pelo menos, Pellegrin parece lamentar.

– Precisávamos ter certeza de que a raça humana poderia sobreviver de verdade aqui embaixo – explica. – As condições submarinas eram imprevisíveis.

– E hostis – completa meu pai. – Tínhamos que testar os níveis de oxigênio, garantir que não vazaria água ou ar nas nossas câmaras, resolver a situação do gerador, ter certeza de que todo o projeto estivesse à prova de erros ambientais no ecossistema e das correntes oceânicas. Mais 100 mil coisas.

– Vocês não podiam ter mandado as cobaias para cá *depois* de terem testado tudo isso?

Meu estômago se revira só de pensar em mandar pessoas para essas condições, com ou sem alteração sensorial. Quem poderia imaginar que projetos, tinta em um pedaço de papel, poderiam ser tão perigosos?

– Alguém precisava construir o hábitat primeiro – explica meu pai. – A alteração sensorial permitiu que a equipe de construção trabalhasse com eficiência, sem temer pela própria vida.

– Também permite que eles tenham um final pacífico, sem sofrimento, se as coisas não saírem como planejado – completa Pellegrin. – Tudo em nome de um bem maior, é claro.

Exatamente o que Lonan disse.

Meu sangue ferve.

– Bem maior? Você está querendo me dizer que todas essas "cobaias" concordaram em arriscar a vida por isso? Sério? – Pellegrin abre a boca, mas eu continuo falando: – E o propósito original disso tudo não importa. Está causando toneladas de mal *agora*. Esperança quase *me afogou* lá fora.

– Estávamos de mãos atadas em relação a Esperança e Finnley. Tentamos fazer o melhor que podíamos com essa situação – intervém meu pai. – Deixamos Esperança com você para sua proteção, para que pudéssemos observar. Ainda mais porque você chegou aqui com uma Lobo, uma Lobo instável, e não sabíamos se estava correndo perigo. Mas o que aconteceu dentro d'água não deveria ter acontecido, Éden, acredite em mim! Foi um imprevisto, um efeito colateral da ciência...

– Imprevistos como esse são, tipo, grande coisa.

– Imprevistos como esse acontecem quando psicopatas forçam a ciência a ir além de seus limites naturais – diz Pellegrin. – Não gostamos disso tanto quanto você.

– Então por que fazem? – De algum modo, racionalmente, sei que a questão é mais complexa. Mas as palavras saem da minha boca mesmo assim: – Pellegrin cria a droga...

– *Fórmula* – os dois me corrigem ao mesmo tempo.

– Droga, fórmula, que seja. Pellegrin cria e o quê, pai? Você ativa? E de onde vêm suas "cobaias"? Tipo, você simplesmente as tiram dos acampamentos, uma por vez, para ninguém notar?

Um misto de vergonha e culpa se estampa no seu rosto.

– A equipe de construção foi quase toda composta pelos meus antigos colegas da Ambientech. Só perdemos alguns deles para o projeto, homens bons que fizeram um grande trabalho. Cada um deles sabia onde estava se metendo quando os selecionamos para continuar a trabalhar no projeto. Falei para Zhornov que só trabalharia se fosse assim. Mas todo o resto do tempo, sou metade da equipe Áries. Quando não estou trabalhando na ilha-hábitat, fico aqui no QG. – Meu pai aponta para a parede cheia de monitores. – O objetivo da Áries é implantar vigias nos setores para que a Alcateia possa ficar de olho no movimento dos acampamentos.

– Espiões – falo.

– Espiões – concorda meu pai. – Basicamente, só monitoro suas transmissões e alerto quando qualquer coisa representa uma ameaça para a autoridade dos Lobos. A lente instalada no seu olho é equipada para transmitir informação digital, como Pell explicou, além de vídeo e áudio. E, para deixar bem claro, sua lente não está transmitindo nada agora, já que nunca concluímos sua ativação.

Meu pai fica em silêncio, os dois ficam. Sentamos calados por um tempo enquanto tento conectar todas essas informações. É difícil saber por onde começar.

– Se você simplesmente ia atirar em Gray – finalmente consigo descascar as camadas da minha confusão, finalmente consigo transformá-la em palavras –, por que me fez passar por tudo isso?

– É complicado. – Meu pai suspira. – Você me conhece, querida. Você lembra quem eu sou, certo?

Olho nos seus olhos e descubro que sim. Me lembro de tudo – isso é parte do problema.

– Ainda estou aqui – diz ele. O que é verdade. Só fica um pouco mais difícil de enxergar por causa de todos os meus sonhos desfeitos. – Eu prefiro morrer a deixar os Lobos vencerem esta guerra. – Ele cai em silêncio por um bom tempo. Olha para Pellegrin. – Foi preciso mais do que alguns sacrifícios dolorosos para chegar a uma posição e *continuar* em uma posição onde realmente posso fazer alguma coisa a esse respeito.

– Onde podemos fazer *tudo* a esse respeito – completa Pellegrin.

Quero saber mais sobre o plano deles, muito mais, na verdade. Contudo, estou presa no conceito de sacrifício. Eu entendo – entendo mesmo. Mas é difícil as pessoas se concentrarem no chamado bem maior sem reservar um pedacinho do coração para sofrer o luto. Quase me tornei um desses sacrifícios pelo bem maior, mesmo que nenhum dos dois consiga admitir.

Mas o que realmente está acontecendo aqui? Meu pai não é tão frio: ama a vida mais do que qualquer outra pessoa. Ama a vida *das outras pessoas*. E parecia realmente lamentar quando contou dos caras que morreram pelo projeto.

A caneca do meu pai. Seus lápis de cor. Sua geladeira cheia das minhas comidas preferidas. Está começando a cair a ficha de que ele sofreu pelas suas perdas tanto quanto eu sofri. Talvez até mais. Tenho certeza, *certeza*, de que ele jamais permitiria que eu acreditasse em sua morte sem motivo

– e tenho certeza de que é verdade quando diz que prefere morrer a deixar que os Lobos vençam. Então, se está aqui por escolha própria, deve ter um motivo bom para caramba.

– Você ainda não me contou que tipo de trato fez com eles – digo.

Já vi meu pai chorar algumas vezes. O dia do acidente, quando o visitamos no hospital, foi a primeira. A última foi nos barracões, no dia em que se despediu de mim.

– Sua vida. – É quase um suspiro. – Eles concordaram em deixar você viver em relativa paz, se eu os ajudasse.

Meu pai não estava tentando salvar apenas o mundo.

Estava tentando salvar a mim.

Viro uma criança de novo, aninhada no seu colo enquanto ele lê para mim. Fico um pouco mais velha, colhendo flores no quintal e trazendo para ele dentro de um vaso. Estou chorando no seu ombro quando Emma e eu brigamos feio pela primeira vez.

Não sou a órfã que temia ser. Nem de longe.

SETENTA

A NÉVOA SE dissipa: se eu assumir a culpa por atirar em Gray, vou viver. Se a informação de que meu pai atacou outro Lobo vazar, vão me matar para puni-lo.

– Então… Em que ponto vocês vão parar de transformar pessoas em espiões? Quando poderemos curá-las? – Saio do banquinho e olho para a parede de telas com as imagens das câmeras de segurança. – Lonan é… Vocês fizeram o procedimento nele também?

Nenhum dos dois diz nada. Quando me viro, estão com aquela cara envergonhada de "desculpe ter que dizer isso".

– Que foi?

Começo a me preocupar porque nem assim eles respondem.

– O que aconteceu com Lonan? Ele está bem?

Demorei muito, muito mesmo. Não foi sensato ficar tão à vontade – se é que dá para chamar isso de à vontade.

– Ah, sim, querida. Ele está na área de recuperação, sobreviveu ao procedimento – diz meu pai. – A maioria das pessoas sobrevive.

A maioria.

– Então o quê?

Pellegrin é quem dá a notícia:

– Lonan sempre foi nosso objetivo. É por isso que tiramos Sky Cassowary de Nova Port Isabel, Éden. Sabíamos que era o único modo de atrair Lonan. Ele é um pirata muito esquivo, se é que você já não sabia.

– E, lamento informar – completa meu pai –, mas não existe uma cura. Pell tem uma fórmula, mas os pinos-reis ainda não deram autorização para testá-la nem para desenvolvê-la. Isso é apenas uma mentira que a tripulação do navio de Cassowary contou para atrair Lonan.

Que bom. Isso é um grande dilema. É como um dardo, um dardo nuclear, que atinge todo o nosso plano.

– Mas... achei que os Lobos queriam usar Lonan para acabar com a Resistência.

– Com certeza querem, sim – responde meu pai. – Fomos muito convincentes nesse sentido.

– Não que tenha sido difícil convencê-los – completa Pellegrin.

Nós três ficamos parados por um minuto, tomados por verdades inconvenientes e um silêncio constrangedor.

Meu pai bebe um gole de café frio. Nesse ponto, não mudou nem um pouco.

– *Ah* – diz. Como se o elixir mágico do entendimento estivesse naquele lodo, no fundo de sua caneca. – Você ficou confusa porque acredita que Pell e eu planejamos usar Lonan e todos os espiões que criamos para derrubar a *Resistência*. Sim, você tem razão. Não faz nenhum sentido.

Um sorriso se esboça no rosto de Pellegrin.

– Fomos muito convincentes, não é, Will?

– Parece que sim – diz ele, mas seu sorriso é uma sombra, se comparado ao de Pellegrin. – Éden, a influência de Lonan pode virar esta guerra; com isso podemos contar. Os pinos-reis insistiram para realizarmos o procedimento em Lonan, desde que enfiamos na mente deles que poderiam usá-lo contra a Resistência. Estão obcecados pelo pirata, querem admirar sua mais nova arma favorita assim que possível. Agora você sabe o que aconteceria se nós recusássemos...

– Então – falo, ligando os pontos. – Se vocês são secretamente anti-Lobos, significa que vão usar Lonan para *ajudar* a Resistência na guerra?

Agora é meu pai quem sorri, um sorriso radiante.

– Vamos usá-lo para vencer.

SETENTA E UM

MEU PAI VAI até a parede de monitores e ajusta alguns controles no painel tecnológico bem abaixo dela.

– Lonan, você está aí? – pergunta baixinho em um microfone fino e comprido.

Alguns dos monitores ligam, meio borrados: é como acordar, desorientado, de três perspectivas diferentes. Assim que as imagens se estabilizam, diferentes cortes da mesma cena mostram Phoenix, Cass e Lonan, todos despertos e juntos no mesmo quartinho sombrio e mal iluminado. Vejo Alexa ao fundo, dormindo no canto, atrás de Cass. Só os meninos tiveram a cabeça zoada, pelo jeito, ou talvez seja só com eles que meu pai quer falar agora. Pellegrin deve ter feito o procedimento em Phoenix e Lonan assim que foram trazidos para este laboratório.

Meu pai digita alguns números no teclado, e cada um dos monitores fica avermelhado. Há medidores e botões virtuais na parte debaixo de cada tela, além de indicadores de frequência cardíaca e pressão arterial, e mais um monte de números.

– O fato de vocês estarem me ouvindo dentro da sua cabeça agora é completamente normal – fala meu pai no microfone. – Isso acontece todos os dias, o tempo todo. Não precisam questionar. Não sou seu inimigo.

Então aperta um interruptor, e as telas voltam à cor normal.

Nenhum dos meninos reage nem mesmo demonstra o menor sinal de ter percebido que meu pai falou com eles. É meio assustador o fato de agirem tão normalmente.

– Você acabou de, tipo, fazer uma *lavagem cerebral* neles?

– É a única vez que vou fazer isso, querida. Prometo. É só porque as meninas estão lá agora – diz, apontando para Alexa na tela –, o que significa que Ava e Stark não estão mais tentando acuá-los. Não temos muito tempo, e não queria desperdiçá-lo sem necessidade.

Entendo e acredito na sua promessa, mas algo não cai bem. Ele e Pellegrin ficam me observando, como se estivessem aguardando minha permissão – como se a minha permissão significasse alguma coisa por aqui.

– Tudo bem – falo. – Entendo. Vamos lá.

Meu pai assente e diz:

– Lonan, sei que você veio para esta ilha para piratear meu projeto e impedir que os Lobos participem dele, um projeto que venho desenvolvendo por mais de meia década. Correto?

Todos os medidores na tela de Lonan sobem. Seu olhar dispara para o chão de concreto queimado. O jeito como Phoenix e Cass olham feio para ele... Eu também não ia querer encará-los.

Não era *assim* que eu esperava que meu pai começasse.

– Como você... – começo a dizer na mesma hora em que Lonan fala: – O que foi que Éden contou?

Meu pai olha para mim e responde:

– Éden não revela segredos. – Não sei dizer se ele ficou impressionado por eu saber da missão secreta de Lonan e não ter dito nada ou se ficou levemente incomodado. – Stéphane Monroe tem entrado em contato uma vez por mês, como um relógio, através dos canais da Resistência, desde que as Forças Aliadas se formaram. – O nome me soa familiar: reconheço da propaganda ideológica da Alcateia, uma série de grafites anti-Aliança feitos em um muro perto dos barracões. Alguém pintou com muito capricho todas as formas de que os Lobos desejam que esse homem morra.

– Ele sempre me pergunta se já estou disposto a desistir do trabalho ao qual dediquei minha vida, sempre me pressionando para mudar de ideia.

Lonan não responde imediatamente – não para o meu pai, de todo modo. Phoenix e Cass estão quietos, mas falam com um tom de urgência, suas perguntas se sobrepõem. Quase não deixam espaço para Lonan se explicar. Quando as coisas enfim se acalmam do lado de lá, Lonan pergunta:

– Então o que fez você mudar de ideia? Por que desistir agora?

– Desistir de entregar o projeto nunca foi um problema. A questão era *para quem* Stéphane queria que eu o entregasse. E também a hora. – Meu pai puxa uma banqueta de sua mesa até o microfone, senta-se nela e continua: – O hábitat ainda não está terminado. Ainda na semana passada, estávamos lidando com vazamentos de água em uma das câmaras comunitárias, e esse não é o único problema. Stéphane está determinado a distribuir minha pesquisa ao máximo de pessoas possível. Tenho certeza de que ele lhe contou isso, e tenho certeza de que você comprou a ideia, como todo mundo. – Meu pai solta um suspiro e conclui: – O que não é culpa sua, mas dele, por não revelar todas as implicações.

Os sinais vitais de Lonan aumentam de novo, mas não de maneira tão drástica.

– Você não acredita em desenvolver o máximo de hábitats possível? – Sua voz tem um tom defensivo pela primeira vez, desafiador. – Você prefere ficar observando a maior parte da população do mundo morrer na inundação, de dentro de sua bolhinha segura?

– Nem um pouco. Mas não acredito em divulgar uma pesquisa que não está *completamente desenvolvida*. Stéphane está me apressando e, pode acreditar, *vai* acontecer um desastre se ele tentar construir centenas de hábitats piratas o mais rápido possível. Meio milhão de pessoas poderia se afogar se formos rápido demais, se não realizarmos todos os testes, se não estiver tudo perfeito. Eu me recuso a ficar parado assistindo a isso acontecer.

Lonan fica em silêncio, seus sinais vitais se estabilizam.

– Então qual é a alternativa? E, mais uma vez, por que *agora*, se o projeto não está pronto?

Meu pai faz sinal para eu alcançar o guia, e eu o pego. Ele abre na folha de rosto, uma página à qual nunca prestei muita atenção, e me devolve o livro. À primeira vista, parece que meu pai desenhou um simples mapa-múndi. Mas agora vejo que os continentes não estão desenhados apenas com linhas, mas também com um código Morse. Três lugares estão marcados com pontinhos minúsculos – a Europa, a Nova Zelândia e a África do Sul –, e cada um tem um nome escrito do lado. Isso eu já tinha notado. Conheço os nomes desde sempre, do tempo em que meu pai estava na faculdade. Uma epígrafe no meio da página diz: "Para aqueles que viajam andando na linha, para aqueles que vão devagar e sempre, para aqueles que fazem o bem e se dão bem".

O livro, me dou conta, não era para mim.

Só devia *parecer* que era para mim.

Não é meu, só meu, e sinto como se a terra estivesse se abrindo debaixo dos meus pés.

– Existem apenas três engenheiros nos quais confio para fazer justiça à minha pesquisa, e Stéphane se recusa a considerar um deles sequer – diz meu pai. – Ele quer trabalhar com o pessoal *dele*, e quem poderia culpá-lo? Todo mundo quer trabalhar com alguém em quem pode confiar. Mas é *minha* pesquisa, e conheço bem o pessoal dele para saber que não são tão cuidadosos quanto deveriam. Meu pessoal não vai apressar as coisas, e vai demorar um tempo até disponibilizarmos os resultados para o público em geral. Mas, pelo menos, poderíamos salvar uma parte das pessoas quando a hora chegar. Uma arca de Noé para a raça humana, é assim que eu encaro, com o máximo de culturas possível. Cientistas também. Engenheiros.

Pellegrin limpa a garganta.

– Ava me bipou duas vezes – diz, batendo na tela de sua fina munhequeira preta. – Só para você saber.

Meu pai assente.

– Quando Éden apareceu na nossa praia, tive certeza de que a única possibilidade de ela ter encontrado a ilha era se tivesse usado o fundo de emergência que deixei escondido com ela, meu antigo diário... Isso responde à sua pergunta de *"por que agora?"*. – Todos os meus segredos foram revelados. Será que Lonan ligou os pontos de que este homem com quem está conversando é meu pai? Mais importante: será que vai me perdoar por ter escondido um detalhe tão colossal dele? Meu pai continua: – Os Lobos dos campos de trabalho forçado não teriam a menor ideia do significado das minhas anotações. Mas aqui no QG? São mais inteligentes e espertos. Se encontrassem o livro com ela e se o examinassem a fundo, como fazem com tudo, seria o fim.

O fim dos planos de meu pai – ele nem precisa dizer.

O fim dele.

– Arrisquei fazer um contato de emergência. Através de Eduardo, na ilha da Resistência, com o meu pessoal. Com Zhornov.

Fico sem ar. E, a julgar pelos sinais vitais, todos os três meninos foram igualmente afetados ao ouvir esse nome. Meu pai entrou em contato com Zhornov... *de propósito*?

– Desculpe, você disse *Zhornov*? – pergunta Lonan. – Tipo, um quinto do poder dos pinos-reis?

– *Eu* sou o poder dele – responde meu pai. Todos os pelos do meu braço se arrepiam. – Ele só conquistou a posição em que está por causa da ligação comigo, pelo que minha pesquisa e seu desenvolvimento significam para os pinos-reis e sua sobrevivência. Se Zhornov perder o conhecimento científico, perde tudo. *Todos eles* perdem tudo.

E, simples assim, as coisas começariam a desmoronar.

As palavras de Lonan, sobre como a Aliança quer destruir os Lobos começando de dentro: que maneira melhor de iniciar a implosão do que causar discórdia entre os próprios pinos-reis? A liberdade está tão próxima que posso sentir seu gosto. O fim da guerra – a vida, juntos, com meu pai com Lonan e o pessoal –, família, lar. Paz.

– É aí que você entra – diz meu pai. – Vamos tirar tudo dos...

Só que ele é interrompido abruptamente pelo som de um vidro estilhaçando.

Então começa.

SETENTA E DOIS

A PORTA VERDE cai como granizo no verão, de repente e fazendo muito barulho, formando uma pilha no chão. Os dedos do meu pai voam por cima do painel de controle. Ao mesmo tempo, a parede inteira de monitores, inclusive os que estavam desligados, se enchem de cores vibrantes. Nada mais de celas cinzentas – é como olhar pelas janelas de 30 mundos diferentes. Perspectivas de mais HoloLobos, sem dúvida.

Uma mulher bem-vestida, com o cabelo escuro preso em um coque lateral baixo impecável, perto da nuca, passa por cima do vidro espatifado. Usa um salto 8 e, como Pellegrin, está toda de branco. Em uma das pontas do seu colarinho engomado tem um emblema bordado de uma cabeça de carneiro azul-marinho – talvez seja a outra integrante da equipe Áries.

Ela olha para Gray, que sequer se mexeu desde que foi atingido pelo dardo tranquilizante.

– Will, Pellegrin, a situação aqui está sob controle? Bipei vocês dois diversas vezes. O que está acontecendo?

A voz da mulher. É a mesma de antes, quando quase fui descoberta perto da água: a mulher que foi atrás de Alexa e Esperança na caverna. Um corte que ainda sangra no seu braço mancha suas roupas brancas.

– Ela resistiu um pouco, como você pode ver pelo dardo – diz meu pai, falando de mim. – Mas completamos o procedimento.

Fico totalmente parada, para não chamar mais atenção do que o necessário. É fundamental que esta mulher acredite que o problema sou eu, e não meu pai; a vida de nós dois depende disso. Por sua vez, meu pai parece ter nervos de aço, igual ao momento em que Gray me trouxe. Como deve ser difícil para ele usar essa couraça todos os dias.

– E ela já foi ativada?

– Trabalhamos juntos há tanto tempo, Ava. Acha mesmo que eu seria tão descuidado?

Ava me examina. Olhos espremidos, aprendi, raramente são sinal de algo bom.

– Eu fui testemunha – diz Pellegrin. – Ele a ativou bem na minha frente.

Isso parece tranquilizá-la.

– Pell, Will, podemos conversar um minutinho?

A mulher transmite uma mensagem silenciosa com os olhos. Sou a única outra pessoa na sala: o que será que não quer dizer na minha frente?

– Atenção – diz meu pai. É tão estranho ouvi-lo falar de maneira tão curta e grossa.

Ava inclina a cabeça e fala:

– Caso eu não tenha sido clara, há informações altamente confidenciais em jogo. Você quer alterar os sentidos dela ou altero eu?

– Desde quando você pede permissão?

O tom de voz do meu pai, que volta para o painel de controle, é leve o suficiente para parecer uma provocação amigável. Só que tenho quase certeza de que os dois não são amigos.

– O turno é seu – responde ela. – Estou simplesmente seguindo o procedimento padrão.

Meu pai mexe em vários botões e interruptores. É uma máquina complicada, como os aparelhos de mixagem usados em estúdios antes da guerra. Sei que está ajustando as configurações porque várias luzes piscam sempre que aperta alguma coisa. Se era para eu sentir algo diferente, ele ainda não apertou os botões certos. Talvez a alteração sensorial – que coisa apavorante, se for como parece – só funcione em cobaias que foram ativadas.

– Pronto. Configurei a visão no dois e deixei a memória em *loop*.

Ava observa as ações do meu pai, mas não faz nenhum comentário.

Não faço ideia do que isso significa, mas posso imaginar. Teria sido bom se meu pai tivesse me orientado sobre como agir nesta situação. Fico olhando para o vazio? Ajo como um ser humano normal?

Devo estar parecendo um cervo assustado com os faróis de um carro, porque Ava diz, impaciente:

– Vou passar as diretrizes.

– Ainda está seguindo o procedimento padrão? – Pellegrin fala entre os dentes, tão baixo que mal consigo escutar.

Ava, pelo jeito, não ouviu. Está concentrada demais ajustando o microfone do painel de controle. Aperta um botão, e uma luz verde pisca.

– Vá dormir na cadeira de procedimento, Número...

– Setenta e três – completa meu pai.

– Setenta e três – repete Ava. – Acorde em cinco minutos.

Suspeito que esta seja a minha deixa. Vou direto para a cadeira verde e me acomodo nela.

Os monitores não mudam simplesmente porque a mulher está olhando para mim, percebo. Torço para ela não virar para olhar, rezo que minha obediência cega seja suficiente para convencê-la.

Só depois que meus olhos se fecham, Ava começa a falar.

– Temos um problema. – Seu tom de voz está diferente, deixando transparecer certa urgência frenética. – Stark e eu seguimos uma pista há um tempinho, até a Toca. Encontramos duas meninas lá: a Número Setenta e a Lobo que tinha um relacionamento com Sky Cassowary. Lamento informar que temos a confirmação concreta de que a Lobo era, definitivamente, defeituosa.

Se a Lobo é Alexa, Setenta deve ser Esperança.

– Vocês conseguiram prendê-las? – pergunta meu pai, como se não as tivesse visto na cela com Lonan e os meninos.

Um minuto de silêncio.

– Creio que ela tinha em sua posse uma dose de sedativo. – Mais um instante de silêncio. – Stark e Setenta ainda estão inconscientes na Toca.

Fico sem ar. Não é surpresa que as imagens do pessoal não mostraram Esperança na cela: ela não estava *lá dentro*. E o que será que fizeram com Finnley? Eu me concentro em respirar, em respirar sem tremer, em respirar sem vomitar.

– E a Lobo? – pergunta Pell. – Devo subir até o laboratório e preparar mais um procedimento?

Ava dá risada. Tipo mel com sorvete: é tanto açúcar que dá enjoo.

– Para uma Loba defeituosa? Por favor, Pell... Quem é que não está seguindo o procedimento padrão agora?

Ela é tão afiada quanto eu imaginava. Em *todos* os sentidos da palavra "afiada".

– Gray está apagado no momento, então teremos que adiar a morte até ele acordar, pelo menos – diz meu pai.

Preciso de todas as minhas forças para não reagir à palavra "morte".

– Eu estava mesmo preocupada com isso – comenta Ava. E parece de fato alarmada. – Quando percebi que ele não estava de guarda na entrada do térreo, e quando não respondeu aos meus bipes, temi que Setenta-e-Dois o tivesse neutralizado de alguma maneira. Mas Setenta-e-Dois e os demais estavam presos quando fui levar a Loba, então pensei que poderia ser algo ainda mais sério.

Setenta-e-Dois só pode ser Lonan – ele foi o último do nosso grupo a entrar no abrigo, e meu pai me chamou de Número Setenta-e-Três. Isso significa que Setenta-e-Um é... Phoenix?

Há um instante longo e arrastado de silêncio.

– Bem – diz meu pai, finalmente. – O que você sugere? Zhornov quer Setenta-e-Dois e seu pessoal no iate o mais rápido possível.

Um *iate*? Meu pai falou que tinha arriscado fazer contato com Zhornov – e que os pinos-reis estavam ansiosos para encontrar Lonan –, mas eu nunca tinha somado dois mais dois. Quais são seus planos, já que isso é exatamente o que eles estão esperando? – Foi você quem colocou a Lobo na cela junto com Cassowary, Ava. Você a está monitorando há tanto tempo quanto eu. A Lobo não vai deixar que a levemos sem lutar. Nem ela, nem nenhum dos dois, aliás.

Ava limpa a garganta.

– Meu turno começa em dois minutos. Você e Pell podem tirar cara ou coroa para ver quem vai matar a Lobo defeituosa. Procedimento padrão e tudo o mais.

Ouço um barulho de moedas, de metal roçando em metal, de uma palma da mão batendo em outra.

– Coroa – diz Pellegrin.

Transcorre um segundo.

– Deu coroa – fala meu pai. – E, Pell, leve Setenta-e-Três com você.

SETENTA E TRÊS

QUANDO MEU PAI disse que Pellegrin ia pegar o transporte até aqui, eu o imaginei dirigindo uma espécie de carrinho de golfe ou um daqueles patinetes que os turistas usam nos *city tours*.

Não esperava que o corredor de concreto interminável fora da sala Áries fosse equipado com um painel removível no teto nem uma escada de aço que se estende para baixo como uma ameaça de morte. Subimos sem parar – estávamos em um nível subterrâneo mais profundo do que havia percebido.

Quando emergimos, há mais coisas inesperadas.

Como o fato de não estarmos mais no abrigo.

E não só *não* estamos no abrigo como tampouco estamos do lado de fora. É escuro, tão escuro que só consigo enxergar o que está visível na réstia de luz que vem lá de baixo, do corredor. O cheiro me é familiar, rançoso e úmido. Olho para cima: eis uma abóboda com janelas entalhadas na pedra que permitem a passagem da luz das estrelas e dos raios de luar quando as folhas se movimentam com a brisa.

Estamos no templo. Na rotunda do templo, para ser exata, onde Esperança encontrou todos aqueles besouros. Não é de surpreender que o sistema de segurança seja tão pesado, já que a Estação Áries está diretamente abaixo.

– Por aqui – diz Pellegrin.

Sigo cegamente, primeiro porque está escuro, mas também porque confio nele. Tenho vontade de perguntar: "Vocês não estão mesmo planejando matar Alexa, estão?" e "Lonan e os meninos vão mesmo embarcar no iate que Zhornov deseja?" e "Finnley e Esperança vão ficar bem?". Mas resolvo ficar calada quando lembro que Ava está responsável pela segurança agora. Sabe-se lá o que ela pode ver ou ouvir. Mesmo não estando oficialmente ativada e sob o controle dos Lobos, devo agir como se estivesse – devem haver câmeras espalhadas por todo canto. Até Pellegrin deve ser monitorado de alguma maneira, então é improvável que me dê uma resposta direta, mesmo que queira.

Vamos atravessando o templo – não pelo corredor estreito e sinuoso por onde andei com as meninas, mas na direção oposta. Meus olhos vão se ajustando à escuridão à medida que caminhamos.

Não ouço um ruído sequer de patas de besouro.

Pellegrin para e aperta um botão na parede. Uma teia complicada de *lasers* azuis brilha na escuridão e em seguida deixa de existir. Os *lasers* me fazem lembrar, de novo, de Esperança: presumindo que ela e Finnley foram convertidas ao mesmo tempo, Esperança devia estar sob o controle dos Lobos no dia em que descobrimos este lugar. Quanto será que do que aconteceu foi, na verdade, manipulado pelo meu pai ou por Ava? O acidente de Esperança com os *lasers* tirou sangue, o sangue atraiu os besouros, os besouros nos afugentaram.

Talvez não tenha sido acidente coisa nenhuma.

Ela também foi a única de nós que se recusou a sentar no limo venenoso.

Ela foi a única de nós que não foi atacada pelas plantas-tentáculos.

Um arrepio profundo e prolongado começa na minha espinha e se espalha pelo meu corpo. Eu nem era a convertida – mas fui eu que acabei sofrendo por causa disso. A dor do limo, as alucinações com Birch.

Não consigo começar a acreditar que estou fora de perigo só porque meu pai se recusou a concluir o horrendo procedimento dos Lobos. A complacência é minha inimiga.

Chegamos a um beco sem saída, na base de uma árvore frondosa. Ou a passagem foi construída assim ou a árvore cresceu depois e bloqueou o caminho. De qualquer forma, os Lobos deram um jeito de usá-la em benefício próprio.

– Tome cuidado nesta escada – diz Pellegrin. – Alguns degraus são mais estreitos que o normal.

Os degraus são entalhados diretamente na árvore, como aqueles da rede onde Finnley caiu. Só de pensar em atravessar o labirinto de pontes-casulos de novo já fico exausta – não tenho forças neste momento. Para meu alívio, quando chegamos à plataforma de madeira, não há ponte alguma. Em vez disso, usamos um sistema de tirolesa que funciona nas duas direções.

– A cadeirinha é mais estável do que parece – fala Pellegrin.

Se foi uma tentativa de me tranquilizar, não funcionou – não enxergo a cadeirinha, culpa da escuridão. Não me parece frágil nem que está caindo aos pedaços, mas é quase imperceptível, tênue como a cinta que minha mãe usava debaixo dos vestidos de festa. Pellegrin oferece a sua cadeirinha para eu tatear também, e é igualzinha à minha. Se ele confia nisso, usa todos os dias, certamente vai aguentar.

Ele me ajuda a entrar, prende a cadeirinha nos mosquetões e no cabo e explica rapidamente como fazer para parar quando chegarmos ao fim da linha. E vai primeiro, para poder me ajudar, se eu precisar.

Lanço um último olhar para o templo, que está abaixo de mim. Um templo escondido no meio da vegetação, exatamente como meu pai descreveu no guia. Eu tinha tanta esperança, expectativas tão diferentes, no dia em que o achamos – e o encontramos abandonado.

Só que o lugar não está nem um pouco abandonado de verdade, agora que parei para pensar. "Templos escondidos entre samambaias, estruturas formadas por pedras e segredos. Monges que dão imunidade aos refugiados dos dois lados da guerra, abrigando-os em seus monastérios. Tatuagens holográficas feitas em todos que se aproximam em paz, sem nenhum sinal de hostilidade."

Que bom que a tinta nesta página do livro do meu pai ficou borrada ao ponto de se tornar ilegível.

Todas as vezes que li essa passagem, só a li no contexto de encontrar a liberdade – e só a interpretei literalmente, não como uma pista codificada.

Tatuagens holográficas. Aproximar em paz.

Era um alerta, com o objetivo de proteger alguém que de repente encontrasse seu laboratório. Eram alertas a respeito das coisas que ele teria que fazer, das coisas com as quais seria melhor concordar. Suas anotações não eram um mapa para Refúgio, mas um mapa para si mesmo, para o monge dentro dele. Não é a liberdade que eu esperava, embora talvez seja a liberdade de que preciso.

Meu pai está vivo. Meu pai está *vivo.*

Eu estou viva.

Eu pulo, eu deslizo, eu voo. O templo, as samambaias, as rochas, os segredos: não são mais do que um borrão de vento e maravilhamento, só por um instante. Então meus pés encontram a terra firme de novo em um segundo templo – o abrigo – escondido no meio de mais vegetação, de mais rochas, de mais segredos.

– Pronta? – pergunta Pellegrin.

Estamos em cima do abrigo, onde Ava e o homem – Stark, foi assim que ela o chamou – estavam conversando enquanto eu me escondia lá embaixo, perto do canal. Tem uma escada de corda, percebo, amontoada na base da parede-barreira. O laboratório de Pellegrin deve estar por perto.

– Você vai ter de confiar em mim a respeito de algumas coisinhas quando entrarmos para procurar – ele diz.

Até que ponto Pellegrin e meu pai são capazes de ir para convencer os outros de sua lealdade? Não ao ponto de matar Alexa, espero. Com certeza não.

O ar da noite é fresco, mas pesado. Respiro fundo e entro depois de Pellegrin.

SETENTA E QUATRO

PELLEGRIN TEM UM aparelhinho no ouvido igual ao de Gray. Encosta nele assim que entramos no laboratório e levanta a outra mão fazendo o sinal universal de "espere um pouco". Acho que não vamos direto para as celas.

– Tudo certo do lado de cá – diz, não para mim. – E aí?

Estamos no laboratório dele, um contraste extremo com o lugar onde meu pai trabalha. Sempre imaginei laboratórios perfeitamente brancos, mas este tem uma iluminação suave e a cor do céu de primavera. Vejo mais três cadeiras de dentista, também verdes, e três mesas prateadas com conjuntos de ferramentas idênticas. Na parede do fundo, há um balcão repleto de microscópios, tubos de ensaio, béqueres cheios de líquidos coloridos e vários materiais de escritório, como fita-crepe e canetas de tinta permanente. Um quadro de cortiça cobre quase toda a parede, com inúmeras amostras de samambaias, cipós, folhas de palmeira e limo – e sabe-se lá mais o quê.

– Desculpe – diz Pellegrin para mim, sem emitir som. – Quanto tempo faz que ela está desacordada?

Ao ouvir isso, meus ouvidos se eriçam. Continuo andando pelo laboratório, me esforçando ao máximo para não parecer que estou prestando atenção em cada uma de suas palavras.

– Devo seguir em frente e ministrá-lo para Setenta-e-Três, então?

Ele pode estar se referindo a qualquer coisa. Não sei se quero essa coisa que Pellegrin tem a me oferecer, principalmente se vier deste laboratório

Duas das paredes são quase só de janelas, que dão para o canal. Deve ser uma vista bonita durante o dia – que bom que Pellegrin pode fazer procedimentos em inocentes desavisados cercado por uma atmosfera tão tranquila.

Pellegrin remexe em uma gaveta perto dos microscópios, e eu me ocupo examinando a quarta parede. Ela é cheia de monitores – um conjunto de nove –, mas não parecem destinados a imagens de segurança. Há um pequeno teclado prateado, isolado, no balcão logo abaixo. A organização meticulosa deste laboratório é a diferença mais gritante da Sala Áries.

– Eu aviso para ela – diz Pellegrin. Então fecha a gaveta até ouvir um clique. – Mais alguma coisa?

Em um dos monitores, há uma simulação tridimensional de toda a ilha e de um trecho do mar ao redor. Um amontoado de pontos vermelhos brilha em uma área perto da costa nordeste: será que cada ponto representa uma pessoa? É aqui que nós estamos? Se sim, estamos muito mais perto da costa do que eu pensava.

– É uma projeção da barreira. – A voz de Pellegrin está tão perto de mim que quase pulo de susto, com holograma e tudo. – Desculpe, não queria assustar você. – Ele aponta para uma linha cinza que circula quase toda a ilha. – É assim que bloqueamos visitantes indesejados. Ancoramos a linha em oitocentos pontos para que fique no lugar, e ela projeta filamentos de luz da altura da Freedom Tower, em Nova York. Se você olhar pelo lado de fora, parece que o mar continua indefinidamente.

– Isso é... tipo, incrível. – Parece que faz muito tempo desde que estávamos no barco, quando Esperança e Finnley viram a ilha pela primeira vez e Alexa não conseguia enxergar. – E isso? – pergunto, apontando para um trilho azul na parte de baixo da tela. – A maioria das ilhas é presa ao fundo do oceano, não?

Parece que a ilha inteira foi tirada de uma área maior de terra e colocada à deriva. Céu acima, água embaixo. Se Alexa tivesse se aventurado um pouco mais distante no mar aquela noite, quando os meninos chegaram, poderia muito bem ter caído.

– Seu pai nunca te falou a respeito das protocélulas quando você era criança? – pergunta Pellegrin. – Recifes artificiais, como o que fizeram para evitar que Veneza afundasse?

Faço que sim com a cabeça.

– Lembro vagamente. A ilha é isso?

– Esta ilha foi um dos protótipos que construímos para a Ambientech quando começamos a pesquisar os biossintéticos, materiais com poder de autocura. Desenvolvemos a fundação para ser como calcário, só que porosa, formando uma base sólida sem perigo de afundar. Esta camada – ele passa o dedo sobre a tela – construímos com uma antiga tecnologia de junco vinda do Peru. Tudo o que há em cima dela cultivamos sozinhos.

Seu dedo vai até uma fina linha verde debaixo da ilha.

– Aqui fica a amarra. Ela nos mantém parados no lugar e aumenta de comprimento automaticamente para que a ilha possa levantar com a maré, se necessário. Basicamente, somos uma balsa viva que nunca se mexe.

Estou sem palavras. Meu pai é brilhante, mas este homem é um gênio incomparável.

– Desculpe fazer tantas perguntas... Mas... e isto aqui? O que é? – digo, enfim, apontando para um enorme triângulo azul. Que compreende boa parte do Golfo do Texas e se estende até o Caribe.

– Essa é a barreira magnética – explica sem ficar nem um pouco incomodado com minha avalanche de perguntas. Acho que Pellegrin não tem muitas oportunidades de falar a respeito das coisas que criou de forma tão apaixonada. – É só mais uma maneira de manter o controle marítimo. Nossos navios são equipados com tabelas para saberem quando e como ajustar suas bússolas.

– E o pessoal de Lonan? – Se eles ganham a vida interceptando navios dos Lobos cheios de espiões, navegam exatamente pelas mesmas águas. – Como conseguem lidar com isso?

Mas já sei a resposta no mesmo instante em que pergunto. "Encostar a faca na garganta de alguém tem o misterioso poder de obter informação", Lonan me contou quando ficamos no topo do mundo.

– Eles... têm seus métodos – responde Pellegrin.

Meu estômago se revira só de pensar no Lonan violento, então presto ainda mais atenção no mapa que está na tela.

– E você inventou tudo isto?

Não é para menos que os Lobos o obrigaram a lutar pela sua causa. Não quero nem saber com o que o ameaçaram, do que Pellegrin teve que desistir para ajudá-los.

Ele assente.

– Você chegou por aqui – explica ele, apontando para um estreito na costa oeste. – E é por aqui que vai sair. Você vai precisar disto – diz, colocando uma caixinha prateada na minha mão. Parece que estou segurando gelo, um metal recém-saído de uma geladeira fria demais. – Abra.

Há três seringas, uma ao lado da outra, presas por um elástico apertado. Duas estão cheias de um líquido cor de âmbar.

– Sedativos? E para onde exatamente estou indo?

– Já vamos chegar a esse ponto. E, sim, estas duas são de sedativos. Se Ava acordar e dominar o painel de controle, você pode ter que lutar com os outros. – Abro minha boca para perguntar, e ele completa: – Seus amigos.

Apesar de todas as suas palavras, Pellegrin não estabelece uma comunicação das mais claras. Eu me atenho às perguntas logísticas por enquanto.

– O que aconteceu com Ava?

Um sorrisinho maldoso se esboça no seu rosto.

– Seu pai contou que, infelizmente, Ava foi detida por outro dardo.

Tenho uma ideia, que pode ser brilhante.

– Você pode fazer o procedimento nela, a mesma coisa que faz para controlar os espiões? Em Gray também? Os dois já estão inconscientes...

– O pessoal de alto escalão foi vacinado. Você não faz ideia do inferno pelo qual as pessoas passaram quando os pinos-reis me designaram para criar *isso*. Dois meses bem difíceis. Ava me falava todo dia que eu tinha muita sorte de ser o cientista, e não a cobaia – conta dando risada, mas é uma risada triste.

– Pensei que meu pai havia dito que não existe vacina.

– Ele disse que não existe *cura*. Tem uma grande diferença. A vacina não reverte nada, só evita que o procedimento surta efeito. Foi o que injetei em você, aliás.

Ah. *Ah*.

Isso me tranquiliza – tranquiliza, sim. De certo modo. Posso confiar em Pellegrin, posso confiar no meu pai, posso confiar em mim mesma. Nenhum de nós três pode ser convertido.

"Mas não estou lá para assumir a culpa pelo dardo desta vez", é só o que consigo pensar.

– E eles não vão descobrir quem atirou em Ava?

Por um lado, desejo – e isso é terrível – que meu pai a elimine de uma vez por todas. Mas como o amor e a dor do meu pai são dois lados da mesma moeda, o mesmo acontece com sua compaixão e sua autoconfiança: sei que não vai se tornar um agente direto da morte, a menos que realmente precise – mesmo que isso ponha em risco a sua própria vida. Contudo, meu pai seria capaz de matar pela minha mãe. E, com toda a certeza, por mim.

Os olhos cor de chocolate de Pellegrin são ao mesmo tempo doces e amargos.

– É bem provável, lamento informar. Seu pai pode ter que apelar para medidas drásticas para que a informação não vaze. – Seu jeito direto é tão sincero que chega a doer. – Mas trabalhamos muito, justamente para isso, e não será fácil pôr em prática. Nós dois temos plena consciência dos riscos.

Não tem nenhuma foto em cima da mesa de Pellegrin, nenhuma caneca querida em cima dos seus balcões. Fico imaginando se é porque ele não tem ninguém para lembrar ou se simplesmente lembrar é difícil demais.

– Você... tem família?

A doçura se evapora dos seus olhos.

– Tinha. Há muito tempo. – Parece que ele está prestes a revelar mais, porém muda de ideia. – Will é minha família agora. E, apesar de você não me conhecer, ele me contou tudo a seu respeito. Sinto como se também fosse da minha família.

Ele ter perdido sua família, ter ouvido meu pai falar a meu respeito, achar que me conhece ao ponto de dizer que sou da sua família... não sei como reagir. A nada disso.

Felizmente, Pellegrin limpa a garganta e muda de assunto de um jeito meio abrupto.

– Esta aqui – diz, apontando para a terceira seringa, cheia com o líquido da mesma cor de sua sala azul-céu. – Tome muito cuidado com ela. Use apenas se sua vida sofrer alguma ameaça explícita. Não deixe ninguém roubá-la. Nem sequer a tire da caixa a menos que tenha certeza de que ninguém vai te dominar e aplicar em você mesma.

Sinto um aperto no estômago.

– Por que você a está me dando, se é tão perigosa? Quem é o alvo?

– Por mais que eu queira que existisse um alvo, e você não me ouviu dizer isso, essa não é uma missão com o objetivo de matar. Mas é fundamental que continue viva.

Pellegrin vai até o balcão cheio de equipamentos, com os tubos de ensaio e béqueres, pressiona a palma da mão contra uma porta de vidro logo abaixo. Uma luz azul cegante escaneia sua mão. Em seguida, há uma série de bipes baixos, e ele abre a porta. Lá dentro há uma névoa de ar gelado, que logo desaparece: ele estica a mão rapidamente e pega o que precisa.

– Se alguém vir isto, vai *matar* você.

"Você", disse ele. Mas fica claro que "você" quer dizer mais do que apenas "eu".

– É um *drive* de sangue. Dentro tem...

– Sangue... do meu pai?

A expressão de Pellegrin se transforma, como se eu fosse uma equação que ele ainda não resolveu. É só uma questão de segundos, tenho certeza, até ele ligar os pontos.

O tubo de ensaio na sua mão: é tão exatamente igual àquele que eu carreguei por dois anos, é tão exatamente igual ao que eu acabei de espatifar do lado de fora deste pavilhão...

Talvez o guia não fosse o único fundo de emergência do meu pai.

Pellegrin faz um único sinal afirmativo com a cabeça.

– *Drives* de sangue são o método mais abrangente de transferência de informações na face da Terra. Tudo o que o seu pai sentiu, imaginou, viveu... Todo o conhecimento que adquiriu, especificamente aqui, com relação ao Projeto Atlas, está dentro deste tubo. Gravamos no sangue ao final de cada dia, destruindo o conteúdo dos dias anteriores. Não temos um sistema de *backup*, porque todas as informações são extremamente confidenciais. Este é o mais recente, e é a única cópia.

A verdade cai como uma pena, mas tem o peso de mundos e mais mundos.

Se alguma coisa acontecer com meu pai, este tubo será tudo o que restará dele.

Se alguma coisa acontecer com o tubo, o trabalho de uma vida inteira se perderá.

E, se alguém descobrir o quanto esse tubo é valioso, meu pai ficaria em uma posição extremamente vulnerável. Um tubo de informação jamais trairia os Lobos, ao contrário de sua contrapartida humana – essa contrapartida humana traidora não teria mais valor algum para eles.

Olho Pellegrin nos olhos e pergunto:

– Por que você está dando isso para mim?

Ele coloca o tubo na minha mão, fecha meus dedos em volta dele e responde:

– Você é a única pessoa em quem ele confia.

SETENTA E CINCO

O PLANO É o seguinte: no meio do oceano, não muito longe daqui, tem uma ilha.

Nessa ilha, vive a esperança do nosso mundo prestes a naufragar – o hábitat Atlas – e um de seus grandes terrores, Anton Zhornov. A ilha é como um *iceberg*: 90% dela está escondido sob a superfície. Zhornov vive na ponta, acima do nível da água: o grande privilégio do homem que possibilitou que os Lobos sonhassem em construí-la. Ninguém vive debaixo dele. Ainda não está pronta.

Um homem nos encontrará na ilha: doutor Reem Marieke, da Cidade do Cabo, na África do Sul. Conforme Zhornov já foi avisado, ele exige uma demonstração do hábitat antes de se comprometer a trabalhar nele. Conforme Zhornov já foi avisado, esse homem tem o conhecimento que falta ao meu pai, sobre gerenciamento de lixo subaquático. É necessário para a conclusão do projeto, a peça que falta. Zhornov já foi avisado de muita coisa.

O que Zhornov não sabe poderia preencher mais um dos livros do meu pai.

Por exemplo, que meu pai conhece o dr. Marieke há mais do que metade da sua vida. Ele foi colega do meu pai na universidade, um dos três nomes escritos na folha de rosto do guia. De acordo com Pellegrin, é verdade que ele tem habilidades que faltam ao meu pai. Mas o restante

– que aceitou fazer essa reunião com Zhornov como um primeiro passo para uma parceria com os Lobos; que Lonan, eu e os demais estaremos presentes só para servirmos de cobaia e ficarmos debaixo da superfície, demonstrando como o hábitat é seguro e promissor – não poderia estar mais distante da verdade.

De fato, o doutor aceitou participar dessa reunião com Zhornov porque é a única maneira de alguém de fora conseguir ter contato com alguém dessa esfera. E é necessário ter contato com alguém de fora para transferir o *drive* de sangue para *fora* dessa esfera. Especificamente, para as mãos de um dos colegas em quem meu pai confia, que vai trabalhar com Stéphane Monroe e as Forças Aliadas.

Minha tarefa é passar o *drive* para as mãos do doutor. E todos nós temos a responsabilidade de realizar a transferência do modo mais tranquilo possível: todo mundo permanece vivo, inclusive Zhornov. Se os outros pinos-reis ficarem sabendo de qualquer coisa, a Aliança perde sua vantagem – e sabe-se lá o que pode acontecer com meu pai, com Pellegrin e com todos nós.

Os Lobos descobrirão, sem dúvida, mas só depois que meu pai tirá-los da jogada e não conseguirem mais encontrar a ilha. Será uma tortura mais doce que a morte, diz ele, ter que ficar só observando, imaginando e chorando.

Não posso dizer que discordo.

SETENTA E SEIS

QUANDO SAÍMOS DO laboratório, nos tornamos o técnico e sua paciente de procedimento, para qualquer um que nos veja. Não há nenhum sinal de amizade entre nós, nada que possa revelar nossos segredos. O tubo de sangue está em segurança dentro do meu bolso, protegido por uma fina luva de neoprene, e a caixa prateada cheia de seringas substituiu o guia que ficava nas minhas costas: uma maneira mais exata e letal de me proteger.

– Fique com Lonan no iate – diz Pellegrin. Ele me acompanha pela sacada da entrada grandiosa até uma escada estreita e dourada. Subimos para o pequeno terceiro andar, em direção à cela.

– Assim que Ava sair, seu pai vai poder passar as diretrizes para ele e para os demais. O que fazer, como agir.

Algo a respeito disso não cai bem.

– Então meu pai ainda está controlando meus amigos?

– Não exatamente. – Apesar de Pellegrin falar baixo, os corredores não devem ser tão monitorados quanto eu pensava. Ou, se são, é provável que meu pai é quem o esteja monitorando neste momento. – Quando Gray e Ava acordarem, é preciso *parecer* que seu pai está controlando os prisioneiros. Mas ele pretende ajustar os sentidos dos seus amigos para o modo autônomo, o que significa que eles terão liberdade para agir, pensar, sentir e compreender seu entorno.

Chegamos à primeira porta que não é de vidro como as que eu vi em todo o abrigo. É uma chapa maciça de ferro. É como se os Lobos quisessem fazer parecer que têm teto de vidro e não jogam pedras; quando, na verdade, comandam tudo com punhos de ferro.

Pellegrin aperta três dedos na porta, e um circuito de luzes azuis ganha vida – me faz lembrar do mapa que os meninos ativaram lá na praia, no enorme totem de pedra.

– Biossegurança – diz ele. Então traça as linhas com o dedo de tal modo que parece estar resolvendo um labirinto. – Mas, de volta às diretrizes, é basicamente um modo simples de conseguir manter contato com vocês, mesmo a distância. Temos algumas pessoas do nosso lado na ilha de Zhornov, então poderemos alertá-las, caso alguma coisa possa atrapalhar vocês.

– Mas não vou conseguir ouvir nada.

Estou dizendo algo óbvio, mas é melhor deixar tudo claro antes de eu embarcar no iate a caminho da ilha de Zhornov com um bando de HoloLobos, quando há tanta coisa em jogo. "Éden e um tubo cheio de sangue *versus* a guerra" estará escrito nos livros de história.

Quero que eles tenham o melhor final.

– Correto – diz Pellegrin. – Essa é a única desvantagem de não ativarmos você, mas seu pai e eu concordamos que as vantagens de lhe dar a vacina são maiores do que os riscos dessa falha específica. – As luzes azuis vão mudando para verde, e eu ouço um clique sutil. Pellegrin abre a porta, que não tem maçaneta. – Além disso, seu pai está passando as informações do plano para Lonan e os demais desde o infeliz incidente com Ava, então não há necessidade de discutir o assunto em voz alta. Na verdade, prefiro que você não discuta nada com ninguém.

Estou uma pilha de nervos: tanta coisa pode dar errado, tanta coisa que depende de tudo sair absolutamente perfeito.

O outro lado da porta parece tão escuro quanto as telas no escritório do meu pai. É só um quartinho vazio, sem janelas, onde estão todas as pessoas com quem cheguei até aqui – com exceção de Esperança que, presumo, ainda está no túnel, inconsciente, como disse Ava. A qual, imagino, só teve forças para trazer sozinha uma das meninas até aqui. Os meninos estão de pé, com uma expressão determinada. Alexa olha para eles, confusa, e se levanta devagar.

Assim que entramos, fico do lado de um Pellegrin diferente. É claro: estamos cercados por espiões humanos. Mesmo que Ava não esteja acordada para assistir a nosso espetáculo, com certeza vai retroceder as imagens para se certificar de que Pellegrin cumpriu a sua obrigação.

E ele cumpre.

– Que...

Alexa cai no chão, apagada por uma seringa habilmente aplicada na sua pele, logo abaixo da clavícula.

Um rastro de um líquido azul-céu escorre pelo seu peito.

SETENTA E SETE

CASS É O PRIMEIRO a se abaixar, o primeiro a gritar obscenidades, o primeiro a passar os dedos no cabelo de Alexa e limpar o sangue e o líquido azul que escorrem pela sua pele. Lonan verifica a pulsação dela; Phoenix arruma suas roupas – que subiram quando ela caiu e agora não cobrem o que deveriam.

Fico de pé, em estado de choque. Sou a única que sabe o quanto o líquido azul é perigoso.

Quando Pellegrin se vira, de frente apenas para mim, sua boca pronuncia três palavras sem emitir som: "Confie em mim".

Então ele põe o dedo no aparelho que tem no ouvido.

– Áries, ative a diretriz imediatamente. A situação está saindo do controle.

Vejo um brilho prateado no bolso de sua cintura: é uma caixa igualzinha à que me deu no laboratório.

Quase na mesma hora, os meninos param de mexer em Alexa e ficam de pé, alertas. Só a expressão de Cass revela sua hesitação para sair do lado dela, e apenas por uma fração de segundo – é isso que me garante que eles estão recebendo informações, mas não estão sendo controlados.

É tudo apenas fingimento, lembro. Não é verdade, não pode ser verdade.

Com certeza, parece verdade. Alexa não se move, e sua respiração está fraca. Não entendo por que Pellegrin teria tanto trabalho para me alertar a respeito da seringa com soro azul e depois se viraria e injetaria uma na minha amiga – "Confie em mim", disse ele.

Eu tento, me esforço ao máximo para confiar no que sei, e não no que vejo. Estou quase convencida de que Pellegrin não chegaria realmente a matar Alexa – no mínimo, suas experiências científicas me garantem que ele é o rei das ilusões. E, se ela não está morta, não há nada com que se preocupar. Certo?

Por isso, não faço pergunta alguma. Se eu começar a fazer perguntas que deixem transparecer o quanto sei, poderia comprometer toda a nossa missão, caso Ava decida recuperar as imagens. E ela é do tipo que recuperaria as imagens, tenho certeza. É inteligente demais para deixar qualquer coisa passar batido.

– Por aqui – chama Pellegrin.

Saímos em fila do quartinho, parecendo patinhos, todos nós menos Alexa. Ela é apenas um cabelo sedoso e uma pele macia, cílios compridos e shorts curtos, um fogo que se transformou em brasa.

Deixamos ela lá, caída, sem se mexer, no chão frio de concreto.

SETENTA E OITO

PELLEGRIN FAZ TANTOS contatos que até perco a conta, enquanto nos acompanha pela escada estreita, atravessando a sacada, até voltarmos ao seu laboratório. Não paramos ali, mas atravessamos o terraço direto, onde a tirolesa nos deixou.

– Canal Toca – diz ele. – Grupo de quatro pessoas a serem alojadas em Nova Port Isabel. – É claro que não está transmitindo nosso verdadeiro destino para todo mundo. Ele completa: – Lado oeste.

O lado oeste: onde ficam os barracões vermelhos, de onde Esperança e Finnley vieram. Parece que faz tanto tempo que eu vi, pela primeira vez, os nomes delas tatuados em tinta vermelha nos seus dedos mindinhos. O caos que Alexa causou na praia não matou o acampamento inteiro, pelo jeito.

Meu estômago revira. Finnley. Onde está Finnley? Eu devia ter perguntado antes – como pude deixar de perguntar? Estava bem distraída, claro. Mas nem por isso minha falta é menor.

Venho logo atrás de Pellegrin na fila. Posso arriscar a pergunta, se tiver cautela. Ele é o líder, e, desde que continue olhando para a frente, seu rosto não corre o risco de ser enquadrado pela visão espiã dos meninos – é bem possível que ele possa me responder sem ser muito óbvio.

Pellegrin se abaixa para desenrolar a escada de corda. Os demais ficam por perto, na saliência da rocha. Chego mais perto dele, o bastante para que me ouça sussurrar.

– Onde está Finnley? A menina das redes?

Seus ombros ficam tensos dentro de sua camisa branca impecável. Tirando isso, não há indicação alguma de que ele me ouviu.

– Ela... ela está...

Pellegrin se levanta, tão de repente e perto de mim que preciso dar um passo para trás, e joga a escada de corda.

– Desçam – disse, se dirigindo ao grupo todo. – Esperem na plataforma até a chegada do bote que vai levá-los ao iate. Deve chegar a qualquer momento. – Ele não olha para mim, faz um grande esforço para não olhar. – Lonan, por que você não vai primeiro?

Lonan não me olha nos olhos, e preciso de uma boa dose de autocontrole para continuar parada. É a primeira vez que o vejo sob a luz – que realmente *olho* para ele – desde que nos beijamos na caverna. E, agora que estou olhando, tenho dificuldade de parar de olhar. Ele também.

– Áries, você poderia checar os níveis sensoriais do Número Setenta-e-Dois, por favor? – pergunta Pellegrin, encostando no aparelho de ouvido. Só que, pela primeira vez, a luzinha que mostra que ele está realmente conectado com outra pessoa fica apagada. – Ele parece meio devagar.

Lonan entende a indireta e começa a descer pela corda. Phoenix e Cass vão em seguida, até que ficamos só Pellegrin e eu no terraço.

– Gênio – digo, quando me dou conta do que ele fez para que ficássemos longe dos outros.

Ele me fita de um modo tão intenso que a parte branca dos seus olhos é pura luz em contraste com a escuridão de sua pele. Este é o verdadeiro Pellegrin de novo, não a couraça que usou desde que saímos do seu laboratório.

– Não temos muito tempo – informa ele. – Assim que Cassowary chegar à plataforma, você terá que descer, senão Ava vai implicar quando vir as imagens.

Eu *sabia* que tinha razão a respeito de Ava; ela é inteligente.

– Onde está Finnley? Por que não estava com eles?

O rosto de Pellegrin é inundado por carinho, compaixão e remorso, e recebo minha resposta.

– Ela estava viva quando caiu na rede – diz ele com os olhos brilhando. – Mas sua vida estava por um fio.

– Ela ainda está...

Ele sacode a cabeça.

– Seu pai passou para ela a diretriz de atacar Stark, que a estava levando à ala médica. Deu a desculpa de que foi um efeito colateral psicótico da alucinação causada pelo fragmento de osso, como vocês todos haviam acabado de ter.

Cass acabou de pôr os pés no chão. Eu deveria começar a descer a escada, mas não consigo. Não até *saber*.

– Sinto muito, Éden. Stark é impulsivo, e sua percepção de certo e errado se tornou incrivelmente confusa ao longo dos anos. Ele quebrou o pescoço da sua amiga assim que percebeu que seria atacado.

O mundo vira um borrão.

A escada de corda, a vegetação, o bote que chega: apenas borrões brancos, verdes, cinza.

Os rostos à minha volta, de Lonan, Phoenix, Cass, Pellegrin – que irá conosco no iate, pelo jeito: bronzeado, sardento, claro, ébano.

Fecho os olhos. Onde deveria haver só escuridão, vejo Finnley. Não sou a única culpada, sei disso, mas só consigo pensar na ponte-casulo. Na sua queda. No fato de eu ainda estar aqui, e ela não.

Certo, errado, pureza, poluição, alegria, dor, sofrimento, bondade: são coisas que se distorcem, que se cruzam, que se fundem. A vida é cheia de facas de dois gumes. A vida *em si* é uma faca de dois gumes.

Abro os olhos. Respiro. Tento não me sentir culpada por *poder* respirar: tento usar isso como combustível, como fogo. Finnley não merecia morrer. Agora tudo o que posso fazer é aproveitar a vida que ainda tenho, pelo tempo que tiver.

No canal, o bote vai para a esquerda, e não para a direita. É estranho: quando entramos de canoa na caverna, havia uma barreira muito clara de floresta à nossa esquerda.

Agora é muito claro que não há barreira alguma.

Não estamos apenas *perto* da costa... estamos *na* costa.

– Biossegurança de novo? – murmuro, e Pellegrin assente discretamente.

Inacreditável. Quando olho para trás, não há nenhum sinal do canal, do abrigo ou da clareira que atravessamos. A paisagem se apresenta como uma selva impenetrável que se espalha por um desfiladeiro baixo e rochoso – e nosso pequeno bote está em mar aberto. Um grande iate branco extremamente moderno nos espera a menos de 50 metros, iluminado por holofotes e luzes a bordo.

Jamais tive a pretensão de nada disso. Deste iate que nos levará até o homem que arrastou nosso mundo para a guerra. Da missão para a qual fui designada, que, desde que eu consiga cumpri-la, pode fazer esta guerra desmoronar. De culpa que sinto pela morte de Finnley ser uma gota no oceano, quando comparada ao que sentirei se eu decepcionar meu pai.

Se eu fracassar. Se eu for descoberta.

Se o matarem por causa disso.

Jamais pedi nada disso.

SETENTA E NOVE

NUNCA VI UM barco assim na minha vida: é uma mistura de iate de luxo com obra de arte que poderia estar em exposição no MoMA. Duas das velas têm uma forma esculpida, com costuras estriadas que as fazem parecer a parte de baixo da barriga de uma baleia gigante. A proa faz um arco gracioso e termina com uma ponta longa e afiada – uma combinação perfeita de forma e função, sem dúvida – que parece capaz de furar as mais cruéis das ondas. Uma escultura decorativa pontiaguda combina com ela, erguendo-se logo acima para perfurar o céu. Parece que as duas peças juntas são um bico cruel pronto para devorar tudo o que atravessar seu caminho.

Pellegrin nos leva até um convés descoberto no nível intermediário do iate, onde as janelas foram esculpidas em um padrão sinuoso e inusitado. Têm um design impecável, com mais janelas que paredes, executado meticulosamente. Assim que todos embarcamos – Phoenix, Cass e Lonan, depois Pellegrin e eu –, ele fecha a porta. É o iate mais maravilhoso em que já entrei: o interior é cor de baunilha, com bordas de nogueira, e chão de tábuas estreitas tingidas de noz-moscada.

– NPI, lado oeste? – grita um dos tripulantes do outro lado do convés.

– Positivo – responde Pellegrin.

– Acomodem-se – diz o homem. – Vai levar quase a noite inteira, e amanhã será um longo dia.

Olho para Pellegrin em busca de alguma pista – tipo quando exatamente vamos mudar o curso para ir até a ilha-hábitat? –, mas seu rosto não revela nenhum dos nossos segredos. O que é bom para os segredos, mas nem tanto para minha paranoia.

– Quer sentar? – pergunta Lonan do meu lado. Os demais ocuparam dois sofás a estibordo.

Se eu sentar, vou dormir. Se eu me sentar do lado de Lonan, é capaz de não querer mais levantar. O que poderia ser um problema.

Mas estou tão cansada.

A resposta deve estar estampada na minha cara, porque, quando percebo, ele pega minha mão e me leva à popa, até um banco comprido e estofado, com almofadas de tema náutico. O banco tem vista para o mar e para a ilha que deixamos para trás – ambos seriam uma vista muito mais bonita à luz do dia.

Não que a escuridão seja tão ruim. A luz das estrelas, o ar salgado, as ondas do mar. E Lonan.

Ele se senta primeiro e levanta o braço, me convidando para me sentar perto dele. Sento, me apoio nele, descanso a cabeça logo abaixo de sua clavícula, onde seus músculos são firmes, mas macios: a melhor das combinações. Ele me abraça e me puxa, até que ficamos o mais perto possível.

O que não é perto o suficiente.

Nós dois estamos exaustos – sinto pelo modo como ele me abraça, como derretemos um no outro. Eu tinha razão. Nunca mais vou querer levantar.

O iate acelera, causando uma lufada de brisa gelada. Me arrependo de ter deixado meu casaquinho amassado no chão daquele túnel. Lonan passa a mão pelo meu braço, afastando o frio.

– Estou feliz de ver você de novo – falo.

Quero dizer muitas outras coisas, mas acho que isso é seguro. *Espero* que seja.

Seu sorriso é doce à luz da Lua.

– Também estou feliz de ver você, Éden. – Ele baixa os olhos até a aliança do meu pai, pendurada na corrente. Em seguida, a levanta e passa o dedão pelo metal liso e curvado. – Também sinto falta da minha família.

Fico com o corpo todo tenso. Lonan já me contou o que aconteceu com seus pais. Por que então tocar nesse assunto, a menos que queira me dizer outra coisa? O "também" no começo da frase confirma: ele sabe.

Sabe que esta é a aliança do meu pai. Sabe que aquele era o livro do meu pai.

A guerra não existiria sem meu pai, mas não significa que ele a tenha *causado* – sei disso, mas nunca toco no assunto, porque, se existe alguma coisa que esta guerra me ensinou é que não dá para presumir que os outros veem o mundo em preto e branco. Tem gente que faz questão de ver tudo vermelho, não importa o quê. Principalmente se sofreram por algum motivo.

Lonan sabe; porém, ao invés de se afastar, chega mais perto: isso é *tudo* para mim.

Inclina a cabeça e me beija. É um beijo demorado e cuidadoso, suave, sem a urgência do medo, da despedida ou do puro alívio por ter sobrevivido a uma experiência de quase morte – nada disso. Nós nos beijamos porque temos um entendimento, mesmo que seja apenas um início. Porque nossas perdas são profundas, graves e complicadas.

Porque finalmente criamos coragem para arriscar de novo amar alguém, sabendo muito bem o que significa ter que perder essa pessoa.

Não sei quanto tempo dura.

Só sei que estou beijando Lonan e pegando no sono, então acordo abruptamente porque minha cabeça bate na dura estrutura de bambu do banco.

Vozes.

Confusão.

A sensação estranha e confusa de acordar do sono profundo. A sensação estranha e confusa de saber, *saber*, que nada é de graça e que a vitória não é fácil de ser conquistada.

E minha adaga – a adaga de *Lonan* – sumiu.

Lonan sumiu também.

OITENTA

"Esta é a última vez que você pode confiar em mim até encontrar a cura", disse Lonan. Foram suas palavras de despedida lá na caverna.

Mas não existe cura.

Então o quê? Nunca mais poderei confiar nele de novo?

OITENTA E UM

A VOZ DE LONAN se sobressai dentre as outras. Ele nem está mais neste convés – estou completamente sozinha em meio ao luxo –, e ainda assim consigo ouvi-lo claramente. Subo devagar a escada espiral que leva ao convés superior, uma salinha de janelas pintadas, com luminárias de biblioteca antiga e equipamento de navegação. Tem gente demais lá dentro.

– Você vai nos levar até a ilha particular de Zhornov – Lonan está dizendo quando entro. – Você me entendeu ou não?

É incrível como o contexto pode mudar só com o tom de voz de alguém. Como um banco fofinho, uma luz suave e uma pele macia podem eliminar todas as facetas pontiagudas. Como uma faca no pescoço de um capitão de iate pode fazer exatamente o contrário.

Esse é um lado de Lonan que eu nunca vi. Que sabia que existia – que ele *me contou* que existia –, mas que até agora eu conseguia fingir que não. Não dá para esperar que um diamante não tenha muitas facetas, acho eu.

Cass está segurando uma faca na garganta do oficial de quarto, cujo título exato deveria ser único oficial. Isso deixa Phoenix livre para fazer qualquer manobra de navegação que esteja fora do alcance do capitão. Suspeito que Pellegrin ou meu pai planejaram que fosse assim, porque somos quase o dobro deles em número.

– Eu perguntei se você me entendeu.

A expressão de Lonan é dura, como na noite em que nos conhecemos, antes de ele resolver que podia confiar em mim ao ponto de baixar um pouco a guarda.

– Estou instruído a fazer o caminho até NPI oeste – responde o capitão, com dificuldade para pronunciar as palavras sem que sua garganta seja cortada pela faca de Lonan.

– A mudança de itinerário foi aprovada – diz Lonan. – Temos a papelada da autorização bem aqui, assinada por Will Andersen e pelo próprio Zhornov.

– Não pode ser. Só pode ser falsa! – O capitão olha para Pellegrin em busca de ajuda. Ao não encontrar nada, arregala tanto os olhos que ficam do tamanho dos holofotes do lado de fora das janelas pintadas. – Vão cortar a cabeça de vocês por isso, sabiam? Principalmente a sua, Pell.

Seus braços são cobertos de tatuagens que lembram espadas samurai, e sua voz é puro brio.

Pellegrin não se abala.

– Não é falsa, Rex. É simplesmente uma exceção raríssima, e fomos instruídos a mantê-la em segredo. Se você quer verificar esta ordem, fique à vontade, mas saiba que Zhornov vai acabar com você imediatamente se descobrir que foi insubordinado. – Não foi o melhor dos argumentos, na minha opinião. Principalmente porque é óbvio que Rex pensa que *nossas* ordens o levarão à insubordinação. – Se você *se recusar* a nos ajudar, prometo me esforçar ao máximo para arrastar sua morte pelo maior tempo possível. – Pellegrin inclina a cabeça e dá um sorrisinho de "xeque-mate" que deve ter feito Rex sentir vontade de partir a cara dele. – O que você prefere?

Por mais que o argumento seja arriscado, dá para ver que Rex está prestes a ceder. Mas então diz:

– Não quero participar disso. Pode vir.

Então olha feio para Pellegrin, apesar de ser Lonan que ainda segura a faca.

– Não!

Todo mundo se vira e olha para mim.

Minhas bochechas estão pegando fogo. Não tenho uma sugestão melhor – só não aguento ficar olhando. Não aguento ficar olhando Pellegrin, Lonan nem mesmo Cass ou Phoenix torturar alguém. Não quero acreditar que eles têm coragem de fazer isso.

– Só... vejam estas fotos – falo.

Há duas fotos pequenas, que não estão em porta-retratos, mas enfiadas de qualquer jeito na moldura de bambu da parede. Reconheço a Espaçonave Terra, a esfera geodésica emblemática do Epcot Center, no fundo de uma delas: Rex está com uma mulher baixinha e morena, que segura no colo uma menininha vestida de princesa. A outra foto é de um bebê recém-nascido em cima de uma balança, tão recém-chegado ao mundo que ainda nem limparam sua pele.

Reúno toda a minha coragem e digo:

– Mesmo que a gente não entenda o porquê, o capitão está defendendo o que acredita ser certo. Não é exatamente por isso que estamos lutando? Ele pode não querer nos ajudar, mas definitivamente não quer morrer, mesmo que afirme estar disposto a tanto. – Minha voz treme, mas consigo me controlar. Todos ainda estão me ouvindo, e essa pode ser minha única oportunidade de falar. – O cara está tentando viver com integridade. Acho que deveríamos, pelo menos, deixá-lo fazer isso.

A expressão de Rex é indecifrável. Seria de se pensar que, depois de uma desconhecida falar em seu favor, a pessoa pelo menos reconheceria isso.

Ele não reconhece.

Já Lonan, sim. Não tira a faca da garganta de Rex, mas há sinais de compaixão nos seus olhos, que cruzam com os meus.

– Vou lhe dar uma última chance de responder – diz Lonan. – Se você se recusar a nos ajudar, não vamos matá-lo, mas vamos deixar você morrer de fome até que alguém descubra que foi trancafiado no convés inferior. Tenho uma vasta experiência com navegação. Só estou pedindo as coordenadas e qualquer informação pertinente a respeito da segurança – explica Lonan, ainda me olhando nos olhos. – Se nos ajudar, e tudo sair como o planejado, faremos o possível para você continuar vivendo. Também faremos o possível para reencontrar sua família. Qual é a sua resposta, capitão?

Lágrimas são a última coisa que eu esperava ver em um homem que tem os braços cobertos por espadas samurai, mas hoje é um dia em que as expectativas são tão inúteis quanto as contas bancárias na nossa economia quebrada.

– Tragam as cartas náuticas – responde o capitão. – Eu vou ajudar.

Lonan e Cass ficam com o capitão e o oficial de quarto. Nada mais nada menos do que os quatro o tempo todo – foram esses os termos do trato.

Assim, Phoenix, Pellegrin e eu ficamos sozinhos no convés principal. Nos acomodamos nos bancos estofados e dormimos, assaltamos a geladeira em busca de água mineral, comemos nossa cota de manga e abacaxi já cortados, derrubamos migalhas de todos os biscoitos que consumimos.

Também nos revezamos para tomar banho no banheiro – é o primeiro banheiro particular em que entro desde que a guerra começou. Esfrego as camadas de sal, areia e terra da minha pele, prendo o cabelo em uma trança espinha-de-peixe como a que Emma sempre usava.

Eu me torno refém do espelho: não por causa dos arranhões nem dos machucados, não porque meus ombros ficaram mais ossudos, mas por causa da minha mãe, que olha para mim. Estou mais parecida com ela do que podia imaginar. Fico olhando para os meus traços – para os traços *dela* – por tanto tempo que Pellegrin vem ver se estou bem. Como se, caso eu olhasse com atenção suficiente, por tempo suficiente, eu pudesse trazê-la de volta. Ter a minha família toda de novo quando essa guerra terminar. Voltar para Antes.

O fantasma dela, as minhas memórias: não são suficientes.

Até aí, porém, nunca foram.

Recupero o controle, deixo o espelho para trás.

Phoenix dorme profundamente em um dos bancos estofados do convés principal. Vou até o outro lado do barco, onde Pellegrin está sentado sozinho, no mesmo lugar onde peguei no sono encostada no ombro de Loran.

– Fiquei pensando... – falo, sentando ao seu lado. – Você e meu pai foram tão cuidadosos com tudo... E aquilo lá em cima foi o oposto de cuidadoso.

O Sol já vai nascer. O céu está claro o suficiente para ver o rastro branco emplumado que se forma à medida que o iate corta o oceano. Pellegrin olha fixamente para ele.

– Não podemos guardar nossos segredos para sempre – responde. – Ava e Gray já devem estar acordados há horas, com certeza. Seu pai e eu esperamos de propósito até o próximo turno dele começar, antes de pressionar a tripulação para navegar até o nosso objetivo.

– Mas Ava não vai ver o que aconteceu lá, quando for procurar as imagens das câmeras? Que você mentiu para Rex?

– O próximo turno dela só começa daqui a algumas horas. E, na verdade, não foi mentira. Zhornov está mesmo nos esperando. Porém, por medida de segurança, ele raramente permite que alguém além da equipe de construção ou de seus assistentes pessoais ponha o pé na ilha.

– Por que o capitão não pode saber? Não faz sentido esconder dele.

– Faz sentido quando a gente pensa que capitães podem ser comprados com facilidade. Você viu com seus próprios olhos: Rex só pensa em si mesmo, não quer sofrer. Se o capitão não souber quando terá de ir à ilha, não poderá vazar informações para as pessoas que tentarem arrancar isso dele sob tortura. É para o bem do capitão, na verdade.

Não falo o que estou pensando: que os mais impiedosos vão torturá-lo de qualquer maneira, incertos de que o capitão não tem mesmo nenhuma informação.

– Então, Ava e Gray… – digo, em uma tentativa de levar a conversa para assuntos menos sangrentos. – Eles estão por dentro de tudo?

Pellegrin dá um suspiro longo e alto.

– Seu pai contou a verdade para Ava. Não toda a verdade, mas a versão que Zhornov conhece. Porque ela é do tipo que se mete em tudo, mesmo quando não tem nada a ver com o assunto e costuma tirar conclusões precipitadas. Mas, oficialmente, não é para Ava ter acesso a essas informações.

Ele olha para o outro lado, como se quisesse dizer algo, mas tivesse mudado de ideia.

– Que foi? – pergunto. – Se tem algo que eu preciso saber, fale logo.

Pellegrin morde o lábio, não diz nada.

– Ava… – diz ele, enfim. Então fica um instante em silêncio. – Ela é tão leal que chega a ser um defeito, e é umas das pessoas mais inteligentes que já conheci. Já faz um tempo que suspeita que estamos armando alguma, e tem razão. E foi por isso que seu pai abriu o plano para ela até onde pôde. Mas suspeito que Ava sabe que não lhe contaram toda a verdade. Isso é um problema em potencial.

Porque a verdade revela que meu pai é um Lobo desleal e defeituoso – Pellegrin não precisa nem falar.

– Meu pai não pode contar tudo para ela sem que o plano inteiro desmorone.

Pellegrin assente.

– E Ava não vai contar suas suspeitas para Zhornov, porque não tem alçada para saber da reunião. O que significa que, com certeza, tentará resolver o problema sozinha se achar necessário.

– Tipo… o quê? O que ela *acha* que vamos fazer?

Contudo, ao dizer essas palavras, já sei a resposta. É o que todos nós gostaríamos de fazer, o que certamente *faríamos*, se causasse algum efeito real e duradouro na guerra além de simplesmente reduzir de cinco para quatro o número de pinos-reis.

Uma faixinha de fogo queima no horizonte, à nossa esquerda. É o nascer do Sol mais sem graça que já vi: sem nuvens, sem pássaros, sem qualquer tipo de pompa. O Sol simplesmente se levanta no céu e vai para o seu lugar, devorando silenciosamente a escuridão remanescente.

– Algo muito mais sombrio do que aquilo que realmente planejamos – é tudo o que Pellegrin diz, e meu estômago revira.

É assim que vai ser quando virarmos o jogo da guerra: seremos como o Sol.

OITENTA E DOIS

PHOENIX ACORDA ASSUSTADO, segurando a cabeça entre as mãos.

– Alguém faça isso *parar* – reclama. Seu cabelo ruivo ondulado está preso com um nó no pescoço, mas algumas mechas mais curtas se soltaram, emoldurando o rosto. – A voz dela é muito alta. Façam. *Parar.*

Pellegrin está dormindo há mais ou menos 20 minutos. Passou a noite dormindo e acordando, em intervalos curtos. Prefiro não despertá-lo a menos que seja mesmo necessário.

Não sei direito o que fazer.

– Phoenix? Tudo bem?

O cara não responde, só fica apertando as têmporas e fechando os olhos com força. Vou até Phoenix devagar – ele ainda não me viu – e encosto a mão no seu ombro.

Ele se assusta mesmo assim.

– Ei, o que está acontecendo?

– Mal consigo ouvir você. Alexa... *Alexa.* Se você estiver me ouvindo, preciso que pare de falar.

– Sou eu, Éden.

Se ele pensa que sou Alexa, está mais perturbado do que imaginei.

Phoenix olha para mim como se *eu* fosse a louca.

– Na minha cabeça. Alexa. Está falando um monte de loucuras, e não consigo fazê-la parar. Algo sobre o seu pai.

Vou de otimismo do amanhecer ao pânico do fim do mundo em dois segundos.

– Quê? O que foi que aconteceu? – pergunto. Phoenix fecha os olhos de novo. – Olhe para mim, Phoenix. Alexa, você está me ouvindo? Estou na sua tela?

Finalmente, o caos se evapora dele.

– Ela ficou quieta. – Phoenix espera, presta atenção. – Consegue ver você.

– Ok. Alexa, você consegue se acalmar e contar para Phoenix o que está acontecendo?

Ele fica de olhos abertos, mas encara o vazio enquanto a escuta. Nunca tinha visto um rosto contar uma história tão complicada.

– Que foi? – pergunto, torcendo para que Phoenix se lembre de tudo o que ouviu. – Que olhar é esse?

– Seu pai se comunicou com Esperança dentro da cabeça dela, desse jeito, quando ela acordou em... uma caverna? Falou onde podia encontrar Alexa e a dirigiu por um labirinto complicado para abrir a porta. – Phoenix fica em silêncio por um instante. – O que paralisou Alexa era apenas temporário, ela disse. Passou o efeito, e Alexa está bem.

Isso, pelo menos, é um alívio. Mas, se Alexa está bem, por que está tão desesperada?

E mais importante: se está falando com Phoenix dentro da cabeça dele, significa que meu pai não está por perto. Nem Ava – o que levanta mais preocupações.

– Oh-oh. – Os olhos de Phoenix refletem o brilho da luz da manhã, que atravessa as janelas entalhadas. O design curvilíneo faz uma sombra interessante no rosto dele. – Sim. Só um segundo.

– Que foi?

Pareço um disco quebrado que, quanto mais espera, mais se quebra.

Phoenix pisca diversas vezes, em uma sucessão rápida de movimentos.

– Muita coisa. Alexa disse que ela e Esperança ouviram uma discussão a caminho da sala do seu pai. Tentaram esperar no corredor até terminar, mas só piorava. Ouviram uma mulher confrontando seu pai, dizendo que tinha visto você nas imagens da câmera de segurança, mas não tinha nenhuma imagem da sua perspectiva. – Ele junta as sobrancelhas, como se estivesse tentando se lembrar de tudo. – E aí a mulher disse alguma coisa a respeito de um iate fora do curso.

Ah, não.

Essa é uma notícia muito, muito ruim. Agora, me parece otimista demais termos pensado que Ava não descobriria que não fui ativada. Fomos tão cuidadosos com tantas outras coisas. No fim, um único erro acabou pesando.

– E aí? Ela vai mandar alguém atrás de nós?

Phoenix fica quieto, mexe os olhos. Começo a reconhecer que essa é sua expressão de quem está ouvindo atentamente.

– Não estou enrolando, ela só me perguntou... Certo. – Phoenix olha direto para mim. – Éden, a mulher atirou no seu pai. Não sei direito com o quê e não sei se é grave. Alexa disse que a arma que a mulher usou não fez nenhum barulho. Ela e Esperança foram ver quando a discussão terminou de repente, e encontraram seu pai em uma poça de sangue.

Eu pisco.

Phoenix é quem tem todas as lágrimas. Eu não tenho nenhuma.

Eu deveria ter lágrimas.

– Alexa também disse que não sabe o que a mulher estava aprontando quando as duas chegaram. Estava remexendo em alguma coisa de costas para elas, falando no microfone que as duas estão usando agora.

Suas palavras são apenas ruído, mas não são nada comparadas com o ruído dentro da minha cabeça. Minha própria cabeça é o trem de carga mais barulhento que existe, cheio de gado gritando ensandecido, durante um tornado grau 5 na Escala Fujita. Minha própria cabeça é tão barulhenta que se torna um buraco negro, desprovido de qualquer coisa que não seja sua própria qualidade de buraco negro.

Phoenix encosta no meu pulso. Não tem o calor humano de Lonan, mas consegue me tirar de dentro de mim mesma.

– Seu pai ainda não morreu, Éden. Esperança encontrou alguém que o levou para a ala médica.

Ainda não morreu.

Ele não está morto – nunca esteve.

– Você também não precisa se preocupar com a mulher. Alexa entrou em pânico quando viu o que aconteceu com seu pai.

– Ava morreu?

– Dois dardos ao mesmo tempo são letais, pelo jeito. Alexa disse que só queria apagá-la.

Penso em como meu pai pegou rapidamente o dardo para derrubar Gray – ele devia ter um estoque à disposição espalhado pela sala, para ter acesso fácil. Ava ainda devia ter veneno de dardo circulando pelo seu corpo. Era inevitável.

– A mulher parou de respirar logo depois que o cara da equipe médica saiu com seu pai – completa ele. – Alexa está surtando por causa disso.

Os olhos de Phoenix são verdes como jade, brilhando ao Sol. Fico de joelhos para o cara não precisar mais espremê-los, olho diretamente para as lentes da câmera que eu sei que foram implantadas nele.

– Alexa – digo, com mais convicção do que jamais expressei em toda minha vida –, *obrigada.*

OITENTA E TRÊS

CASS DESCE CORRENDO a escada em espiral, mas só até a metade.

– Terra à vista, e perto – diz, apoiando-se no corrimão. – Preparem-se.

Então desaparece no convés de navegação sem dizer outra palavra.

Ninguém ficou sabendo da minha conversa com Phoenix: entendo como um sinal de que Alexa estava em uma ligação particular. Mas ela disse que Ava estava aprontando alguma no microfone quando chegou – por que Ava faria uma ligação particular para Phoenix? Ele me parece o menos ameaçador dos três. A menos que Ava tenha ligado para todos individualmente antes de Alexa encontrá-la, e Phoenix tenha sido o último.

Pellegrin acorda rápido, e as escadas são sua primeira missão. Então me ocorre que ele não faz ideia do que aconteceu com Ava ou com meu pai. Conto para ele, que resmunga um palavrão.

– Vai nos afetar muito o fato de meu pai não estar lá para passar as diretrizes neste momento? – pergunto.

Quando Pellegrin me contou o plano, falou que meu pai ficaria orientando os meninos para que seu comportamento fosse convincente e parecesse que seus sentidos foram alterados. Além disso, através dos monitores da sua sala, observaria tudo na perspectiva dos meninos, de olho em sutilezas durante nosso encontro com o dr. Marieke e Zhornov – suas informações seriam decisivas para tentarmos fazer a transferência do *drive* de sangue no melhor momento.

Pellegrin sacode a cabeça. Está um pouco frenético, e deixa meus nervos à flor da pele.

– Não, não, isso não vai mais funcionar.

Percebo que ele está resolvendo equações na sua cabeça e que – sem dúvida – deve resolver equações extremamente complicadas com muito mais eficiência do que a minha resolvia as mais básicas.

– Isso não vai destruir nossos planos – afirma ele, por fim. – Mas vai tornar sua missão mais difícil. Lonan não poderá mais lhe dar o sinal de que está tudo bem, então você vai ter de prestar muita atenção... Só que de um modo sutil. Eles terão a impressão de que você está com alterações sensoriais, então não pode parecer muito alerta nem que está examinando a sala por vontade própria.

As notícias só melhoram.

A ilha está bem visível das janelas a bombordo. É estranhamente comprida e estreita, coberta por uma praia de areia branca, sem nenhum sinal da enorme estrutura do hábitat que sei existir debaixo dela. Uma parede de rochas pretas pontiagudas se destaca, uma barreira que fica a uns 35 ou 40 metros da costa. Bem no alto, há uma ruptura na barreira, onde uma estrutura esquisita boia na água.

– O que é aquilo? – pergunto.

– Uma esfera geodésica – responde Pellegrin. – É uma gaiola gigante usada como armadilha de peixes. Os peixes entram pelas pequenas aberturas triangulares, depois ficam presos nas farpas com iscas que existem em dois canos lá dentro.

A maior parte da estrutura fica debaixo d'água, presumo, como um *iceberg* de aço. Como o próprio hábitat. O que pescam para Zhornov em um mês poderia alimentar um setor inteiro, provavelmente. Mesmo assim, tínhamos que viver de aveia fria e restos mofados que os Lobos nos atiravam. Quantos peixes mortos são desperdiçados e quantos prisioneiros morrem de fome simplesmente porque alguns homens têm um apetite tão grande pelo poder?

Ao contrário da ilha da qual viemos, esta é quase desprovida de árvores. É quase como se os pinos-reis a tivessem feito por encomenda para seu uso exclusivo: areia suficiente, jogada no meio do oceano, e assim criaram seu próprio império do castelo de areia.

Quanto mais eu penso, mais me convenço de que isso não está muito distante do que realmente aconteceu aqui. A ilha é definitivamente uma criação humana, mas de um modo diferente – com um propósito diferente – daquela da qual acabamos de sair. Sei, pelas plantas do meu pai, que a superfície da ilha foi criada como uma casa de férias para aqueles que, uma hora ou outra, viveriam o tempo todo debaixo dela. É um bônus o fato de parecer uma ilha normal, à primeira vista, tornando-a mais difícil de ser encontrada pelas pessoas indesejadas. Jamais apareceria em nenhuma carta náutica pré-guerra – é o lugar perfeito para um pino-rei viver como se fosse mesmo da realeza.

Duas fileiras de palmeiras plantadas em intervalos idênticos se espelham por todo o comprimento da ilha, começando na ponta perto da esfera geodésica e terminando em um beco sem saída, em uma mansão de vidro que se esparrama pelo chão. Mesmo daqui, posso ver que o gramado é perfeitamente aparado, e as almofadas dos móveis que ficam do lado de fora estão perfeitamente afofadas.

Deve ser muito bom matar o mundo inteiro para viver nessa espécie de oásis e não ter uma gota de remorso.

Fico surpresa de repente: eu escolheria a habilidade de sentir remorso em vez da felicidade de ter meu próprio oásis particular. Sem pensar duas vezes.

– Vamos atracar aqui, onde Zhornov e o dr. Marieke vão nos receber – diz Pellegrin.

No tempo em que fiquei viajando sobre psicopatas e suas casas dos sonhos, ele desenhou um mapa elaborado em um guardanapo. Não é uma perspectiva vista de cima, mas como se todo o *iceberg* Atlas tivesse sido cortado na vertical, da ponta até o chão.

– O mais provável é que nos acompanhem por aqui quando entrarmos. – Ele desenha o menor e mais perfeito asterisco que já vi em um dos lados da mansão, perto de onde vamos atracar. – A entrada para o hábitat é bem grandiosa e extremamente segura – mais um asterisco minúsculo –, então presumo que Zhornov e Marieke vão acompanhar vocês pelo menos até aqui, antes de seguirem o próprio caminho.

O fato de eles se separarem de nós não me deixa surpresa. O motivo principal para estarmos presentes nesta reunião – pelo menos no que toca a Zhornov – é dar uma demonstração virtual do quanto o hábitat é seguro para o dr. Marieke. Meu pai deve ter sido extremamente convincente, se os pinos-reis estão dispostos a fingir para o dr. Marieke que ele tem escolha. Se *tem* escolha ou não, não está claro. Os pinos-reis com certeza devem saber que um cientista entusiasmado e disposto a cooperar é muito mais valioso do que um que simplesmente está tentando não morrer. De qualquer modo, esta reunião está sendo realizada sob o pretexto de que o dr. Marieke precisa ser convencido a participar da equipe do meu pai, o que implica que ele pode recusar o convite.

Olho para trás, para ter certeza de que estamos mesmo sozinhos. Ainda que Ava esteja morta, todo cuidado é pouco. Se Stark ou Gray ouvirem, vai tudo por água abaixo.

– O dr. Marieke sabe que eu tenho o... Ele está sabendo da transferência? – pergunto. Meus dedos tocam o tubo dentro do meu bolso, por instinto.

– O dr. Marieke sabe de *tudo* – afirma Pellegrin. – Você vai precisar ficar extremamente alerta e agir rápido: procurar por uma oportunidade de entregar o *drive* de sangue o mais breve possível. Ele está preparado, pronto para recebê-lo a qualquer momento. Não tente chamar sua atenção antes, e não espere que ele lhe dê algum sinal de que o recebeu.

Pellegrin solta um suspiro, como se o peso do mundo estivesse saindo dos seus ombros. Só que esse peso não foi muito longe – agora está sobre os meus.

– Pode confiar nele, Éden. O seu pai confia. – O brilho da luz do Sol faz seus olhos pegarem fogo. – Ele tem plena consciência do que está em jogo.

Ele: tenho quase certeza de que Pellegrin estava se referindo ao dr. Marieke, e não ao meu pai. Mesmo assim, não consigo deixar de ouvir do outro jeito. Meu pai tem plena consciência do que está em jogo.

Do quanto este tubo cheio de sangue – e muito mais do que sangue – tem poder de curar o mundo.

De como ele pode morrer, e eu posso morrer, e provavelmente todos nós vamos morrer, se descobrirem que somos traidores.

Mas, mesmo nesse mundo desesperado, que se afoga, onde o poder triunfa à custa do amor, onde gargantas sangram e Lobos correm soltos, quero *viver.*

Então não posso ser descoberta e não vou fracassar.

OITENTA E QUATRO

ESTOU CERCADA POR expressões de guerra. Lonan, com seus olhos azuis tom de gelo, frios e duros. Cass, cuja intensidade irradia de sua pele como o calor do verão no asfalto. Mesmo o tranquilo Phoenix usa sua concentração absoluta como uma armadura, sua costumeira indiferença enterrada tão fundo que nada de vulnerável transparece. Pellegrin continua mais ou menos igual – o que não quer dizer que ele não é intimidador.

Nosso iate para no final de um píer comprido. Mais ou menos uma centena de ripas de madeira desgastada nos separa dos homens que mudaram o futuro.

O rosto de Zhornov é facilmente reconhecível, apesar de terem modificado alguma coisa em todas as propagandas dos pinos-reis para fazê-lo parecer mais alto e esbelto. Ele parece feliz, e por que não estaria? É um rei em seu castelo, recebendo mais camponeses que vão prolongar sua vida maravilhosa. Só uma linha de sangue seco, fina como um corte de papel, no seu rosto desfaz essa imagem. Imagino um de seus vários camareiros deixando uma navalha ficar levemente cega e cortando um pouco mais fundo. Fundo o suficiente para fazer este homem se lembrar de que ainda é humano, mas não fundo o suficiente para parecer que foi algo além de um acidente.

O outro homem não envelheceu um dia sequer desde que se formou na faculdade. Meu pai nunca foi de guardar fotos, não até eu nascer, e é por isso que me lembro, nos mínimos detalhes, das poucas que ele tinha. Me lembro deste homem mais do que todos os outros, com seu cabelo loiro cacheado, seus olhos azul-claros e seu nariz comprido e pontudo – sua pele morena que parecia não combinar com o restante dos genes que lutaram para aparecer. Ele tem uma combinação peculiar de traços que não se parece com nada que eu já conhecesse. "Reem é holandês-libanês", contou meu pai na primeira vez que vi a foto. "Nascido e criado na África do Sul."

Por mais que a viagem de dr. Marieke para cá tenha sido longa, ele parece ter descansado bem. A luz do Sol salienta todos os tons sutis do seu cabelo, e não há rugas no seu rosto nem na sua impecável camisa cor-de-rosa.

Os dois estão em silêncio, observando, como se nossa fila indiana pelo píer fosse mais formal do que é. Se é, não sei. Talvez seja mais formal do que eu imagino. Caminhamos como HoloLobos entorpecidos devem caminhar, de cabeça erguida, vendo sem enxergar, em silêncio em meio ao som das ondas que quebram ali. Pellegrin vai na frente, o único de nós que ainda pode ter o cérebro intocado.

– Bem na hora!

O rosto de Zhornov fica estranho quando sorri – e é um sorriso de verdade, que ilumina seus olhos. Seu olhar se fixa logo depois de mim, no fim da fila: Lonan. "Estão obcecados por ele", disse meu pai em sua sala. "Querem admirar sua mais nova arma favorita assim que possível." Logo antes de formarmos a fila para caminhar pelo píer, Lonan entrelaçou os dedos com os meus, apenas pelo tempo suficiente para sussurrar "seja forte" no meu ouvido.

Eu deveria ter feito a mesma coisa por ele.

– Anton – diz Pellegrin, assentindo. – Que bom vê-lo de novo.

Zhornov cai na gargalhada, que termina em uma tosse catarrenta.

– Com certeza, com certeza.

Ele estende a mão, ajuda Pellegrin a sair do píer. Como se Pellegrin *precisasse* de ajuda para sair do píer. O gesto faz a bile subir até minha garganta, essa única coisinha que vai ajudar Zhornov a dormir bem esta noite, algo para convencê-lo de que é uma boa pessoa.

Ele dá as costas sem apresentar dr. Marieke para Pellegrin, dobrando dois dedos no ar, como se dissesse "venham comigo".

Mas o doutor não o segue.

– Se me permite – diz ele, com o mesmo jeito assertivo e gentil do meu pai –, obrigado a todos por terem vindo.

Zhornov se vira, olha para ele de canto de olho. Dá uma risada ofegante.

– Você quer ser apresentado? – Desconfiança, um desafio. – Você não precisou ser apresentado para mais ninguém da ilha.

Dr. Marieke fica calmo, nem se abala.

– Eles vieram até aqui só por minha causa. O mínimo que posso fazer é cumprimentá-los.

Talvez seja uma tentativa de resolver logo nossa situação. Um aperto de mão, uma troca. Meu pai deveria ter dado o *drive* de sangue para Pellegrin. "Você é a única pessoa em quem ele confia", disse Pellegrin. Talvez seja uma meia-verdade, e ele simplesmente não quer pôr a mão em algo tão arriscado.

Não importa: a apresentação que Zhornov faz é indelicada, limita-se ao doutor e a Pellegrin, que logo a dispensa e bate nas costas de dr. Marieke como se os dois se conhecessem bem, antes que qualquer coisa que lembre um aperto de mão possa acontecer. É óbvio que está desconfiado. Essa é uma reunião *amigável*, da qual concordou em participar, animado, entusiasmado, de acordo com Pellegrin e com meu pai.

Vai ser ainda mais difícil do que eu pensava.

Seguimos por um caminho feito de faixas de granito perfeitamente retangulares. Contabilizo 54 delas antes de perder a conta. O caminho leva direto à porta que Pellegrin indicou no guardanapo, o ponto de entrada para nosso destino. Sem dúvida, a simples arquitetura de vidro é mais complexa, estruturalmente, do que parece.

Zhornov sacode a mão. As portas se abrem automaticamente, obedientes, pacientes ao ponto de todos nós passarmos por elas sem ter que apressar o passo.

Eletrodomésticos de aço reluzente cobrem a parede branca do lado de dentro, e tem uma ilha com fogão embutido no meio do recinto. Há caquis e romãs em uma travessa curva de bambu, um prato vermelho de cerâmica com ovos dispostos em fila, e vejo uma série de empregados manejando frigideiras e facas afiadas. No próximo cômodo, uma mesa de bambu para 20 pessoas está vazia, com exceção de um único lugar posto na ponta. Que *solidão* absurda – é tudo o que consigo pensar.

Zhornov nos tira da cozinha clara, com iluminação natural, e leva para um labirinto de corredores, retorcido como a massa cinzenta dentro do cérebro humano. Seria mais fácil do que o esperado se esconder nesta casa de vidro, se fosse necessário.

Primeiro, porque há sombras em todos os lugares que não são iluminados diretamente pela luz natural, como nos cantos mais escondidos deste labirinto de corredores. Uma fraca luz violeta nos salva da completa escuridão, mas os corredores não são bem iluminados, nem de longe. Fica óbvio que este caminho foi feito com o objetivo de complicar a vida de quem não o conhece de cor.

Segundo, as paredes são de vidro por um motivo – o que está do lado de fora é mais interessante de olhar do que aquilo que está dentro.

Por fim, esta casa de vidro específica é quase tão vazia quanto um mausoléu. Parece que os fantasmas que vagam pelo lugar estão todos presos a espaços específicos: a sala de jantar, a lavanderia, o quintal. Eles ficam no seu canto, e Zhornov nos mantém nos espaços restantes. Seria o lugar perfeito para fazer a transferência, aqui nas sombras. Mas Zhornov não tira os braços dos ombros de dr. Marieke. E, toda vez que Pellegrin chega a menos de dois metros dele, Zhornov diz "Espaço!", como se Pellegrin fosse um cachorro que sabe fazer truques.

Uma luz natural gloriosa nos banha quando enfim somos levados para fora das profundezas deste lugar e chegamos a um enorme hall de entrada. O espaço deste cômodo poderia comportar mais de 100 pessoas, mas é usado para o prazer de uma só. O teto vai até o topo da construção, e o cômodo tem praticamente a largura da ilha.

A vista panorâmica é incrível: consigo ver até as barreiras de rocha pontiaguda dos dois lados da ilha, a arrebentação e a areia, as fileiras de palmeiras paralelas e as flores tropicais que seguem até o centro da ilha, até só sobrar o mar.

Tudo aqui é moderno, impecável e limpo, com exceção de um piano meia cauda antigo no canto da sala. Sua madeira está gasta, e a cor, manchada: as teclas estão amareladas. Não há um traço de pó nele.

Zhornov solta o braço do doutor, finalmente. Uma faixa de suor marca a camisa cor-de-rosa impecável de Marieke.

– Fiquem onde estão.

Ele dirige sua ordem a ninguém específico, mas todos paramos na mesma hora, até dr. Marieke. Zhornov não tenta corrigi-lo nem o convida a chegar mais perto. Simplesmente vai sozinho até o piano.

Ele ficou de costas para nós o tempo todo. E, mesmo assim, essa é a primeira vez que não sinto seus olhos em cima de mim. Minha pulsação acelera, minha garganta fica seca – mas, quando me dou conta de que *esta é a minha chance, esta pode ser minha única chance*, ele vira de frente para nós de novo.

Seis notas soam do piano quando Zhornov o toca, lentas, claras e memoráveis, uma melodia que se aloja no meu sangue assim que a ouço. Nunca mais vou *desouvi-la*. Parece o canto de um pássaro fazendo as pazes com a morte.

A última nota, a mais baixa das seis, ainda ecoa pelas paredes quando o chão se abre. Não o chão inteiro – só um buraco que não havia antes, com uma escadaria larga que desce mais fundo do que consigo enxergar.

– Vamos? – Zhornov, apesar de toda sua paranoia, não poderia estar mais empolgado. É claro que está. Esta reunião é um passo em direção a assegurar o seu futuro, um passo em direção a cair eternamente nas graças dos outros quatro pinos-reis. – Lonan, leve-nos lá para baixo.

Lonan vai até a escada, em um piscar de olhos, depois de ter recebido a ordem, e eu sou a próxima, por isso o sigo.

Eu o sigo como se não tivesse notado o ar de glória nos olhos de Zhornov. O cobiçado capitão da Resistência está à sua disposição, o cobiçado capitão da Resistência é *seu* agora, o cobiçado capitão da Resistência não está mais lutando contra ele! Eu o sigo, porque Zhornov precisa acreditar nisso pelo máximo de tempo possível. Será tão doce arrancar sua glória – a glória deles, na verdade. Os pinos-reis cairão, assim como todos os Lobos, se tudo sair como planejado.

Só preciso dar um empurrãozinho. Mas o tempo é curto – e está acabando.

OITENTA E CINCO

PRENDO A RESPIRAÇÃO por instinto quando chegamos lá embaixo: o mar faz pressão dos dois lados, em todo o comprimento do túnel, contido por paredes tão cristalinas que são praticamente invisíveis. O espaço tem pelo menos a mesma altura do cômodo do qual acabamos de sair e – acredito eu – o mesmo comprimento da ilha. Com exceção de uma fileira de lustres de diamantes negros que salpicam o teto, parece que estamos em um aquário reverso. Imagino todo tipo de criaturas marinhas nadando até aqui para nos estudar: tubarões, águas-vivas e outros seres que mordem e aferroam, felizes por estarem do outro lado da parede, a salvo da raça humana.

Dr. Marieke não consegue disfarçar o assombro. Ele se separa do nosso grupo, coloca a palma da mão no vidro. Não estamos tão abaixo do nível do mar a ponto de a água ser escura – entre a luz natural que vem de cima e as luzes da estrutura que se espalha bem debaixo de nós, a água do lado de fora das paredes brilha como em um cartão-postal.

– Impressionante, não? – Zhornov mal olha para o cardume de peixes amarelos que passa por nós. – Se você decidir trabalhar conosco, terá direito a uma das suítes do andar superior perto do recife de coral que a equipe de Will está cultivando. Isso *sim* é vista para enxergar ao acordar.

Preciso de toda a minha concentração para não me encolher ao ouvir o nome do meu pai. Só posso torcer para que ele esteja se recuperando bem na ala hospitalar, torcer para que não tenha perdido muito sangue com o tiro que levou de Ava. O tubo com seu sangue queima no meu bolso. Tudo seria muito mais fácil se eu pudesse simplesmente enfiar uma das seringas sedativas que Pellegrin me deu em Zhornov, mas isso está fora de questão. Este encontro precisa acabar com Zhornov extremamente confiante – e nada é mais capaz de acabar com a confiança de alguém do que uma seringa no pescoço.

– Por aqui – diz ele, nos pastoreando como se fôssemos ovelhas obedientes e sem cérebro, até a parte de baixo da escada que acabamos de descer. Zhornov toma cuidado de não dar as costas para nós em nenhum momento. – Dê uma boa olhada, doutor. Observaremos o restante da demonstração da minha sala.

Chegamos a uma porta dupla impressionante. Parece delicada, mas não é: suas grades foram forjadas à mão e parecem fitas de ferro. Uma luz azul-turquesa passa através das frestas.

Minha pulsação bate tão forte que a sinto na minha garganta. Dr. Marieke está a menos de um metro e meio de mim, é quase risível o fato de a transferência ser impossível. Logo, logo, ele vai sair, Zhornov está prestes a levá-lo daqui – esta pode ser minha única chance, e eu não posso falhar, eu *não* posso...

Zhornov nos dá as costas. Não tem escolha, porque há um *scanner* de retina na porta.

Fecho os dedos em volta do *drive* de sangue. Tiro o tubo do bolso, depressa e com cuidado. É agora ou nunca: estico a mão para dr. Marieke, que já está preparado, com as mãos nas costas. Começo a transferência – seus dedos roçam no protetor de neoprene –, mas Zhornov se afasta do *scanner*, como se fosse se virar de novo.

O tubo escapa do protetor, e nós dois nos encolhemos – *por que* eu não deixei a abertura do protetor virada para cima? Se cair no chão de concreto, estará tudo acabado, e estará tudo acabado se eu me abaixar para pegá-lo. Não tomei o devido cuidado.

Mas meus reflexos não permitem que eu congele. Tateio cegamente e rezo para não fazer barulho.

Pego o tubo de modo *tão* silencioso que só ouço na minha cabeça o líquido se mexendo. Melhor do que vidro espatifado e uma mancha de sangue, é só o que consigo pensar. Melhor do que segredos espalhados pelo chão.

Enfio o tubo, liso e sem o protetor, de volta no bolso, o mais rápido possível. Dr. Marieke amassa o neoprene até ele sumir dentro do seu punho cerrado, de maneira tão ágil que chego a duvidar do que vi. Zhornov se vira no mesmo instante em que as portas se abrem atrás dele. Não é o fim, não pode ser o fim. Meus olhos se enchem de lágrimas; me esforço ao máximo para segurá-las. Pessoas com alterações sensoriais não choram.

– Mantenha-os do outro lado dessas portas pelos próximos quatro minutos – diz Zhornov para Pellegrin. – Até lá, já teremos preparado os monitores.

– Não realizei o procedimento. Não estou autorizado a descer tanto quanto eles.

Pellegrin deveria ficar responsável pelos monitores, para que pudesse controlar quais perspectivas apareceriam na tela, e quando. Ou seja: deveria evitar mostrar a minha, já que não é uma opção viável e já que sua ausência vai levantar suspeita.

– E quem tem mais autoridade do que eu? – pergunta Zhornov, sorrindo, mostrando os dentes amarelados e batendo no ombro de Pellegrin. – Quero mandar você lá para baixo sem ter sido alterado, *preciso* mandar você lá para baixo, para mostrar ao doutor o quanto o projeto evoluiu desde que o ressuscitamos.

Dr. Marieke limpa a garganta e diz:

– Não tem problema se não for possível. Se o projeto não está pronto, não apresse as coisas por minha causa. Isso já é um feito sem precedentes da ciência. Você não precisa se esforçar muito para me convencer a participar.

Então dá um sorriso calmo e confiante. Consigo ver traços do meu pai nele, fico imaginando quem influenciou quem.

– Permita-me tentar.

Os olhos de Zhornov brilham como os de um jogador de pôquer com um *royal flush* na mão. Não é uma pergunta, é o fim da discussão, e todo mundo sabe.

É isso. É aqui que nossa oportunidade de criar um mundo melhor é levada para longe de nós.

É aqui que as coisas se complicam.

OITENTA E SEIS

ERA UMA VEZ, uma época em que "Z" era minha letra favorita.

Era um sono tranquilo.

Eram tigres e flamingos e borboletas no zoológico.

Era ziguezaguear pela calçada, tomando limonada nos dias mais quentes do verão.

Eram as zebras do Serengeti, muitas meninas chamadas Zoé porque os gregos diziam que a palavra significava "vida".

Agora, "Z" é o contrário de vida.

É o zelo levado às últimas consequências.

É o Dia Zero, vidas perdidas e vivacidade perdida.

São Zhornov e os outros quatro pinos-reis que esqueceram que são de carne e osso, que vêm do pó e ao pó voltarão.

O que será que "Z" vai significar amanhã?

OITENTA E SETE

COM OU SEM alterações sensoriais, meu pai não teria nos mandado em uma missão suicida. Não tenho medo de Pellegrin – nem de eu mesma, aliás – ser obrigado a descer até as profundezas do hábitat, não tanto quanto temo que descubram, pelas imagens nos monitores, que não fui alterada. Um erro desses acabaria com nossas poucas chances de concluir a transferência; com sorte, vão se contentar em ver a perspectiva de Lonan e parar por aí.

Pellegrin olha no relógio.

– Faltam três minutos. Sessenta segundos no máximo, e vocês têm que voltar à formação.

Phoenix descansa, abraçando os joelhos e apoiando a cabeça nos braços, enquanto Cass anda para lá e para cá no tubo estreito que fica dentro das portas de ferro. Estamos todos em silêncio, mesmo que não precisemos, não enquanto não estiverem nos observando. É só quando Lonan me abraça que me dou conta do quanto estou tensa. Estou pegando fogo, congelada.

Ele levanta meu rosto na direção do seu, bagunçando todas as lágrimas que segurei. Muitas rolam pelo meu rosto.

– Você não conseguiu?

Sua voz é quase um sussurro.

Sacudo a cabeça, e pisco até as lágrimas pararem de rolar.

Ele me puxa para perto e me dá um beijo na testa, ajeita as mechas do meu cabelo, sempre bagunçado, atrás das minhas orelhas.

– Você vai conseguir. Ainda não acabou. Você vai conseguir.

Quero acreditar nele. Mas sei, melhor do que todo mundo, que esperança e realidade não se cruzam só porque a gente quer.

O relógio de Pellegrin bipa. Eu deveria me afastar de Lonan, me concentrar em parecer não ter concentração nenhuma – se eles começarem a observar agora, através de Lonan, só conseguirão enxergar meu cabelo. Mas é difícil soltá-lo. Nossa melhor oportunidade de fazer a transferência ficou para trás, e o futuro parece muito frágil por causa disso.

Lonan se afasta primeiro. O fato de Pellegrin estar com a mão nas costas dele faz eu me sentir um pouco melhor, pois significa que Lonan queria ficar abraçado comigo pelo máximo de tempo possível. Mas agora temos que voltar para a escuridão, voltar a prestar atenção e manter intervalos regulares entre nós. Voltar a essa realidade infeliz.

– Lá vamos nós – diz Pellegrin, entre os dentes. – Sigam as faixas amarelas. Os ambientes verde, vermelho, azul e violeta são idênticos, mas não estão completos como o amarelo. É uma demonstração de apenas 45 minutos, o suficiente para ver um ambiente residencial modelo, além da câmara hidropônica e do mundo virtual. Mesmo que vocês não saibam para onde ir, é só caminhar com ar de confiança. Zhornov ainda não esteve aqui embaixo, já que não fez o procedimento. Qualquer coisa que vocês mostrarem, ele pode dirigir para outro lado, mas vamos torcer para que ele não precise fazer isso.

Esse seria um momento perfeito para meu pai estar em sua sala, dirigindo cada um dos nossos movimentos. Toda a tensão que tinha saído de mim retorna quando penso em Ava, no que ela fez com meu pai, em como estragou tudo. Deveria ter sido simples: entrar, sair, falar com dr. Marieke.

Talvez devesse me tranquilizar o fato de que, depois de tantos anos em que tudo foi tão complicado, o ceticismo desesperançado ainda não tenha tomado conta de mim. Neste momento, só me sinto despreparada.

"Já."

É mais um suspiro do que uma palavra, uma chama em um pavio. Lonan vai na frente, seguido de Cass e Phoenix; Pellegrin e eu vamos por último. Nossa posição é estratégica. Ao ficar por último, talvez eles ativem a perspectiva de Phoenix ou de Cass, se não se contentarem com a de Lonan.

Passamos do tubo de espera para uma relativa escuridão, onde a fraca luz roxa bate nas paredes de metal. Esta parte do caminho é tão larga quanto a primeira. Mesmo assim é sufocante, claustrofóbica, sem a ilusão de espaço causada pelas paredes de vidro que permitiam ver o oceano. Faixas neon, das cores que Pellegrin falou, marcam o chão e o teto em paralelo. Elas nos levam para baixo, fazendo uma curva fechada, até eu ter certeza de que viramos 180 graus. Quando o chão se nivela, chegamos a uma espécie de vestíbulo, uma câmara circular cujas paredes são transparentes de novo, e menos opressoras.

Há cinco túneis de inclinações variadas logo à frente – um V de cabeça para baixo, com a passagem amarela no vértice. O violeta e o verde devem ser os ambientes intermediários do hábitat; o azul e o vermelho, os mais profundos. Desta altura, posso ver diversos corredores secundários e túneis na água que nos circunda.

Lonan caminha direto pela faixa amarela, sem hesitar. A leve inclinação para baixo fica mais escura a cada passo, à medida que nos aventuramos para longe da água rasa iluminada pelo Sol. Percebo que estou prendendo a respiração mais do que devia, até que fico zonza. É um instinto, para começar, por estar debaixo d'água, mas a qualidade do ar também merece atenção.

Ou talvez seja assim que meu próximo ataque de pânico começa.

Não demora muito e o túnel se abre em um espaço enorme, e eu devoro o ar fresco. Tudo é amarelo-vivo, uma esfera em forma de colmeia, com hexágonos gigantes nas paredes em volta de um átrio com plantas.

A água do mar reluzente brilha acima do painel no teto do domo. Tudo isso é muito maior do que o que eu esperava encontrar aqui em baixo. Tem *cinco* desses ambientes debaixo da ilha? "Plantas baixas são muito unidimensionais", é só o que consigo pensar. O trabalho do meu pai é uma absoluta obra-prima.

– Este é o maior e mais avançado projeto hidropônico do planeta – diz Pellegrin, bem alto, como se falasse com dr. Marieke e não estivesse me dando a deixa de que suspeito. Lonan entende a indireta e vai em direção ao andar das plantas. Couve, acelga, todo um arco-íris de vegetais: na verdade, crescem em pelo menos 100 aquários individuais. Fico tentada a colher uma refeição.

Fazemos um tour completo no andar antes de Pellegrin anunciar que vamos voltar para cima, para o espaço com paredes de colmeia.

– Assim que os residentes embarcarem, um sistema de biossegurança de três passos vai permitir o acesso aos ambientes residenciais individuais – diz. Se Zhornov tem algum problema com a encenação de guia turístico de Pellegrin, ainda não o silenciou. – Por enquanto, usem a imaginação, já que o sensor vai autorizar nossa entrada apenas pela nossa presença perto da porta.

Mais uma vez, Lonan entende a indireta. Só que, desta vez, não fica tão claro para onde devemos ir – não há portas visíveis, só painéis hexagonais opacos, de uns três metros, feitos de vidro temperado. E hexágonos amarelos no chão, um por painel. Lonan, Phoenix e Cass não os notaram – ou desviaram deles de propósito. Piso em um deles sutilmente e *vushhh*: uma parte do painel vai para baixo, revelando um vidro tão liso e escorregadio que parece não ter nenhum encaixe ao recuar para dentro do chão.

Phoenix começa a vir na minha direção, mas muda de ideia porque Pellegrin faz um sinal quase imperceptível para ele parar. É claro – ninguém estava olhando para mim, então o doutor não teria como ver a maneira de os ambientes se abrirem. Lonan se dá conta disso ao mesmo tempo que eu, e pisa no hexágono mais próximo. Mais um *vushhh*, e Lonan desaparece lá dentro.

Devemos estar, pelo menos, na metade da demonstração. Ambientes residenciais individuais e depois mais um lugar? Foi isso que Pellegrin disse? Por mais incrível que seja ver o que meu pai criou, estou ansiosa para que termine logo. Todo o conhecimento científico, as plantas, a pesquisa, as tentativas e os erros – os equívocos que podem ser evitados –, todos os detalhes que podem fazer a diferença entre viver e morrer... tudo o que pode tornar essas coisas disponíveis para todo mundo, e não apenas para os Lobos, está dentro do frasco que carrego no bolso.

Cada segundo que passamos aqui embaixo é necessário, sei disso, mas parece que estamos em uma corrida de obstáculos. Estou ficando cansada.

Os ambientes residenciais individuais, ao contrário do grandioso átrio, são bem pequenos. Parece que estou dentro de um dos antigos *showrooms* daquelas lojas grandes de móveis, com ambientes impecáveis e funcionais, a não ser pelos janelões de oceano ao longo da parede externa. Terraços de coral despontam da construção e entram na água, parecendo a sacada dos sonhos de uma sereia, puro colírio para os olhos.

Os meninos se espalham pelo ambiente – dois quartos, um canto com cozinha e mesa de jantar que mal se separa do restante da sala, um banheiro –, mas meus olhos repousam em um único detalhe, em algo que só eu perceberia. É como uma carta de amor enviada pelo meu pai.

Fiz isso para ele nas férias de verão do sétimo ano, um quadro abstrato composto por linhas. É minha lembrança favorita, em uma ampliação que cobre mais da metade da parede principal. Minha mãe, meu pai, eu quando tinha 5 anos – o que devia ser a nossa silhueta, pelo menos –, o verão antes de passarmos de três para dois. Um píer, uma gaivota. Água, ondas. O nascer do Sol que certamente levaria a um pôr do Sol, interminável e tranquilo como sempre foi.

As linhas nítidas ficam borradas. Não posso perder meu pai, muito menos depois de ele ter voltado do mundo dos mortos. Não consigo nem pensar nos Lobos vivendo nestas unidades, as sombras da minha paz trazendo beleza para suas vidas. Eles *mataram* a paz, a minha e a do mundo inteiro.

Uma pancada alta me tira da minha paralisia emocional.

Estou sozinha neste cômodo silencioso. Durante a maior parte do tempo, desde que chegamos à ilha, tem feito silêncio – não que nós preferíssemos assim –, mas este silêncio não é igual aos outros.

Tem alguma coisa errada.

Eu me seguro para não gritar, caso meus instintos não estejam funcionando direito, e corro para o cômodo ao lado. Um choque de pânico explode em mim, começando pela espinha e chegando às extremidades em meio segundo, quando vejo o que aconteceu.

– Cass... não. Solte *ele*!

Cass segura Pellegrin pela garganta e o bate contra o vidro com tanta força que escorre sangue.

Só que ele não para – cadê os outros? –, e Pellegrin está se esvaindo, e rápido.

Tiro a caixa prateada das costas e procuro a seringa de sedativo. Tomo o cuidado de pegar a âmbar, não a azul-claro – definitivamente *não* a azul-claro.

Esse cuidado se volta contra mim.

Cass vê meu reflexo na janela bem na hora em que eu ia aplicar a injeção nas suas costas. Pellegrin cai, se libertando, ainda vivo, mas por um fio. Cass se vira e começa a andar na minha direção. Saio correndo antes que seus punhos de aço me estraçalhem; chuto a caixa prateada para que fique longe do alcance dele e do meu. Cass puxa minha trança com força, com tanta força que tenho medo de que ele a arranque da minha cabeça. Em vez disso, enrola a trança em volta do meu pescoço, bem apertado. Vejo estrelas.

Reúno todas as minhas forças e jogo os cotovelos para trás, acertando suas costelas. Respiro o máximo de ar possível enquanto estou livre e há oportunidade. Rapidamente, enfio a seringa na sua coxa: ele cai no chão.

Respiro, ofegante.

– Lonan? – grito. – Lonan!

E se Phoenix o atacou no outro cômodo? Preciso encontrá-lo. Mas e se *ele* atacou *Phoenix*? Eu devia ter pensado nisso antes de chamá-lo. Pense direito, Éden. Seja esperta.

Lonan espia dentro do cômodo onde estou, e que alívio: ele é imediata e visivelmente afetado ao ver Pellegrin no chão, ao ver o sangue que ainda escorre pela janela de vidro. Corre para o meu lado, segura minha mão antes que eu possa impedi-lo. Sua mão é quente, macia. É um conforto em um momento em que eu deveria levantar a guarda.

Pellegrin expira, como se estivesse tentando dizer alguma coisa. Só algumas palavras saem com clareza: "Fórmula". "Cura." "Se eu não sobreviver." "No meu laboratório." Quando chego mais perto, vejo que há mais sangue do que eu imaginava.

– Ava – diz ele, com mais clareza. – Não morreu. – Respira fundo. – De jeito nenhum.

Não, não, não. Tantos nãos, tudo isso.

Se Ava está viva, já era. Acabou. Ela deve ter mentido para mim através de Phoenix, lá no iate – usou *Alexa* para mentir, o que significa que Alexa deve ter sido convertida. O que mais não é o que deveria ser? "Ela, com certeza, tentará resolver o problema sozinha, se achar necessário", previu Pellegrin, e parece que ele tinha razão. As implicações disso – o que pode significar para o meu pai, lá na ilha QG, o que já significa aqui. Não é bom. *Nada* bom.

E Pellegrin precisa de um médico, não do tipo cientista. Seus olhos se fecham por mais que ele tente mantê-los abertos.

– Éden – diz ele com o pouco de força que lhe resta para segurar meu braço, de repente. – *Fuja.*

Mas não tenho para onde ir.

A mão de Lonan aperta a minha, quase quebrando meus ossos. O seu olhar diz tudo o que preciso saber.

A morte começa assim: a esperança morre primeiro.

OITENTA E OITO

SEUS OLHOS ESTÃO vazios; sua voz, quando diz meu nome, parece errada. Ele está vazio, vazio, vazio.

Oco.

Encontro um pequeno ponto fraco, giro meu braço para me soltar dele. A caixa prateada não está longe, e ainda está aberta, com duas seringas, uma âmbar e uma azul-claro. Phoenix também está aqui agora – chega antes de mim, pega uma seringa em cada mão. Lonan me segura pelos cotovelos, me mantendo com força no lugar, apesar de eu lutar com todas as minhas forças.

Estou em desvantagem. Uma dupla de HoloLobos, uma dupla de injeções, todos contra mim. Ava deve estar mais convencida do que nunca de que viemos aqui para assassinar Zhornov, ainda mais agora que a seringa azul-claro foi revelada. E que melhor maneira haveria de garantir que ele não morra do que usar todo o soro em outra pessoa? Pelo jeito, essa outra pessoa sou eu.

– Seu pai pediu para eu lhe dizer adeus – fala Phoenix, girando as seringas na mão –, logo antes de eu acabar com a vida dele.

Phoenix não passa de um mensageiro. Uma arma-fantoche. Não pode ser verdade – eu me recuso a acreditar que meu pai está morto a menos que me mostrem uma prova contundente. Tudo o que saiu da boca de Ava foi mentira até agora – por que eu deveria começar a acreditar nela? Os pinos-reis devem ter lhe prometido o céu e as estrelas.

Uma força se acende dentro de mim, uma força maior do que eu sabia que tinha. Consigo me soltar de Lonan e me atiro em cima de Phoenix. Ter cuidado só me trouxe fracasso hoje. Seguro sua mão mais fraca, que está com a seringa de soro âmbar, e a viro até a agulha se enterrar na sua barriga. Arranco a seringa azul mortal da sua outra mão, que está ferozmente fechada mesmo depois que ele cai. Se eu estiver com esta seringa em meu poder, Lonan não estará.

O que só o faz desejá-la ainda mais. Lonan me encurrala em um canto, batendo meu corpo contra o vidro com tanta força que fico surpresa ao ver que nada – meu crânio, o vidro, o universo – se espatifa. É um milagre o *drive* de sangue não ter quebrado, mas é só uma questão de tempo, tenho certeza. Sou rápida o bastante para escapar, muitas e muitas vezes. Lonan é rápido o bastante para me forçar contra o vidro de novo.

Toda a sua força: está contra mim.

Todo o seu fogo: me incendeia.

Toda a sua vingança: é a ira que recai sobre mim.

Mantenho a agulha apontada o mais longe possível da minha pele e da dele. Eu me recuso a usar a seringa em Lonan – este *não é* ele. Eu me recuso a matar sua carcaça sabendo que sua alma ainda está ali dentro.

Esta linha traçada na areia será minha morte.

Tenho certeza disso quando Lonan arranca a seringa da minha mão.

Tenho certeza disso quando caímos no chão, e escapo bem na hora de evitar que minha cabeça se abra.

Tenho certeza disso quando ele vem para cima de mim, e bate na seringa para o líquido azul-céu se acomodar lá dentro.

Eu chuto, eu imploro, eu busco alguma coisa – *qualquer coisa* – nos seus olhos que seja um resquício do Lonan em que tanto confio. Mas ele não está lá. Seu sorriso vazio é a última coisa que verei, penso, enquanto o cara abaixa a injeção mais e mais e mais...

E acerta uma faixa de pele cor de ébano que se interpõe entre nós. Lonan atira Pellegrin como se ele não fosse nada, o atira contra a janela, que finalmente cede: rachaduras como teias de aranha surgem do impacto. Eu escapo, liberta momentaneamente pelo sacrifício que Pellegrin acabou de fazer. De quanta força ele deve ter precisado, no seu estado, para fazer o que acabou de fazer por mim? Ainda estou viva. Não deveria estar.

Os efeitos da seringa de Lonan são imediatos. Eu não teria pensado que Alexa estava morta se tivesse visto *isto*: olhos vidrados como bolinhas de gude, pulmões soltando o ar como o guincho de um acordeão infeliz, pés, braços e pernas frágeis como os galhos de árvores desfolhadas.

Esta seringa se transformou em vida para mim, ao mesmo tempo em que Lonan pode muito bem se transformar na minha morte.

"Contenção aquática de emergência ativando em dez segundos", diz uma voz completamente calma. "Para sua segurança, afaste-se da linha amarela."

Phoenix e Cass estão do lado seguro da linha, inconscientes, mas a contenção aquática vai me cortar ao meio se eu não me mexer – e Pellegrin está inteiro do lado errado.

Só que é tarde demais para salvá-lo. É tarde demais.

"Cinco, quatro, três", a voz faz a contagem regressiva. Gotas de água vazam pelas rachaduras em forma de teia de aranha – o oceano inteiro faz pressão para entrar, e a qualquer momento será mais forte do que a parede de vidro. Corro para a porta, e Lonan vem atrás de mim. Mal conseguimos passar por ela antes de a contenção de água descer atrás de nós, fechando hermeticamente Pellegrin e o mar sedento de sangue do lado de lá, para sempre.

OITENTA E NOVE

PELLEGRIN ESTÁ MORTO.

Pellegrin está *morto.*

Eu deveria estar pensando na transferência, completando a demonstração como um autômato. Entretanto, estou correndo para salvar minha própria vida porque Lonan continua determinado a acabar com ela.

Saio voando dos ambientes residenciais privados. Desço voando até a plataforma hidropônica. Folhas batem no meu rosto quando passo a toda velocidade, correndo o mais rápido possível até o *lado de fora.* Será que experimentaram e testaram a contenção aquática o suficiente, sem que ela sofresse um incidente assim? A câmara inteira pode ficar inundada em uma questão de minutos, se a contenção falhar.

Lonan me persegue e não está muito atrás de mim. Sigo a linha amarela até o vestíbulo, subo a curva fechada, rezo para que as portas de ferro se abram automaticamente e que eu não fique empalada nos seus contornos delicados e mortais.

As portas se abrem, não tão rápido, mas dão espaço suficiente para que eu me esprema entre elas assim que chego perto. Lonan é obrigado a esperar – a única desvantagem de ter ombros largos e ser musculoso.

Ganho velocidade, subindo os degraus de dois em dois até chegar à entrada grandiosa de Zhornov. Sou recebida apenas pelo piano: é claro que o pino-rei ficaria com seu convidado o mais longe possível do caos.

Dou meia-volta, procurando freneticamente uma saída fácil, mas não há nenhuma. Não há portas neste cômodo, só a boca do profundo e escuro labirinto de corredores. Estarei morta em segundos se tentar atravessá-lo sozinha.

Lonan aparece, vindo do andar de baixo, tendo subido as escadas tão rápido quanto eu. Mexa-se, Éden – mexa-se ou vai morrer. Olho para todos os lados à procura de algo atrás do qual possa me esconder, e é aí que vejo: um hexágono no chão na base da enorme parede de janelas voltada para a faixa comprida da ilha e a dupla fileira de palmeiras. Pellegrin foi quem projetou a segurança do lugar – faz sentido não ter uma entrada óbvia para este cômodo, ainda mais porque a entrada para o hábitat fica bem aqui.

Se eu falhar, será uma falha espetacular.

O hexágono me traz confiança. Já vi, três vezes, o sistema de segurança com a marca registrada de Pellegrin mascarar a verdade com uma ilusão. Uma fileira de luzes ilumina a base da parede de janelas que está bem na minha frente, tão sutil que poderia ser de luz natural – se o Sol estivesse brilhando do jeito certo, só que não está. Eu me atiro de cabeça contra a parede com tanta força que vou espatifá-la se for preciso.

Mas não preciso.

Uma lufada de ar salgado, quente e úmido, me atinge ao mesmo tempo em que soa o leve murmúrio de uma porta automática deslizando para o lado. Não parece diferente do que antes, mesmo quando eu passo direto por ela.

Lonan é rápido, mas eu sou mais. Não muito. Nunca considerei a velocidade como um dos meus pontos fortes. Mas, até aí, nunca estive tão motivada para continuar vivendo. Meu peito dói de tanto respirar, minhas pernas ardem tanto que estão praticamente dormentes. Corro pela faixa perfeitamente pavimentada que cobre o comprimento da ilha. As palmeiras e as flores ao entardecer ficam borradas nos dois lados da minha visão periférica.

Chegamos ao fim da faixa pavimentada – que simplesmente *acaba*, como se o limite da ilha tivesse pegado o pedreiro desprevenido.

A areia me obriga a diminuir o passo. A areia e o fato de eu ser a exaustão encarnada. Lonan está muito acostumado a correr na areia – não tive muito onde praticar, já que a praia onde eu vivia estava repleta de explosivos – e me alcança sem maiores dificuldades.

Jogo todo meu peso na areia, me transformo em um peso morto e achatado, complicado de carregar.

Não é difícil.

Fico pesada por Birch. Por Emma. Pela minha casa.

Pelos anos em que fui órfã, em que sangue, dentes e páginas amassadas eram tudo o que restou da minha família.

Por Pellegrin. Por Pellegrin que *morreu* por mim.

Por Lonan. Como ele sentirá remorso quando tudo terminar, como sentirá dor.

Lutamos muito para chegar até aqui, e não pode acabar dessa maneira.

Então me afundo e luto. Ele puxa meus quadris, eu os mantenho firmes no chão. Ele puxa minha clavícula, eu atinjo suas costelas com o cotovelo com todas as minhas forças. Eu pressiono meu corpo contra o chão com todas as forças que me restam, enterro a planta dos pés na areia, espicho as pontas dos dedos até ter certeza de que vou me despedaçar.

A ilha acaba.

Lonan não para.

Nado o máximo que posso, na direção da esfera geodésica parcialmente submersa. A armadilha para peixes que vi quando estava no iate. Se eu conseguir entrar nela – se eu conseguir manter Lonan *fora* dela –, posso segurar nas barras da parte de cima para recuperar o fôlego, me esconder debaixo d'água bem fundo até ele desistir ou até alguém finalmente resolver me ajudar. Tomara que uma dessas duas coisas aconteça antes que a maré suba. Antes que eu não consiga mais voltar para a superfície. Vale a pena tentar. É minha única chance.

Os braços compridos de Lonan diminuem a distância que nos separa – nunca nadei tão ferozmente em toda a minha vida. A gaiola está perto, tão perto.

Só que a porta está trancada com um cadeado do tamanho do meu coração.

Estou muito cansada e completamente sem opções, mas luto para continuar me segurando. Lonan pega meus cotovelos por trás, me atira contra as grades impiedosas da gaiola. Eu me seguro no aço com todas as minhas forças e subo na estrutura como se ela fosse uma escada, um degrau doloroso por vez. Mal subo o suficiente para conseguir respirar. Lonan é pesado, me puxa para baixo – e então não puxa mais.

Só que não estou livre.

Ele puxa para trás a correntinha em volta do meu pescoço, apertando, apertando, apertando. A grossa aliança do meu pai se afunda na minha pele, me sufoca. A força de Lonan é suficiente para me manter debaixo d'água por tempo suficiente para roubar todo o meu ar.

Lonan puxa ainda mais, mas então a corrente arrebenta: liberdade. Subo para respirar, ofegante.

Lonan – Ava dentro de Lonan – leva um instante para perceber o que aconteceu. Respiro fundo e volto para a praia, nadando ainda mais ferozmente do que antes.

Acabei de sair da parte mais funda do mar quando minha vantagem se expira.

A água salgada arde nos meus olhos, machuca minha garganta. As mãos de Lonan me mantêm debaixo d'água com muito mais facilidade do que as de Esperança. Dou uma joelhada onde tenho certeza de que vai me fazer ganhar tempo – ar – *vida*. Ele se encolhe todo de dor.

Com uma mão, seguro seu cabelo, enfio as unhas da outra no seu pescoço até sair sangue.

– Por que você quer tanto me matar? – grito, olhando bem nos seus olhos, onde sei que serei vista. – O que foi que eu fiz, Ava? O que foi que *meu pai* fez? O que você tem a ganhar? Você acabou com a reunião de negócios de Zhornov! Acha mesmo que vai cair nas graças dele?

Lonan me enfia debaixo d'água de novo, me segura por tanto tempo que o Sol que brilha na água se transforma em estrelas que piscam. Faço arranhões fundos nos seus pulsos, deixo o sal penetrar nas feridas enquanto seu sangue rodopia em volta da minha cabeça e gruda no meu cabelo.

– Pare, Lonan! – grito, depois de boiar e roubar bastante ar precioso, mas é inútil. – *Por favor*, pelo amor, pare!

Água, luz reluzente, estrelas que piscam, escuridão.

Não tem "pelo amor". Não tem "pare".

Então: um milagre.

Em um segundo, suas mãos são um torno de ferro. No próximo, são *suas* de novo – sei na mesma hora; há tudo de mais terno e gentil no modo como Lonan as passa pelo meu corpo. Fico inerte nos seus braços, com o cabelo flutuando na água. Deixo todas as minhas lágrimas no mar. Não tenho mais nada para chorar.

– Éden, Éden! Não... Não!

Ele está em pânico, ele está sofrendo.

Ele está ali. Por trás dos seus olhos, Lonan está *ali*.

Ele me puxa até a praia, me abraça.

– Fique comigo – implora. Seus lábios macios beijam meu pescoço, minhas têmporas, meus pulsos.

Ou talvez esteja apenas tentando ver minha pulsação.

– Desculpe, desculpe… Desculpe, me desculpe! – grita sem parar com os lábios encostados nos meus cabelos.

Mas todo o ar de que eu preciso para formar palavras – todo o ar que ele forçou para fora do meu corpo – não tem a menor pressa de voltar. Nenhum desejo de ser engaiolado dentro de um ser humano, acho, agora que encontrou a liberdade.

O ar se esvai, e eu também.

NOVENTA

ACORDO SOB UMA luz turquesa fraca, sozinha, em um ambiente que parece exatamente igual àquele onde o caos começou, só que tudo está ao contrário. Uma água-viva roxa florescente pulsa logo depois da parede, com seus tentáculos saindo do corpo, nadando sobre a sacada de coral. Outra ampliação do meu desenho de linhas olha por mim, como se dissesse "amanhã". "Paz." É uma esperança, não uma promessa. O amanhã não é garantia de paz, e a paz não é garantia de um amanhã.

Mas, se estou neste quarto – para me restabelecer? –, ainda não nos descobriram. Alguém colocou um cobertor em cima de mim; tem uma garrafa Refugiágua e um prato de comida intocado na mesa. Quanto tempo faz que estou aqui? Onde está o pessoal? Não nos mataram, e ainda estamos na ilha.

Talvez eu não tenha decepcionado meu pai, afinal de contas.

Meus braços e minhas pernas estão pesados de tanto sono – tudo em mim está –, mas meus dedos encontram o tubo no meu bolso, milagrosamente intacto. Acho que não deveria ser uma grande surpresa. Carreguei o primeiro tubo por dois anos antes de ele se espatifar fora do pavilhão; sem dúvida, o vidro do *drive* de sangue é mais resistente e avançado do que aquele.

Sangue e vidro: sou inundada por lembranças.

Não há nenhuma indicação de que a contenção aquática tenha falhado durante o caos – deve ter cumprido sua tarefa, não fomos inundados.

Nenhum rastro de sangue mancha o chão deste ambiente, mas e o do outro? Ou será que Pellegrin permanece apenas na minha memória, imagens que eu jamais conseguirei apagar? Temo que nunca vou me livrar de todas essas imagens que passam pela minha cabeça.

Atiro o cobertor longe. Está muito quente, estou banhada em suor. Quando finalmente retorno para a escuridão, os pesadelos ficam passando a noite inteira.

NOVENTA E UM

QUANDO ACORDO DE novo, fico com os nervos à flor da pele na mesma hora.

Meus olhos se abrem de sopetão, com o som do painel da porta de vidro deslizando. Ninguém vem ficar do meu lado, ninguém me chama. Só ouço passos no cômodo principal, suaves e regulares. Então vejo um rosto que não conheço; levo um momento para lembrar. A mulher, que tem dois terços do meu tamanho em todos os sentidos, mas ainda assim tem *presença*, é uma das pessoas que trabalhavam na cozinha de Zhornov. Eu a vi cortando frutas quando passamos pela cozinha.

– Sua presença é requisitada lá em cima – diz ela. S-A-B-A está tatuado no seu dedo mindinho. Ela era uma de nós. Será que também é uma HoloLobo? Não consigo imaginar Zhornov permitindo que alguém que não tenha passado pelo procedimento viva na sua ilha. – O pino-rei deseja falar com você.

Meu estômago revira. Eu preciso... mais do que comida, na verdade, mas comida é tudo o que tenho. Pego um biscoito do prato de frutas que ficou ali parado sabe-se lá por quanto tempo.

– Foi você que trouxe isso para mim?

Ela não sorri, mas posso ver nos seus olhos que gostou de ter sido reconhecida.

– Você devia ter comido antes. Não temos tempo. Siga-me, por favor.

Pego um punhado de uvas do cacho, coloco o máximo de rodelas de banana na boca que consigo e saio do cômodo atrás dela. Não adianta resistir. Se ela é uma HoloLobo, sei muito bem que pode ser usada contra mim, se necessário. Além disso, se existir até a menor das possibilidades de dr. Marieke ainda estar na ilha, vai ser bom sair do hábitat e voltar à superfície.

A mulher não puxa assunto enquanto caminhamos. Como minhas frutas; ela olha para a frente. Cada passo me dá uma dor no coração, por eu ter corrido tão *rápido* por esse mesmo caminho da última vez que passei por aqui. Será que Lonan também foi chamado para falar com Zhornov, será que o resto do pessoal também foi? Tomara que eles tenham conseguido sair vivos.

– Saba?

Ela se encolhe toda ao ouvir seu nome. Acho que não está acostumada a ser chamada assim aqui.

– Que tipo de reunião é essa?

Zhornov sabe, deve saber do tubo – não fiz nada de errado além disso, nada que eu lembre.

Esperamos as portas de ferro se abrirem, entramos no cômodo grande do aquário reverso assim que abre espaço suficiente entre as duas portas. A água do lado de fora das paredes está especialmente clara, brilhando com o que penso ser a luz da manhã.

Começo a repetir a pergunta, mas ela me corta:

– Não importa o que aconteça, não o olhe nos olhos a menos que ele lhe faça uma pergunta direta. O pino-rei faz questão.

E é só. É tudo o que ela me diz. Poderia pressioná-la, mas deixo para lá. É melhor economizar minhas energias se essa reunião for do tipo que exige respostas, respostas e mais respostas.

Não tenho respostas. Só tenho perguntas.

NOVENTA E DOIS

SABA ME LEVA até a sala ampla do segundo andar, com paredes brancas e vista panorâmica para o oceano. É um cômodo bonito demais para um homem que faz tanta questão de arruinar o mundo.

Impecável demais.

Transparente demais.

Com toques pessoais de menos para ser de um dos pinos-reis, um dos homens que roubaram tudo de todo mundo e poderia ter tudo o que quisesse. Não há nenhum quadro atrás de sua mesa branca e simples, quando ele poderia ter toda a Capela Sistina. O único objeto incomum na sala é um enorme lustre central, pendurado baixo – é de tirar o fôlego, uma obra-prima geométrica feita de milhares de diamantes pretos e brancos que caem em incontáveis fileiras de franjas, brilhando na luz natural que atravessa a parede de vidro.

– Não trouxe água para nós?

É assim que Zhornov cumprimenta Saba. É claro que "nós" está se referindo a ele e ao dr. Marieke: não estou incluída. Os dois estão sentados do lado errado da mesa, de costas para ela, em cadeiras cuja forma se sobrepõe à função e parecem tronos modernos.

Saba me posiciona – põe mesmo as mãos nos meus ombros e me arrasta até um ponto a três metros de distância dos dois homens, onde não posso deixar de olhar diretamente para seus rostos – e desaparece da sala.

Foi buscar água, presumo. Ela é silenciosa como um sussurro, entrando e saindo sem se fazer notar, depois de trazer dois copos de vidro congelados, cheios de água gelada até a borda. Zhornov bebe no canudinho em vez de dizer "obrigado". Pelo menos, o doutor sorri e assente com a cabeça.

Nunca na minha vida vi alguém tão pouco à vontade em uma cadeira quanto o dr. Marieke. É uma coisa sutil, do tipo bater um dos pés constantemente, nada que Zhornov vá notar. Meu coração e seu pé batem no mesmo ritmo acelerado. Pelo menos, não sou a única que não quer estar aqui.

– Éden.

Ouvir meu nome da boca de Zhornov é um choque: eis o homem que não podia se dar ao trabalho de nos apresentar quando chegamos, o homem que, pelo jeito, só chama as pessoas pelo nome se forem doutores holandeses-libaneses que têm o poder de construir um futuro indestrutível o qual só ele possa aproveitar.

Não foi uma pergunta – será que tenho que olhar nos olhos dele ou não? O tempo de Zhornov conseguir tudo o que quer está chegando ao fim. Não ligo para o que ele prefere, percebo. E olho bem nos seus olhos. Ele é feito de aço e concreto, nuvens de tempestade por onde passa o mais fino dos raios de Sol.

– Eu fui ao enterro de sua mãe, sabia?

Ele é impassível, nem pisca.

Abordagem da bola de demolição, já vi. Seja forte, Éden, não se deixe abater por ele.

– Levei um uísque para o seu pai naquele dia. Faz mais de uma década que participamos da vida um do outro. Ele é uma das poucas pessoas nas quais pude confiar sem reservas.

Meu pai nunca bebeu daquela garrafa de uísque. Ficou lá, na prateleira de cima da nossa despensa por anos, juntando pó. Provavelmente, *ainda* está juntando pó naquela prateleira.

– E é por isso – diz ele, espaçando bem cada palavra –, que eu preciso que você me conte a verdade, Éden. – Ele segura o braço da cadeira com tanta força que os nós dos seus dedos ficam do mesmo tom de branco. – Preciso que você me responda algumas perguntas.

Isso não é apenas uma conversa.

É um julgamento.

De repente, o *drive* de sangue me parece extremamente saliente dentro do meu bolso, por mais que eu saiba que não está; eu o escondi muito bem. E dr. Marieke... Ele *está* do lado do meu pai, não? Com certeza não revelou o plano do meu pai só para cair nas graças do pino-rei?

– Fiquei sabendo que seu pai sofreu um ataque por parte de um dos seus colegas. – Ava. É óbvio que é Ava; ele só não sabe que eu sei quem é Ava. – O que, por si só, é preocupante. Mas, depois de conversar com a colega em questão, soube que ela está convencida de que suas ações foram absolutamente justificáveis.

Alívio, alívio duplo: se meu pai tivesse morrido, Zhornov teria empregado outras palavras. “Seu pai foi assassinado”, não “seu pai sofreu um ataque”. E, se essa conversa é sobre as suspeitas de Ava, de uma tentativa de assassinato, não tem nada a ver com o *drive* de sangue – ou seja: dr. Marieke ainda não traiu a confiança do meu pai. Ainda não estou fora de perigo. Mas, se tomar cuidado, posso escapar mantendo nosso segredo intacto.

– Você veio até a minha ilha com uma seringa contendo soro azul. – Seus olhos ferozes fitam os meus. – Por quê?

Fico de cabeça erguida, mantenho os olhos fixos nos dele e respondo:

– Disseram que eu poderia precisar, para me defender. O que, claramente, foi o caso.

A resposta parece tranquilizá-lo, pelo menos um pouco.

– A respeito disso, me contaram que todos vocês passaram pelo procedimento requerido antes de partir, mas você, o que não deve ser coincidência, já que é filha de Will, chegou com a mente intacta. Seu pai mentiu para mim quando me disse que você tinha passado pelo procedimento de Pellegrin?

– Meu pai não mente – respondo, apesar de essa afirmação não ser tão verdadeira quanto um dia eu pensei que fosse. Segredos necessários são melhores do que mentiras deslavadas; mas segredos, por natureza, são pouco diferentes da verdade absoluta. – Pellegrin realizou o procedimento em mim na frente do meu pai, mas depois me disse que tinha me dado a vacina. Tenho o holograma, prova de que ele mexeu em mim, se você quiser ver.

– Você está me dizendo que seu pai não tinha conhecimento da decisão de Pellegrin de lhe dar a vacina?

Cuidado, cuidado.

– Tenho certeza de que meu pai sabe muitas coisas, mas eu não saberia dizer o que passa pela cabeça dele. Eu acreditava que meu pai estava morto até pouco antes de ser mandada para cá, para a sua ilha. Ele não me conta tudo.

Zhornov é pego desprevenido por um instante pelo meu tom, pela minha acusação mal velada. Ele tenta disfarçar tossindo por um período que se estende demais. "Você foi ao enterro da minha mãe e, mesmo assim, acabou me deixando órfã", tenho vontade de gritar na sua cara.

Mas não grito. Deixo o passado falar por mim.

Um pouco mais alto do que a provocação que acabei de fazer, espero que ele ouça: "Will abandonou a filha nos barracões, Will permitiu que ela pensasse que estava morto, Will construiu um paraíso para mim. Will é digno da minha confiança e não mandaria a própria filha para me matar".

Zhornov remexe o gelo, que está derretendo, com o canudo; espreme os olhos para mim. Ele me examina como eu costumava examinar o guia do meu pai, por toda a eternidade, olhando em todas as entrelinhas à procura de qualquer coisa que pudesse estar escondida.

Contudo, assim como eu fiz com o guia do meu pai, ele só enxerga o que quer ver.

Sua expressão dura se suaviza, muda para tranquilidade, alívio, mostrando os dentes amarelos e dando uma risada ofegante.

– Que bom, para todos nós, que não mataram você lá embaixo! Que arma, esses jovens, que grande arma.

Que bom para todos nós, sim, concordo. Apesar da certeza de que com "todos nós" ele estava falando de si mesmo e da parceria que teria perdido com o meu pai, se eu não tivesse sobrevivido.

– Estou impressionado com você, mocinha – diz ele, apontando o canudo para mim. Pelo quê? Por não me esquivar dele, por ter a audácia de *desafiá-lo*? Por continuar viva, apesar de ainda não saber direito o que fez Lonan parar de me atacar? – Preciso de um substituto imediatamente lá no QG. Ava já foi repreendida por todo o estrago que causou. *Você* é minha nova Ava.

Suas palavras são polidas e gentis, mas ouço tudo o que ele não diz: sei demais para ser mandada de volta aos barracões e, porque tomei a vacina, ele não pode fazer de mim uma HoloLobo. Se Zhornov ficou mesmo impressionado ou se esta é apenas uma situação daquelas em que a gente resolve se juntar ao inimigo, eu é que não vou discutir. Até porque vai acabar me levando para a mesma ilha onde meu pai está.

Zhornov levanta primeiro; o doutor levanta em seguida. É isso, pode ser *isso*. Eu tento me controlar, apesar de estar uma pilha de nervos. Zhornov me dá as costas apenas pelo tempo necessário para pousar seu copo d'água na mesa, restando uns poucos cubos de gelo.

Tiro o tubo do bolso, com cuidado de mantê-lo alinhado com o meu pulso – e dr. Marieke vê meu movimento. Primeiro vai para a frente, para apertar minha mão, bem na hora em que Zhornov se vira de novo.

O doutor sorri para mim.

– Obrigado por seus serviços. – Nossas mãos se encontram, o *drive* de sangue discretamente escondido entre elas. – E por tudo o que você sofreu por minha causa, nessa demonstração. – Ele se afasta, guarda o tubo no bolso tão depressa que parece que a troca nunca aconteceu. – Qualquer pessoa da confiança de Will é da minha confiança. Fico muito feliz de participar do projeto.

Reconheço o que suas palavras significam – uma promessa de se manter solidário a *nós*, não aos pinos-reis, mesmo parecendo que prometeu lealdade aos Lobos. Por dentro, sou pura luz do Sol, e é difícil conter essa esperança. Esperança, resgatada da beira do precipício.

Zhornov ignora tudo o que não seja sua própria esperança. Ele chama Saba, pede uísque com gelo. Está tão aliviado por não ter ninguém tentando matá-lo que não consegue sentir as fundações se ruindo debaixo dos seus pés. Não é com sua própria morte que ele deveria se preocupar – é o resto da sua vida que está prestes a se tornar miserável.

Quase fico tentada a me sentir triste por ele. Quase. Quase.

Mas então me lembro de Pellegrin.

De Finnley.

De Birch.

De tantas, tantas vidas mais que terminaram de modo tão infeliz – de todas as outras que se esvaem nos campos de trabalho forçado –, de todos os Lobos que se tornaram predadores simplesmente para não serem presas. Os pinos-reis tiveram sua felicidade, o suficiente por muitas vidas, à custa de muitas vidas.

Zhornov levanta o copo, comemorando o momento.

– Um brinde à vida! – diz, engolindo seu uísque.

Um brinde à vida.

NOVENTA E TRÊS

O IATE BRANCO com as velas de barriga de baleia está à minha espera no fim do píer.

Lonan, Cass e Phoenix já estão a bordo – embarcaram tarde da noite, Saba me conta enquanto caminhamos, para que o iate ficasse pronto para partir assim que meu interrogatório terminasse. Eu fui a única a ser interrogada: eu fui a única a agir com plena autonomia durante o caos, a única que levantou suspeita.

– E é aqui que nos despedimos – diz Saba, quando o caminho de granito dá lugar à madeira desgastada do píer. Seu sotaque sutil parece uma canção de ninar. – Boa sorte.

Ela foi bem mais aberta comigo depois que a reunião terminou. Talvez porque tenham me deixado partir inteira.

Assinto; é o melhor que consigo fazer para agradecer neste momento. Se eu abrir a boca, vou me entregar. É melhor manter os segredos guardados a sete chaves até ter certeza de que não corro perigo se revelá-los. Posso não ter oportunidade de usar as chaves por um bom tempo. Nunca, até.

O píer comprido está vazio. Caminho com fantasmas – Pellegrin deveria estar do meu lado. Esta esperança é a mais estranha combinação de sentimentos… esta esperança que teve um *custo*. Nada sai de graça, principalmente a liberdade. Mais do que tudo, estou apenas cansada e poderia dormir por anos e anos.

O capitão Rex me dá as boas-vindas a bordo. Cass e Phoenix estão esparramados nos bancos compridos do convés principal e não se abalam nem um pouco pelo entusiasmo com o qual o capitão nos cumprimenta. Ele me oferece frutas, peixe e uma porção de outras coisas que não ofereceu durante nossa viagem de ida. Deve ter sabido o que aconteceu.

– Aquele ali não para de perguntar de você – diz Rex, apontando, com um pedaço de maçã, para o outro lado do iate.

Quando viro, vejo Lonan, olhando para mim como se *eu* fosse um fantasma.

– Pode ir. Guardo o prato para quando você quiser comer. – Ele devora o pedaço de maçã de uma vez só e fala com a boca cheia: – Alguém tem que comandar o navio, afinal de contas.

Suas palavras vão perdendo o volume à medida que ele sobe a escada até o convés superior.

Então ficamos só Lonan e eu. O *verdadeiro* Lonan.

– Não vou julgar se você não quiser chegar perto de mim. – Tem algo de seco em sua voz, um tom que conheço muito bem. E entendo, também, depois que tantas emoções fugiram ao controle. – Ava morreu, seu pai me contou. Ele me contou tudo, tudo o que aconteceu. Não quero... Não vou...

Ele para de falar, engole em seco.

Não vai me machucar. Não vai me matar.

– Não faça isso – falo, dando um passo na sua direção. – Você não tem permissão para me empurrar para longe.

Admito: não é fácil desenrolar meus pesadelos enroscados na verdade – as mãos de Lonan na minha garganta, seus olhos vazios –, mas me recuso a permitir que os pesadelos vençam. Vamos nos recuperar; só precisamos afogar essas imagens com novas imagens. Imagens verdadeiras.

Vou até ele, sento no banco. Lonan não senta até eu convidá-lo, até que fica muito evidente que é o que desejo. Observamos a ilha encolher até virar um nada, à medida que nos afastamos.

– Não sei nem como começar a pedir desculpa, Éden.

Lonan busca meus olhos, posso sentir, até que eu os tiro do oceano vazio.

– Não foi você que fez aquilo – falo. – Você jamais faria uma coisa dessas.

– Fiz, sim.

– *Ava* que fez.

Seu rosto está tomado pela dor, tomado pela culpa.

– Eu deveria ter tido forças para impedi-la. Eu deveria ter tido mais controle.

– Você não tinha como evitar.

– Se não fosse por Esperança e pelo seu pai... – Sua voz falha. – Sinto muito, muito mesmo. Odeio isso.

Suas palavras enchem meus olhos de lágrimas. E os dele também.

Lonan conta que Esperança me viu gritando por meio das câmeras de segurança, que correu para buscar ajuda, que Gray atirou um dardo em Ava quando viu o que estava acontecendo na tela com Pellegrin. Só que Gray não conseguiu anular todas as diretrizes que Ava tinha passado, porque não tinha a senha Áries. Quando bipou meu pai, descobriu que ele estava trancado na cela onde Alexa deveria estar.

Lonan conta que meu pai nunca esteve morto, nunca esteve ferido, nem perto disso. Foram tantas mentiras, espalhadas de modo tão convincente... Quando a bem viva Alexa foi ouvida gritando por socorro da cela, Ava convenceu meu pai a ir buscá-la – então o trancou lá dentro assim que ele virou as costas. Voltou para o laboratório e fez as modificações em Alexa sozinha, e a usou para me enganar através de Phoenix. Ninguém conseguiu entender por que ela esperou tanto para fazer os meninos atacarem a mim e a Pellegrin – por que simplesmente não nos eliminou antes de o iate chegar à ilha –, e nunca saberemos ao certo. Acontece que "Ava já foi repreendida" foi um jeito sutil de dizer que ela nunca mais será um problema, nem aqui, nem em lugar nenhum.

Lonan conta que seus próprios níveis de alteração dos sentidos estavam no máximo – e meu pai teve que redefinir todos, um por um, até ele voltar a ser ele mesmo. Os esforços de Ava foram tão eficientes que meu pai quase não conseguiu terminar o processo a tempo de me salvar.

– Nada do que você fez tem importância para mim – digo. Porque não tem mesmo, não foi ele.

Finalmente, Lonan aceita esse fato. Não tenta mais discutir comigo.

– Mesmo assim, sinto muito pelo que você teve que passar. Quase morreu: está com o pescoço machucado, ficou desidratada, ficou inconsciente por mais de um dia. Odeio isso, Éden. *Odeio* o fato de ter feito isso. Você é a única coisa boa que resultou desta guerra, e eu quase *matei* você.

Lonan vai mergulhando cada vez mais fundo em si. Então é assim que as coisas são do outro lado...

– Ei – chamo. Ele parece tão distante, em todos os sentidos. – *Ei.*

Lonan olha para cima, seus olhos azuis brilham.

– Você confia em mim? – pergunto.

Ele confia, posso ver.

– Desde o momento em que a vi entrando na água correndo atrás de Alexa. E todos os minutos desde então.

– Então acredite quando digo que confio em *você,* Lonan. Conseguimos passar por tudo isso. Conseguiremos enfrentar qualquer coisa. Não foi culpa sua: não era você.

Menos de um metro nos separa. Mas, de repente, parece um oceano inteiro. Quero chegar mais perto, mais perto do que jamais cheguei de alguém – mais perto até do que cheguei de Birch. Quase me parece errado, já que os pesadelos com sua morte estão sempre tentando vir à tona. Mas, como as rugas novas no rosto do meu pai, a guerra também me marcou. Não sou a mesma pessoa que eu era quando estava com Birch. De certa forma, sua morte me catapultou para um lugar onde jamais conseguirei ser a mesma Éden.

Lonan tem cicatrizes, como eu. Sofremos cortes, fomos entalhados, cinzelados e quebrados, despedaçados e consertados pela fé, pela esperança.

Estou caindo, escorregando ladeira abaixo, finalmente me permitindo seguir em frente, ir até o lugar onde eu já estava há um bom tempo.

Bato no espaço vazio que nos separa.

– Quer chegar mais perto?

Lonan se movimenta devagar, com cuidado. Posso ver que quer ser meu porto seguro.

– Mais do que tudo – responde ele.

NOVENTA E QUATRO

O DIA ESTÁ COMEÇANDO a raiar – o céu fica tingido de rosa, laranja e dourado por cima do mar infinito, insondável, atrás de nós. À nossa frente: areia branca imaculada, ondas que se quebram contra ela.

Quatro pessoas vêm nos receber, paradas em uma fileira na beira da praia. Me debruço no corrimão o máximo que consigo, para ver melhor.

Gray.

Alexa, Esperança. Esperança está usando meu casaquinho amarelo e segura uma pequena urna que, presumo, contém as cinzas de Finnley.

Meu pai.

– Aquele ali… – pergunta Lonan, se debruçando no corrimão, do meu lado.

– Sim – respondo.

"Sim" é uma palavra pequena demais. Curta demais – positiva, mas não positiva o suficiente.

Saber que meu pai está vivo e vê-lo vivo são duas coisas completamente diferentes. Tinha medo de acreditar nisso, de certo modo, até vê-lo com meus próprios olhos. Um sorriso que brilha mais do que o Sol se esboça em seu rosto, e tenho certeza de que fui eu que o causei. Ele me vê.

Nós nos tornamos um emaranhado de braços e lágrimas assim que atracamos. Meu pai, eu. Alexa, que se enterra em Cass. Ele passa a mão no seu cabelo, a abraça bem apertado. A vida depois da morte: tem o poder de criar uma tábula rasa como nenhuma outra coisa. Eles continuam assim mesmo depois que todo mundo começou a voltar para o abrigo, onde ficaremos até segunda ordem.

Há tanto trabalho a fazer, meu pai fala para Lonan e para mim, quando voltamos para sua sala. Dr. Marieke vai *hackear* o *drive* de sangue assim que voltar para a Cidade do Cabo. O colega neozelandês do meu pai, outra das três pessoas da sua confiança, foi um dos primeiros a desenvolver a tecnologia dos *drives* de sangue e criou uma complexa base de dados que vai ajudá-los a indexar o conteúdo e dar prioridade às informações mais relevantes.

Stéphane Monroe concordou que dr. Marieke coordene o Projeto Atlas para as Forças Aliadas, e vão começar a desenvolver imediatamente 18 novos hábitats. Não serão suficientes para abrigar o mundo inteiro, não de cara, mas vão fazer a diferença nesta guerra.

As coisas devem começar a desmoronar imediatamente. Meu pai cortou o acesso às imagens em tempo real dos HoloLobos – o acesso de *todos* os pinos-reis, não só de Zhornov – assim que dr. Marieke pôs os pés no helicóptero. E a Aliança não pretende perder tempo para tomar à força os sistemas de propaganda ideológica da Alcateia. Através deles, vão oferecer moradia gratuita nos hábitats para os primeiros mil Lobos defeituosos.

E o melhor: os pinos-reis ficaram para sempre trancados do lado de fora de sua própria ilha. Rex é o único marinheiro que tem as coordenadas, e ninguém será capaz de lhe pagar um preço mais alto do que meu pai: ele localizou a família de Rex e já começou o processo para reuni-los.

Há tantos pedaços individuais, um número impressionante de detalhes que não parece ser grande coisa, mas meu pai insiste que é. "Pense nisso em termos de grãos de areia", falou. "Juntos, formamos um monte."

Meu pai tem trabalho a fazer – todos temos –, mas será *o seu* trabalho. Nosso. Algo em que acreditamos, algo que é correto. Vamos abrir as gaiolas quando os castelos dos pinos-reis desmoronarem, e vamos deixar os pássaros voarem, voarem, voarem.

Quando a guerra começou, eu achei que tinha perdido tudo.

Achei que minhas cicatrizes iriam me matar.

Achei que não tinha lar, não tinha família.

Não tinha nada. Para sempre, nada.

Este é o começo do fim.

AGRADECIMENTOS

Aos melhores agentes literários que uma garota pode ter, Holly Root e Taylor Haggerty: obrigada por acreditarem em mim e também por sua paciência, gentileza, intuição e sabedoria. Não tenho nem como elogiar vocês o bastante, e fico grata por ter agentes tão incríveis do meu lado. A Mary Pender, da UTA: obrigada por divulgar com tanto empenho meu projeto no universo do cinema. A todos da Paramount e da Appian Way — especialmente Nathaniel Posey, Jennifer Davisson e Leonardo DiCaprio: obrigada por tudo o que fizeram para apoiar este projeto. A Heather Baron-Shapiro: muito obrigada pelo seu trabalho incrível, que levou este livro para tantos outros países. E aos meus maravilhosos editores de cada um desses países: sou grata a todos vocês.

A Emilia Rhodes e minha excelente equipe na Harper: obrigada por dizerem "sim" a este livro e por tudo o que contribuíram com ele. Um grande obrigada também a vocês que trabalharam nos bastidores, especialmente Alice Jerman, Jon Howard, Sarah Kaufman, Alison Klapthor, Gina Rizzo e Bess Braswell.

Aos meus incríveis parceiros de crítica: Jasmine Warga, obrigada por sempre estar disposta e animada para ler, mesmo de última hora; Amanda Olivieri, obrigada por seu entusiasmo ao ler todas as versões e pelas sessões de *brainstorming*; Alison Cherry, obrigada por suas críticas certeiras e pelo apoio incrível durante todos esses anos.

Às primeiras torcedoras, cujo entusiasmo me serviu de combustível – Salima Alikhan, Corey Wright, Jade Timms, Lola Sharp, Liza Kane, China DeSpain, amigos do retiro temático Lodge of Death: obrigada. Também sou grata a minhas amigas do ano de estreia, que estão trilhando este caminho comigo, especialmente Kristen Orlando, Stephanie Garber, Lana Popović, Emily Bain Murphy, Anna Priemazza, Jilly Gagnon, Chelsea Sedoti, Heather Kaczynski, Carlie Sorosiak e Kristen Ciccarelli. A Brent Bowen, que pode não se lembrar das suas palavras que mudaram minha vida: "Você deveria pensar em escrever um livro". A Scarlett e Douglas da Austin Java, obrigada por comemorarem comigo quando terminei de escrever este livro; Kelly Liggio, obrigada por massagear dez mil nós no meu pescoço ao longo dos anos.

Aos meus pais e avós, por sempre acreditarem que eu seria capaz de fazer qualquer coisa que eu decidisse e por incentivar meus sonhos; e à minha irmã, a leitora cujas opiniões são as mais importantes para mim.

A Andrew: obrigada por seu apoio e por sua paciência intermináveis, por ser flexível, maravilhoso. Sou grata por seu apoio e por você ter acreditado que o tempo que eu passava sentada na mesa valia a pena, mesmo que minhas palavras não fossem publicadas. Você é o melhor marido que uma garota pode ter. E a James, agradeço todos os dias por Deus ter me escolhido para ser sua mãe. Tenho mais amor por você do que cabe no meu coração. Finalmente, a Jesus Cristo, minha esperança e minha paz: na inundação, na fome ou na solidão, acredito que jamais ficarei *sem nada, para sempre sem nada*. O Senhor é tudo de que preciso. | Romanos 8: 38-39

SUA OPINIÃO É MUITO IMPORTANTE

Mande um e-mail para **opiniao@vreditoras.com.br** com o título deste livro no campo "Assunto".

1ª edição, mar. 2018

FONTE Bell MT Std 11/15pt
Brandon Grotesque 11/15pt
Lemon/Milk Regular 24/15pt

PAPEL Lux Cream 60g

IMPRESSÃO Intergraf

LOTE I286438